AtV

Maria Helleberg, geboren 1956, studierte Dänisch und Theaterwissenschaften. Seit 1986 veröffentlicht sie Romane, Novellen, Kinderbücher, Reiseliteratur und Theaterstücke. Ihre Werke, für die sie viele Auszeichnungen und Stipendien erhielt, wurden in zahlreiche Sprachen übersetzt. Ihr großer Bestseller »Die Winterkönigin« erschien 2002 bei AtV.

Dies ist die ereignisreiche und spannende Lebensgeschichte der Griechin Thaïs, einer der berühmtesten Frauen des vierten und dritten vorchristlichen Jahrhunderts. Als Waisenmädchen in einem Hurenhaus aufgewachsen, gelingt es der schönen und klugen Thaïs, zur Hetäre, also zur gelehrten Gespielin wichtiger Männer, ausgebildet zu werden und damit weitaus freier und selbstbestimmter zu leben, als es einfachen Prostituierten oder gar Ehefrauen möglich ist. Und so verkehrt sie mit großen Rednern und Philosophen, darunter so bedeutenden wie Demosthenes und Aischines, und trifft schließlich auf Ptolemaios, durch den sie in den Kreis um Alexander den Großen gelangt. Sie begleitet die Männer auf ihren Feldzügen, bringt unterwegs Kinder zur Welt und wird zu einer schweigsamen, aber genau beobachtenden »Geschichtsseherin«. So wird sie Zeugin, wie Alexander seinen Begleiter Kleitos tötet, ist auf den abenteuerlichen Reisen nach Persien dabei und wird zur wichtigsten Frau im Leben des Großkönigs und seines Bruders. Am Ende ihrer Tage fügt sie sich dem Wunsch Ptolemaios' und läßt ihre Erinnerungen aufzeichnen. Der Eunuch Menandros, ein pflichtbewußter Schriftführer des Museions zu Alexandria, wird mit dieser Aufgabe betraut. Zwischen beiden entsteht eine besondere Beziehung: Thaïs kann endlich einem Menschen ihre schönen und schrecklichen Erlebnisse anvertrauen, und Menandros erhält durch sie Zugang zu einem Leben, das ihm bisher verborgen war. – Die spannende Biographie der Hetäre Thaïs läßt eine ganze Epoche wiedererstehen, die Großartiges in Philosophie, Architektur und Politik hervorgebracht hat, aber gleichzeitig Barbarei und sexuelle Unterdrückung duldete. Thaïs' farbige Schilderungen ermöglichen es dem Leser, einen etwas anderen, einen weiblichen Blick auf die Geschichte zu werfen.

Maria Helleberg

Die Kurtisane des Kaisers

Historischer Roman

Aus dem Dänischen
von Kerstin Schöps

Aufbau Taschenbuch Verlag

Die Originalausgabe unter dem Titel
Thaïs
erschien 2001 bei Aschehoug Dansk Forlag.

ISBN 3-7466-1944-0

1. Auflage 2003

Published by agreement with Agentur Literatur Gudrun Hebel, Berlin
Umschlaggestaltung Preuße & Hülpüsch Grafik Design
unter Verwendung des Gemäldes »Lesbia«
von John Reinhard Weguelin (1849–1927), The Bridgeman Art Library
Druck Ebner & Spiegel, Ulm
Printed in Germany

www.aufbau-taschenbuch.de

Während eines Gelages, als man schon viel getrunken hatte und vom Weine ziemlich erhitzt war, ergriff die Berauschten eine wahre Raserei. Es sagte nämlich eine von den Weibern in der Gesellschaft, namens Thaïs, daß unter Alexanders Taten in Asien jene die schönste wäre, wenn er einen Bacchantenzug, einen Komos, mit ihnen anführen würde und die Königsburg in Brand steckte, so daß die Herrlichkeit der Perser durch Weiberhände in kurzer Zeit vernichtet würde. Man kann sich denken, daß auf diese Worte, zu jungen Männern gesprochen, die durch den Wein die Besonnenheit verloren hatten, sogleich die Gäste »Wohlan« riefen, und begehrten, man sollte die Fackeln anzünden und den an den Tempeln der Griechen verübten Frevel rächen. (...)

Der König selbst wurde durch diese Reden Feuer und Flamme, und so sprang die ganze Trinkgesellschaft auf und erklärte, als Siegesfeier eine Prozession zu Ehren Dionysos veranstalten zu wollen. Bald waren viele Fackeln herbeigebracht, und der Zug begann, da Musikerinnen an der Trinkgesellschaft teilgenommen hatten, unter Gesang und Pfeifen- und Flötenspiel. Der König ging voran, und die Hetäre Thaïs leitete das Ganze. Sie war es, die als zweite nach dem König eine brennende Fackel in die Königsburg schleuderte. Dasselbe taten dann die anderen, und schnell war die Burg und alles ringsumher von den gewaltigen Flammen verzehrt. Das Bemerkenswerte daran war nun, daß, was der gottlose Perserkönig Xerxes der Burg der Athener angetan hatte, durch ein einziges Weib, eine Bürgerin der von dem Unglück betroffenen Stadt, viele Jahre später aus purem Vergnügen mit derselben Münze heimgezahlt wurde.

(DIODOR VON SIZILIEN, UNIVERSALGESCHICHTE, BUCH XVII, 72)

Als er im Frühjahr im Begriff war, erneut gegen Dareios zu ziehen, nahm er noch eine Einladung seiner Freunde zum Zechen und Feiern an. Bei diesem Gelage nahmen auch Frauen teil, um dort ihre Liebhaber zu treffen. Unter ihnen genoß Thaïs besonderes Ansehen, die Geliebte des späteren Königs Ptolemaios, eine Bürgerin Attikas von Geburt.

Im Verlauf der Feier hob sie an und machte Alexander mal Komplimente, mal scherzte sie mit ihm, und ließ sich endlich im Rausch zu einer Rede hinreißen, die wohl die Haltung ihres Vaterlandes widerspiegelte, aber ihrem Stand nicht angemessen war. Sie sagte nämlich, daß sie für die Mühseligkeiten, die sie auf der langen Reise durch Asien erduldet habe, an jenem Tag den Lohn empfange, an dem sie in dem stolzen Königspalast der Perser feiern dürfe. Noch lieber aber würde sie hinziehen und das Haus des Xerxes, der Athen niedergebrannt habe, in Brand stecken und selber vor den Augen Alexanders die Fackel hineinwerfen, damit es unter den Nachkommen heiße, daß sich die Weiber im Gefolge Alexanders härter an den Persern für die griechischen Leiden gerächt hätten als ihre Generäle.

Ihre Rede wurde mit lautem Klatschen begrüßt. Die Freunde des Königs feuerten ihn so lange an, bis er sich schließlich überreden ließ, aufsprang, sich eine Fackel griff und mit einem Kranz auf dem Haupt den Zug anführte. Die übrigen Festteilnehmer folgten ihm mit Geschrei und umringten tanzend den Palast.

(PLUTARCH, LEBENSBESCHREIBUNGEN, ALEXANDROS, 38)

Der erste Tag des vierten Monats im 54. Jahr nach der Gründung Alexandrias

Von Menandros, dem soeben ernannten Vorsteher Der Verschlossenen Königlichen Archive im Museion von Alexandria

Ein kurzes Vorwort zu dem hier eingemauerten Manuskript, mit besonderer Genehmigung des Königs

Heute, unmittelbar nach meinem Amtsantritt, ist es meine Pflicht, dieses Manuskript einzumauern, das indirekt das Schicksal des Reiches und meines Lebens beeinflußt hat.

Nichts von alldem, was mir widerfahren ist, seitdem Demetrios von Phaleron meine Wenigkeit unter Hunderten von jungen Schreibern im Museion auserwählt hat, hätte in der Alten Welt der Königinmutter Thaïs geschehen können. Freiheit war in dieser untergegangenen Welt nur sehr wenigen vorbehalten. Mein Aufstieg ist nur hier in Alexandria möglich gewesen, in der Neuen Welt, der sie so sehr mißtraute.

Die Erinnerungen eines einzelnen Menschen lenken meinen Blick nun zurück auf die Alte Welt. Niemand außer mir, dem König und seiner Gemahlin kennt Thaïs' Erinnerungen. Das verbindet uns.

Es ist im Interesse der Königin Arsinoë, daß meine Kenntnisse – jetzt, da ich Minister und ein Freund des Königs geworden bin – versiegelt und verborgen werden. Aber es hat mir großes Vergnügen bereitet, mich bei Tagesanbruch von meiner Vergangenheit zu verabschieden und zukünftigen Lesern die wahre Geschichte zu erzählen. Ich hoffe, daß es mir gelungen ist.

Ich empfehle hiermit den kommenden Generationen, aus diesem exklusiven Wissen zu lernen und dem Begründer der Dynastien, dem göttlichen Ptolemaios I. Soter, dem Erlöser, nachzueifern und nicht seinem Sohn, Ptolemaios Keraunos, dem Donnerkeil.

1.

Der fünfte Tag des Monats Hekatombaion im 44. Jahr nach der Gründung Alexandrias

Von Menandros, Schriftführer Ersten Ranges an den Vorsteher Der Verschlossenen Königlichen Archive im Museion von Alexandria, Demetrios von Phaleron

Erst nach langen Überlegungen wage ich es heute, dieses Material an das Archiv zurückzusenden. Nachdem ich nun zwei Jahre versucht habe, den Auftrag der Zweiten Abteilung des Reichsarchivs im Museion zu erfüllen, muß ich feststellen, daß wir zu keinem Ergebnis gekommen sind.

Dies sind meine vorläufigen Erträge, die ich nur äußerst ungern in der gegenwärtigen Form abliefere, aber ich mußte feststellen, daß die Königinmutter keinerlei Interesse hat, die Arbeit zu beenden.

Ich habe mich dieser Aufgabe anfangs mit den besten Absichten und Wünschen gewidmet. Heute ist es genau zwei Jahre her, daß Ptolemaios Soter mich auserwählte, die Lebensgeschichte der Hetäre Thaïs niederzuschreiben, und ich habe mein Bestes gegeben, um diesem ehrenhaften Befehl nachzukommen. Als meine Familie mich damals in die Obhut der Eunuchen gab, war mir niemals der Gedanke in den Sinn gekommen, daß ich mein Wissen und Können vielleicht eines Tages in den Dienst des Königs stellen dürfte.

Ich habe mich allen Forderungen bedingungslos unterworfen. Sieben Jahre lang habe ich von den besten Lehrern im Museion die Kunstfertigkeit des Schreibens und

Verfassens erlernt und fühlte mich danach in der Lage, diese Aufgabe zu übernehmen. Doch auch Gehorsam hat seine Grenzen, und meine sind seit langer Zeit erreicht.

Mein Nachfolger sollte folgendes wissen: Es gibt weder ein Arbeitszimmer noch Mitarbeiter oder besondere Hilfsmittel. Es wird erwartet, daß man die mündlichen Erinnerungen der betreffenden Person mitstenographiert und danach den Text nach allen Regeln der Kunst ausformuliert. Den Befehl für diese Arbeit erließ Demetrios von Phaleron, der wiederum den Auftrag vom König selbst erhalten hat. Darum muß ich die Umstände genauer beschreiben.

Die Dame wohnt in dem größten Haus südlich des Palastes im Stadtteil Brucheion, mit Aussicht auf das Mausoleum des Alexander, das wir Alexandriner nur »das Grab« nennen. Es ist derselbe Alexander, den sie beständig als »ihren Freund« bezeichnet. Sie ist zwar schon sehr betagt, aber im Besitz eines erstaunlichen Erinnerungsvermögens, das sich auch auf Tagebucheinträge und Aufzeichnungen stützt. Sie leidet nicht unter Altersschwäche. Vielleicht wäre meine Aufgabe leichter gewesen, wenn sie vom Alter gezeichnet gewesen wäre.

Sie ist es gewohnt, ihren Willen zu bekommen, und begegnet allen Männern entweder ausgesprochen argwöhnisch oder mit einer noch nicht erloschenen Glut ihrer Verführungskünste. Mir mißtraute sie tief in ihrem Inneren. Sie glaubte offensichtlich nicht, daß ich gekommen sei, um ihren Text zu redigieren, sondern um ihre Erinnerungen auszuradieren. Ich, der ich seit meiner frühesten Kindheit auserwählt war, die Erinnerungen anderer für die Nachwelt zu bewahren!

Sie nannte sich selbst eine Perfektionistin, und ich muß ihr darin vollends recht geben. Im Laufe dieser Monate habe ich mindestens zwanzig Versionen durchgelesen, korrigiert und abgeliefert. Und wir sind noch weit vom eigentlichen Kern der Geschichte entfernt!

Kein Mensch kann einem solchen Druck standhalten!

Ich bitte um eine schnelle Antwort und um die Entbindung von meinem Posten.

Dionysos Pserenkare, Stellvertretender Vorsteher der Verschlossenen Königlichen Archive, an Menandros, Schriftführer Ersten Ranges

Mit großer Bekümmerung habe ich deinen Brief gelesen, in dem du um Befreiung von deiner Aufgabe ersuchst, die dir von unserem König, Ptolemaios Soter, durch unsere Abteilung zugeteilt worden ist. Mir bereitet diese Befehlsverweigerung größtes Unbehagen, und ich kann dich nur auffordern, deine Arbeit fortzusetzen. Aber zuallererst verlange ich von dir, daß du die Hintergründe für deine Weigerung darlegst und ich umgehend eine vollständige Ausführung des Manuskriptes in seiner jetzigen Form erhalte, wie unfertig es auch sein mag.

Die Tragödie, die das königliche Haus und das Museion durch Demetrios von Phalerons überstürzte Abreise in Begleitung des verstoßenen Königssohnes, Ptolemaios Keraunos, erlebten, darf keinen Einfluß auf deine Aufgabe nehmen. Selbst in seiner Verbannung bei den Schlammbauern auf dem Land in Oberägypten wird Demetrios von Phaleron von deiner Weigerung gehört haben. Sein Wort ist Gesetz. Kein Eunuch im Museion darf sich seinem Befehl verweigern. Wir sind darum gezwungen, deinen Brief an den König weiterzureichen und ihm die Bemessung deiner Strafe zu überlassen. In meinem Haus läuft man nicht vor einer unerledigten Arbeit davon!

Für die Zukunft wünsche ich nicht nur den eigentlichen Text für die Reinschrift und Archivierung zu erhalten, sondern überdies einen vertraulichen und persönlichen Bericht über den Charakter der einzelnen Treffen und die

Entwicklung der Geschichte. Wie mir bekannt ist, fertigen alle meine Schreiber solche Berichte für ihren eigenen Gebrauch an. Ich wünsche die Leinen zur Einsicht, eventuell bereits in Reinschrift als Anhang zu dem eigentlichen Text.

Im übrigen möchte ich noch an die Tatsache erinnern, daß Ptolemaios Soter einen Termin für die Abgabe des Werkes festgesetzt hat.

Ich bin mir vollkommen über die Natur der Aufgabe und die Fallgruben bewußt, die ein Berichterstatter umgehen muß. Aber gerade die erfolgreiche Bewältigung einer so widerspenstigen Aufgabe unterscheidet den guten von dem herausragenden Berichterstatter. Darum befehle ich dir hiermit unmißverständlich, die Aufgabe unverzüglich wiederaufzunehmen, das bereits zurückgesandte Material wieder abzuholen, zu sortieren und in einer vernünftigen Form erneut abzuliefern. Das geschieht zum Wohl des Auftraggebers, des Schriftführers und der Archivarbeiter.

Von Menandros, Schriftführer Ersten Ranges, an Dionysos Pserenkare, Vorsteher Der Verschlossenen Königlichen Archive im Museion von Alexandria

Hiermit akzeptiere ich demütigst Ihre Forderungen und sende anbei den ersten Auszug aus den Erinnerungen der Königinmutter. Dennoch muß ich um Verständnis bitten, daß aus dem vorliegenden, von ihr freigegebenen Material noch keine chronologische Erzählung entstanden ist.

Menandros' Notizen zu dem Text:

Ich hatte weder die Wahl zu gehorchen noch mich zu verweigern. Gewaltsam wurde ich zum königlichen Palast im Brucheion gebracht und zwischen zwei stumme Diener plaziert, die nach Schweiß und billigem Öl rochen.

Dort begegnete ich zum ersten Mal Ptolemaios Soter, dem ersten seines Namens. Zwar hatte ich ihn schon unzählige Male zuvor gesehen, als er durch die Stadt getragen wurde oder sich als Oberster Richter zeigte, aber bislang schien er mir einem Gott ähnlicher zu sein als einem Menschen.

Der Mann, der sich vor mir aufbaute, war uralt und groß wie ein Scheunentor. Eingehüllt in einen golddurchwirkten Stoff, der die Umrisse seines Körpers verdeckte, stützte er sich auf zwei Stöcke und gelangte so zu einem riesigen hölzernen Thron. Viel zu spät erkannte ich, daß er meine Hilfe benötigte, aber als ich mich ihm näherte, winkte er mich irritiert beiseite.

»Du verstehst, wie verlautet wird, nicht, warum ich die Erinnerungen der Königinmutter niederschreiben zu lassen wünsche«, sagte er mit einer Stimme, die aus den Tiefen seines gewaltigen Körpers emporzusteigen schien, und heftete dabei seinen Blick auf mich. Wo Zeus seine tödlichen Blitze schleudert, benutzen Könige dafür ihre Augen. Er hielt meinen Blick fest, und ich ging in die Knie, um ihn nach allen Regeln der Kunst zu begrüßen. Ich erkannte sein Gesicht von den Münzen und zahlreichen anderen Abbildungen wieder: das dichte, lockige Haar und die vollen Lippen, die breiten Wangen und hervorstehenden Augen. Und doch war er ein Zerrbild seiner selbst. Götter altern nicht.

»Laß mich versuchen, dir meine Beweggründe zu erläutern«, sagte er und trocknete sich seine Mundwinkel. »Ich bin als einfacher makedonischer Bauernsohn geboren worden und werde als König von Ägypten sterben. Ich kenne die Alte Welt, ihre guten und schlechten Seiten. Jene Welt, die Thaïs erhöht und weit über Gebühr bewundert und verehrt. Das Fundament jener Neuen Welt, die sie und ich zusammen mit einer Handvoll von Makedonen aus dem Nichts erschaffen haben, besteht aus den wunderbaren hellenistischen Idealen, die Thaïs verficht. Zumindest in der offiziellen Version. Ich bin der einzige, der die ganze Wahrheit kennt. Denn nur ein König darf Einsicht in diese untergegangene Welt nehmen. Thaïs

hat unzähligen Schreibern von der wundervollen ›Freiheit‹ in den hellenistischen Stadtstaaten vorgeschwärmt. Aber diese Freiheit war mörderisch und brachte Chaos und Ungerechtigkeit mit sich. ›Freiheit‹ in den hellenistischen Stadtstaaten bedeutete in Wirklichkeit, daß alle außer den freien Männern in noch größerer Unfreiheit lebten als unsere Sklaven in Alexandria. Hier haben wir eine Neue Welt für sie erschaffen, in der wahre Freiheit viel mehr zählt. Die Frauen in meiner Stadt können sich ihre Ehemänner selbst aussuchen, sich wieder von ihnen scheiden lassen und ihr Eigentum ohne Vormund selbst verwalten. In dem von Thaïs so geliebten Athen war selbst die vornehmste Frau ihr Leben lang unmündig. Erinnere sie daran, wenn sie sich wieder in Lobeshymnen über die Vergangenheit verliert!«

Ich war zunächst wie gelähmt, beeilte mich dann aber, seine Worte niederzuschreiben, um später seinen Rat befolgen zu können. Mir fiel auf, daß der König sie schlicht bei ihrem Namen nannte – für ihn war sie nicht die Königinmutter, sondern Thaïs. Er liebt sie noch immer, schoß es mir durch den Kopf.

Wer von den beiden hat nun recht mit seiner Einschätzung, sie oder der König? Ich weiß es noch immer nicht, aber neige dazu, dem König recht zu geben. Mein eigenes Schicksal kann als Bestätigung seiner Aussage gelesen werden. In Athen hätte ich kein Stimmrecht gehabt, ich wäre so unmündig gewesen wie ein Kind oder eine Frau. In Alexandria allerdings gibt es gar keine Abstimmungen, dem König gehört die Stadt, so wie ihm auch seine Untertanen und ganz Ägypten gehören. Seine Gerechtigkeit ist göttlich.

In Alexandria gibt es auch keinen Bürgerkrieg, hier wird kein hochgeehrter Politiker abgesetzt und durch die Stadt gejagt, während seine Wähler ihn bespucken und wüst beschimpfen. Hier wird auch kein Politiker gezwungen, den Schierlingsbecher zu leeren. Dafür kann der König sogar seinen ältesten Sohn verbannen, wie er es mit Ptolemaios Keraunos, dem Donnerkeil, getan hat. Die brutale Macht und Gewalt versammelt sich hier im Hause des Königs und seiner Nachkommen, und doch ist es hier viel besser als in Athen, wie ich verwundert feststellen muß, jetzt, da es zu spät ist, um ihre Antwort zu hören.

Und damit stehen wir unmittelbar vor dem Tag, an dem ich zum ersten Mal Thaïs aus Athen, die Königinmutter, traf. Das liegt jetzt zehn Jahre zurück.

Der neunte Tag des ersten Monats im 44. Jahr nach der Gründung Alexandrias

Von Menandros, Schriftführer Ersten Ranges, an den Vorsteher Der Verschlossenen Königlichen Archive im Museion von Alexandria

Bei unserer ersten Begegnung zog Thaïs eine Reihe von Aufzeichnungen aus der Schublade, die ihrer Meinung nach das Gerüst der Erzählung bilden könnten. Aber wie es für eine Frau ohne richtige Ausbildung charakteristisch ist, verkannte sie offenbar das Problem einer so komplizierten literarischen Arbeit wie des Aufzeichnens persönlicher Erinnerungen, die sich über fast achtzig Jahre erstreckten.

Zunächst mußte ich mich mit ihrer Person vertraut machen und darum fragte ich, wann sie die Bekanntschaft mit Ptolemaios Soter gemacht und ob sie bereits damals sein besonderes Wesen erkannt habe. Ich hatte den öffentlich zugänglichen Unterlagen im Archiv entnehmen können, daß sie bereits befreundet waren, als Ptolemaios Soter noch ein junger Mann war. Und darum ging ich davon aus, daß seine Göttlichkeit sie damals so betört hatte, daß sie ihm nach Makedonien folgte.

Sie verstand mich nicht, glaube ich, aber sie lachte.

Da hier die Rede von einer (mindestens) achtzigjährigen Frau ist, die nicht mehr im Besitz besonders vieler Zähne war, ist Gelächter nur eine weitere Verunstaltung, die sich zu den anderen gesellte. Dennoch überraschte sie mich. Sie erklärte ihr Verhalten nicht, sondern bat mich, andere Fragen zu stellen, die einfacher zu beantworten seien.

»Den König habe ich nämlich nie kennengelernt«, fügte sie hinzu.

Es ist an der Zeit, etwas über ihre Erzählweise zu sagen, die mir von Anfang an meine Arbeit erschwert hat. Thaïs spricht sehr langsam und deutlich und flötet beinahe die Vokale. Als ich eine Bemerkung über ihre Sprache fallenließ, lachte sie geschmeichelt und erwiderte, daß sie Attisch sprechen würde, die echte, reine Muttersprache, die ihre Landsmänner über Jahrhunderte feingeschliffen hätten. Sie spreche das gleiche Attisch wie Aischylos, fuhr sie fort und rezitierte einige Zeilen. Ich erkannte den Ausschnitt aus Pindars *Olympischen Oden* wieder.

Ich erinnere mich genau, wie sie ihre knochigen, aber noch immer schönen Hände behutsam übereinanderlegte, so wie sie es bestimmt schon vor sechzig Jahren gemacht hatte. Sie brachte sie nicht nur in eine bestimmte Position, sie präsentierte sie regelrecht. Nicht ihre Ringe, ihr Alter oder ihre Gebrechen, sondern ihre Anmut. Alles, was sie tut, geschieht, um beim Gegenüber Behagen auszulösen und ihrer Schönheit Ausdruck zu verleihen.

Ich bemerkte den Glanz in ihren Augen: Meine Unwissenheit amüsierte sie und regte sie an, mich damit zu necken. Darum fragte ich sie, ob sie den Grund kenne, warum wir im Reichsarchiv des Museions den Auftrag erhalten hätten, ihre Erinnerungen aufzuschreiben und sie in den Verschlossenen Königlichen Archiven aufzubewahren.

»Warum sollten sie das nicht wollen?« lautete ihre Gegenfrage. »Er ist doch wie Alexander vor ihm auch Perser geworden!«

Ich antwortete wahrheitsgemäß, daß die Archive bisher nur die Aufzeichnungen von Ptolemaios Soters Autobiographie sowie das Originalmanuskript seiner Beschreibung vom Feldzug Alexanders des Großen beherbergten. Und in dieser Gesellschaft erschienen mir die Erinnerungen einer ehemaligen Hetäre doch etwas fehl am Platz.

Da erhob sie sich und schlug mit dem Stock zu, auf den sie sich beim Gehen stützt. Das geschah so unerwartet, daß ich keine Zeit hatte auszuweichen, so daß ich lange mit einem zugeschwollenen Auge herumlaufen mußte und starke Schmerzen in meiner rechten Gesichtshälfte spürte.

»Ich habe Persepolis niederbrennen lassen!« schrie sie mich an. »Man tut gut daran, mich mit Vorsicht zu behandeln!«

Ich bezweifle nicht, daß ein Gesprächspartner mit mehr Erfahrung und Würde sie bezwungen hätte. Aber ich war und wurde (und bin es immer noch) nun einmal der für diese Aufgabe Auserwählte.

Eine Frau kann also offenbar auch Erfahrungen gesammelt haben, die es wert sind, andere daran teilhaben zu lassen, selbst wenn sie in ihrer Bedeutsamkeit wohl kaum die eines Mannes erreichen können. Folglich ist weder die Fülle des Materials noch seine Bedeutsamkeit verantwortlich dafür, daß das Werk unvollendet ist, sondern lediglich die Widerspenstigkeit und Sturheit der Erzählerin.

Sie ist es gewohnt, über Männer zu gebieten und mit ihnen zu spielen. Jetzt hat sie aber nur mich, und ich besitze zu wenig Erfahrung, um ihr den Widerstand zu bieten, den sie einfordert und den ihre Geschichte verdient hätte.

Bericht von der zweiten Begegnung

Sie bat mich – nach dem Zwischenfall mit dem Stock –, sie eines späten Abends bei sich im Garten aufzusuchen, der bis hinunter zum Fluß reicht. Ihr Haus war größer, als ich es erwartet hatte, und bereits bei unserem ersten Treffen hatte sie mir erklärt, daß sie niemals auf Luxus verzichtet habe. Sie habe zu den ersten Griechen und Makedonen gehört, die nach Alexandria gekommen seien, und habe damals selbst die Grenzen ihres Grundstückes bestimmen können. Ich ahnte das Schlimmste und hoffte das Beste.

Während wir stumm im Garten saßen und den unzähligen Booten zusahen, die träge den grauen Fluß hinabtrieben, wartete ich darauf, daß sie mit ihrem Bericht beginnen würde. Aber erst als die Dunkelheit sich über uns gesenkt hatte, fing sie an zu sprechen. Ich konnte ihr Gesicht nicht mehr erkennen, nur ihre Stimme hören.

Die kleine Öllampe neben meiner Papyrusrolle spendete gerade soviel Licht, daß ich meine Schrift sehen konnte. Ich hatte gehofft, daß sie ihre Lebenserinnerungen schlüssig und zusammenhängend vortragen würde.

Aber Frauen werden, wie auch die Priester wissen, in weit größerem Ausmaß von ihren Gefühlen und plötzlichen Eingebungen beherrscht. So begann die Dame mit einemmal von den Straßen in Baktrien zu plaudern und von den Bergen Sogdiens, die so grau wie die Erde seien und mit Schwefel überzogen. Sie erzählte von den Flöten der Hirten in den engen Flußtälern, vom Lachen der kleinen Jungen auf den Rücken der Elefanten in Indien und vom Geräusch des Quellwassers in den schmalen Schluchten. Und von der Wüste sprach sie, von der Gedrosischen Wüste, die am Ende doch noch ihren Geliebten und sein ausgehungertes Pferd freigegeben hatte. Sie beschrieb diese Einzelheiten so lebendig, daß ich zum Schluß den Faden verlor.

Dann verstummte sie, trank und wartete ab. Auch ich wartete, ohne zu wissen, was sie von mir wünschte. So kann man unmöglich eine Lebensgeschichte beginnen! dachte ich. Aber hätte ich ihr das sagen können?

Meine hervorragende Ausbildung und Erziehung im Museion lehnten sich dagegen auf. Ich wußte, daß ich recht hatte. Man muß den Wert von Ordnung anerkennen und lernen, Prioritäten zu setzen. Sie überhörte alle meine Einwände geflissentlich, oder vielmehr: sie übertönte sie – wenn ich so frei sein darf.

»Bist du ein Eunuch, kleiner Schreiber?« fragte sie milde. Es gab keinen Grund, das zu leugnen, und meine Antwort zauberte ein Lächeln in ihr Gesicht und ließ ihren Blick erneut liebkosend an mir herabgleiten, dieses Mal meinen Nacken hinunter.

»Das soll dich nicht bekümmern, mein Freund, du bist sicherlich glücklicher ohne diese Unruhe, die alle anderen erfüllt«, sagte sie und brach in ein höhnisches Gelächter aus.

»Sag mir, da du ja im Brucheion und in dem neuen Palast ein und aus gehst, ob du weißt, mit wem der König zur Zeit zusammenlebt? Ist es seine Halbschwester, die Tochter seiner vorherigen Frau oder seine Stieftochter?«

Ich versuchte stumm mein Entsetzen zum Ausdruck zu bringen, was aber nur einen erneuten Lachanfall bei ihr auslöste. Ich solle mich daran erinnern, setzte sie hinzu, daß sie Ptolemaios Soter seit seinem zwanzigsten Lebensjahr kenne.

»Ich habe gesehen, wie sich der gute Wille in Gewalt verwandelt hat, wie Größe sich erniedrigen ließ«, sagte sie, als ich mich verabschiedete. Und dabei zeigte sie auf ein Bild des Alexander, als würde sie es nicht wagen, seinen Namen laut auszusprechen.

»Ich bin keine Greisin, die Hülle trügt«, sagte sie. »Ich bin noch immer die junge Thaïs. Glaube mir. Jede Nacht träume ich von meinem schönen großen Haus in Athen und von meinem kleinen weißen Haus in Dion. Und dann bin ich wieder dreißig Jahre alt und sitze eingehüllt in dicke Wolldecken, um der Kälte zu trotzen. Und ich warte darauf, daß mein Geliebter zurückkehrt und meinem Leben einen Sinn gibt. Doch etwas nagt an meiner Seele, ich weiß nicht mehr, was es ist. Das Haus, das ich vor mir sehe, hat keine

Wände, ist zu allen Seiten offen. Ich sehe hohe graue Berge, die nicht in Makedonien stehen, und in der Halle der Hundert Säulen schwelt es noch an vielen Stellen, meine Kinder spielen und lachen, aber ich kann sie nicht sehen. Ich habe Angst, daß sie sich verbrennen, hinfallen und sich verletzen könnten, aber die Decken sind so eng um meinen Körper geschlungen, daß ich nicht aufstehen kann und dennoch alles sehe und weiß. Ich weiß, daß ich niemals nach Dion zurückkehren werde, daß mein Leben ein anderes ist und daß ich selbst dafür gesorgt habe, daß es ein anderes wurde. Doch die Fäden der Erinnerung werden dünner und dünner. Aber noch halten sie, ich will nicht fort von Dion. Dann erwache ich, erschöpft und verschwitzt von meiner Erinnerung, und erkenne, daß ich in Alexandria bin, sehe mein tatsächliches Alter und begreife, daß ich noch nicht einmal mehr singen kann. Ich bin freier als zu jedem anderen Zeitpunkt in meinem Leben, aber diese Freiheit hat einen bitteren Beigeschmack bekommen.

Weißt du, wann ich zum ersten Mal gestorben bin, kleiner Eunuch? Als meine Stimme verstummte, und das sage ich ohne jede Übertreibung. Als meine Stimme verstummte, wie das im Alter leider geschieht, da starb ein Teil von mir.«

Was hätte ich ihr nur sagen können? Ich war ein Eunuch und kannte nur mein eigenes junges Leben und die Schriften, die ich abschrieb, wieder und immer wieder! Sie hat keine Vorstellung davon, wie festgelegt mein Leben ist, daß ich von jetzt an und bis zu meinem Tod immer und immer wieder dasselbe abschreiben würde, denn das Museion verdient Geld mit dem Verkauf dieser Kopien.

Sie nahm mich mit in die Stadt. Sie selbst war in der großen Sänfte verborgen, aber sie steckte ihre kleine, vom Alter gezeichnete Hand heraus, zeigte auf dies und jenes und führte mich so durch die Stadt. Und wenn sie fand, daß ich zu begriffsstutzig war, nahm sie meinen Kopf in ihre Hände und drehte ihn in die entsprechende Richtung.

Als Alexander und sein Heer Ägypten erreichten, befand sich an der Stelle des heutigen Alexandria nur ein kleines Fischerdorf namens Rakotis. Inzwischen sind die Straßen so breit, daß die Garde des Königs dort marschieren kann, sieben Männer Schulter an Schulter. In einem der Tempel hängt ein Streitwagen aus Bronze unter der Decke, der von Magneten gehalten wird. Im Museion befinden sich Abschriften aller bekannten Manuskripte, Theaterstücke und wissenschaftlichen Abhandlungen. Keine andere Stadt außer unserer besitzt eine solche Bibliothek oder verfügt über so viele Wissenschaftler. Nirgendwo sonst werden die Menschen so alt wie hier, essen so gut und können so gut ausgebildete Ärzte aufsuchen.

Aber hier herrsche keine Freiheit, wiederholte sie unablässig. In Athen habe man wirkliche Freiheit gekannt. In Athen gäbe es freie Bürger, die sich in der Führung des Staates abwechseln würden. In Ägypten würde dem König alles gehören, das Land und die Menschen. Der Staat sei sein Eigentum, ihm würden auch die Götter gehören, er hätte ja sogar selbst eine Gottheit erschaffen, die überall angebetet werde.

Diese Neue Welt sei zu ihren Lebzeiten entstanden. In Ägypten, Syrien, Persien, Makedonien und Kleinasien würde jetzt Griechisch gesprochen werden, es seien dort griechische Tempel und Theater errichtet worden.

Die Königsschlösser hingegen wären persisch, behauptete sie. In Athen gäbe es auch keine Eunuchen, nur freie Männer oder Sklaven.

Die Könige in Athen würden auf der Akropolis leben, ihr Schloß sei verschwunden. Nur Athens Stadtgöttin Athene würde noch oben auf dem Felsen wohnen, die einzige Frau, vor der sich die Athener verneigen.

»Die Geschichte hat mein Leben geschrieben«, sagte sie.

»Das Leben aller Menschen, die in irgendeiner Form mit Alexanders Feldzug in Berührung kamen, hat sich verändert. Ich lebte so nah bei ihm, daß ich zu einem Teil des Krieges wurde. Der Wendepunkt in meinem Leben ist also auf große historische Ereignisse zurückzuführen. Darum kann man die Geschichte des Reiches und meines Lebens in einem Zug erzählen.«

Da dachte ich zum ersten Mal, daß dies ihrer Meinung nach der Grund war, warum wir ihre Erinnerungen aufschrieben.

Thaïs weiß nicht genau, wann und wo sie geboren wurde. Aber ihre Eltern kennt sie: Der Vater war ein erfolgreicher Schildhersteller in Athen, und die Mutter stammte aus Milet, war also eine Metökin. Die Eltern waren verheiratet, aber die gemeinsamen Kinder erhielten dennoch kein volles Bürgerrecht. Die Mutter starb zuerst, worauf der Vater eine athenische Bürgerstochter heiratete.

Nur ein Jahr später starb auch er, und Thaïs, noch ein Kind, wurde weggeschickt. So entging ihr ein großes Erbe, das ihr Leben und ihre Möglichkeiten entscheidend verändert hätte. Sie selbst formulierte es so: »Wenigstens bin ich niemals auserwählt worden, im Tempel von Brauron eines von Athens *Bärenjungen* zu sein.« Was das auch immer bedeuten mochte, ich wagte nicht, sie danach zu fragen. Andere Völker haben sonderbare Bräuche, die sie selbst als etwas ganz Natürliches empfinden. So war das bestimmt auch früher bei den Athenern.

Ich aber war es, der sie daran erinnern mußte, daß ihr so ein erhebliches Erbe verlorengegangen sei, woraufhin sie nur mit den Schultern zuckte. Dann gab sie mir, nahezu ohne jede Regung, eine kurze Zusammenfassung von dem Schicksal ihrer Eltern. Sie konnte noch nicht einmal angeben, wo in Athen ihr Vater gewohnt hatte.

»In Wirklichkeit bin ich sogar froh darüber, daß sie mir

mein Erbe und meinen Rang gestohlen haben«, lachte sie. »Überleg doch, mein kleiner Eunuch, wenn die Familie meines Vaters mich anerkannt hätte, dann wäre mein Leben anders verlaufen. Ich hätte in vollkommener Abgeschiedenheit und Unwissenheit leben müssen, scheu wie jede andere Tochter und Frau eines athenischen Bürgers. So hätte ich mich selbst niemals kennengelernt.«

Ich glaube, daß ich sie verstand, aber ich wollte nicht, daß sie sich weiter in diesem Thema verlor, denn ich war gekommen, um ernsthaft zu arbeiten. Das teilte ich ihr dann auch mit, woraufhin sie laut auflachte und mir recht gab.

Das erste, woran sie sich erinnerte, waren die Schläge auf ihre Finger. Rhodope, die Besitzerin des Hauses, in dem sie für ihre weitere Erziehung untergebracht worden war, hatte sie geschlagen. Rhodope schlug so lange mit einem Stock auf ihre Finger, bis sie aufhörte zu weinen. Ein äußerst unlogisches Verhalten. Thaïs forderte, daß diese Erinnerung einen besonderen Stellenwert in der Erzählung einnehmen sollte, und ich habe mich, wie man sieht, ihrem Wunsch gebeugt, obwohl sie im selben Atemzug ihr »kleines weißes Haus in Dion« sowie einen Mann namens Phokion erwähnte.

Ich erinnere mich genau an das erste Mal, als ich in das Andron, den Festsaal der Männer, mit einer Flöte geschickt wurde. Ich erinnere mich an die erwachsenen Frauen in dem Raum und an ihr – mir damals unverständliches – Verhalten. An die Männer erinnere ich mich nicht, denn sie kannte ich nicht. Männer hatten bis dahin keine Bedeutung in meinem Leben gehabt, sie hatten keine Gesichter. Ich sehe es noch sehr genau vor mir, wie sich die Frauen plötzlich verwandelten. Vieles habe ich vergessen, aber nicht Rhodopes Haus und seine Geräusche: das herzerweichende Weinen, die Laute der Doppelflöte, wenn die Mädchen stundenlang übten, ohne den richtigen Ton zu treffen. Ich erinnere mich an Rhodopes Jünglinge, an Streit, Versöhnung und Trennung. Ich habe dort unfaßbare Niedertracht gesehen und erlebt, alles im Namen des jämmerlichen Versuchs, die guten alten Zeiten wiederaufleben zu lassen. Jede Widerwärtigkeit war erlaubt. Die reichen Männer mußten nur eines dieser Bilder auf ihrer Trinkschale entdecken, und schon wurde es nachgestellt. Oft genug hatte ich große Lust, jenen meiner athenischen Landsmänner ins Gesicht zu spucken, die glaubten, daß ein Symposiou vorsah, daß man sich um seinen Verstand trank.

Nach dieser Erzählung stand Thaïs auf und verließ mich. Offensichtlich hatte sie die Erinnerung zu sehr aufgewühlt. Die nächsten Tage erschien ich wie verabredet an ihrer Tür und wurde von wunderschönen Dienerinnen bewirtet. Aber Thaïs selbst bekam ich nicht zu Gesicht, und kein einziger Laut im Haus verriet ihre Anwesenheit. Aber ich wußte, daß sie da war, daß sie allem im verborgenen beiwohnte und mich überwachte. Am vierten Tag empfing sie mich mit freundlicher Herablassung und erzählte stundenlang von ihrer Kindheit. Aber in ihrer Stimme war keine Wärme. Ich tat, als würde ich mitschreiben, und wünschte mir genug Mut, sie zu unterbrechen und um die Wahrheit zu bitten. So glücklich, geborgen und umgeben von Freundschaft, wie sie mich glauben machen wollte, war wohl kaum ein Kind in einem Bordell in Piräus aufgewachsen.

»Liest der König diese Aufzeichnungen?« unterbrach sie vorsichtig ihren Bericht. Das war also der Grund. Sie wollte vor ihm, den sie früher einmal so gut kannte, nicht in einem schlechten Licht erscheinen.

»Glaube ihm kein Wort, wenn er von dem großen Erbe Athens redet«, sagte sie ruhig, aber mit einem spöttischen Unterton. »In Wirklichkeit hat er nicht vor, aus meinen Erinnerungen irgendwelche Lehren zu ziehen. Er will sie einmauern, so daß alle Welt für immer glaubt, daß er die griechische Freiheit bewahrt hat. Dabei hat er sie unterdrückt.«

Das waren ihre Worte. Ich sah weg, um sie nicht unnötig zu reizen.

Sie hatte sich diese neue Version ihrer Geschichte in den letzten drei Tagen ausgedacht, in denen sie mich auf Abstand gehalten hatte, und das irritierte mich. Hatte sie sich schon so weit vom eigentlichen Ziel entfernt, daß sie in mir nur eine Feder sah, die sie benutzen und zerbrechen konnte, wie es ihr gefiel?

Wir aßen zusammen, ohne ein Wort zu wechseln. Sie mußte mein Unbehagen gespürt haben, denn als die Dunkelheit uns wieder unsichtbar machte, ergriff sie das Wort und entschuldigte sich. Sie habe sich eine erträgliche Kindheit aus den Bruchstücken gebastelt, die sie aus ihrem früheren Leben retten konnte, sagte sie. In Wahrheit würde sie sich kaum an die erste Zeit in Rhodopes Haus erinnern, sie wüßte nur, daß sie das jüngste von sieben Kindern gewesen sei. Verschreckte Tiere, die weder Sklaven noch Freie waren. Sie sollten erzogen werden. Oder besser gesagt: Sie waren Schüler in Rhodopes Schule, in der die Unbrauchbaren im Laufe der Jahre ausgesondert wurden. In der Zwischenzeit galt es, soviel Nutzen wie möglich von den Kindern zu haben. Sie schleppten Wasser, putzten und servierten Essen.

Sobald die Mädchen ihre Milchzähne verloren hatten, brachte man ihnen das Flötenspiel bei und ließ sie an den Versammlungen und Mahlzeiten der Männer teilnehmen. Da ich selbst niemals ein solches Etablissement aufgesucht habe, weiß ich nicht, ob sie lügt oder übertreibt, aber ich glaube, daß sie zu Recht verbittert ist.

Die Kinder kamen und gingen, ich aber blieb. Ich war gehorsam, schnell, verstand die Befehle schon beim ersten Mal und hatte ein hübsches Gesicht. Darum setzte Rhodope große Erwartungen in mich. Ihr Etablissement war ein ehrenwertes

Haus, sie hätte niemals ihre achtjährigen Kinder an die Kunden verliehen und besaß auch keine Sklaven. Allerdings mußte sie für die Erziehung der Kinder beträchtliche Summen zahlen, und darum waren ihre Preise schwindelerregend. Sie selbst entdeckte die Kinder und suchte sich unter den Mädchen, die von vornehmen athenischen Bürgern ausgesetzt worden waren und gestorben wären, die hübschesten und tauglichsten aus. Oft habe ich gedacht, daß auf diese Weise sicherlich viele Männer mit ihren eigenen Schwestern und Töchtern Verkehr hatten.

Die Hübschen bildete sie zu Prostituierten aus, die Häßlichen verschwanden wieder, entweder wurden sie umgebracht oder verkauft. So hatte Rhodope einigen Reichtum angehäuft, und sie war stolz auf ihren Ruf. Unangemessen hohe Preise ziehen allerdings eine besonders vulgäre Klientel an. Rhodope hatte nur einen Feind, und das waren die richtigen Hetären, die edlen Damen. Mit ihnen konnte sie nicht konkurrieren, und darum lästerte sie bei jeder Gelegenheit über sie.

Ob die sich einbildeten, etwas Besseres zu sein, nur weil sie einen statt zehn Kunden hatten? Nur weil sie sich ihre Kunden selbst auswählen konnten? Oder weil ihre Häuser nur für die besten und nicht nur für die reichsten Kunden offenstanden? So konnte sie stundenlang verbittert über diese Frauen herziehen und erreichte doch nur, daß ich die Hetären bewunderte und beneidete. Deren Leben klang so viel verheißungsvoller als unseres, sie mußten auch nicht Doppelflöte während der Symposien spielen. Doch am meisten zog mich der Gedanke an, selbst über mein Leben bestimmen zu dürfen.

Rhodope wählte sich die Mädchen aus, mit denen sie in ihren Gemächern zusammenleben wollte, das bemerkte ich sehr früh. Doch sie wählte niemals mich, denn sie spürte, daß ich sie verachtete. Ich hatte sie durchschaut und war die einzige, die sie eines Tages übertreffen würde. Darum waren wir vom ersten Tag an Feinde.

Eine Bemerkung vom Schriftführer:

Ich habe vor, Rhodopes Wirkungsstätte in Piräus ausfindig zu machen, aber die Dame Thaïs hat mir geraten, die Sache auf sich beruhen zu lassen. Im Gegenzug hat sie mir aber empfohlen, ein ähnliches Haus für Feldstudien aufzusuchen, um eine Vorstellung von einem derartigen Etablissement zu gewinnen. Das würde ich allerdings niemals tun, obwohl ihre Angaben sehr ungenau sind.

Ich fragte ziemlich ungeduldig und ohne meine Unzufriedenheit zu verbergen, ob sie sich an den Augenblick erinnere, in dem sie begriff, wo sie gelandet war. Sie beantwortete meine Frage mit einem tiefgründigen, aber verschlossenen Blick und redete stundenlang über andere Dinge.

Es geschieht, daß ich vergesse, in welchem Ausmaß mein Zustand und meine Aufgabe mich vom Leben der anderen entfernt haben. Das ist der eigentliche Grund dafür, daß ich niemals eine Hetäre aufsuchen würde. Sie würde nicht den tieferen Sinn meines Daseins begreifen können, geschweige denn verstehen, welch große Ehre damals meiner Familie zuteil wurde. Sie würde nur sehen, daß ich ihr nicht von Nutzen sein und sie an mir kein Geld verdienen könnte. Eunuchen sind in diesem Land noch ein so junges Phänomen, daß die Menschen in uns in der Regel nur jämmerliche Schwächlinge sehen.

Thaïs als Hetäre

Ich saß in einer Ecke und sang. Da kam der große Mann, hob mein Kinn hoch und sah mich an. Ich verstummte augenblicklich und verschloß mich, ließ jede Berührung an meiner Oberfläche abperlen, so wie es mir Rhodope für Situationen, die einem unangenehm sind, beigebracht hatte. Die vollkommene Selbstbeherrschung war ein wichtiger Bestandteil der Ausbildung, die wir erhielten, bevor wir den Männern im Andron das erste Mal begegneten. Er strich mir übers Haar, und ich schloß die Augen.

»Sie wird dir noch sehr nützlich sein. Ist sie eine Sklavin?« fragte er Rhodope, so als wäre ich ein schöner Stein, den er gefunden hatte. »Nein«, beeilte sie sich zu antworten. Ich war so neugierig, was sie sagen würde, denn ich wußte selbst nicht, wer ich war. Ich sei eine frei geborene Athenerin, ob er das nicht an meinem Haar wie Sand und meiner Haut wie Sahne sehen könne? Nur in Athen würde man diese rundwangigen Mädchen finden, die früh reif wurden. Mein einziger Fehler sei, fügte sie hinzu, daß ich so kleinwüchsig wäre.

»Hast du sie noch nie singen hören?« fragte er und strich mir über Wange und Haar. »Mein kleines Mädchen, hast du etwa eine Nachtigall verschluckt?« Dann hob er mich hoch auf seinen Schoß und bat mich, für ihn zu singen. Da dachte ich mir, daß er mir vielleicht doch nichts Böses wollte, und sang das Lied, das mir einer von Rhodopes Sklaven beigebracht hatte. Das war meine erste Berührung mit Makedonien gewesen, aber das wurde mir erst später bewußt, als ich das Lied erneut im Palast von Aigai hörte. Ich sang, und Rhodope kam zu uns und hörte mir zu. Später nahm sie mich beiseite und betrachtete mich eingehend. Sie saß in der Sonne und fragte mich, ob ich nicht von jetzt an jeden Abend für sie und ihre Gäste singen wolle. Ich errötete, und meine Kehle schnürte sich zusammen. Singen war für mich die intimste Handlung, die ich kannte. Man sang eigentlich nur für sich selbst. Rhodope schlug mich nicht, wie sie es mit den anderen Kindern tat, die nicht gehorchen wollten.

»Laß dir alle Zeit der Welt, aber ich will dich heute abend singen hören«, sagte sie leise und hielt einen Augenblick inne. Dann gab sie mir einen Klaps auf die Wange, halb strafend, halb zärtlich, und verließ mich.

Ich starrte auf die kleinen Vögel aus Terrakotta an der Dachkante und versuchte mich zu beruhigen. Den Rest des Tages blieb ich dort sitzen und wartete auf den Augenblick meines Untergangs. Es wurde Abend, und Rhodope holte mich zu sich und ihren Freunden. Als ich meinen Mund öffnete, entströmten meinen Lippen die schönsten Töne. Erst als ich das Lied beendet hatte, wagte ich es, wieder zu Rhodope hinüberzusehen. Kalt und unnahbar stand sie da, mit einem Gesichtsausdruck, der kaum ihre Gefühle verriet. Und dennoch sah ich eine einzige Träne ihre Wange hinunterlaufen. Er habe recht gehabt, sagte sie anerkennend, kam zu mir, umarmte mich ohne jede Herzlichkeit und wühlte in meinem Haar. Zu mehr war sie nicht in der Lage. Sie kannte keine Liebkosungen um der Zärtlichkeit willen.

Ich war elf, und Rhodope hatte eine Idee. Sie würde viel Geld mit mir verdienen können, darum sollte ich eine besondere Ausbildung bekommen. Es konnten mitunter Jahre vergehen, bevor sich die Eignung zur Hetäre offenbarte, doch die galt es dann zu fördern. Ich hatte mich von einem wertlosen Kind in eine Investition verwandelt.

Am Tag darauf erzählte Thaïs kühl und mit großer Distanz von ihrem ersten Besuch in einem der Häuser oben in Athen in Begleitung der erwachsenen Frauen. Sie erinnerte sich an jede Einzelheit. Offenbar wollte sie sich damit geißeln.

Du kennst doch Platons Symposiou, nicht wahr? Und du denkst sicherlich, daß alle griechischen Symposien genauso verlaufen? Aber nein, nein und nochmals nein – wenn es doch nur so wäre! Ich sah dort einen betrunkenen und ungehobelten Mann aus Theben, der einer Frau mit seinem Schuh in den Nacken schlug, während er ungezügelt und rücksichtslos seinen Penis in sie stieß und sie vor Schmerzen schrie. »Ich habe nicht dafür bezahlt, daß du dich dabei amüsierst«, rief er und schlug weiter auf sie ein.

Und diesen Menschen soll ich vorsingen? dachte ich. Wo bin ich hier nur gelandet? Für Schönheit war überhaupt kein Platz in ihrer Welt. Das sagte ich auch Rhodope auf unserem

Heimweg, aber sie lachte nur und wehrte die Frage ab. Ich solle nicht so viel grübeln und urteilen, ich sei ausschließlich für den Gesang zuständig. Also gehorchte ich und sang, aber immerhin geschah das aus meinem eigenen freien Willen, und keiner bezahlte mich dafür. Sie genossen es – ohne mich auch nur mit dem kleinen Finger zu berühren.

Nur an einem einzigen Abend, an dem sogar ein glühendheißer Wind wehte, in der dunklen Nacht der Zikaden, griff ein Mann meinen Arm und zwang mich auf alle viere. Ich drehte mich zu ihm und sah ihm fest in die Augen. Er hielt mitten in seiner Bewegung inne, und sein dummes Grinsen in seinem bärtigen Gesicht erstarb augenblicklich. Dann erhob ich mich, und wir standen uns gegenüber. Wir waren, soweit ich mich erinnere, in seinem Haus zu Gast und hielten uns in seinem Andron auf. Wir waren umgeben von seinen Freunden, und er hatte für alles bezahlt, womit Rhodope aufwarten konnte. Ich gehe davon aus, daß er somit auch das Recht gehabt hätte, alles mit mir zu machen. Im Halbdunkel neben uns wälzten sich nackte Körper, es herrschte ein heilloses, lautstarkes Durcheinander. Es wäre ein leichtes für ihn gewesen, mich auf den Boden zu zwingen. Anstelle dessen fiel er in sich zusammen, als hätte er erst in diesem Moment begriffen, was da in seinem Haus vor sich ging, und daß dies nichts mit Lust zu tun hatte.

Er ließ mich los, und als er einen Schritt nach hinten machte, sah ich, daß auch sein Glied erschlafft war, und ich spürte einen unerklärlichen Triumph in mir aufsteigen.

Und du, der niemals bei einer Hetäre war, glaubst sicher, daß es ein wunderbares Leben sein muß, neben klugen Männern zu Tisch zu sitzen, ihren Diskussionen beizuwohnen und ihnen danach zu Diensten zu stehen und sich ihnen hinzugeben? Du meinst sicher, daß es unsere Natur sei, sich anderen auf diese Weise zu fügen?

Ihre Stimme war hart und voller Hohn, als sie mich das fragte. Ich war tief verletzt, meine Seele schmerzte, als hätte sie mich mit der Frage bestrafen wollen. Warum ließ sie ihre Wut gerade an mir aus, der sich noch niemals einer der Übergriffe, die Frauen von Männern erdulden müssen, schuldig gemacht hatte? Ich wußte nicht, was ich antworten sollte, ich war doch nur hier, um ihre Erinnerungen aufzuschreiben. Außerdem wollte ich endlich zu weitaus interessanteren Themen vorstoßen, wie beispielsweise ihrer ersten Begegnung mit Alexander dem Großen.

»Du machst dir keine Vorstellung von der Häßlichkeit des Menschen«, sagte sie. »Wie solltest du auch?« Dann holte sie zwei Trinkschalen und zeigte auf die Bilder, die ich bereits kannte.

»Schon zu meiner Zeit empfanden die besseren Familien solche Aktivitäten als entwürdigend«, dozierte sie. »Diese Schalen galten als ›Großvaters schmutziges Symposiou-Geschirr‹, und viele von ihnen wurden von wütenden Erben zerstört. Und dennoch führten sich die meisten Männer auf wie Satyrn, wenn sie ausreichend getrunken hatten und Hetären in ihrer Nähe waren.«

Es dauerte lange, bis ich sie wieder beruhigt hatte und ihr erklären konnte, daß mein Auftrag nur lautete, die Wahrheit zu erfahren. Doch Thaïs genügt es nicht, nur zu erzählen, sie will, daß ich sie verstehe und alles mit ihr zusammen noch einmal erlebe, so daß meine Haut von den Schlägen brennt und vor Scham errötet.

Ich kannte sie noch nicht lange, und doch hatte sie sicher schon den Eindruck, daß sie sich mit ihrem bisherigen Bericht eine Blöße gegeben hatte.

»Bist du noch immer neugierig? Ich habe vor, meine Briefe zu verbrennen, aber vielleicht können wir sie später ja noch gebrauchen. Dann verbrenne ich sie besser hinterher«, sagte sie und sprach dabei mehr zu sich selbst als zu mir.

Er muß dich eigentlich gar nicht zu mir schicken, er erinnert sich doch an alles, mein Ptolemaios. Die erste Nacht in Memphis. Die Häuser, deren dicke Mauern die Hitze verschluckten; der Wüstensand, der wie kalte Asche an den Wagenrädern und Füßen klebte. Ich mochte Memphis nie besonders gern, aber so lernten wir Ägypten kennen. Wir kamen zwar aus dem reichen Persien, waren aber dennoch genügsam. Wir hatten damals keine großen Ansprüche, schließlich hatten wir jahrelang wie Feldherren im Krieg gelebt. Er sprach mit seinen Offizieren und den ägyptischen Ratsgesandten, die ihn anflehten, das Land von seinen korrupten Herrschern zu befreien. Danach kam er zu mir, wie er es immer tat, wenn etwas Bedeutendes geschehen war. Wir saßen lange nebeneinander, sahen in den Sonnenuntergang und genossen die fernen Geräusche der Stadt und die frische Brise. Seine Hand ruhte auf meinem Knie, und sein Gesicht strahlte vollkommene Ruhe aus, was so selten geschah.

Aber selbst jetzt, da er zum Gott geworden ist, wagt er es nicht, sich auszuruhen. Und bei wem sollte er auch Ruhe finden? Sollte er womöglich bei den großen, stolzen Königinnen Zuflucht suchen, die kein einziges Mal die Erde mit ihren Füßen berührt haben, seit sie in Ägypten angekommen sind?

Er legte seinen Kopf in meinen Schoß und schluchzte, wie bei unserer ersten Begegnung.

Da erinnerte ich mich wieder.

Sogar meine aufgesprungenen Fingerspitzen erinnern sich an Rhodopes Feste, an meine Abscheu und meinen Widerwillen. An diese abstoßende Gier, wenn Männer vergessen, daß auch Frauen über Ohren, Sprache und Gedächtnis verfügen.

Ich schrieb und schrieb und wagte nicht, von meinen Sätzen aufzusehen. Und ich Narr hatte doch tatsächlich gedacht, daß es mir gelingen würde, einen zusammenhängenden und chronologischen Bericht von ihr zu bekommen! Ich, der sie förmlich genötigt hatte, zu erzählen, was »wirklich« passiert ist. Aber man erinnert sich anders, wenn man achtzig ist.

»Du kannst bei der Gelegenheit gern den großen Gott auf Kypros fragen, wie wütend Ptolemaios geworden ist, als ich sein Heiratsangebot ausschlug«, sagte sie unvermittelt. »Er hat meine Beweggründe nie verstanden, glaube ich. Aber meine schönen Söhne sollten Griechen werden und keine Untergebenen eines makedonischen Königs. Weißt du eigentlich, daß mein ältester Sohn alle Wettkämpfe bei den Olympischen Spielen gewonnen hat? Sogar das Wagenrennen!«

Ja, das wußte ich. Auch Ptolemaios war sehr stolz auf seinen griechischen Sohn.

Nach diesem Treffen zog sie sich für eine Weile zurück und schickte mir lediglich ein paar Briefe mit fadenscheinigen Entschuldigungen. So beklagte sie, krank zu sein, obwohl ich ihre Sänfte am Tag zuvor auf der Agora der Stadt gesehen hatte. Deshalb war ich sehr überrascht, als ich eines Tages zu ihr gebeten wurde und sie mich gutgelaunt und fast streitlustig empfing.

»So, junger Mann – oder wie immer man euch anspricht«, sagte sie und legte drei Papyrusrollen vor mir nieder. »Du bist eigentlich nur daran interessiert, etwas über Alexander den Großen zu erfahren, habe ich recht? Kaum jemand weiß etwas über ihn, mit Ausnahme des Königs und mir. Wer weiß zum Beispiel, daß er Linkshänder war?«

Ich wollte kein fertiges Mahl serviert bekommen, ohne selbst nach meinem Geschmack Gewürze hinzufügen zu können. Darum bat ich sie, den Inhalt der Rollen laut vorzulesen und mir dann zu erzählen, was ihr dazu einfiel. Sie reagierte verwundert, ließ dann aber Wein bringen, von dem sie selbst am meisten trank. Um mich zu beeindrucken, befahl sie ihren Sklaven, einen riesigen goldenen Krater aus Makedonien hereinzutragen. Etwas so Vulgäres hatte ich in einem privaten Haus zuvor noch nie gesehen.

Sie öffnete die Rollen nicht, sondern begann in fast überstürzter Eile zu erzählen, so als habe sie den Vortrag schon unzählige Male zuvor gehalten und auswendig gelernt. Mir kam in den Sinn, daß ich ihr Retter war, denn ich hatte die Aufgabe übernommen, ihre Version der Ereignisse zu verewigen. Bis zu diesem Augenblick hatte ich das in mir gesehen, was sie wohl in mir sah: ein nervtötendes Insekt, dessen Stichen sie auszuweichen versuchte. Erst jetzt akzeptierte sie meine Nähe. Sie respektierte mich nicht, hatte aber offenbar ein nützliches Werkzeug in mir erkannt.

Ich begriff, daß sie schon vor langer Zeit gewittert hatte, was der König wirklich wollte. Denn sie hatte ihre Erinnerungen im großen und ganzen bereits selbst niedergeschrieben und ließ mir nun ab und zu ein paar unschuldige Auszüge zukommen, die ich dann zu einer chronologischen Geschichte zusammenstückeln durfte. Aber da irrt sie sich gewaltig! Ich werde mich dem nicht beugen. Sie hat ihre Form gewählt, und an die werde ich mich halten. Darum folgt jetzt ihre Beschreibung des Alexander, des großen makedonischen Königs, den sie demonstrativ nur als »meinen Schwager« bezeichnet.

Ich habe den Eindruck, daß sie diese Beschreibung direkt an Ptolemaios Soter adressiert hat, darum zittert meine Hand, während ich ihren Bericht anhefte.

Thaïs' Erzählung vom Mord an Kleitos durch Alexanders Hand in Marakanda

Ich sehe mich gezwungen, von der gespaltenen Persönlichkeit des Königs zu berichten. Es ist eine furchtbare Geschichte, die alle gern vergessen würden, die aber durch unsere Erinnerungen geistert und von der Fremde so fasziniert sind. Ich war Augenzeugin und habe nichts zu verlieren, wenn ich erzähle, was sich wirklich ereignet hat.

Dir zuliebe, junger Freund, werde ich kurz den Verlauf des Krieges skizzieren.

Alexanders Vater, König Philipp, wurde ermordet und Alexander mit nur zwanzig Jahren zum König ernannt. Über Nacht mußte er die Macht in Hellas und Makedonien übernehmen.

Zwei Jahre zuvor hatte Philipp die freien Stadtstaaten in Hellas unterworfen und als Ersatz für die verlorene Freiheit versprochen, den größten Feldzug aller Zeiten gegen unsere alten Feinde, die Perser, zu führen. Denn unsere Kolonien in Kleinasien wurden von den Persern unterjocht und sehnten sich nach Freiheit, ebenso wie die griechischen Städte des großen Tyrannen im Osten ledig sein wollten.

Mit 50000 bewaffneten Männern überquerte Alexander den Hellespont und fiel in Asien ein. Der Perserkönig Dareios unternahm nichts, um das feindliche Heer zu stoppen. Nur sein General Spithridates, Gouverneur in Ionien und Lydien, stellte sich uns in den Weg und hätte uns um ein Haar bezwungen. Aber Alexander gelang es, die drohende Niederlage in einen triumphalen Sieg zu verwandeln.

Von diesem Tag an übernahmen die Makedonen die Führung. Unsere Städte in Kleinasien wurden eine nach der anderen befreit und eine demokratische Führung wiedereingesetzt. Erst da mischte sich Dareios in den Krieg ein und erlitt eine schwere Niederlage in Issos. Er selbst konnte entkommen, aber seine Familie, seine Kriegskasse und der Haushalt des Großkönigs fielen in unsere Hände. Als auch Tyros und Sidon unterlagen, war der Weg nach Ägypten frei, und Alexander gründete unsere Stadt Alexandria und wurde als Pharao inthronisiert.

Von da an schien nichts mehr unmöglich. Bei Gaugamela schlug Alexander Dareios' Heer zum zweiten Mal. Die

Perser öffneten die Pforten nach Babylon und setzten Dareios ab – wir fanden ihn sterbend vor. Alexander sagte, daß schlimmer noch als ein Aufstand gegen den König sei, daß der Herrscher über den größten Teil der Welt einsam und jämmerlich sterben würde. Dareios' Reich starb mit ihm.

In den folgenden Jahren bezwang Alexander Persien, Parthien, Baktrien, Sogdien und gelangte schließlich bis nach Indien. Dort weigerten sich seine Soldaten allerdings, ihm noch weiter zu folgen. Alexander kehrte um und trat die Heimreise an, kam aber nur bis Babylon. Ich selbst war dabei und sah alles mit eigenen Augen, aber in meiner Erinnerung vermischt sich Wichtiges und Unwichtiges. Das ist das Dilemma von Augenzeugen.

Wir selbstbewußten Griechen hatten uns geirrt. Wir hatten in den Makedonen immer nur Barbaren und Gorgonen gesehen und waren der Ansicht, daß nur wir in wahrhafter Freiheit lebten. Wir ahnten nicht, daß wir in Wirklichkeit die letzten Tage unserer Alten Welt erlebten, sondern wähnten uns in dem Glauben, unsere Staatsform und Weltsicht in alle Länder tragen zu können. Die Makedonen wollten um jeden Preis Griechen sein. Und wir konnten sie nicht daran hindern, über uns und unsere Welt die Kontrolle zu übernehmen. Darum endeten wir hier, als Untertanen von Königen, die sich Götter nennen. Unsere Welt ist ausgelöscht. Ich bin die einzige, die erzählen kann, wie es dazu kam, denn ich habe nichts mehr zu verlieren.

Die Begebenheit, von der ich jetzt berichten will, ereignete sich während des Krieges in einem fremden Land. Gerade waren wir Zeugen einer Verschwörung geworden, wie Alexander es nannte: der engste Freund seines Vaters, Parmenion, war aufgrund des Verdachtes gegen seinen Sohn Philotas umgebracht worden. Wir waren weiter nach Baktrien gezogen, und im Frühjahr darauf eroberten wir die sogdische Klippenburg. Da war Alexander Roxane noch nicht begegnet, er war unverheiratet und seine Zuneigung zu Hephaistion ungebrochen – so glaubten wir.

Als König mußte Alexander den Überblick bewahren und am besten in die Zukunft sehen können. Darum machte es ihn unruhig, tatenlos im Winterquartier ausharren zu müssen. Er zog lieber durch die Wüste, als nur abzuwarten, nachzudenken und zur Besinnung zu kommen. Das wußten wir bereits – alle, die ihm nahestanden, wußten es, aber der Moment, um einzuschreiten oder gar das Unglück zu verhindern, war vorbei.

Es geschah in Marakanda, das andere auch Samarkand nennen. Alle tranken an diesem Abend hemmungslos. Nicht etwa, um die begangenen Verbrechen und Sorgen zu vergessen oder Dionysos zu feiern. Alle tranken ohne Grund Unmengen von ungemischtem Wein, und alle Gäste waren nach makedonischem Brauch mit vulgären goldenen Kränzen geschmückt.

Alexander wich von seinen eigenen Regeln ab und opferte den Dioskuren, Zeus' und Ledas Söhnen. Warum er das tat, weiß ich nicht, und keiner wagte ihn danach zu fragen, denn er war die letzten Tage niedergeschlagen und schweigsam gewesen. Es geschah ihm zu wenig, der Krieg war bei weitem nicht mehr so grandios und aufregend wie zu dem Zeitpunkt, als wir dem fliehenden Perserkönig Dareios auf den Fersen waren.

Ptolemaios versuchte vergeblich, Alexanders Stimmung zu heben, indem er es ihm nachtat, Becher für Becher, aber den König verlangte es eher nach hemmungslosem Lob, nicht nach hemmungslosem Rausch. Einige der unterwürfigen griechischen Generäle erkannten seine Schwäche und begannen, ihn mit Lob zu überschütten. Seine wahren Freunde lobten ihn nie, sie kannten ihn und seine Qualitäten ja.

Es hätte falsch geklungen, wenn Ptolemaios seine Bewunderung so geäußert hätte. Doch diesen Umstand nutzten die anderen für sich. Zu Beginn lachte Alexander laut über ihre Andeutungen, daß er eine Art Gott sein müßte. Ptolemaios griff diesen Gedanken auf und gab sich als den sterblichen der beiden Dioskuren aus, denn sie seien ja Halbbrüder. Mein Geliebter war betrunken, aber fröhlich. Im Verlauf des letzten Jahres hatte er sich die Position an Alexanders Seite sichern können.

An diesem Abend hatte er mich erst gerufen, als das Fest langweilig wurde. Ich war die einzige Frau, wie so oft zuvor. Zu Hause in Dion hatte ich es immer genossen, Gastgeberin zu sein, hatte gern den Wein gemischt und serviert und sorgfältig darauf geachtet, daß meine Gäste das Fest genossen. Doch im Winterlager von Marakanda war nichts dergleichen möglich.

Ich sang, hauptsächlich für Alexander, der allerdings kaum Notiz von mir nahm. Später setzte ich mich auf den Rand von Ptolemaios' Kline, und er legte seinen Kopf in meinen Schoß und nickte ein. Ich spürte eine quälende Unruhe, hatte schon längst die schlechte Stimmung bei diesem Gelage ausgemacht. Keiner von uns konnte sich zurückziehen, bevor uns Alexander die Erlaubnis erteilte, auch ich als Griechin und Hetäre konnte nicht frei handeln. Obwohl ich von den Anwesenden in vielerlei Hinsicht wohl die freieste war. Aber wir hatten schon einiges miterlebt und fürchteten uns vor Alexanders Zorn. Nur mein Geliebter schien sich geborgen zu fühlen. Ich legte meine Hand auf sein weiches Haar, und er nahm sie und küßte meine Fingerspitzen. Keiner achtete auf uns. Ich sehnte mich nach meinen Kindern, der Ruhe des Zeltes und dem Geruch des Lagerfeuers, das die Pagen hüteten.

Immer wenn die Nächte in Sogdien besonders lang wurden, mußte ich an unser kleines, weißes Haus in Dion denken, und eine schmerzhafte Sehnsucht erfüllte mich. Sehnsucht nach Frieden und Heimat.

Dann fiel mein Blick auf Kleitos, den ich von meiner kurzen Zeit in Dion und vom Exil in Illyrien kannte. Er hatte mich stets mit Wohlwollen und – was für einen makedonischen Mann selten war – mit Respekt behandelt. Kleitos war ein großer dunkler Mann, der so gar nicht den hellhäutigen Makedonen ähnelte. Darum nannten sie ihn auch Kleitos, den Schwarzen. Er war nicht so jung wie Alexanders Freunde, aber Alexander genoß es, seine Gunst gerecht unter den Generationen zu verteilen, darum hatte er nach Philotas' Tod das Kommando über die Reiterei zwischen Hephaistion und Kleitos aufgeteilt.

Von da an mußte also Alexanders Geliebter Hephaistion das Kommando, das er selbst so sehr begehrt hatte, mit einem Mann von niedriger Geburt teilen. Wir alle wußten sehr wohl, warum Alexander zwei Kommandeure für die Reiterei eingesetzt hatte. Hephaistion war der schönste Mann nach dem Prinzen Paris, und Alexander und er liebten sich mit einer innigen Selbstverständlichkeit.

Aber Alexander war trotz seiner großen Verliebtheit nicht blind für die Fehler seines Geliebten. Hephaistion sah auf einem guten Pferd großartig aus, aber er war kein mutiger Anführer, und es geschah durchaus, daß er den Überblick verlor. Er war träge, liebenswürdig und ein bißchen langsam in seiner Auffassungsgabe, besonders auf dem Schlachtfeld. Alexander wollte noch einen Mann mit den Eigenschaften, an denen es seinem Geliebten mangelte. Darum hatte er Kleitos ausgewählt.

Hephaistion hatte seinem Vorgänger, dem hingerichteten Philotas, nicht gerade herzliche Gefühle entgegengebracht. Philotas war hingerichtet worden, weil er den König nicht über mutmaßliche Komplotte unterrichtet hatte. Es war die erste Hinrichtung in dem Freundeskreis um Alexander gewesen, die erste Handlung, die Alexander als makedonischer König und persischer Großkönig ausführte. Ptolemaios meinte, daß Hephaistion wohl seine Finger im Spiel gehabt habe.

Ich mochte Philotas nicht und verhielt mich bei seiner Hinrichtung still. Ich hatte meine Gründe dafür, auf die ich später noch zurückkommen werde.

Kleitos hatte sich bereits unverhohlen bei allen, die sich nicht dagegen wehrten – und das waren in der Regel Ptolemaios und ich –, darüber beklagt, daß Hephaistion zwar schöne Schenkel hätte, aber keine Männer führen könnte. Sie würden ihm nicht mit derselben Ergebenheit gehorchen wie damals dem wilden Philotas.

Warum nur ähnelte Alexander seinem klugen Halbbruder nicht ein wenig mehr? Dann wäre er endlich zur Ruhe gekommen und hätte ihnen den Sieg verschafft, der ihre Heimkehr nach Makedonien und Hellas ermöglicht hätte. Wir saßen in dem Sprossensaal, der einst dem Perserkönig in Marakanda gehört hatte. Ich war nicht die einzige, die sich das Ende des Festes herbeiwünschte, damit wir endlich unsere verdiente Nachtruhe bekommen konnten.

Kleitos lagerte auf der Kline uns gegenüber. Er stöhnte vernehmlich auf, als Alexander mit lallender Stimme begann, seine Siege aufzuzählen.

Sie waren also drauf und dran, ihn zum Gott zu erklären, aber hatten seine Freunde ihm damals auf der Löwenjagd nicht das Leben retten müssen? Und hatte gerade Kleitos nicht sein Leben mit dem Schild beschützt, als er zu Fuß und ohne Helm kämpfte, um sein Glück zu beweisen? Kleitos hatte im letzten Augenblick einen persischen Krieger getötet, der den König von hinten angreifen wollte. Und hier saß Alexander nun und verleugnete die Wahrheit. Kleitos fuhr unbeirrt fort, seine mürrischen Bemerkungen über die mangelnde Göttlichkeit des Königs zu machen. Wir alle wußten, daß Alexander genau zuhörte.

Ich beobachtete Alexanders Mimik, denn er war nicht nur betrunken, sondern suchte geradezu nach einem Opfer, an dem er seine aufgestaute Wut ablassen konnte. Ich kannte ihn so gut, daß ich wußte, wann seine Geduld reißen würde, und alle Zeichen deuteten darauf hin, daß dies kurz bevorstand: Das angeschwollene Gesicht, die glasigen, geröteten Augen ließen keinen Zweifel.

Derjenige, der sich jetzt über ihn lustig macht, wird des Todes sein, dachte ich und drückte dabei aus Versehen Ptolemaios' Ohrläppchen. Der lachte auf und zog meine Hand beiseite.

»Und vergeßt nicht die große Schlacht bei Chaironeia!« hörte ich Alexanders schöne Stimme in den Raum brüllen. »Wer hat denn Philipps größte Schlacht gewonnen?« Hochmütig deutete er mit dem Zeigefinger auf seine Brust und nickte.

Aber alle Anwesenden wußten es besser. Als Sechzehnjähriger hatte Alexander die Erlaubnis bekommen, an der Seite seines Vaters in die Schlacht zu ziehen, und hatte seine Aufgabe hervorragend gemeistert. Aber die Schlacht für ihn gewonnen? Wohl kaum!

»Das Pferd des alten Mannes war gestürzt, und er hat sich tot gestellt. Und ich habe ihn mit meinem Schild beschützt. Aber er hat niemals, niemals anerkannt, daß ich sein Leben gerettet habe!« schrie Alexander außer sich vor Wut.

Das war also die eigentliche Ursache seines Zorns, dachte ich. Philipp war der Grund, der Mann, den er nie »Vater« nannte und dem er doch mit seiner mangelnden Selbstbeherrschung so sehr ähnelte. Philipp, der ihm alles gegeben hatte, was er sich wünschte: Aristoteles, die Freiheit und das Recht, seiner Mutter beizustehen.

Der einzige in der Runde, der darauf reagierte, war Kleitos, der kicherte und seinen Kopf schüttelte. Ptolemaios setzte sich auf und legte seinen Arm auf meinen Rücken.

»Geh jetzt besser, Thaïs«, flüsterte er mir ins Ohr. Aber ich konnte mich nicht bewegen, wußte, daß dies hier schrecklich enden würde. Warum war Alexander so betrunken, warum konnten wir ihm nicht helfen? Der Abstand zu ihm war zu groß geworden, wir hatten ihn zum Gott erhoben. Sogar Hephaistion war machtlos. Er saß kerzengerade neben seinem Geliebten und starrte ihn nur fassungslos an. Wenn er es gewagt hätte, seine Hand auszustrecken und ihn zu streicheln, hätte das Unglück vielleicht abgewendet werden können. Doch auch daran zweifle ich.

»Laß uns ein wenig Musik hören«, flüsterte ich Ptolemaios zu, und er wandte sich an Hephaistion, damit er die Musiker hereinholte. Leider war der Sänger – ein Hellene, wer sonst – so töricht, ein Schmählied auf makedonische Generäle auszuwählen, in dem sie von Barbaren erniedrigt werden. Manchmal kann selbst die größte Entschlossenheit den Lauf des Schicksals nicht abwenden.

Kleitos bemerkte, daß sich Alexander über seinen unverhohlenen Kommentar amüsierte. Daraufhin richtete er sich zu voller Höhe auf und hieß den Sänger innehalten. Aber wir Hellenen lassen uns nicht einfach so unterbrechen, deshalb mußte Kleitos die Musik übertönen.

»Es ist für einen Makedonen inakzeptabel«, rief er, »im Winterquartier des makedonischen Königs zu sitzen und sich – zumal noch in Gesellschaft der schlimmsten Barbaren – demütigen und verspotten zu lassen. Denn selbst wenn es einem Griechen schlechtgeht, ist er besser zu ertragen als jeder beliebige Barbar. Wenn Hellenen Mißerfolge erzielen, dann nur, weil sie kein Glück hatten. Und ein Hellene, der eine Schlacht verloren hat, steht weit über jedem Perser.«

Und dann zeigte er auf den hohen persischen Beamten, der bis zu diesem Augenblick ruhig und zurückhaltend gewesen war. Alexander wegen seines Umgangs mit Persern zu kritisieren war einfältig. Schließlich hatte er das Perserreich erobert und mußte sich um dessen Verwaltung kümmern.

»Aha, du hast also ein neues Wort für Feigheit gefunden:

Unglück«, lachte Alexander und wandte sich auffordernd zu uns anderen. Erkannten wir wirklich nicht, wie sehr ihn das beleidigte und daß wir ihm beistehen sollten? Womöglich waren wir ja tief in unserem Inneren sogar einer Meinung mit Kleitos?

Kleitos war nicht nur mutig, sondern auch der größte Mann des Heeres. Schon sitzend war er eine imposante Erscheinung, aber wenn er aufstand, nahm es einem schier den Atem. Er war fast zwanzig Jahre älter als Alexander und gezeichnet von den vielen Kriegsjahren, die er erlebt hatte. Wir alle hatten großen Respekt vor ihm. Er war einer der Generäle, denen die Soldaten bedingungslos folgten. Selbst wenn er außer sich war vor Wut, wirkte er vollkommen ruhig und beherrscht. Doch wehe dem, der in seiner Nähe stand.

»Feigheit?« wiederholte er in demselben Tonfall, mit dem er auch seine Befehle gab. »Ja, ich kann beschwören, daß ich weiß, was Feigheit ist. Es war meine Feigheit, die dein Leben gerettet hat, als du damals übermütig und nachlässig wurdest und deinen Rücken einem Speer zuwandtest, der du dich selbst zum Sohn eines Gottes ernannt hast. Meiner Feigheit verdankst du es, daß du noch lebst. Wer hat dich denn so groß gemacht, kleiner Junge? Es waren doch die Abertausende von Makedonen, die sich erschlagen ließen auf der langen Reise von Chaironeia bis nach Persien. Und das nur für dich! Du bist so mächtig geworden, daß du auf das Andenken deines Vaters spuckst und dich Sohn des Ammons nennst. Ich würde auf Ammon spucken, aber für Philipp würde ich sterben! Er war ein großer Mann, ein guter König und ein treuer Freund. Und ein wahrhafter Makedone!«

Ich erinnere mich an jedes einzelne Wort, denn ich war nüchtern. Jene Historiker, die Alexanders Heer begleitet haben, zeichneten auch Kleitos' Anklage auf. Aber ich befürchte, daß sie die Schärfe der Rede abgemildert haben.

»Es sollten nicht nur die Namen der Herrscher genannt werden, wenn man von Siegen spricht, sondern auch die der unzähligen Soldaten, die gekämpft und gelitten haben, starben oder siegten. Sie sind genauso wichtig wie die Könige selbst«, fuhr Kleitos fort. »Zu Hause hatten sie immerhin noch das Recht, ihren König abzusetzen, welches Recht haben sie jetzt noch? Nur das Recht, zu gehorchen und zu sterben!«

»Du Schurke!« schrie Alexander, und seine Stimme war messerscharf und zerhackte Kleitos' Worte. »Glaubst du etwa, du wirst deiner Strafe entkommen?«

Kleitos blieb vollkommen ruhig: »Der Strafe entkommen! Wir Makedonen haben deine Größe mit unserem Blut bezahlt und sollen dafür jetzt bestraft werden? Wer hat deiner Meinung nach für deine spektakulären Siege und Triumphe bezahlt? In Wahrheit sind doch die Toten glücklicher als wir, denn sie mußten nicht in der Stunde des Sieges vor dem König auf die Knie fallen, den sie selbst an die Spitze gesetzt haben, und sie mußten keinen persischen Lustknaben bitten, bei dem König eine Audienz zu bekommen, den sie einst als freie Männer gewählt haben.«

Meine Freunde von damals behaupteten immer, daß sich Kleitos nicht unter Kontrolle hatte, daß er sich in Rage redete und übertrieb und darum die Strafe gerechtfertigt gewesen sei. Ich jedoch erinnere mich vor allem an seine Selbstbeherrschung. Ihm war es gleich, ob ihm seine Worte das Leben kosten könnten, er mußte – als der Hellene, der er war – sagen, was er dachte. In Wahrheit sprach er das laut aus, was wir anderen während des Feldzuges in Persien gedacht hatten.

Alexanders Freunde eilten herbei, um Kleitos zu widersprechen – die neuen Freunde des Königs! Jene, die ihn seit der Kindheit kannten, verstummten bestürzt. Kleitos hatte sie an ihren eigenen Widerstand gegen die Perser, den Großkönig und an Ammons Orakel erinnert, das Alexander zum Sohn des Zeus ausgerufen hatte: Selbsttäuschung und falsche Größe hatten sich seiner bemächtigt. Jetzt rangen sie mit ihren Zweifeln.

Ptolemaios war verwirrt. Er hatte meine Hand losgelassen, und als ich ihn berühren wollte, wich er mir aus. Doch ich sah, wie er vor Furcht zitterte. Sogar Hephaistion schwieg. Alexander nutzte die kurze Pause, um einen weiteren Becher zu leeren. Einige der Makedonen waren in ein wildes Handgemenge auf dem Boden verwickelt, schöne Trinkgefäße wurden umgestoßen, goldene Blumenkränze zertreten, und betrunkene Männer stolperten übereinander.

Mein Blick fiel auf einen der griechischen Philosophen, der das Heer anführte. Er tat, als sei nichts geschehen. Zwei ansonsten fröhliche Makedonen, Pagen des Königs, versuchten Kleitos zur Besinnung zu rufen. Er aber weigerte sich.

»Ich bin Makedone, und keiner kann mir die Redefreiheit verbieten, ohne mich zu töten. Und der König hat kein Recht dazu, einen freien Mann zu töten. Wenn du es nicht erträgst, die Worte eines freien Mannes zu hören, dann darfst du uns nicht mehr zu deinen Festen einladen. Dann wird es dir bessergehen, wenn du von Barbaren, Sklaven und Kriechern umgeben bist!«

Hört er denn niemals auf, dachte ich. Er hatte ja recht, und alle waren tief in ihrem Herzen seiner Meinung, aber es war der falsche Zeitpunkt.

»Als dein Vater Athen einnahm, verschonte er die Stadt, aber als du Theben erobertest, hast du es dem Erdboden gleichgemacht. Wenn jemand um deinetwillen sterben soll, dann laß mich allein sterben. Denn wenn du die Früchte deines Sieges verteilst, gibst du jenen am meisten, die den Namen deines Vaters schänden, und wir Makedonen verehren deinen Vater Philipp.«

Kleitos' Stimme war nach wie vor vollkommen ruhig.

Ich sah, wie Alexanders rechte Hand in dem heillosen

Durcheinander auf dem Fußboden wühlte. Er fand einen gebratenen Apfel und schleuderte ihn auf Kleitos, der von zwei Männern festgehalten wurde. Ptolemaios und Hephaistion versuchten beide dazwischenzugehen, aber der Apfel traf Kleitos mit großer Wucht mitten im Gesicht – er war reif und weich, zerplatzte und nahm ihm die Sicht. Das schenkte uns eine kurze Atempause und die erneute Möglichkeit, das Unglück zu verhindern.

In diesem Augenblick ergriff Hephaistion die Gelegenheit und nahm das Schwert, das die ganze Zeit neben Alexanders Kline gelegen hatte. Daß Makedonen es überhaupt wagen, zu solchen Festen bewaffnet zu gehen, ist mir unbegreiflich. Hephaistion verbarg das Schwert hinter seiner Kline. Er muß die Gedanken seines Geliebten gelesen haben, denn während Kleitos sich die Apfelreste aus dem Gesicht wischte, begann Alexander nach seinem Schwert zu suchen. Aber es war fort. Er beugte sich vornüber, rutschte auf die Knie und schnaufte wie ein beleidigtes Kind, während seine Hände suchend über den Boden tasteten. Er ließ seinen Blick, in dem die Furcht mit zunehmendem Rausch zu wachsen begann, von einem zum anderen gleiten. Sogar auf meinem Gesicht verweilte er ein paar Sekunden. Er wurde immer blasser, und ich begriff, daß er in diesem Moment des jämmerlichen Todes seines Vaters Philipp gedachte. Entwaffnet und im Theater niedergestreckt, von seinem eigenen Leibwächter getötet.

»Das ist eine Verschwörung!« schnaubte er. »Man hat mir meine Waffen genommen!«

Der Leibwächter übernahm hinter Hephaistions Rücken das Schwert, damit Alexander es sich nicht zurückholen konnte.

»Ihr wollt mich also gefangennehmen und mich erniedrigen«, schrie er uns entgegen. Er saß mitten in dem Essen, das die kämpfenden Makedonen von den dreibeinigen Tischen zu Boden geworfen hatten. Mit der einen Hand auf den letzten verbleibenden Tisch gestützt, wollte er sich erheben, aber der zerbrach unter seinem Gewicht. Die Zerstörung war vollkommen. Ich habe schon vielen Zechereien beigewohnt, aber so einen Wahnsinn hatte ich noch nie zuvor erlebt.

»Verschwörung!« schrie Alexander erneut, verschluckte sich, hustete und fing dann an, makedonisch zu sprechen. Hephaistion erbarmte sich seiner und half ihm auf, aber der König machte sich gleich wieder frei, ohne zu sehen, wer ihn da zu beschützen versuchte. Seinen Arm stützte er gegen die Brust seines Geliebten und wehrte die Hand ab, die ihn liebkoste und womöglich zur Vernunft gebracht hätte. So ergriff er lediglich Hephaistions Schulter, richtete sich auf und stolperte ein paar Schritte nach hinten, bevor er wieder sicher stand. In seiner Muttersprache grölend, stapfte er über die umgestürzten Trinkbecher und Essensreste und rief seinen Herold.

Auch Ptolemaios hatte sich erhoben. Dort standen sie Seite an Seite, alle diese mächtigen Männer und großen Feldherren mit hängenden Schultern und leeren Händen, unfähig einzuschreiten. So weit hatte sich der Erbe des persischen Großkönigs schon von seinem Makedonien entfernt.

»Geh jetzt, Thaïs, bitte geh. Dem hier beizuwohnen ist einer Frau nicht würdig«, flüsterte mir Krateros zu. Als ich ihm ins Gesicht sah, legte er seine Hand auf meine Schulter, und meine Augen füllten sich mit Tränen. Krateros schien von den Geschehnissen in keiner Weise überrascht zu sein. Er hatte schon längst vorausgesehen, daß so etwas früher oder später passieren würde. Und nun wartete er gefaßt und kaltblütig auf den Ausgang der Konfrontation, um abzuwägen, wie er die Situation am besten für sich nutzen konnte.

Alexander hatte mittlerweile den Herold in den Saal geholt und versuchte ihm zu befehlen, Alarm zu schlagen, da er festgestellt habe, daß seine Vertrauten ein Komplott planten, Aufstand und Meuterei im Gange seien. Es sei schlimmer noch als die Verschwörung der Pagen und Philotas' Nachlässigkeit. Er rieb sich das Gesicht und verschmierte es dabei mit verschüttetem Wein und Erbrochenem.

Der Herold starrte ihn mit offenem Mund an und versuchte sich zu sammeln. Er konnte nicht glauben, was er da hörte und sah, wagte es aber auch nicht, etwas zu tun, was ihm als Befehlsverweigerung ausgelegt werden könnte. Andererseits begriff er nicht, von was für einer Meuterei der König phantasierte, schließlich war er doch von seinen Freunden und Verwandten umgeben. Der Herold war, das darf man nicht vergessen, der einzig nüchterne Mann im Saal, und mit ihm war ein wenig von der Kühle der Nacht und ihren Gerüchen hereingekommen. Ein wenig Besonnenheit.

»Wir müssen ihn aus dem Saal schaffen«, sagte Ptolemaios und drängte sich an Krateros vorbei zu Kleitos, den alle für einen Moment vergessen hatten. Kleitos ließ sich hinausführen, ohne Widerstand zu leisten.

Mitten im Raum stand Alexander in seinem verschmierten Chiton und schrie den Herold an, der, von einem zum anderen schauend, verzweifelt nach einem Ausweg suchte. Der Herold verweigerte den Befehl, woraufhin ihm Alexander mehrfach mit der Faust ins Gesicht schlug – so lange, bis sich Krateros endlich ein Herz faßte, sich dazwischenstellte und Alexander zurückdrängte.

Die Türen standen offen, und ich konnte Kleitos' tiefe Stimme und die helle meines Geliebten hören, die sich anschrien:

»Es ist ganz gleich, ob du recht hast oder nicht, jetzt ist weder der richtige Zeitpunkt noch der richtige Ort dafür!« rief Ptolemaios.

Alexander war mittlerweile von Hephaistion zu seiner Kline zurückgebracht worden, hatte sich einen vollen Becher Wein genommen, den Kopf mit geschlossenen Augen in den Nacken gelegt und trank in großen Schlucken. Der Wein lief ihm zu beiden Seiten aus den Mundwinkeln. Wahrscheinlich war es unüberlegt, ihm ausgerechnet in dieser Situation auch noch Wein zu geben, aber man wußte sich nicht anders zu helfen. Plötzlich senkte er den Kopf und fing an zu weinen, doch nur Sekunden später war sein Schmerz wieder vergessen, und er sah hellwach und kampfeslustig zu mir herüber.

»Sing für uns, kleine Thaïs«, sagte er. »Du mußt keine Angst haben, ihr Griechen wandelt doch wie Halbgötter unter den wilden Tieren, wenn ihr uns besucht. Vergib uns, daß wir die reinsten Barbaren sind.«

Ich stand auf, aber bekam keinen Ton heraus. Hephaistions Blick streifte mich, ein Blick voll stummen Schmerzes. Er konnte nichts mehr unternehmen, war von seinem Freund durch seltsame und fremde Hindernisse getrennt, die keiner von uns beseitigen konnte.

Mein Blick fiel auf einen weiteren Waffengefährten und Jugendfreund des Alexander, Perdikkas, den wir alle immer für minder begabt und darum wenig interessant gehalten hatten. Aber er war ein guter General. Ich war die einzige, die ihn beobachtete. Perdikkas hatte im Gegensatz zu uns keine Angst, er wartete den Ausgang der Dinge geduldig ab. Er wartete auf einen Totschlag, auf einen freien Posten, auf den er nachrücken konnte.

Während ich dort stand und mich bemühte, meine Stimme wiederzuerlangen und mich an eines der Lieder zu erinnern, die Alexander so mochte, tauchte Ptolemaios auf und schloß die Flügeltür hinter sich. Er sah erleichtert aus, nickte mir zu und kam zu uns. Ich reichte ihm einen neuen Becher mit verdünntem Wein und sah, wie seine Hände zitterten.

»Ich habe die Wachen gebeten, ihn – wenn nötig – mit ihren Waffen daran zu hindern, wieder hereinzukommen«, sagte er und leerte den Becher mit gierigen Schlucken. Alexander hatte noch nicht bemerkt, daß Ptolemaios zurückgekehrt war. Ungestüm machte er sich von Hephaistions Berührung frei, so daß dieser das Gleichgewicht verlor, ausrutschte und stürzte. Keiner schien meinem Gesang zu lauschen, ich versuchte meine Pflichten zu erfüllen und Wein nachzuschenken. Aber es war mir zu gefährlich, da die Gäste noch immer miteinander kämpften, und darum kehrte ich zu Ptolemaios' Kline zurück.

»Kleitos!« schrie Alexander ins Chaos, das sich erst jetzt langsam beruhigte. »Wo ist er denn, unser mutiger makedonischer Freund? Kleitos, Kleitos? Kleine Maus, wo versteckst du dich?«

Er kniete sich hin, suchte unter den Klinen und Tischen und humpelte dann grinsend durch den Raum, während er – den Weinbecher in der Hand – nach dem verschwundenen Kleitos rief. Es ist an der Zeit zu erwähnen, daß Makedonen vornehmer Herkunft keine »gewöhnlichen« Tongefäße als Trinkschalen verwenden. Sie benutzen ausschließlich silberne und behaupten, daß die Getränke dadurch keinen Beigeschmack bekämen. Diese schweren Trinkgefäße sind gleichzeitig hervorragende Waffen, und Alexander ließ eine silberne Kylix an seinem Zeigefinger baumeln.

Während die Diener begannen, die Essensreste vom Boden aufzusammeln, streckte Hephaistion seine Hand nach Alexander aus. Der blieb mitten in dem Dreck stehen und trat aus Wut nach den Sklaven.

Da erscholl plötzlich eine Stimme in unserem Rücken: »Hier bin ich, Alexander. Hier kommt Kleitos, um seinen Mut zu beweisen!« Die Hintertür stand offen. Kleitos war auch im betrunkenen Zustand noch gerissen und einfallsreich.

Ich stand auf, und Ptolemaios tat es mir nach. Der betrunkene Krateros versuchte ebenfalls sich aufzurichten, rutschte aber in Essensresten aus und fiel auf die Knie. Was für einen unschönen Anblick bot diese Szenerie: Kleitos stand in der Tür, der König, dieser Halbgott, schwankte in verschmierten Kleidern durch die Mitte des Raumes und war von einem heillosen Chaos umgeben.

Kleitos hatte sich in seiner Trunkenheit eine weitere Gemeinheit ausgedacht, die er nun unbedingt noch von sich geben mußte. Und weder die eigene Vernunft, geschweige denn die milden kameradschaftlichen Überredungsversuche von Ptolemaios konnten ihn davon abhalten.

»Oh, welch schlechte Sitten herrschen in Hellas«, zitierte Kleitos. Ich erkannte sofort *Andromache* von Euripides, und meine Lippen sprachen stumm die Fortsetzung der Zeile. Die »schlechten Sitten« spielten auf die Tatsache an, daß der König die Ehre seiner Soldaten stahl.

Jetzt ist er so gut wie tot, dachte ich. Aber lieber als freier Mann sterben, als sich erniedrigen zu lassen. Meine attische Seele verstand seine Beweggründe. In gottgleicher Überlegenheit hatte Alexander bis dahin entrückt und unbehelligt gelebt, doch jetzt kam Kleitos daher und holte ihn auf den Boden der Tatsachen zurück, indem er ihn daran erinnerte, daß er Makedone und Grieche war.

Kleitos zog den Vorhang vor der Hintertür ganz auf. Alexander machte vier Schritte nach vorn, ergriff den Speer der Wache und wog ihn in seiner Hand.

»Philipp, Parmenion, Attalos«, sagte er, als würde er Dämonen herbeirufen wollen.

Er rief nach seinem Vater, dem Freund seines Vaters, dessen heimtückische Ermordung er selbst in Auftrag gegeben hatte, und nach Attalos, dem Vater von Philipps letzter Ehefrau, den er nach Philipps Tod ermorden ließ. Den Tod der ersten beiden hatte ich nicht besonders beweint, aber seine Stiefmutter hätte ein besseres Schicksal verdient gehabt.

Mit einemmal warf er den Speer mit voller Kraft auf Kleitos. Sogar betrunken war er überraschend treffsicher.

Kleitos sah den Speer auf sich zufliegen, aber wich ihm nicht aus. Er schrie auf vor Schmerzen und brach, vom Speer in seiner linken Seite durchbohrt, zusammen. Im letzten Augenblick hatte er sich noch gedreht, um so eines schnelleren Todes zu sterben.

Alexander kniete neben Kleitos, der qualvoll starb. Er erstickte an seinem eigenen Blut, das er ausspuckte und damit das bleiche Gesicht seines Mörders bespritzte. Wir konnten nicht hören, was er murmelte, aber ich bezweifle, daß er noch genug Kraft für viele letzte Worte hatte. So starb der älteste und treueste Weggefährte des Alexander.

Alexander streckte den Leichnam vor sich aus, trat mit dem einen Fuß auf seinen Brustkorb und zog den Speer aus seiner Brust. Er drehte ihn in seinen Händen und versuchte dann vergeblich, ihn an die Wand zu hängen. Ein kindlicher Laut entwich ihm. Sogar nach Hephaistions Tod vier Jahre später hat er nicht so sehr getrauert.

Da endlich erwachten die großen Herren aus ihrer Erstarrung. Ptolemaios ergriff den Speer, Perdikkas nahm Alexanders Hände, und Hephaistion umfaßte seine Knie. Alexander schrie lauter und verzweifelter als Kleitos im Todeskampf, als sie ihn hinaustrugen: ein um sich tretendes, schreiendes Kind in den Armen zweier erwachsener Männer.

»Seht her, was sie mit mir machen, ruft meine Soldaten. Seht, was meine Freunde mir antun!«

Der persische Großkönig, Sohn des Zeus Ammon, der kleine Bruder meines Geliebten, wurde fortgetragen, weil er nicht mehr Herr seiner Sinne war. Die Worte, die Kleitos gesagt hatte, klangen in meinen Ohren nach und beschämten mich. Wir hatten uns alle mitschuldig gemacht.

In diesem Moment war mir alles klar: Alexander war kein Gott, auch kein Halbgott, er war ein verletztes Kind mit besonderen Talenten, die ihm die Götter aus einer Laune heraus geschenkt hatten – Fähigkeiten, die aber wie ein Fluch auf ihm lasteten. Wehe dem Glückskind, wenn das Glück zur Neige geht.

Ich ging allein zurück zu unserem Zelt. Überall im Lager war es unruhig, die Gerüchte verbreiteten sich in Windeseile. Meine kleinen Jungen weinten, als ich kam, und ruderten mit ihren dicken Armen und Beinen. Ich legte mich zu ihnen, bis sie wieder in den Schlaf sanken. Auch ich fiel in einen tiefen Schlaf und erwachte erst, als Ptolemaios mich in sein Bett trug. Sein Hals roch nach Angstschweiß wie nach einer harten Schlacht.

Alexander hatten sie in seinem Zelt zurückgelassen, beinahe bewußtlos. Erst da hatte er begriffen, was er getan hatte, und war untröstlich. Er wollte, daß man den Leichnam in sein Zelt legte.

»Alexander wird es bald wieder bessergehen«, sagte mein Geliebter, als die Morgendämmerung endlich hereinbrach und uns von der Nacht befreite. »Er hat sich immer wieder erholt. Aber er lernt nicht aus seinen Fehlern, er geht einfach immer weiter und zieht uns mit sich.«

Ptolemaios war sich nicht bewußt, wie recht er damit hatte. Ich betrachtete sein Gesicht, als er endlich eingeschlafen war, und sah, wie sich das Alter langsam in unser Leben schlich. Die Feldzüge hatten an uns beiden gezehrt und das Leben zerstört, das wir uns aufgebaut hatten. Jetzt putzten Sklaven unser hübsches weißes Haus in Dion, die Wolken zogen um den Gipfel des Olymps, und die Bewohner versammelten sich in dem kleinen Theater. Ich erinnerte mich an jede Kleinigkeit, an die Quelle mit dem reinen Wasser des Helikon, die direkt hinter den Mauern Dions entspringt, an den Gesang der Goldregenpfeifer und Frösche.

Aber es gibt noch mehr zu erzählen. Am Morgen nach Kleitos' Tod blieb Alexander in seinem Zelt und wollte keinen seiner Freunde sehen. In der Abenddämmerung ließ er mich rufen, und ich mußte mich ganz still auf einen

Schemel vor ihn setzen und singen. Er hatte mir den Rücken zugedreht wie ein betrübtes Kind. Ich, die ihn so oft in ihrem Haus zu Gast gehabt hatte, wagte es nicht, ihn nach seinem Wohlbefinden zu fragen, und schon gar nicht, mich ihm zu nähern oder ihn gar zu berühren. Er war zwar persischer Großkönig geworden, aber tief im Inneren wollte er das gar nicht. Er verzehrte sich nach seiner Heimat, nach Aristoteles' Schule, nach unserem Haus in Dion und der Freiheit, die er hatte, bevor all diese bedeutungsvollen Dinge geschahen.

Jetzt weißt du Bescheid, mein kleiner Schreiber. Aber noch weißt du nicht alles. Denn wenn ich mich an Kleitos' Tod erinnere, denke ich unweigerlich an die Zeit, die darauf folgte. Ich sehe meinen Ptolemaios als den vorsichtigen König, der er später wurde. Lieber vermied er Blutvergießen, als nur die Zahl der Toten zu begrenzen. Lieber beseitigte er die Ursache für einen möglichen Streit, als einen Streit beilegen zu müssen. Perdikkas, der nach Alexanders Tod versuchte, meinen Ptolemaios ins Meer zu jagen und ihm Ägypten wegzunehmen, begann in meinen Augen bereits an jenem Abend eine Gefahr zu werden.

Du fragst, warum ich nicht eingegriffen habe, da ich doch Alexanders Vertraute war, der er mehr Gehör schenkte als seiner geliebten Frau Roxane?

Die Antwort ist einfach und bitter, mein Freund. Ich hatte ihn dazu gebracht, Persepolis niederzubrennen, und das hat er mir nie vergeben. Auch mein Schweigen, als Philotas und sein alter Vater wegen Verrats hingerichtet wurden, konnte er mir nicht verzeihen. Ich hätte ihn beruhigen, die Strafe mildern können, aber über meine Lippen war kein Laut gekommen. Ich wünschte ihren Tod. Damals begann ich mich zu verändern. Ich warf Alexander vor, daß er seine Ideale als Makedone und als Grieche verraten hatte. Aber ich selbst hatte mich auch verändert, und nicht zu meinem

Besten. Alexander und ich haben uns das nie wirklich verziehen, aber meine Trauer darüber war und ist tief. Doch mehr wirst du nicht erfahren.

Sie weigerte sich, weitere Kommentare dazu abzugeben, und schickte mir am nächsten Tag lediglich einen Brief, in dem sie erklärte, daß sie ausreichend über Alexander erzählt habe und ich mich damit nun zufriedengeben müsse. Zwischen den Zeilen aber stand: Der König müsse sich damit zufriedengeben!

Aber ich mußte unbedingt erfahren, wie es dazu kommen konnte, daß es Thaïs gelungen war, den König zu überreden, Persepolis niederzubrennen. Darum suchte ich mehrfach ihr Haus auf und bat die Sklaven und Hausverwalter, ihrer Herrin auszurichten, daß ich die mir aufgetragene, wichtige historische Arbeit fertigzustellen wünsche. Schließlich fügte ich noch hinzu, daß der König gefordert habe, daß die Arbeit fertiggestellt werde. Sie aber hatte weder vor dem König noch vor irgend jemandem sonst sonderlich Respekt. Sie war durch und durch Athenerin.

Erst nach einer sehr langen Wartezeit ließ sie mich erneut zu sich rufen und teilte mir mit, daß sie meine Passivität ermüden würde. Ich solle doch gegen die Texte opponieren, nach Details, Ursachen und Zusammenhängen fragen und nicht alles unkritisch schlucken. Ob ich ein Historiker oder doch nur ein Stenograph sei?

Ich widerstand ihren Provokationen. Anstelle dessen fragte ich, warum sie ihre bereits verfaßten Erinnerungen unter Verschluß halte? Sie fixierte mich mit ihrem Blick, mit ihren kleinen, glühenden, dunklen Augen, die jung geblieben waren. Aber sie konnten mir nichts anhaben.

Ihre Kraft ist beeindruckend und beängstigend. Unser Leben in Alexandria läßt sich einfach nicht vergleichen mit den Entbehrungen und der Not in der Wüste und im Krieg. Sie, die Persepolis niederbrannte, hat das alles überlebt.

Da sie so viel über Alexander erzählt habe, wolle sie endlich auch etwas Erfreulicheres erzählen. Vielleicht würde eines Tages eine Frau ihre Erinnerungen lesen, sagte sie ernst, und die würde sich mehr für die Liebe als für Könige interessieren, die an sich selbst scheiterten.

Ich kenne sie mittlerweile gut genug und weiß, wann es besser ist, zu schweigen und still mitzuschreiben. Sie wird sich nicht mehr ändern, sie ist zu festgefahren. Außerdem weiß sie nicht, daß ihre Erinnerungen eingemauert und für die Nachwelt aufbewahrt werden sollen. Wie soll ich ihr das nur erklären? Aber wenn sie wüßte, daß ihre Texte eingemauert werden, würde sie das nicht viel freier machen?

»Wir haben einige Gemeinsamkeiten«, sagte sie verbittert. »Wir sind nicht von großem Nutzen. Allerdings wirst du durch mich einiges erfahren. Mögen die Götter dich beschützen und dir ein langes Leben schenken, damit du auch zu der Einsicht gelangen wirst, daß die Welt seit Alexanders Tod aus den Fugen geraten ist.«

Diese Frau ist mir so unähnlich, wie man es nur sein kann. Denn ich bin das perfekte Werkzeug. Die Schule und das Museion haben mich dazu gemacht. Ich bin das Werkzeug der Stadt und des Königs. Und das genügt mir. Das muß mir genügen! Sollte ich damit unzufrieden sein, kann ich mich an niemanden wenden. Mein Freund Oineus hat sich in eine Frau verliebt und sich das Leben genommen. Er erhängte sich im Schlafsaal und hinterließ einen verzweifelten Brief. Der Narr! Dabei ist unsere Welt doch viel reicher. Wir erhalten Einblick in alle Facetten der Leidenschaft, ohne uns selbst diesen Leiden auszusetzen.

Wir sind die Glücklichen. Wir sind die eigentlichen, die richtigen Menschen, wir Eunuchen, die alles und jeden verstehen können.

Sie ist nicht wie ich.

Ich möchte jetzt davon erzählen, wie mein Leben verlief, bevor ich Ptolemaios traf. Das ist keine sehr schöne Geschichte, aber es ist meine, und ohne sie wird man mich nicht verstehen können.

Rhodope verkaufte meine Jungfräulichkeit an einen der reichsten Bürger von Athen, und das Ereignis wurde wie eine Hochzeit gefeiert. Er hatte für diesen Anlaß sogar ein kleines Haus gekauft und behandelte mich mit hinreißender Behutsamkeit. Es stand keinen Augenblick zur Diskussion, daß ich ihm während eines Trinkgelages übergeben werden sollte, er wollte mit mir allein sein. Rhodope hatte eigentlich kein Recht dazu, mich zu verkaufen, denn ich war eine Freigeborene, aber wer hätte sie daran schon hindern können?

Am nächsten Morgen, kurz nachdem ich aufgewacht war, drehte er mich zu sich. Das überraschte und bewegte mich, denn bis dahin hatte ich ihm die ganze Zeit den Rücken zugedreht, so wie er es gewünscht hatte. Dann tat er etwas geradewegs Unerhörtes, er küßte mich. Prostituierte küßt man nicht, Ehefrauen küßt man entweder auf die Wange oder mit spitzen Lippen auf den Mund. Nur Hetären küßt man offen und ungeniert und zur Freude beider. Mit diesem Akt zeigte er mir, daß er mich nicht verachtete. Das Gegenteil war der Fall! Ich war so gerührt, daß mir beinahe die Tränen gekommen wären, obwohl ich die perfekte Selbstbeherrschung gelernt hatte.

Als wir voneinandergingen, überreichte er mir tausend Drachmen, doch ich reichte ihm den Beutel zurück, schließlich hatte er mich doch bei Rhodope im voraus bezahlt! »Du bist doch keine Sklavin! Du sollst deinen Verdienst selbst behalten«, sagte er. Kurz darauf kaufte er meinen Vertrag. Rhodope gefiel das überhaupt nicht, schließlich hatte sie gehofft, auf ihre alten Tage gut an mir verdienen zu können.

Nun habe sie sich endlich eine Hetäre angeschafft, klagte sie, die wirklich viel Geld einspielen könne, doch erweise sich diese im entscheidenden Moment als egoistisch und wolle selbst alles einstreichen. Oh, wie sie mir meine Selbstsucht vorwarf, nach allem, was sie für mich getan habe. Als ob ich nicht auch ohne sie überall zurechtgekommen wäre. Während sie weinte und tobte, sah ich mich noch einmal um. Alles kam mir auf einmal so schäbig und kleinlich vor. Hier gab es keine Eleganz und schon gar nicht Maß und Mäßigung. Betrunkene Menschen paarten sich ohne jede Rücksicht auf Sympathie oder Antipathie. Ich gehörte hier einfach nicht mehr hin.

Als sie erkannte, daß sie mit ihrem Verhalten nicht die gewünschte Wirkung bei mir erzielen würde, befahl sie einem kleinen Mädchen, daß gerade neu ins Haus gekommen und noch vollkommen verängstigt war, einen guten Wein zu holen. Und während wir uns an ihrem abgenutzten Tisch gegenübersaßen wie zwei Verhandlungspartner, die sich nichts schenken wollen, öffnete sie sich. Auf einmal war ich ihr ebenbürtig.

Wenn ich dann eines Tages reich und berühmt und eine der großen Hetären Athens geworden sei, solle ich mich immer an meine erste Wohltäterin erinnern, sagte sie. Ich dürfe nicht vergessen, daß auch sie einst eine Hetäre gewesen sei, und zwar eine durchaus erfolgreiche, obgleich sie wegen der großen Konkurrenz nie zu den besten gehört habe. Keiner ihrer wohlhabenden Kunden habe jemals den Wunsch geäußert, sie als Konkubine besitzen zu wollen. Sie alle hätten sie verlassen, als ihre Schönheit verblich. Nur ihr Arbeitseifer und das Haus seien ihr geblieben, und darum habe sie begonnen, Huren und Flötenspielerinnen auszubilden. Aber auch darin habe sie nicht wirklich eine glückliche Hand besessen.

Noch nie zuvor hatte mir jemand in dieser Weise sein Vertrauen geschenkt. Deshalb fragte ich ganz vorsichtig, aus Angst, sie zu verärgern, ob sie mit Freude an ihre Zeit als Hetäre zurückdenke. Sie schwieg lange, bevor sie mir antwortete. Ich glaube, sie suchte nach einer aufrichtigen Antwort, die mich nicht erschrecken würde.

Dann endlich tauchte sie wieder aus ihren Gedanken auf und antwortete mit einem klaren Nein. »Aber«, fügte sie hinzu, »da spricht die alte Frau aus mir. Viel Freude gibt es nicht im Leben einer Hetäre, nur wenn sie so begehrt ist, daß sie ganz frei entscheiden kann. Oder wenn sie aufrichtig geliebt wird, aber das geschieht in den seltensten Fällen. Viele Männer glauben, daß die Hetären es genießen, so wie sie auch, aber da irren sie sich. Denn Genuß erfordert ein Mindestmaß an Freiheit. Zeig einem Mann, den du liebst und von dem du sicher weißt, daß er dich liebt, niemals, wie sehr du seine Umarmung genießt. Wenn er dich doch nicht lieben sollte, ist es ihm gleichgültig, und wenn er dich liebt, würde er deines Genusses irgendwann überdrüssig sein.

Rhodope hat mich zwar erzogen, aber sie hat sich nie in mich verliebt. Ich war viel zu kostbar.

In meiner Jugend wurde wenig über die Liebe zwischen Mann und Frau gesprochen, nicht einmal im Theater. Erst Menandros hat uns jugendliche Verliebtheit vorgeführt, und zwar nicht als gesellschaftsschädlichen Wahnsinn, sondern als eine Voraussetzung für eine glückliche Ehe. In meiner Jugend besang Athen nur die Liebe zwischen Erastos und Pais, dem Erzieher und dem Jüngling, und die zwischen dem Bürger und der Hetäre.

Entsprechend brachte Rhodope mir bei, kühl und beherrscht zu bleiben. Ich war leicht zu erregen, leicht zu befriedigen, und es passierte oft, daß ich jede Bewegung unterdrücken mußte, die meinen Genuß verraten hätte. Indem man dem Klienten seine Freude beim Akt zeigt, läßt man erkennen, daß man zu mehr bereit ist, womöglich sogar einer Heirat zustimmen würde. Von solch einem Bekenntnis würde sich der Richtige sicher tief geehrt fühlen. Doch normalerweise ist das Verhältnis strikt geregelt wie zwischen einem Erzieher und seinem Zögling, beide sollten ihre Begierde zu zügeln wissen.

Ich war beschämt, und man konnte es mir ansehen. Zum Glück wechselte Thaïs das Thema. Sie machte sich ein bißchen über mich lustig, aber freundlich, fast liebevoll. Für sie war ich ungefährlich, sie fand mich nur amüsant und kindlich. Um nicht die einmalige Gelegenheit zu verspielen, da sie umgänglich und nachdenklich war, fragte ich, wie sie denn nach Korinth gekommen sei. Sie überlegte nicht einmal, ob ich irgendwelche Hintergedanken haben könnte, und antwortete umgehend. Schuld daran sei ihre Geldgier gewesen, gab sie unumwunden zu.

Und dann flossen die Worte aus ihrem Mund, diesmal ohne Ekel und ohne Vorbehalte in der Stimme. Während sie ihre Vergangenheit aufleben ließ, sah sie mich kein einziges Mal an. So brannte sich ihr Profil in mein Gedächtnis ein, während der Abend über uns hereinbrach, und ich schrieb und schrieb. Was für eine schöne kleine, weiche Nase sie hatte, feine Linien, zarte Lippen, schöne Wangen. Trotz ihres Alters sah sie noch immer zauberhaft und stolz aus.

Rhodope schickte mich für meine weitere Ausbildung zu Diotima, die damals die reichste und berühmteste Hetäre Athens war. Diotima hatte ihre besten Jahre schon hinter sich, und doch hatte sie keine Schwierigkeiten, ihren extravaganten Lebensstil aufrechtzuerhalten. Im Gegensatz zu Rhodope nahm sie immer nur eine junge Frau als Schülerin auf, die sie auf ihre ganz eigene Art in ihrer Kunst unterwies. Dank ihrer Unverwechselbarkeit konnte sie wohl auch ihre Kunden halten.

Rhodope war gezwungen, mich aus meinem Vertrag mit meinem ersten richtigen Kunden freizukaufen, der enttäuscht war, einer so guten und günstigen Gespielin wieder beraubt zu werden. Nach der Ausbildung bei Diotima, so beschloß ich, wollte ich mein eigener Herr werden.

Diotima kleidete mich in schöne Gewänder, frisierte mein Haar, das noch immer sehr kurz war, und lieh mir Schmuck. Dann führte sie mich in ihr Andron, wo ihr Kunde wartete. Ich sang ihnen vor, spielte Flöte, schenkte ihnen Wein ein und zog mich dann aus, ganz wie es mich Rhodope gelehrt hatte. Diotima reichte mir einen Olisbos für das Vorspiel und entkleidete sich ebenfalls, um mir zu helfen. Auch Rhodope hatte selbst Hand angelegt, Diotima aber war viel sanfter. Dieser Abend – so begriff ich schnell – war bereits Teil meiner Ausbildung. Ihr Kunde nahm erst mich, dann Diotima, und schließlich kniete ich vor ihm, seinen Penis im Mund, während Diotima mich von hinten mit dem Olisbos penetrierte.

Hatte ich bei Rhodope Gehorsam und Selbstbeherrschung beigebracht bekommen, lernte ich hier die pure Lust kennen. Während sich unser Kunde ausruhte, zeigte mir Diotima ausführlich den Gebrauch des doppelten Olisbos. Im Morgengrauen sagte sie mir, daß ich sicherlich niemals so viele Praktiken anwenden müßte, aber als Hetäre sei es unbedingt notwendig, die äußersten Grenzen von Lust und Gier zu kennen. Es ginge darum, Dionysos und Aphrodite zu dienen, aber maßvoll. Nein, das sei kein Widerspruch – nur Narren würden denken, daß man sich der Ekstase blind hingeben müsse.

»Tu alles mit Maß, und lerne dich selbst kennen.« Wir waren Athenerinnen, und obwohl wir als Frauen kein Wahlrecht hatten und auch die politischen Zusammenkünfte der Männer niemals würden besuchen dürfen, so teilten wir doch ihre Ideale. Wie Phokion einmal zu mir sagte: »Bei Frauen wie dir, Thaïs, sind die Ideale Athens am besten aufgehoben.«

Nach meiner Einführung in die Künste der Lust kam die

eigentliche und viel härtere Arbeit. Natürlich hatte ich lesen und schreiben gelernt, konnte singen und Flöte spielen, aber Rhodope hatte mich nie zum Unterricht bei den Philosophen und Rhetorikern geschickt. Diotima war sehr unzufrieden mit mir und weigerte sich, mich bei ihren Gelagen vorzuzeigen, bevor ich nicht ausreichend geschult sei. »Auch das hübscheste Gesicht wird durch Dummheit entstellt«, sagte sie.

Ich nehme mir das Recht, an dieser Stelle das Manuskript zu kürzen, denn Thaïs verlor sich in einer ausgiebigen Betrachtung der verschiedenen philosophischen Schulen ihrer Jugend. Wichtiger als ihre Ausführungen zu Platons Nachfolgern scheint mir, daß sie das politische Leben mehr fesselte als die luftigen Theorien. Fast beiläufig erwähnte sie, daß für eine kurze Zeit Demosthenes ihr Kunde gewesen sei. Da sie seinen Körpergeruch jedoch nicht ertrug, kündigte sie den Vertrag.

»Demosthenes hatte einen schönen, wohlgeformten Körper«, sagte sie mit einer hochgezogenen Augenbraue. »Aber er hatte als junger Mann insgesamt nicht besonders gut ausgesehen, und das quälte ihn sein Leben lang. Sein nackter Körper war weitaus schöner, als der bekleidete es ahnen ließ. Und natürlich war er dankbar, fast gerührt, als ich diese Schönheit würdigte – und wollte mich darum auch nicht hergeben.«

Auch Demosthenes' politischer Gegner, Aischines, war für eine kurze Zeit ihr Kunde gewesen, und für ihn hatte sie offensichtlich viel innigere Gefühle gehegt. Aber einen bleibenden Eindruck haben beide nicht bei ihr hinterlassen.

Sie hatte keine Lust, daß weiter in dieser Zeit herumgebohrt wurde, aber ich war aus ganz persönlichen Gründen interessiert. Plötzlich bekamen die Männer aus dem Geschichtsunterricht Kontur und Stimme. Demosthenes hatte als Kind und junger Mann darunter gelitten, daß er stotterte und sein Körper schlaksig und mager war. Außerdem hatte sein Vormund sein gesamtes Vermögen verspielt, das er von seinem Va-

ter, »dem Waffen-Fabrikanten«, wie man ihn in Athen nannte, geerbt hatte. Als er volljährig wurde, mußte er sich darum aus eigener Kraft ein neues Leben aufbauen. Auf dem Höhepunkt seiner Karriere tauchte plötzlich Aischines auf: ein ehemaliger Schauspieler, hübsch, elegant und voller Energie. Selbstverständlich wurden sie Todfeinde. Aber mehr konnte ich ihr nicht entlocken.

Während Demosthenes mit allen Mitteln versuchte, die makedonische Übermacht zu verhindern, war Aischines Pragmatiker. Er wünschte sich ein vereinigtes Hellas unter einer potenten Kriegsmacht. Und zwischen diesen beiden Männern stand Thaïs. Aischines wollte, daß sie ihn in sein Exil begleitete, aber damals, so sagte sie, war sie zu jung und erfolgreich und wollte sich alle Möglichkeiten offenhalten.

Wie sehr ich auch in sie drang und sie ausfragte, mir gelang es nicht, noch mehr Details über Demosthenes zu erfahren. Nur eines erzählte sie noch: daß er die Auflösung des Vertrages sofort bereute und ihr eine astronomische Summe für eine Nacht anbot, die sie jedoch lachend ablehnte.

Je erfolgreicher Thaïs' Geschäft wurde, desto größer wurde auch die allgemeine Unsicherheit: Alle Athener waren sich darüber im klaren, daß ihre Freiheit nicht ewig bestehen würde und daß einer makedonischen Eroberung Griechenlands kaum noch etwas im Wege stand.

Mein Phokion

Ich wohnte noch bei Diotima und hatte bedeutende Kunden, aber der Richtige war noch nicht darunter gewesen. Ich war eingeladen worden, um zu singen, für die niederen Arbeiten hatte man vier Mädchen gekauft. Der Gastgeber hatte allein für mich ein Vermögen ausgegeben, damit ich bleibe, nachdem die Gäste gegangen waren.

Es war an nichts gespart worden, und wir aßen köstlichen

Fisch. Ja, das wird mir erst jetzt bewußt, kleiner Eunuch, denn hier in Alexandria gibt es viel Fisch, und er ist günstig. In Athen hingegen betrachteten wir Fisch als ein Geschenk der Götter. Das Fleisch stammte meist von Opferungen und war in große, grobe Stücke zerhackt. Ziegen, Schafe, Schweine und Ochsen mußten wir ja erst einmal füttern und aufziehen, und wir waren keine Bauern. Fische bekamen wir, ohne vorher zu wissen, ob es viele oder wenige werden würden – wir hatten auch nicht die Auswahl, sondern mußten annehmen, was uns das Meer schenkte. Uns blieb nur übrig, aufs Wasser hinauszufahren und Geduld zu beweisen.

In den letzten Monaten vor diesem besagten Abend hatte ich eine neue und sehr angenehme Form gefunden, als Hetäre zu arbeiten, die sogar für unsichere Zeiten und während eines Krieges geeignet war. Man konnte mich für einen Abend kaufen, um die Gesellschaft zu vergolden, und ich entschied selbst, mit wem ich nach Hause ging und ob ich dafür Geld nehmen wollte oder nicht. Das war Freiheit. Thaïs, die niemand liebte und die niemanden liebte. Ich hatte ausreichend abschreckende Beispiele gesehen von lächerlich verliebten Hetären, die vergeblich versuchten, den Status einer Ehefrau zu erlangen, und damit nur erreichten, daß sie von allen verachtet wurden – sich selbst eingeschlossen. Auch gab es jene Unüberlegten, die sich relativ schnell von einem Mann kaufen ließen, den sie gern mochten, um sich dann fünf Jahre später von einem jüngeren Mädchen – oder gar von einem Jungen – ersetzen zu lassen.

So konnte ich mich ganz auf meine leichte, süße Arbeit konzentrieren. Wenn Gäste mir ihre Schalen und Schüsseln mit den anzüglichen Bildern reichten, um meine Reaktion zu testen, wußte ich immer, was sie damit bezweckten. Ich hatte vor nichts und niemandem Angst, denn ich konnte jederzeit aufstehen und das Gelage verlassen. Außerdem habe ich immer nur eine einzige Nacht mit ein und demselben Mann verbracht.

Danach ließ ich mehrere Monate verstreichen, bis ich ihn wieder vorließ. Einige meiner Konkurrentinnen ärgerten sich maßlos über meine unkonventionellen Geschäftsmethoden und nannten mich eine »Edelhure«, weil ich nicht nur einen Mann und Kunden bediente, sondern mehrere. Aber was scherte mich ihr Neid? Mein Leben war vollkommen, und hätte uns nicht die schlechte wirtschaftliche Situation so gebeutelt, hätte ich im Laufe der Jahre mein Vermögen sehr schnell vermehren können. (Eines darfst du nicht vergessen, kleiner Eunuch, wenn du Männer hörst, die über die Gier der Hetären nach Gold und Schmuck sprechen: Das Schlimmste, was man über eine Hetäre sagen kann, ist, daß sie sich unter Preis verkauft hat. Keiner – und darauf bin ich sehr stolz – hat mir jemals vorwerfen können, daß ich zu billig war.)

Ich schlief selten bei den Männern zu Hause. Meistens wartete ich, bis sie glückselig eingeschlafen waren, und kehrte dann in mein kühles, schmales Bett zurück, in dem noch nie ein Mann geschlafen hatte. Am nächsten Tag kam dann ein Bote mit dem Geld. Ich bin nie betrogen worden, vielmehr versuchten die meisten Männer, mich mit höheren Summen zu weiteren Treffen zu bewegen. Sie schickten den doppelten Betrag und eine Einladung für den nächsten Abend. Aber ich sandte ihnen umgehend das Geld zurück: Abhängigkeit war der Anfang vom Ende.

Ich wußte sehr wohl, daß Athen schwere Zeiten bevorstanden. Ich benötigte einen Beschützer, jemanden, der nicht nur eine Investition in mir sah. Ich wollte eine Beziehung haben, die der von Perikles und Aspasia ähnelte. Und aus allen mir gebotenen Möglichkeiten erwählte ich mir die schwierigste: den Strategen Phokion, einen bildschönen Mann. Ich begehrte ihn, wünschte mir sein Vertrauen, seine Liebe, Bewunderung und Zärtlichkeit, und weniger war mir nicht genug. Natürlich hatte ich mir die schwierigste Aufgabe ausgesucht, denn ich war jung und ehrgeizig.

Phokion hatte bei Platon an der Akademie studiert. Heutzutage bedeutet das nicht viel, aber damals glaubte man, in einem goldenen Zeitalter zu leben. Sein Gesicht war verschlossen und ausdruckslos, er lachte selten und weinte noch viel seltener. Als Kriegsstratege hatte er sich einen Namen gemacht, weil er immerzu barfuß und mit dünnen Kleidern umherlief, so daß die Hopliten sagten, es müsse ein harter, kalter Winter sein, wenn man Phokion einmal im Mantel sah. Seine Freunde versicherten immer wieder, daß sein Wesen mild und nachgiebig und der düstere Gesichtsausdruck nur eine Maske sei. Später vertraute er mir an, daß die gerunzelten Augenbrauen und der böse Blick Fremde davon abhielten, ihn auf der Straße anzusprechen. »Mein unfreundliches Gesicht hat noch keinen zum Weinen gebracht, aber viele grinsende Fratzen haben schon so manches Unheil angerichtet«, sagte er, und mit »Fratzen« meinte er jene Politiker, die nur um die Zustimmung des Volkes buhlten.

Es waren seine Reden, die mich verführten. Geduldig hörte er auch dem sinnlosesten Vortrag zu, betrat dann seinerseits den Rednerstuhl und machte mit nadelscharfen, präzisen Sätzen die Argumente seines Gegners zunichte.

Zenon sagte einmal, daß ein Philosoph seinen Mund erst öffnen sollte, wenn jedes Wort von Vernunft und Bedeutung durchdrungen sei. Und so war es bei Phokion. Obwohl Demosthenes in unserer Zeit als das größte rednerische Talent galt, war Phokion der bessere Rhetoriker. Glaube mir, ich habe sie beide gehört. Demosthenes kannte seine Grenzen nicht, Phokion hingegen war ein brillanter Logiker und fand sehr schnell den schwachen Punkt seines Gegners. Er war einfach unübertroffen in Diskussionen, aber Demosthenes war der größere Demagoge von beiden, das muß ich zugeben.

Glaube nur nicht, daß ich versucht habe, auf einem ungepflügten Acker zu säen, ich hatte meine Vorarbeit gründlich getan. Tag für Tag machte ich mich von Diotimas Haus in der Nähe des Dipylon, des Heiligen Tores, auf den Weg hinauf zur Agora, um Phokion und den anderen Politikern zuzuhören.

Eines Tages, die Sonne brannte vom Himmel, ging ich am Bouleuterion vorbei, wo die freien Männer wählen. Ich schützte meine Augen mit der Hand, und unter anderen Umständen wäre ich sofort abgebogen, um den Berg hinauf zum Tempel des Hephaistos zu gehen. Aber ich hatte ihn dort gesehen. Vor mir stand eine Gruppe von Männern und sprach miteinander. Phokion begrüßte seine Freunde und wechselte ein paar Worte mit ihnen, aber sein Blick war die ganze Zeit auf mich geheftet. Und als ich vorbeiging, verbeugte er sich mit einem wunderbaren Lächeln und grüßte mich.

»Wer war das?« fragte der älteste aus der Gruppe und drehte sich nach mir um. Aber ich war bereits vorbeigegangen und sah nun von hinten aus wie jede andere athenische Hetäre, obwohl mein Peplos mit Safran gefärbt war.

»Du kennst sie nicht? Das war Thaïs«, sagte Phokion, und als ich hörte, wie er meinen Namen aussprach, wußte ich, daß die Zeit gekommen war.

Er war nicht reich, zu Hause buk seine Frau das Brot selbst, und er schöpfte das Wasser aus dem Brunnen. Phokion war es nicht, der mein Vermögen bedeutend vermehrte, aber er brachte mir so viel Wertvolles bei, das ich für den Rest meines Lebens verwenden konnte.

Bis dahin hatte keine andere Hetäre vor seinen Augen Gnade gefunden, und er galt als mürrisch, humorlos, selbstgefällig und arrogant Frauen gegenüber. Dennoch war ich Feuer und Flamme, als Diotima mir mitteilte, daß auf einem Fest, auf dem meine Anwesenheit erwünscht war, auch Phokion zu Gast sein würde. Während des Symposious benahm er sich, als ginge es darum, seinem Ruf gerecht zu werden. Er trank nicht und verzog kaum eine Miene, bis einer der betrunkenen Gäste, dessen Annäherungsversuche ich abgewiesen hatte, anführte, es sei besser, eine Frau zu begraben, als sie zu loben.

»Wenn das wirklich Ihre Meinung ist, was tun Sie dann hier?« fragte ich, aufrichtig verwundert. Der junge Mann sah mich voller Verachtung an. Er stammte aus einer vornehmen Familie, aber seine besten Tage hatte er bereits hinter sich. Niemand auf der Straße rief ihm mehr *kalos, kalos!* hinterher – seine Schönheit war verblichen.

»Sag mir, hast du eigentlich eine Ahnung, wessen Sohn ich bin?« fragte er.

Und ich erwiderte: »Nein, aber vielleicht sollten Sie Ihre Mutter fragen?«

Da lachte Phokion laut und freimütig.

»Sie hat ja recht«, sagte er und bat mich zu sich auf die Kline. Dann mußte ich zwar bitten und betteln, daß er mit mir nach Hause kommen möge, um diesem öden Symposiou zu entfliehen, aber als wir bei mir waren, mußte ich ihn um nichts mehr bitten, wenn ich es so formulieren darf. Er bewunderte Mut, auch bei Frauen.

Eigentlich war er, wie Diotima sagte, der am wenigsten geeignete Kunde für eine junge Hetäre, denn er war viel älter als ich. Aber ich bewunderte ihn. Vor mir hatte es noch keine geschafft, ihn mit zu sich nach Hause zu nehmen, denn er war altmodisch und darum wohl der Auffassung, daß ein gesunder Mann jene Hetären nehmen sollte, die sein Freund ihm in seinem Andron anbot. Er hatte noch nie eine eigene Hetäre gehabt – bevor er mich traf.

Seinen Wunsch, mit mir die Nacht zu verbringen, zeigte er mir unverhohlen, indem er mir die Kylix reichte, die er soeben geleert hatte: Das Schalenbild stellte eine Frau dar, die ihr Bestes gab, um drei Männer gleichzeitig zu befriedigen. Meine Aufgabe bestand nun darin, die Schale mit leicht zitternder Hand beiseite zu stellen, um ihm damit zu signalisieren, daß er mich erregte. Danach hatte er das Recht, mich zu berühren. So hatte ich es schon unzählige Male zuvor erlebt. Du kannst es auf den Trinkgefäßen sehen, kleiner Mann, die der König für seine Symposien benutzt.

Normalerweise wäre ich gerührt gewesen, daß ein Mann wie er die alten Rituale einhielt, denn vor allem die neureichen Athener führten sich zum Teil auf wie Satyrn. Mehr als einmal habe ich mich von solchen Gelagen erhoben, verärgert und angeekelt. Ich hatte große Lust, die Frauen und Töchter des Hauses aufzusuchen und um Verzeihung für die Entgleisungen des Hausherrn zu bitten. Aber in diesem Fall war das nicht so, und das machte die Sache noch viel schwieriger. Phokion erregte mich, weil er so unsicher war. Er wollte mich haben, aber wußte nicht genau, wie er es anstellen sollte.

Er küßte mich, als ich mich von der Kline erhob – so küßte er bestimmt die Jünglinge, die er zum Mann erzog, dachte ich. Wir beeilten uns, das Andron zu verlassen. Phokion verbarg ein Gähnen hinter seiner Hand, es war schon spät. Als wir dann draußen in der schmalen Gasse standen, sah er mich mit seinen leuchtenden blauen Augen bestürzt an und sagte: »Wir können nicht zu mir gehen, mein Haus ist zu klein, ich wohne dort allein mit meiner Frau und meinem Sohn. Wir haben auch keine Sklaven und keinen Raum, um …«

Das Verwunderliche geschah: Er verstummte, weil er die richtigen Worte nicht finden konnte. Er hatte mich im Laufe des Abends schon mehrfach wie ein junges, törichtes Mädchen zum Lachen gebracht. Aber sein Geständnis kam in diesem Augenblick so überraschend, daß ich mich gegen die Hauswand lehnen und mein Lachen unterdrücken mußte. »Na, was für ein glücklicher Zufall, daß ich eine eigene Unterkunft habe! Willst du mich denn?« fragte ich und legte seine Hand auf meine Brust. Das bereute ich sogleich wieder, denn er verlor seine Selbstbeherrschung, drückte mich an die noch sonnenwarme Hauswand und preßte seine Lippen auf meine, so daß ich mich freimachen mußte.

Diotimas Sklavinnen waren sprachlos, als ich in der Morgendämmerung mit einem Mann im Gefolge nach Hause kam. Das war das erste Mal. Das Bett war frisch bezogen, und Phokion setzte sich darauf, so als hätte er nur für eine Übernachtung bezahlt.

»Ich möchte dir einen Vertrag anbieten, wenn du mich willst«, sagte er und zog seine Sandalen aus. »Wieviel?« fragte ich, und er lachte: »Du bist wirklich schnell!«

Ich erinnere mich genau, wie ich an ihm vorbeiging, als er auf meinem Bett saß. Er streckte beide Hände nach mir aus und ergriff meine Linke. Aber er zog mich nicht in seine Arme, sondern blieb sitzen und spielte mit meinen Fingern, legte meine Hand auf sein Gesicht und stöhnte und seufzte wie im Schmerz. Er begehrte mich nicht im entferntesten so wie ich ihn – er war verliebt, durchfuhr es mich, und dieser Gedanke erfüllte mich mit einer mir unbekannten Scham. Was hatte ich nur mit diesem großen Mann angestellt?

Doch plötzlich erwachte ein Dämon in mir, denn ich erinnerte mich an den Betrag, den einst Laïs – die berühmteste Hetäre Korinths vor meiner Zeit – verlangt hatte. Ich wiederholte ihn, ohne mit der Wimper zu zucken: Ich wollte ein eigenes Haus besitzen und das Recht haben, Phokion als Unterhändler zu benutzen, wenn ich investieren wollte.

Es dauerte nur einen kurzen Augenblick, dann erklärte er sich einverstanden. Du wirst es nicht verstehen können, kleiner Eunuch, aber in diesem Moment konnte ich die Freiheit spüren, auch wenn es nur eine finanzielle Freiheit war.

Jetzt ist es endlich vorbei, dachte ich, von jetzt an kann

ich nein sagen, und eine größere Freiheit gibt es für mich nicht. Nie wieder werde ich Mißbrauch oder Unverhältnismäßigkeit dulden müssen, denn dieser Mann liebt mich.

Ich habe ihn nicht verführt, das war gar nicht notwendig – was für eine Erleichterung. Aber ich konnte mit ihm spielen, denn er war wohl der unerfahrenste Mann, der jemals in meinen Armen gelegen hat. Er war ganz anders als Demosthenes, der ein fauler Liebhaber gewesen war und davon ausging, daß seine Hetären die ganze Arbeit machten. Und er war auch nicht wie Aischines, der nur erregt wurde, wenn er zwei Hetären zusah, wie sie sich mit dem doppelten Olisbos vergnügten und befriedigten. Phokion hingegen wollte immer mein Gesicht sehen, und das verstörte und bewegte mich zugleich.

»Es war ein Fehler von mir, mit dir nach Hause zu gehen«, sagte er am nächsten Morgen beschämt. »Ich bin nicht reich und habe keine Mittel, um so eine besondere und wunderbare Frau zu halten«, fuhr er fort und küßte dabei fast entschuldigend das kleine rote Mal auf meinem Oberschenkel.

Das war das Schönste, was mir je ein Mann gesagt hatte, und ich verschloß seine Lippen mit meinen und versprach ihm, daß ich ihn jedes Mal empfangen würde, wenn er an meinem Haus vorbeikäme. Um ihn zu überzeugen, nahm ich seinen Penis in den Mund und begann ihn zu stimulieren. »Ich bin noch nie zuvor von einer Hetäre belagert, bedrängt und verführt worden«, keuchte er, legte mich auf den Rücken, und wir fingen von vorn an.

Er kaufte mich dennoch aus meinem Vertrag, jedoch tat er das nicht, um mich zu seinen Symposien einzuladen. Statt dessen wurde ich seine Lebensgefährtin, seine Pallake. Er war sehr froh über diese Regelung, denn er hatte sich offenbar schon lange eine Frau gewünscht, mit der er seine Lust teilen und der er sich gleichzeitig anvertrauen konnte – eine Frau, die er liebte und als seinesgleichen ansah.

Um einmal Demosthenes zu zitieren: Attische Männer haben Hetären für die körperliche Entspannung, Pallaken für einen süßen Alltag und Ehefrauen, um Kinder zu zeugen und von der Hausarbeit befreit zu sein. So war das vielleicht früher einmal, aber als Phokion und ich einen Vertrag schlossen, hatten sich diese alten Strukturen längst aufgelöst. Athener verzichteten zunehmend darauf zu heiraten und lebten häufig mit Hetären zusammen. Diese Frauen, die weder Ehefrauen noch Pallaken waren, durften mit am Tisch sitzen, ihre Männer in die Stadt begleiten und sich frei bewegen und sprechen.

Diotima kam umgehend in meine Gemächer, nachdem Phokion das Haus verlassen hatte. Bestürzt fragte sie mich, was mein Ziel sei, ob ich sie in Verruf bringen wolle? Ich wußte, daß es nicht ihrem Stil entsprach, Kunden mit in ihr Haus zu bringen, aber wie hätte ich ihn sonst gewinnen sollen?

Diotima war verzweifelt, daß ich offensichtlich jetzt schon vorhatte, mich selbst zugrunde zu richten. Ich sei weit davon entfernt, wohlhabend zu sein, und hätte darum auch nicht das finanzielle Fundament, mich einfach so zu verschenken.

Schließlich fanden wir eine Lösung, und es zeigte sich, daß Phokion doch über ausreichend Mittel verfügte. Einer von den vielen athenischen Schwächen war nämlich die Neigung, edle Armut vorzutäuschen. Aber es war sicher auch eine von Phokions Stärken. Bei ihm zu Hause wurden die Speisen und der Wein noch immer auf angeschlagenem Geschirr mit schwarzen, steifen Figuren serviert, und von dieser Tradition kam er auch nicht ab. In meiner Gegenwart jedoch wollte er seinen Einfluß in Luxus widergespiegelt sehen. Allerdings nur, solange es nicht zu seinem Schaden war.

Er war noch immer durchtrainiert, sein Körper wies keine Zeichen von Maßlosigkeit oder Trägheit auf. Im Gegenteil, er pflegte ihn sehr, trug nur Schuhe, wenn Schnee lag, und liebte es, sich nackt wie ein junger Mann zu bewegen. Um mich kümmerte er sich liebevoll und fürsorglich und mit wachsendem Respekt. Er war es auch, der mich eines Morgens fragte, ob ich mir nicht meine Haare lang wachsen lassen wolle, so wie die athenischen Bürgerinnen es taten. Bis dahin hatte ich meine Haare regelmäßig geschnitten, so daß sie nicht über die Schultern reichten, wie es der Sitte entsprach. Schließlich sei ich doch keine Hetäre mehr, sondern seine Zweitfrau, sagte er, und ich gehorchte ihm.

Er war sorgsam darauf bedacht, seinen Freunden und Genossen zu erklären, daß unsere Söhne, da ich Tochter eines Atheners und seine offizielle Zweitfrau sei, vollwertige Athener werden würden. Außerdem habe er mit seinen Ehefrauen – ich glaube, er war insgesamt dreimal verheiratet – nur einen untauglichen Sohn gezeugt. Ich war alles andere als versessen darauf, Mutter zu werden. Eine Schwangerschaft hätte uns für Monate voneinander getrennt, und die Geburt eines Sohnes hätte mir nur seine jetzige Frau und den Sohn zu meinen Feinden gemacht.

Politisch waren wir beide einer Meinung: Athen mußte um jeden Preis versuchen, eine Einigung mit Philipp von Makedonien zu erzielen. Es schien, daß nur Phokion allein begriffen hatte, daß Athen nicht mehr die Kraft hatte, die Griechen zu führen, sondern daß wir gut daran täten, uns der Wirklichkeit zu beugen, und die hieß nun einmal Makedonien.

Verräter haben ihn Jahre später in Athen ermordet, aber er war der größte Patriot von allen. Meine Heimatstadt hat stets ihre besten Söhne verraten und verkauft – Sokrates, Themistokles, Aristoteles. Ich aber, die dachte, sie würde alles, was auf der Agora vor sich ging, auch mitbekommen, übersah den großen Sturm, der aufzog.

Ich wünschte mir dauerhaften Frieden, damit meine expandierenden Geschäfte nicht gefährdet wurden, denn ich hatte mittlerweile große Summen in die Wollfabrikation und den Wollhandel investiert. Phokion hatte mir dabei geholfen, und wenn wir allein waren, sprach er mit mir alle Details seiner politischen Schachzüge durch – so lernte ich denken und handeln. Das war viel besser als die vielen philosophischen Unterrichtsstunden, denn es war Praxis.

Die Makedonen waren häufiger zu Gast im Hause Phokions, und als sie sahen, wie seine Frau den Teig fürs Brot knetete und Phokion Wasser aus dem Brunnen holte, waren sie entsetzt. Kein ehrbarer Freund des Königs sollte in einer solchen Armut leben müssen, und Alexander von Makedonien wollte ihn gern zu seinen Freunden zählen. Als er von Phokions Genügsamkeit erfuhr, schickte er ihm 100 000 Talente. Eine ungeheuerliche Summe, die Phokion unter keinen Umständen annehmen konnte.

Er fragte Alexander, warum er das Geschenk für angemessen halte, und der Königssohn antwortete – was uns beiden unheimlich naiv erschien –, daß er einen »guten und ehrlichen Mann« beschenken wolle.

»In diesem Fall möge der Sohn des Königs von Makedonien mir dabei behilflich sein, diesen Ruf auch zu bewahren, und sein Geschenk zurücknehmen«, erwiderte Phokion trocken.

»Der Mann, der für ein solches Geschenk keine Verwendung hat, ist reicher als der Schenkende«, antwortete er auf die neugierige Frage seiner Freunde, wo denn das Geld geblieben sei.

Mich bezahlte er, indem er alle Summen von Bestechungsversuchen an mich weiterleitete, ohne zu überprüfen, woher sie kamen. Wir machten keinen Unterschied zwischen Geschenken und Bestechungsgeldern. Solange ein Politiker das Vertrauen des Volkes genießt, kann er sich schamlos an ihm bereichern, aber wenn er stürzt, dann werden ihm diese Geschenke vorgehalten.

Du mußt mich richtig verstehen, Phokion litt nicht an

der Armut, mit der er kokettierte. Er hatte genügend Mittel, um mein Beschützer zu sein. Aber er schämte sich seines Besitzes, denn ein guter Bürger schenkte lieber der Stadt seinen Reichtum, als sich selbst zu bereichern. Eigentlich hätte er damit Theater bauen, Koren für die Ausschmückung des Parthenon stiften oder Vierspänner für die Olympischen Spiele finanzieren sollen. Statt dessen finanzierte er mich und machte keinen Hehl daraus, daß er mit Mitteln, die unrechtmäßig den Weg in sein Haus fanden, eine Hetäre aushielt.

Athen ging an seiner Hybris zugrunde. Ich könnte stundenlang die überflüssigen Provokationen und unnötigen Verbrechen aufzählen, derer sich unsere Politiker schuldig gemacht haben. Aber diese eine Episode soll genügen, um zu verdeutlichen, was ich meine: Unsere überlegene Flotte enterte ein makedonisches Schiff und verkaufte die Besatzung als Sklaven; kurz darauf nahmen unsere Beamten einen makedonischen Gesandten gefangen und verlangten Lösegeld, und zu guter Letzt wurde ein Kaufmann, der Kleidungsstücke und Schmuckstücke für die Königin Olympias kaufte, verhaftet, gefoltert und als makedonischer Spion hingerichtet, obwohl er sich kaum in seinem eigenen Dialekt verständlich machen konnte.

Du bist noch nie in Athen gewesen, mein kleiner Eunuch. Du glaubst, daß Alexandria der schönste Ort der Welt ist, weil du hier die üppigsten Seidenstoffe, die besten Gewürze, die willigsten Hetären und das reinste Gold kaufen kannst.

Aber Alexandria ist zu groß. Heutzutage gehen zum Beispiel alle Menschen in die gleichen Theaterstücke, sehen die gleichen Statuen in Kopien und sprechen die gleiche Sprache. In Athen aber sind wir jedes Jahr während des Dionysosfestes ins Theater gegangen und haben neue Stücke gesehen. Sie waren nicht alle gleich gut, aber es war immer ein großes Fest. Wir wußten nie, was passieren würde. Und ins

Theater gingen Mann und Frau zusammen, die ansonsten nur selten miteinander sprachen und nie zusammen arbeiteten. Wie oft habe ich beobachten können, wie sich die Ehepaare auf dem Weg nach Hause von einem langen Tag im Theater näherkamen. Hier, in unserer Stadt, spricht doch keiner über den Inhalt der Komödien, hier dient das Theater nur der Zerstreuung und dem Zeitvertreib.

Ja, du warst noch nie in Athen. Du hast dich nie der Stadt bei Sonnenaufgang genähert und die rosarote Sonnenscheibe hinter dem Hymettosgebirge aufsteigen sehen. Du hast noch nie gesehen, wie die ersten Sonnenstrahlen die Steine des Parthenon in warmes Licht tauchen oder wie sich die ganze Bevölkerung für das große Fest bereit macht und weiß gekleidet, mit Blumen verziert und duftend den Weg durch die Propyläen hinauf zum Tempel der Jungfrau emporsteigt. Noch nie hast du mit klopfendem Herzen hinter die schweren Bronzetüren in den Saal des Parthenon geblickt, in dem sie ganz allein stand – Athena mit ihrer Eule, Phidias' gewaltige Statue mit den durchdringenden Augen.

Mein Haus, das mir Phokion gekauft hatte, lag im Schatten der Akropolis, nördlich des Hügels. Von meinem Dach aus konnte ich die Kassettendecke des Erechtheion sehen, leider nicht die anmutigen Karyatiden, dafür aber die Vorhalle mit den Zeichen von Poseidons Dreizack.

Ich konnte auch die Säulenbasen sehen, die verwendet wurden, um die Bastion zu befestigen, als sich die Perser damals erneut auf die Stadt zu bewegten. Ich konnte von dort unten den Geruch von den Opferstellen und den Weihrauch riechen.

Von meinem Zuhause war ich in wenigen Augenblicken auf der Agora und konnte langsam durch die kühlen Säulengänge schlendern und Phokions Stimme lauschen. Ich vermisse die Hitze der Stadt, diese schreckliche, aber lebensspendende Hitze in Athen, die ich verfluchte und genoß, wenn ich an einem späten Herbsttag in meinem Garten saß und der Staub unablässig ins Haus wehte und die Böden bedeckte, obwohl sie meine Sklaven tagaus, tagein fegten. Und wenn dann noch die jungen Männer, den Geruch von Öl und Schweiß verströmend, nackt vom Sport im Gymnasion nach Hause gingen und sich gegenseitig damit neckten, daß sie es nicht wagen würden, sich der Pforte der Hetäre Thaïs zu nähern! Das ist Athen, die warme und trockene Stadt, in der es ganz natürlich ist, nackt zu sein. Hier in Alexandria dagegen herrscht immer eine kühle, angenehme Brise. Ich aber vermisse die monatelange Hitze und Trockenheit, die plötzlich von heftigen Regenschauern abgelöst wird.

Zu meiner Zeit benötigte ein Athener neun Obolen pro Tag, um ein angenehmes Leben führen zu können. Ein Architekt verdiente zehn am Tag. Mein schönster Peplos kostete über hundert Obolen, und für mein Haus mußten wir fünfundzwanzig Minen bezahlen, das sind fünfzehntausend Obolen. Mein Vermögen belief sich damals schon auf über drei Talente, die ich in Schiffe und in den Handel investiert hatte. Und denk daran, eine einfache Hure in Piräus nahm damals vier Drachmen für den Beischlaf. Die Geringsten hatten nichts von ihrer Arbeit, denn der Verdienst der Sklaven ging direkt an ihre Besitzer. Aber meine Einnahmen gehörten mir ganz allein.

Abgesehen von alldem erinnere ich mich nur noch an ganz persönliche Dinge, die nicht zu der Geschichte gehören, die der König und du von Phokion hören wollen. Ich bin ihm nach Korinth gefolgt, weil ich der Auffassung war, daß Athen dem Untergang geweiht sei. Außerdem hatte der makedonische König alle hellenistischen Stadtstaaten zu einer Versammlung nach Korinth berufen. Das bedeutete ungeahnte Einfluß- und Verdienstmöglichkeiten. Phokion vertrat bei diesem Treffen Athen, das sich noch immer die Führungsrolle unter den griechischen Stadtstaaten vorbehielt.

Du darfst eines nicht vergessen, kleiner Eunuch: Es waren erst zehn Jahre seit der Schlacht bei Chaironeia vergangen, die unsere, die griechische Freiheit beendete. Davor waren die Makedonen für uns keine Bedrohung gewesen. Alle Athener kannten die Geschichte von der Mutter des makedonischen Königs Philipp, Eurydike, die erst lesen und schreiben lernte, als sie Königin wurde. Später heiratete sie dann ihren Geliebten und machte ihn so zum Regenten, woraufhin ihr Sohn seinen Stiefvater ermordete, um die Macht zu erlangen. Solche Geschichten mochten wir gern. Das hatte uns, Athen und Theben, nämlich die Möglichkeit eröffnet, uns jederzeit in die politischen Verhältnisse Makedoniens einzumischen.

Im Laufe von zehn, zwanzig Jahren ordnete Philipp sein Reich vollkommen neu. Sein Ziel war es, alle griechischen Staaten unter seine Herrschaft zu bringen. Wir dachten, daß wir diesem Schicksal entgehen könnten, und fühlten uns sehr sicher. Aber bei Chaironeia besiegte uns das makedonische Heer. Vom thebanischen Heer kehrte nur eine Handvoll Männer zurück. Philipp führte die Phalangen an, und sein Sohn Alexander, gerade mal sechzehn Jahre alt, kommandierte die Reiterei. Das war das erste Mal, daß wir von ihm hörten. Athen geriet in Panik, als das Gerücht die Stadt erreichte, daß das makedonische Heer zügig auf die Stadt zu marschiere.

Die Makedonen würden die Stadt über Piräus erobern, sie würden alles in Schutt und Asche legen, wie es die Perser getan hatten. Aber wir irrten uns, wie so oft zuvor und auch später.

Törichterweise verbündete sich Athen mit seinem Feind Theben. Demosthenes übernahm die Macht in unserer Stadt, und zwar in einer Weise, daß alle, die es wagten, auf die wohlbekannte Großzügigkeit des makedonischen Königs auch nur hinzuweisen, als Verräter gehängt wurden. Phokion war auch der Ansicht, daß die Makedonen vorhatten, Athen dem Erdboden gleichzumachen. Das mag heute albern klingen, aber schließlich war Philipp so schon zuvor mit unserem Alliierten, der stolzen Stadt Olynth, verfahren.

Über die Schlacht von Chaironeia kann ich nur soviel erzählen, daß Philipp die Athener überlistete, indem er so tat, als würde er sich von dem Höhenzug, auf dem sein Heer postiert war, zurückziehen. In Wirklichkeit aber ließ er die Phalangen wieder umdrehen und die Schlachtreihen erneut angreifen. Unter den feigen athenischen Flüchtlingen befand sich auch Demosthenes höchstpersönlich.

Sein Mantel verfing sich in einem Brombeerstrauch und riß ihn zu Boden, woraufhin er laut schrie: »Bitte, nehmt mich bei lebendigem Leib gefangen, bitte!« Das war nicht gerade ein Auftritt, der den Makedonen Respekt vor ihm einflößte. Aber Theben hatte weitaus größere Verluste zu beklagen als wir. Die gesamte Heilige Schar der Thebaner fiel, weil sie sich weigerten, zu kapitulieren. Philipps Sohn Alexander war es, der die gefürchtete makedonische Kavallerie mit ihren großen thessalischen Pferden gegen die Heilige Schar der Thebaner führte. Das klingt alles viel harmloser, als es tatsächlich war, denn soweit ich weiß, hat Alexander auf dem Schlachtfeld ein wahres Massaker veranstaltet.

Wir baten um die Kadaver unserer Gefallenen und akzeptierten die neue Zeit, die anbrach. Athen verlor seine Selbständigkeit, mußte die (durchaus angemessenen und moderaten) Forderungen des Königs der Makedonen erfüllen und sich der griechischen Föderation anschließen, deren Anführer Philipp selbst war.

Damals waren wir wie bewußtlos vor Schmerz. Auf einmal war alles vorbei, der Krieg wie unsere Unabhängigkeit. Aber es war keine Katastrophe, obgleich nahezu alle athenischen Politiker die Ereignisse als ein furchtbares Debakel und als das definitive Ende der Freiheit beschrieben. Auch in Korinth konnten wir solche Stimmen hören. Phokion versuchte es nüchtern zu betrachten. Nur im Verbund würde es uns gelingen, unseren alten Feind, die Perser, zu bezwingen, und auch dem Handel würde es besser ergehen, wenn die ewigen Streitigkeiten zwischen den Stadtstaaten durch einen von oben diktierten Frieden unterbunden werden würden. Ich war zwar seiner Meinung, doch als Patriotin litt ich sehr unter der Niederlage meiner Heimatstadt.

Thaïs in Korinth

In Korinth verachtete mich keiner, im Gegenteil, ich wurde mit demselben Respekt behandelt wie eine freigeborene Ehefrau. Und glaube mir, ich hätte der glücklichste Mensch unter der Sonne sein können, denn ich verfügte obendrein über ein ansehnliches Vermögen: Ich besaß ein Haus, Pferde, Möbel und Schmuck, zwei Schiffe und wunderschöne Wagen.

Wie es aber tatsächlich um mich stand, wurde mir erst an dem Abend bewußt, als Demosthenes mit seinem Gefolge mein Haus besuchte: eine bunte Gruppe aus Claqueuren, zweitklassigen Theaterautoren und gescheiterten Politikern, jung und arrogant. Sie waren mitgekommen, um Phokion zu provozieren – und um mich zu begaffen.

Wenn Demosthenes schon einmal in Korinth war, mußte er das Beste bekommen, also auch einen Abend in Thaïs' Haus. Aber wir waren eindeutig einen besseren Umgang gewohnt, stellte ich fest, und ich konnte kaum meine Verachtung für meine Landsleute verbergen. Zwischen zweien seiner aufgeblasenen aristokratischen Freunde entbrannte eine heftige Diskussion. Ich unterbrach die Streitenden und schlug, um sie zu versöhnen, eine dritte Lösung vor. Demosthenes lachte, drehte sich zu mir um und zeigte mit dem Finger auf mich, sein nichtssagendes Gesicht leuchtete vor Freude über meinen Einwand. Er hatte mich verstanden, wußte, daß die beiden sich irrten. Die beiden Löwen hingegen sahen mich von oben herab an und verhöhnten mich. »Ich habe nicht dafür bezahlt, daß du dich dabei amüsierst«, hörte ich den Mann aus meiner Kindheit sagen und sah ihn die arme Hure mit voller Kraft schlagen. Und da wunderten sich die Menschen, warum Athen vom Untergang bedroht war.

Der eine der beiden zuckte mit den Schultern und fragte, ob es jetzt nicht an der Zeit für die Frauen sei zu gehen, da die Männer nun Themen ansprechen würden, die das weibliche Auffassungsvermögen überstiegen. Eine düstere Stille senkte sich über die Gesellschaft. Nur Demosthenes begriff, wie sehr er mich damit gekränkt hatte.

Phokion setzte sich auf seiner Kline aufrecht hin, jederzeit bereit einzugreifen, wenn die Situation unhaltbar werden sollte.

»Ihr habt uns aus eurem Leben ausgeschlossen, uns in Bordelle und Frauenräume gesteckt, uns Liebe und Wissen verwehrt, eingesperrt mit unseren Kindern oder brutalen Freiern, die mit uns machen, wozu sie Lust haben. Und wenn ihr uns dann aus der Welt verstoßen habt, kritisiert ihr, daß wir nicht wie die Männer sind. Wenn auch nur eine einzige Frau trotz aller Hindernisse an euch heranreicht, was ist dann der Dank dafür? Hohn und Tritte und die Verbannung in die Isolation.«

Das waren meine Worte, die ich ihm entgegenwarf, und ich bereue kein einziges davon. Ich brauchte kein Mitleid. Demosthenes verließ mit seinen Freunden umgehend mein Haus. Ich hatte meine erste Rede gehalten. Phokion nahm meine Hand und küßte sie, ohne mich dabei anzusehen. Er liebte meinen Mut.

Ich war dreißig und auf dem Gipfel meiner Karriere. In Korinth zahlten die Gäste kleine Vermögen, um in meinem Haus speisen zu dürfen. Ich war glücklich und meine Kraft noch lange nicht erschöpft.

Die meisten Athener sahen in den Makedonen die reinsten Barbaren. Ich jedoch nicht. Was hatte Demosthenes noch gesagt? König Philipp von Makedonien sei ein einäugiger Zwerg mit zotteligem Vollbart, der der Meinung sei, durch und durch ein Grieche zu sein, weil er als Kind für ein paar Jahre als Geisel in Theben gelebt habe. Wir fürchteten ihn zwar, aber Athens ängstliche Verachtung hatte sich im Laufe der Zeit in Neugierde verwandelt. Wenn es schon unser Schicksal war, von einem fremden König unterworfen zu werden, war es doch wenigstens von Vorteil, daß dieser unbedingt ein Grieche sein wollte.

Der Freund des makedonischen Königs, Parmenion, schickte mir eine Anweisung, in der Zeit, Ort und die gewünschten sexuellen Leistungen aufgelistet waren. Ich zeigte den Brief meinen Freunden, die lachten und kicherten. Phokion wollte nicht, daß der Brief das Haus verließ, und darum verbrannte ich ihn. Aber die Zeit verstrich, und der hohe Besuch war noch nicht in der Stadt eingetroffen. Korinth wurde ungeduldig und ich unsicher.

Es ging das Gerücht um, daß die makedonische Delegation von dem einzigen ehelichen Sohn des Königs, Alexander, angeführt werden sollte, der offenbar ein echtes Götterkind war: blond, zart und anmutig – ein vollkommener Ephebe.

Aber er enttäuschte uns, als er endlich in Korinth eintraf: ohne Rüstung, ohne Satteldecke, ohne Waffen und Prunk. Jung, zierlich, klein und blond kam er bei strömendem Regen in Korinth an.

Ptolemaios, der zweite Bevollmächtigte der Gesandtschaft, bewegte sich weitaus ungezwungener. Mehrere meiner Freundinnen waren ihm in der Stadt begegnet, durch die er mit seinem unverkennbaren Mantel gelaufen war, um sich die Marktplätze und Tempel anzusehen. Er hatte sogar mit ihnen gescherzt, als wären sie Bauernmädchen, und sie fanden ihn äußerst charmant. Trotzdem wagte keiner, weder ihn noch den Prinzen einzuladen.

Was uns jedoch am meisten entzückte, war die Tatsache, daß alle Makedonen glattrasiert herumliefen, obwohl sie bereits erwachsene Männer waren, im heiratsfähigen Alter und stimmberechtigt in der Heeresversammlung. In Athen hätten sie schon längst einen kurzen Kinnbart getragen. Sie sahen aus wie Epheben und waren doch richtige Männer!

Alexander würde, lästerten die Leute, sogar aussehen wie ein Mädchen. An Ptolemaios' Geschlecht hingegen gab es keinerlei Zweifel. Die glatten Wangen kleideten die jungen Männer jedoch sehr gut, und so begannen schon bald viele Korinther, sich ebenfalls die Bärte abzurasieren. Das sah allerdings nicht besonders gut aus, denn ihre Gesichter waren von Sonne und Wetter gegerbt, und nur die Haut, die von den Bärten verdeckt gewesen war, leuchtete hell und glatt. So ähnelten sie lediglich zwangsrasierten Sklaven.

Und wir sollten also unser Haus für diese seltsamen, aber charmanten Menschen öffnen, die unserer Welt so neugierig begegneten?

Ich war nur selten in den Straßen der Stadt unterwegs, lebte so zurückgezogen wie jede ehrbare, verheiratete Frau – für mich war es jedoch ein Privileg und alles andere als eine Strafe. Aber die Vorbereitung der Feier für die makedonische Gesandtschaft war für mich zu gleichen Teilen Herausforderung und Risiko. Ich mußte selbst nachsehen, was der Markt anbot, denn ich hatte große Pläne. Die Makedonen hatten vielleicht etwas Barbarisches an sich, aber sie waren reich, trugen goldene Kränze bei ihren Festen und mischten ihren Wein in goldenen Gefäßen. Ich wollte sie mit einem ganz besonderen Essen und dem besten Wein überraschen.

Nie habe ich es gewagt – und zwar unabhängig davon, wie wohlhabend ich war –, meine Sklaven und Hausverwalter die Lebensmittel allein einkaufen zu lassen, wenn es sich um einen großen und bedeutenden Anlaß handelte. Wir mußten die besten Zutaten haben, aber so günstig wie möglich.

Darum hüllte ich mich in meine Gewänder und ging in Begleitung zweier Küchensklaven zum Einkaufen auf den Markt.

Dort begegnete ich zum ersten Mal einem der makedonischen Gesandten. Er schlenderte zwischen den Ständen umher: groß, blond, sorglos und fast nackt, mit einem kleinen Schwert bewaffnet, das auf seinem Oberschenkel baumelte. Ich habe sofort gesehen, daß er ein Fremder war, aber in dieser Stadt wimmelte es von Fremden, darum machte ich mir über seinen Namen und seine Heimat zunächst keine Gedanken. Er prüfte die Früchte an den Ständen und versuchte die Preise herunterzuhandeln, eine Kunst, die er offensichtlich ausgezeichnet beherrschte. Dabei plauderte er mit den Standbesitzern, als seien sie alte Freunde von ihm.

Er hatte jedoch keinen derben makedonischen Akzent. Damals sprachen die Schwachköpfe in den Komödien immer mit einem breiten makedonischen Akzent, aber das hat sich sicherlich geändert. Dieser junge Mann hatte sein Griechisch bei Athenern gelernt. Er mußte von hohem Stand sein, zeigte dies aber nur durch seine Sprache. Das war eine sehr griechische Haltung, die ich zu schätzen wußte.

Nachdem ich später lange in Makedonien gelebt hatte, konnte ich mich im Laufe der Zeit mit dieser einzigartigen Mischung aus Stillosigkeit und Etikettenwahrung anfreunden. Der König ist zwar der König, aber er ist nur der Erste unter Gleichen. Der König muß mit allen reden können, und alle freien Männer sollen offen mit dem König reden können. Das ist eine vollkommen andere Auffassung von Freiheit als die griechische, und bis heute finden wir diese Form ziemlich verabscheuenswert.

Der Fremde grüßte mich unbefangen, als wir nebeneinander an einem der Stände warteten. Ich sah zu Boden, um jede Form von Vertraulichkeit zu unterbinden. Das war ein leichtes, denn ich war wesentlich kleiner als er.

Er zeigte auf einen Stapel von Früchten, die sehr appetitlich aussahen.

»Sieh sich das einer mal an, die Früchte sind zermatscht, aber der Händler hat einfach die verdorbene Seite nach unten gedreht, dieser alte Gauner«, flüsterte er mir zu und stupste mich in die Seite.

Meine erste Reaktion war blanke Wut. Wie konnte er es wagen, sich mir zu nähern, als wäre ich eine billige Hafenhure! Kaum waren die Makedonen in Hellas eingetroffen, fingen sie auch schon an, uns zu schikanieren! Ich kostete immerhin zehntausend Drachmen pro Nacht, und Dichter und Sänger reisten kreuz und quer durchs ganze Land, um mich zu treffen!

Aber es wäre völlig unpassend gewesen, ihm meinen Ärger und Unmut zu zeigen. Sein Verhalten hatte etwas Naives an sich, etwas Liebliches, und ich war mir auf einmal sicher, daß er alles nur in bester Absicht gesagt und getan hatte. Er war noch so jung, ein zarter und doch breitschultriger Mann, so blond, wie Alexander beschrieben wurde, und sehr hübsch. Er hatte noch nicht einmal den Schatten eines Bartes. Das ist mein erster Makedone, so sehen sie also aus, dachte ich bei mir und betrachtete ihn eingehender. Damals war er noch rund und kräftig, aber an seinen schweren, langen Gliedern konnte man bereits den Koloß von Mann erahnen, der er einmal werden würde.

Du, junger Mann – oder wie man dich auch immer nennen soll –, kennst den König sicherlich nur von den Münzen und Büsten. Aber ich kann dir versichern, daß er ganz anders aussah, als ich ihm das erste Mal begegnete. Dreizehn Jahre Krieg haben ihn reifen lassen. Wenn du dir allerdings die wirklichkeitsgetreueren Büsten ansiehst (soweit ich mich erinnere, steht eine der besten im Korridor auf dem Weg zu dem Archiv, in dem du arbeitest), kannst du dir vielleicht den jungen Mann dahinter vorstellen: ein dreieckiges Gesicht mit einer breiten Stirn, schmalem Kinn und strahlend blauen Augen. Er hatte die größten und tiefliegendsten Augen, die ich je an einem Menschen gesehen habe. Lange helle Wimpern und feine helle Augenbrauen. Damals war seine Nase noch lang und breit und nicht verbogen von dem Schlag eines persischen Schwertgriffes.

Ich versank in Träumereien, während ich seine Schönheit genoß. In dem Augenblick begriff ich Platons Rede über die Anmut und Notwendigkeit von Schönheit. Wer dieser Mann war und woher er kam, war mir gleichgültig. Ich war die reichste und glücklichste Frau in Korinth und die meiste Zeit allein, weil es mein Wunsch war, so zu leben. Aber ausgerechnet jetzt tauchte dieser Fremde auf und entfachte das Feuer der Aphrodite, der ich nicht dienen wollte. Sie forderte mich heraus, die größte aller Göttinnen.

Andere berühmte Hetären haben sich schon vor mir lächerlich gemacht, weil sie verzweifelt versuchten, die Liebe eines jüngeren Mannes zu halten. Aber ich war klüger. Und doch stand ich an einem Früchtestand auf dem Markt von Korinth und wurde von einer mir bis dahin unbekannten Sehnsucht ergriffen.

»Du mußt Thaïs sein«, sagte er mit sanfter Stimme, und seine vollen Lippen zitterten. »Sie haben mir erzählt, daß in Korinth eine Frau leben würde, die schöner sei als Helena, und sie haben nicht gelogen. Ich habe dich vom ersten Tag an verfolgt, habe vor deinem Haus gestanden und gewartet. Hast du das denn gar nicht bemerkt?«

Nein, ich muß gestehen, nie auf meine Umgebung geachtet zu haben, im Gegenteil, sie war es schließlich, die mich beachtete.

»Du kannst nur Thaïs sein. Vater hat mir versprochen, daß ich bei den Griechen etwas Einzigartiges zu Gesicht bekommen werde. Darf ich dein Gesicht berühren?« fragte er. Seine Hand lag bereits auf meiner Wange, eine große, warme und verblüffend weiche Hand.

Sein Vater? Mein Gesicht? Mir blieb keine Zeit, etwas zu

erwidern, denn seine Hände umschlossen bereits mein Gesicht. Dann ließ er mich plötzlich mit einem Seufzer los, als wäre das schon zuviel gewesen.

»Wir sehen uns!« rief er und winkte mir zu, sein Gesicht war ein einziges glückseliges Strahlen. Ich hatte keine Ahnung, wer er war, ich wußte nur, daß er wohl ein Makedone sein mußte.

Zu Hause warteten die Vorbereitungen für das große Fest. Wir wollten Alexander als eine Art Ehrengast empfangen, und darum ärgerte es mich sehr, daß er dem Fest wohl doch nicht beiwohnen würde. Aber immerhin hatte ich ja einen echten Makedonen getroffen und wußte, was ich zu erwarten hatte. Wir mußten ihnen die griechische Lebensweise vorführen und sie von unserer Gastfreundschaft überzeugen. Darum gab ich mir die größte Mühe mit meiner Kleidung, meiner Frisur und der Pflege meines Gesichtes, mit den Speisen, den Vergnügungen und der Beleuchtung. Darüber vergaß ich sogar den jungen Mann vom Marktplatz. Nein, vergessen konnte ich ihn nicht, aber die Arbeit verdrängte ihn an den Rand meiner Gedanken.

Das Andron war der wichtigste Raum in meinem Haus, der ohne Schwierigkeiten eine große, wohlhabende Familie aufnehmen konnte. Die gesamte Familie der vorherigen Besitzer war nach Epidauros gezogen, um dort ihre Gebrechen zu kurieren und ins Theater zu gehen. Tagsüber, wenn ich nur Besuch von drei oder vier Freunden hatte, wurde das große Andron mit einem Wandschirm abgetrennt. Aber an jenem Abend benötigten wir alle Sitzplätze entlang der Wände. Auch eine berühmte Hetäre empfängt ihre Gäste persönlich, darum verließ ich die Gesellschaft sofort, als mein Hausverwalter kam und die neuen Gäste meldete. Das Haus war angenehm kühl und duftete nach Speisen und Weihrauch. Die Luft, die von draußen hereindrang, war staubig und heiß.

Augenblicklich erkannte ich seine Stimme wieder, während ich den halbdunklen Gang hinunterging und, wie schon tausendmal zuvor, überprüfte, ob mein Haar und meine Kleidung so saßen, wie sie sollten. Ich begriff nicht sofort, wie es sein konnte, daß der Mann vom Markt plötzlich anstelle von Ptolemaios in meinem Haus auftauchte. Nur an meine Irritation kann ich mich erinnern und an die Angst davor, daß er geschickt worden war, um mir mitzuteilen, daß die Makedonen mein Haus nicht vornehm genug für einen Besuch fanden. Aber offenbar war er Ptolemaios. Er spaßte und lachte mit seinen Freunden und den Türsklaven – es gab keinen Zweifel. Er hatte gute Laune und freute sich auf das Fest.

Für einen kurzen Moment blieb ich stehen und lehnte mich gegen die Mauer, um mich zu beruhigen. »Liebe Götter«, dachte ich ganz plötzlich, »laßt ihn reich genug sein, um meinen Vertrag zu kaufen, laßt mich ihn kennenlernen, nur für diese eine Nacht.«

»Wo ist sie, warum kommt sie nicht«, hörte ich ihn sagen, laut und erwartungsvoll. Es gab keinen Weg zurück, ich mußte vor die Tür treten und meine Pflicht als Gastgeberin erfüllen.

»So sehen wir uns also wieder, Thaïs«, sagte er.

Der Hausverwalter verbeugte sich und zog sich dann zurück. Die Freunde meines Ehrengastes verbeugten sich auf die gleiche Weise und gingen wieder. Er war allein eingeladen worden und kam auch allein, die anderen hatten ihn lediglich aus Sicherheitsgründen begleitet, nehme ich an. Ich muß noch hinzufügen, daß er dasselbe trug wie auf dem Markt und aussah wie ein Ephebe auf dem Weg ins Gymnasion.

Mir fehlten die Worte, ich war noch nie zuvor in so einer Situation gewesen. Und das, obwohl ich eine erfahrene Frau war. Ich nahm seine Hand und führte ihn ins Andron, und er fing erleichtert an zu plaudern und über sich selbst zu lachen.

Phokion bemerkte wohl den veränderten Klang meiner

Stimme und drehte sich mit einer Mischung aus Unruhe und Stolz zu uns um.

Ptolemaios versicherte den Anwesenden seine große Freude darüber, endlich in Griechenland eingetroffen zu sein, und zwar als Freund und nicht als Eroberer. Er hätte meinen Namen schon als kleiner Junge gekannt und könnte es noch nicht fassen, daß ich es wirklich sei, erklärte er unbeeindruckt von Phokions säuerlichem Lächeln. Wie jung er war! Für Ptolemaios war der Besuch bei mir reines Vergnügen und nicht im geringsten ein politischer Akt. Er sah mir in die Augen, lächelte, errötete und wollte meine Hand nicht loslassen, obwohl ich sie lachend mit den Worten wegzuziehen versuchte, daß ich beide Hände benötigte, um Getränke und Speisen reichen zu können.

»Vater behauptete, daß du niemals deine Zeit für uns opfern würdest, da wir in euren Augen weniger wert seien als Perser! Aber jetzt sitze ich hier bei dir und kann es kaum glauben!« sagte er schmunzelnd. Ich reichte ihm einen neuen Becher mit Wein. Phokion beachtete er kaum, schließlich war er bei mir und nicht in Athen zu Gast. Ich betrachtete seinen Mund, seine geschwungenen Lippen, während er trank, und überlegte, wie alt er wohl sein möge. Ich hatte selten einen so anziehenden Mann gesehen.

»Komm doch und setz dich zu mir«, sagte er mit einem breiten Lächeln und klopfte auf den Platz neben sich. Der Ehrengast fühlte sich auf seiner Kline einsam. Ich ließ mich nieder und blieb dort für den Rest des Abends. Phokion hatte sicherlich gehofft, Zeuge eines systematischen Stilbruchs zu werden, und wartete die ganze Zeit auf Anzeichen der makedonischen Taktlosigkeit. Zwischendurch entspannte er sich jedoch, als er sah, daß ich den Ehrengast ganz gut im Griff hatte.

Wir diskutierten über alle möglichen Themen zwischen Himmel und Erde, und unser Gast nahm rege daran Anteil, obgleich man sofort erkannte, daß er nicht die geringste

Ahnung von den festen Regeln eines kultivierten Gesprächs hatte. Er war durch und durch Makedone. Er amüsierte sich, auch wenn er korrigiert wurde. Keiner konnte übersehen, wie sehr er den Abend genoß. Den drei angesehenen korinthischen Bürgern ging es ganz anders, sie sahen in Ptolemaios' fast kindlicher Sorglosigkeit eine Beleidigung. Und darum begannen sie – gegen unsere Abmachung –, über Politik zu debattieren, und entfernten sich nach und nach von den ungefährlichen Lippenbekenntnissen und endeten in der Bekundung ihrer bedingungslosen Unterstützung von Demosthenes' gescheiterter Konfrontationspolitik.

Wenn die griechischen Staaten nur zusammengehalten hätten, wäre ein Sieg über die Makedonen und somit der Erhalt unserer Freiheit möglich gewesen, sagten sie und nickten sich gegenseitig zustimmend zu. Das einzige Ärgernis war nun aber, daß der Ehrengast sich weigerte, an dieser Schlammschlacht teilzunehmen. Er hörte aufmerksam ihren Argumenten zu, widerlegte sie aber nicht, sondern wies lediglich auf die Notwendigkeit des jetzigen Ausgangs des Konfliktes hin und fügte hinzu, daß wir ab jetzt eine geeinte Front gegen die Perser bilden könnten. Und das sei das Verdienst seines Volkes, und damit hätte es bewiesen, daß es gewissermaßen auch griechisch sei.

Man würde kein Grieche werden, indem man sich die *Ilias* von Homer unter das Kopfkissen lege, warf einer der lautesten Gäste verärgert ein. Ich wußte genau, auf wen er anspielte: auf Alexander selbst, der sich Achilleus zum Vorbild genommen hatte und mit einer Kopie der *Ilias* unter dem Kopfkissen schlief – sowie einem Dolch zur Verteidigung. Wir hatten uns natürlich über dieses schwärmerische Gehabe des makedonischen Kindes belustigt, aber seine Gefühle scheinen ernst gewesen zu sein. Diese Bemerkung verletzte Ptolemaios ganz offensichtlich, aber das konnte unseren korinthischen Helden nicht bremsen. Er zählte sorgfältig alle Verbrechen auf, die Philipp bei seinen Übergriffen und Eroberungen begangen hatte. Besonders lange hielt er sich bei der Unterwerfung des freien Stadtstaates Olynth auf.

Die Anklage war zwar durchaus angemessen, aber Ptolemaios traf keine Schuld am Fall Olynths, und er konnte die Tat seines Königs weder entschuldigen noch verteidigen. All diese Vorwürfe dienten nur dem Ziel, ihn aus der Fassung zu bringen, damit wir voller Abscheu Zeugen der versoffenen, gewalttätigen, makedonischen Tischmanieren werden konnten. Aber Ptolemaios hatte die ganze Zeit sehr maßvoll von dem gemischten Wein getrunken.

Er wies auf die Tatsache hin, daß die Makedonen seit Jahrhunderten Griechisch sprachen und daß wir dieselben Götter mit denselben Ritualen anbeten würden. Doch dies würde bei weitem nicht genügen, teilte man ihm mit. Denn um ein echter Grieche zu sein, müsse man in Griechenland als freier Bürger geboren worden sein. Ptolemaios zuckte mit den Schultern, dadurch wollte er sich nicht aus dem Gleichgewicht bringen lassen, er war schließlich hier, um zu feiern, zu genießen und sich zu erholen.

Unser korinthischer Maulheld wurde immer aufgebrachter bei dem Gedanken an seine armen olynthischen Brüder und wollte Ptolemaios unbedingt eine Stellungnahme zu diesem Krieg abringen. Also fragte er ihn, ob er ein Gesandter mit Befugnissen sei oder doch nur ein Türsklave, den der König als Vorboten für den Prinzen nach Korinth geschickt habe. Ptolemaios reagierte auch auf diese Beleidigung mit Nachsicht. Aber mir wurde es jetzt zuviel, ich hatte lange genug still daneben gesessen und zugesehen, wie mein Fest ausartete.

»Nur ein einziger Gast hat sich bisher wie ein wahrer Grieche benommen«, ergriff ich das Wort, »und weder einen Streit angefangen noch seine Freunde beim Trinkgelage beleidigt. Und dieser Gast ist unleugbar ein Makedone.

Wenn ihr anderen als Griechen angesehen werden wollt, tut ihr klug daran, es ihm gleichzutun.«

Er lag neben mir auf den gestreiften Kissen, und ich sah, wie seine Wangen zaghaft erröteten, während er eingehend die Weinsenke am Boden seiner Kylix betrachtete. Die anderen rutschten auf ihren Klinen hin und her, aber keiner erwiderte etwas. Ich hatte recht, und das wußten sie; dennoch waren sie der Meinung, daß hier etwas weitaus Größeres auf dem Spiel stehen würde. Wie töricht, der Krieg war doch längst entschieden! Wen sollten schon die Worte einiger älterer angetrunkener Herren interessieren, die den Wein durch sich sprechen ließen? Außerdem wußten sie sehr wohl, daß Alexander und Ptolemaios zivilisiert waren und Beleidigungen niemals mit groben Antworten oder gar Waffengewalt erwidern würden.

Der Abend wurde zäh und lang, und schließlich brachen die streitsüchtigen Gäste als erste auf. Mit steifen Gesten verabschiedeten sie sich von dem Ehrengast, der seinerseits keine Anstalten machte, das Haus zu verlassen. Ihm ging es prächtig, er hatte Speisen, Getränke und Thaïs an seiner Seite, und er bedauerte es nicht, daß die unfreundlichen Gäste gingen. Die Zeit verstrich, Phokion begann hinter vorgehaltener Hand zu gähnen und mir bedeutsame Blicke zuzuwerfen. Aber wer kann schon einem Ehrengast sagen, daß es Zeit sei aufzubrechen?

Ptolemaios träumte, trank und summte vor sich hin. Ab und zu sah er mich an, als wären wir alte Bekannte. Das Theater interessierte ihn sehr, und er prahlte ein wenig mit Euripides, der im Exil in Dion gelebt hatte. Oft gehe er in das kleine Theater, in dem auch die letzten Stücke des Euripides aufgeführt worden waren. Denn Dion war auch Ptolemaios' Heimatstadt, und auf ihren weiten Wiesen bildete er die Soldaten in der Phalanxtaktik aus. Von dort konnte man an den Fluß Helikon wandern und zu dem Ort, an dem Orpheus von den wahnsinnigen Weibern in Stücke gerissen worden war. Von dort wiederum hatte man den besten Blick auf den Olymp, und darum stand in dieser Stadt auch der prächtigste Zeustempel Makedoniens.

Wenn er von Dingen sprach, die ihm etwas bedeuteten, war er ausgesprochen redselig. Dion sei ein Juwel unter den Städten. Phokion langweilte sich entsetzlich, aber ich hörte ihm gern zu, denn erst jetzt erzählte unser Gast von sich selbst, erst jetzt fühlte er sich richtig geborgen.

Das einzige, was Dion noch fehle, sei eine berühmte Hetäre mit einem wunderbaren Haus, in dem sie ihre Gäste empfangen konnte. Aber dies sollte einzurichten sein, schließlich habe Makedonien Euripides und Aristoteles für sich gewinnen können, warum dann nicht eine Hetäre? So eine schöne Stadt verdiene auch eine Schönheit.

In diesem Moment traf Phokion den schweren Entschluß, uns allein zu lassen. Ich gehe davon aus, daß ihm der Entschluß schwergefallen ist, denn ich war ihm bisher noch nie untreu gewesen.

Dann waren wir allein, mein Ehrengast und ich, und ich ließ die Stille eine Weile lang wirken, bevor ich ihn fragte, wo er einquartiert sei. Darüber sollte ich mir keine Gedanken machen. Und warum nicht? Nun, weil er gern über Nacht bei mir bleiben würde. Oder vielmehr die Zeit, die noch von der Nacht übriggeblieben sei, denn Makedonen seien Soldaten und stünden bei Tagesanbruch auf. Wie er denn zu dem Schluß gekommen sei, daß ich ihn für die Nacht eingeladen hätte, wollte ich wissen.

»Oh, das habe ich in deinen Augen gesehen. Als wir uns begegneten, ist bei uns beiden das gleiche geschehen. Ich möchte dich heiraten«, sagte er ernst und feierlich. »Ich wünsche mir schöne und kluge Kinder, eine kluge und hübsche Ehefrau, die ich liebe, und ich möchte leben wie ein Mensch. Die neue Frau des Königs kann noch nicht einmal einen Brief ihres Mannes lesen, sie sitzt den ganzen Tag am Webstuhl. So eine Frau will ich nicht, ich möchte dich.«

Was aber sollte ich mit einem halbwüchsigen Gesandten aus Makedonien? Dennoch sagte ich ihm, er könne mit mir einen günstigen Vertrag aufsetzen. Er hob den Becher, nahm große Schlucke und sah mich mit seinen verschmitzten Augen über den Becherrand an. »Gut, das kann ich also«, sagte er. »Was kostet denn so ein ›Vertrag‹?«

Es gab keinen Grund, ihn zum Narren zu halten, darum erzählte ich, daß Demosthenes mir zehntausend Drachmen für eine einzige Nacht geboten hatte. Aber Ptolemaios warf nur lachend den Kopf in den Nacken. Dabei vergaß er die alte, kostbare Kylix in seiner Hand, die ich ihm wegnahm, bevor sie zu Boden fallen und zerbrechen konnte.

»Ja, aber das geht nicht, ich habe kein Geld, das gehört alles meinem Vater, und der erlaubt mir sicher nicht, eine Frau zu kaufen«, sagte er und legte dabei eine Hand auf mein Bein. »Ob du nun zehntausend oder zehn Drachmen kostest, das macht keinen Unterschied. Ich bin noch nicht mündig und besitze nur das, was mein Vater mir gibt.«

»Dann rate ich dir, gleich zu gehen«, erwiderte ich.

Ich war eine freie und von vielen begehrte Frau und begriff nicht, worauf er hinauswollte. Er aber gestand mir, daß die Frauen in Korinth mich nachahmten, meine Frisuren, meine Tücher mit Fransen und die langen Ohrringe, die bis auf die Schulter fielen, dienten ihnen als Vorbild. Und wenn ich meine Lippen braun angemalt hätte, würden am nächsten Tag alle Münder in Korinth braun sein.

Ich versuchte die Ruhe zu bewahren, während er bereits in mich eingedrungen war, ohne mich berührt zu haben.

Eine neue Welt öffnete sich vor mir. Und es war meine Entscheidung, sie zu betreten. Ihm mache ich auch heute noch keine Vorwürfe. Als ich ihm erklärte, daß ich hier in Korinth doch ein freier Mensch sei und in Makedonien ein Untertan werden würde, sah er mich voller Liebe an und fragte, wie ich nur so etwas behaupten könne? Als seine Ehefrau wäre ich niemandem untertan, und im übrigen würden wir Griechen nichts über das Leben in seinem Land wissen.

»Und wovon sollen wir leben, während du die Reiter des Königs in der Ebene von Dion trainierst?« fragte ich. Sorgfältig wog er jedes meiner Worte ab, überlegte, was ich damit meinen könnte, ob es dahinter eine tiefere Bedeutung gäbe oder ob ich mich über ihn lustig machte.

»Vater sorgt für mich«, sagte er dann stolz. »Ich werde ihn dazu bringen, mir ein Haus in Dion zu kaufen«, fügte er hinzu und rutschte näher an mich heran. Mein Körper verriet mich, aber er nahm bestimmt nur meinen Mund und meine Hände wahr, die ihm den Weg zeigten; meine Angst, die ich zu verbergen suchte, sah er wohl nicht.

»Ist dein Vater Lagos mit eurer Delegation nach Korinth gereist?« fragte ich, froh darüber, daß ich zumindest wußte, wie sein Vater hieß. Aber er schüttelte langsam den Kopf, hob seine Hand an die Stirn und zeichnete dort das königliche Diadem nach. Sein Vater war also Philipp, der König von Makedonien, und er war somit Alexanders Halbbruder.

»Du mußt jetzt gehen«, sagte ich und stand auf. Er folgte mir nicht, ließ jedoch auch meine Hand nicht los.

»Es wird so kommen, wie ich es mir wünsche, du wirst schon sehen!« sagte er, beugte sich nach vorn und küßte meinen Bauch. Dann endlich ließ er mich los, und ich atmete erleichtert auf, als er sich erhob. Aber es kam anders, als ich gedacht hatte, denn er begann sich auszuziehen. Ich war entgeistert, setzte mich auf eine der Klinen und folgte seinen Bewegungen mit den Augen. Er schwieg dabei nicht, nein, er hielt einen kleinen Vortrag über sein politisches Vorbild Perikles und über Perikles' Verhältnis zu der Hetäre Aspasia, die eine Metökin gewesen sei und die er mehr geliebt habe als seine eigene Ehefrau, seine Kinder und sich selbst.

»Perikles war mit einer überaus vornehmen attischen Dame verheiratet gewesen, von der er sich jedoch scheiden ließ, um mit Aspasia zusammenleben zu können. Aber er konnte sie nicht heiraten, weil ein absurdes Gesetz, das er selbst zu verantworten hatte, es ihm verbot. Sie lebten zusammen und bekamen viele schöne Kinder. Kurz bevor er starb, erwirkte er, daß seine Kinder und sie als attische Bürger anerkannt wurden, und alle von Rang und Namen schlugen sich darum, Gast in seinem Haus zu sein. Jetzt habe ich meine Aspasia gefunden.«

Das war sozusagen der rote Faden seines Vortrages. Ich ergab mich dieser makedonischen Beredsamkeit und milden Brutalität, wie es zuvor Athen und dann ganz Griechenland getan hatten.

Plötzlich stand er splitternackt vor mir und breitete die Arme aus: »Nimm mich, oder laß es sein!«

Wie sein reines Griechisch war auch sein Körper vollendet und griechisch schön: blaß und kräftig, unversehrt und gestählt, muskulös, ohne von den vielen Übungen ausgezehrt zu sein.

»Willst du mich?« fragte er und zweifelte keinen Augenblick an meiner zustimmenden Antwort. Sicher hatte er noch nie erlebt, daß ein Mann oder eine Frau ihn abgewiesen hatten.

»Du mußt jetzt gehen«, wiederholte ich und versuchte meinen Blick an die Wand hinter ihm zu heften. »Du verstehst nicht! Ich kann nichts für dich tun. Ich bin viel älter als du. Geh, such dir eine andere Hetäre, und fahr zurück zu deinem Vater nach Makedonien. Oder du bleibst hier und bezahlst meinen Preis. Es gibt keine andere Wahl!«

Doch das beeindruckte ihn nicht. Er kam auf mich zu, nahm mein Gesicht in seine Hände, legte den Blumenkranz beiseite und beugte sich zu mir. Dann hob er mein Gesicht zu sich hoch und küßte mich. Das war das erste Mal, daß ich erlebte, wie ein junger Mann einer jungen Frau den Hof macht. Und ich war dreißig und er wesentlich jünger als ich.

Ganz unerfahren war er freilich nicht, aber er hatte alles

in Dion gelernt und glaubte darum, daß er ein sehr erfahrener Mann war. Siegessicher legte er seine Hände unter meine Ellenbogen und hob mich hoch.

Damals beschäftigten sich seine Gedanken noch nicht mit Kriegssorgen und Waffen, und ich konnte in seinem Gesicht ablesen, daß er sich als Glückskind fühlte. Da du ihn nur als alten Mann kennst, wirst du dir kaum vorstellen können, daß er der anmutigste Mann war, den ich je gesehen habe. Dieses jugendliche Selbstvertrauen, dieser Glaube, zu allem ein Recht zu haben, das war für mich der Inbegriff von Makedonien.

»Wo im Himmel schläfst du denn?« fragte er, zog mich in seine Arme und trug mich aus dem Andron.

Während unseres Gesprächs hatten die Sklaven begonnen, ungeduldig im Hintergrund zu arbeiten. Sie waren es nicht gewohnt, daß die Feste so lange dauerten. Und nun suchte auch noch der Gast, in den Armen die Besitzerin des Hauses, nach ihrem Schlafgemach. Er stieß mit dem Fuß einige der Türen auf, bis er schließlich mein Schlafzimmer gefunden hatte. Ich wagte nicht, ihm zu sagen, daß ich außer Phokion noch nie zuvor einen Liebhaber in diesen Räumen empfangen hatte.

Phokion hatte mich auf eine Stufe mit sich gestellt, keiner hätte das in Athen vorher für möglich gehalten. Nun mußte ich mich jedoch wieder beugen, und zwar vor dem Ungewissen. Ja, es war eine ungewisse und noch unentdeckte Welt, in die ich da aufbrach.

Wir liebten uns im Dunkeln, und meine Angst wuchs: Wenn er die Hetäre ausmerzte, würde ich niemals zurückkehren können. Darum bat ich ihn unzählige Male bei Tagesanbruch fortzugehen, wenigstens für ein paar Tage. An der Größe der Sehnsucht kann man die Größe der Liebe messen. Wenn sie in der Abwesenheit des Geliebten verblaßt, ist sie es nicht wert, wenn sie sich aber verstärkt, ist die Liebe wie ein guter Wein, den man bewahren kann.

»Warum sollte ich wieder abreisen, ich bin doch gerade erst angekommen?« fragte er neugierig und träge. Er wußte, daß ich bereits kapituliert hatte. Wie Athen.

Ich wollte nicht schlafen und wollte auch nicht, daß er bei mir übernachtete. Aber er drückte sich wie ein kleines Kind von hinten an mich und schlief augenblicklich tief und fest. Zwischendurch wachte er auf, küßte mich und strich mir übers Haar. Ich hätte ihn aus dem Bett zerren und ihn vor die Tür setzen müssen!

»Thaïs, Thaïs, das ist der glücklichste Tag in meinem Leben!« sagte er bei Tagesanbruch, warf sich auf den Rücken und verdeckte seine Augen mit dem Arm, um seine Tränen zu verbergen. Er weinte! Und ich dachte: Wie kann mich jemand nur so gern haben? Wie kann ich so wichtig für ihn sein?

Bewegt nahmen wir voneinander Abschied, aber er kehrte insgesamt dreimal um, stieß die Tür wieder auf, kam ins Haus gerannt, umarmte mich und versprach, daß er zurückkommen würde, aber daß Alexander zuerst erfahren müsse, wo und bei wem er die ganze Nacht gewesen sei. Ich konnte mir gut vorstellen, wie sich die gesamte makedonische Delegation – wegen seiner zu langen Abwesenheit – in Alarmbereitschaft befand. Und ich wollte alles andere als die Ursache für politische Krisen sein.

Phokion kam im Laufe des Tages zurück, kam direkt in meine Gemächer und grüßte mich mit einer steifen Verbeugung, als würde er vor dem Anführer der makedonischen Delegation stehen. Zum ersten Mal fiel mir der Altersunterschied zwischen uns auf. Er war ebenso viele Jahre älter als ich, wie Ptolemaios jünger war. Und da stand dieser Mann, den ich mehr geliebt hatte als mein eigenes Leben, grau und ernsthaft vor mir, um darum zu betteln, was ich ihm bis dahin aus freien Stücken gegeben hatte? Aber er war viel zu stolz dafür, wollte noch nicht einmal Wein trinken.

Ich erläuterte ihm meine Beweggründe, und er gab sich sehr gelassen – nach außen hin.

»Aber ich möchte dich noch einmal besitzen, bevor du mich verläßt«, sagte er. Das konnte ich ihm nicht verweigern.

In meinen Armen bettelte er dann doch: »Kann ich dich unter keinen Umständen zurückgewinnen? Was möchtest du, mehr Geld? Ein größeres Haus? Soll ich meine Ehefrau verstoßen und dich heiraten?«

Als er sich wieder anzog, drehte er mir den Rücken zu, wirkte alt und beschämt. Ich legte meine Hand auf seinen Rücken, seine Haut brannte.

»Es gibt noch andere Hetären in Griechenland außer Thaïs«, sagte ich.

»Nicht für mich«, erwiderte er bitter und erhob sich abrupt. Noch nicht einmal die Zeit in Rhodopes Kneipe war mir ein so guter Lehrmeister in Sachen Gefühlskälte und Unerbittlichkeit gewesen wie die Liebe selbst.

»Es quält mich mitanzusehen, wie der Mensch, der für mich all das verkörpert, was ich an meiner Heimat liebe, sich vor Makedonien und seiner unwürdigen Größe beugt«, sagte er.

So war es ganz und gar nicht, aber mir war es nicht möglich, ihm das verständlich zu machen.

Als wir uns endlich voneinander verabschiedeten, riß er mich an sich und umarmte mich so heftig, daß mir fast schwarz vor Augen wurde. Ich hing in seinen Armen, ohne den Boden zu berühren. Ihm fiel es so schwer, sich von mir zu trennen. Er wollte mich partout nicht verlieren.

Ich wußte, daß ich alles richtig gemacht hatte, als ich nach dieser einen Nacht Phokion verließ und Ptolemaios folgte. Dies habe ich niemals bereut, denn erst dadurch wurde ich eine wahrhafte Athenerin, freier als Phokion und Demosthenes, denn ich mußte weder eine Stadt noch einen Staat oder eine Gemeinschaft repräsentieren. Meine Stadt hieß Thaïs.

Ein an die Schriftrolle Nr. 7 angehefteter Kommentar von König Ptolemaios I. Soter

Es ist an der Zeit anzumerken, daß die freien Bürger Athens nicht immer Thaïs' Ansicht teilten, Phokion sei ein großer Staatsmann gewesen. So wurde Phokion schließlich wegen seiner Zusammenarbeit mit den Makedonen zur Rechenschaft gezogen.

Als er von seinen Freunden verraten und verlassen worden war, holte man ihn zurück nach Athen und ließ ihn auf einem Heuwagen durch den Kerameikos bis zum Theater fahren, wo er zusammen mit Räubern und Gesindel gefangengehalten wurde. Denn der Mann, der zu diesem Zeitpunkt zufällig König von Makedonien war, sah in Phokion eine Bedrohung, und auch die gewissenlosesten Bürger Athens verachteten und fürchteten ihn gleichermaßen. In ihren Augen war Phokion kein großer Politiker und athenischer Patriot mehr, sondern ein Oligarch, ein »Feind des Volkes«, wie sie ihn hinterher beschimpften.

»Wie wollt ihr es anstellen, mich rechtmäßig zu verurteilen, wenn ihr noch nicht einmal bereit seid, mich anzuhören?« fragte er. Er wollte, daß sie ihn allein bestraften und alle anderen ungeschoren davonkommen würden. Seine Feinde wollten ihn vor der Vollstreckung der Todesstrafe noch foltern lassen, doch einer der Zuhörer rief den Verantwortlichen zu: Wenn wir Phokion vorher foltern – wie sollen wir dann verfahren, wenn ihr eines Tages hinter der Anklagebank steht?

Während Phokions Freunde auf dem Weg vom Gericht zum Gefängnis weinten und jammerten, war Phokion stumm und in sich gewandt. Bis sich ein junger Mann aus der Menge vordrängte und ihm ins Gesicht spuckte. Erst dann brach er in Tränen aus. Im Gefängnis dann mußte er zusehen, wie der Henker den Schierling im Mörser zerkleinerte. Thaïs hat mir erzählt, wie die Athener mit ihren gefallenen, einst bedeutenden Politikern umgehen.

Ich habe die winzigen Becher in einem Schrein gesehen – jene Becher, die nur für die Vollstreckung der Todesstrafe an Staatsfeinden verwendet werden. Allerdings wird ihrem Verständnis nach ein athenischer Bürger nicht hingerichtet, er begeht Selbstmord.

Phokion bat seinen Sohn, daß er nicht das Volk für das Schicksal seines Vaters anklagen möge. Und als sich die Glut des Sonnenaufgangs über dem Hymettos erhob, leerte er den Becher – so wie Sokrates vor ihm.

Die Machthaber Athens verfügten, daß sein Körper »jenseits der Grenzen Attikas« gebracht werden solle und daß kein athenischer Bürger Holz für die Feuerbestattung beisteuern oder in anderer Form an seiner Beerdigung teilnehmen dürfe. Das wurde alles erst in die Wege geleitet, nachdem Thaïs und ich uns hier in dieser Stadt niedergelassen hatten. Sie beauftragte einen Mann, der Phokions Begräbnis ehrenvoll und den Sitten gemäß durchführen sollte. Er barg seinen Leichnam und brachte ihn nach Eleusis. Das Feuer für die Brandbestattung wurde in Megaris entzündet. Seine Ehefrau nahm seine in Wein gereinigten Gebeine mit zurück nach Hause. So endete das Leben des letzten großen und freien athenischen Bürgers.

Von Menandros an Tut, in der Oase Krokodopolis

Lieber Vater,

ich habe dir früher schon einmal von der mir vom König hier in Alexandria, in Ägypten, anvertrauten Aufgabe erzählt. Laß mich dir nun berichten, was mir nach meiner letzten Begegnung mit der Königinmutter Thaïs widerfahren ist.

Nichtsahnend hatte ich mein nächstes Kapitel beim König abgeliefert und mich wieder an mein verstaubtes Schreibpult im Museion begeben, um mich mit anderen, dringlicheren Dingen zu beschäftigen. Es gelang mir, meine anderen Verpflichtungen zu vergessen und meine Arbeit zu genießen, die mir sinnvoll und überschaubar erschien. Ich ging mit meinen

Kameraden speisen und fühlte mich wieder als ein Teil der großen Einheit im Museion. Allerdings kann ich nicht leugnen, daß ich mich auf den Bericht der Königinmutter über die Durchquerung der Gedrosischen Wüste freute. Aber ich empfand auch Erleichterung, einmal Ruhe vor ihr zu haben. Ich konnte tief Luft holen – als hätte die Karawane nach langer Reise endlich die heimatliche Oase Krokodopolis erreicht.

Am selben Abend setzte ich mich mit einem guten Buch und einem noch besseren Glas Wein in den Garten hinter dem Museion und ging dann früh zu Bett, zufrieden mit mir und meinem Leben. Doch mitten in der Nacht wurde ich von Soldaten mit Fackeln aus dem Schlaf gerissen. Sie zerrten mich aus dem Bett, zwangen mich in meine Kleider und führten mich, noch benommen und halb blind vor Schlaf, mit auf den Rücken gefesselten Händen ins Brucheion. Ich dachte, meine letzte Stunde hätte geschlagen, und begriff nicht, warum sie mit einer solchen Brutalität vorgingen.

Ptolemaios I. Soter saß in einem der inneren persischen Palastgärten, umgeben von brennenden Fackeln. Die Soldaten ließen uns allein, und er warf mein Manuskript vor mir auf den Boden. Obwohl ich um mein Leben fürchtete, hatte ich große Sorge, daß er dem kostbaren Manuskript unheilbaren Schaden zufügen würde, und wollte mich vorbeugen, um es vor weiterem Schaden zu bewahren. Aber meine Hände waren noch gefesselt.

»So, sie lügt also immer noch beharrlich«, sagte er und trat mit dem Fuß nach der Schriftrolle, die zwischen uns lag. »Die edlen Athener sind der Ansicht, daß sie nie lügen, sie beschönigen doch nur. Sie sind in der Lage, an allem etwas Schönes zu finden. Zeig ihnen einen krummbeinigen, verwahrlosten athenischen Knaben, und sie werden sich trotzdem nach ihm verzehren, obwohl sonst kein anderer etwas Ansprechendes an ihm zu entdecken vermag. ›Aber er stammt doch aus Athen, und er ist jung!‹ würden sie sagen. Und so ist sie auch.«

Was konnte ich darauf erwidern? »Das hat mir die Königinmutter diktiert«, murmelte ich, aber das wußte er ja bereits.

»Nein, sie lügt nicht! Sie schildert lediglich die Vergangenheit in einer Weise, daß man sie in hymettischen Marmor hauen und auf der Akropolis, in der Nähe des Parthenon, anbringen kann«, sagte er, mit dem Rücken zu mir gewandt. Er klang jetzt gefaßter. »Das ist allerdings nur ein weiterer Grund, warum das Manuskript niemals die Verschlossene Abteilung der Königlichen Bibliothek verlassen darf. Sogar du müßtest jetzt verstehen können, warum.«

Damit beleidigte er meine Berufsehre. Mir wäre es niemals in den Sinn gekommen, das Manuskript zu kopieren und es in den Straßen Alexandrias zu verteilen. Ich wurde im Museion erzogen und ausgebildet und habe den größten Respekt vor den Regeln und Geheimnissen dieses Ortes. Ich bin ein Eunuch und kenne kein anderes Leben als das eines getreuen, gehorsamen Dieners.

Das weiß keiner besser als du, Vater. Denn du hast mich damals nach Alexandria geschickt, um so die Steuern zu begleichen, die du nicht aufbringen konntest.

Die Reaktion des Königs überrumpelte mich völlig. Bis dahin hatte ich Thaïs' Erzählung eigentlich nur als Geschichte eines jungen Mannes gelesen, den sie einst gekannt und der durch einen Zufall ihr Leben grundlegend verändert hatte. Erst in diesem Augenblick, da mich der König mit Gewalt vor seinen Thron hat zerren lassen, wurde mir klar, daß er dieser junge Mann war.

»Sie lügt«, sagte er wieder und baute sich vor mir auf: Dieser uralte, aber riesengroße Mann wirkte wie ein Haus, dessen Wände bei einem Erdbeben auf die Straße zu stürzen drohten. Darum tat ich ängstlich einen Schritt zurück und stellte mich darauf ein, von ihm begraben zu werden. Aber eigentlich war er gar nicht wütend. Er sprach von Thaïs mit einer Zärtlichkeit in der Stimme, als sei sie seine geliebte Tochter, die einen kleinen Fehler begangen hatte.

»Sie lügt so geschwind, wie ein junges Pferd laufen kann«, sagte er. Aber er sprach nicht zu mir, sondern nahm verträumt

das Manuskript in die Hand und las Zeile für Zeile. »Kein anderer Mensch weiß davon, aber sie hat mich damals verspottet. Sie lachte mich aus, während ich versuchte, ihr meine Liebe zu zeigen. Und als ich fertig war, klopfte sie mir auf die Schulter und sagte: ›So, junger Mann, jetzt ist es wohl an der Zeit, vom Pferd abzusteigen.‹ So, wie ich mich verhalten hatte, hätte sich kein Athener aufgeführt, und schon gar nicht einer Hetäre wie ihr gegenüber – das begriff ich plötzlich. In der darauffolgenden Nacht konfrontierte sie mich mit allen ihren Künsten, die sie gelernt hatte. Ich war vollkommen überfordert – wie sie das amüsierte!« Dann lachte er laut und herzlich, als hätte die Zeit mittlerweile alle Wunden geheilt.

»Aber dir, kleiner Schreiber, kann ich ja erzählen – was kein anderer Mann je erfahren hat: Jedesmal, wenn ich mich gerade dem Genuß hingeben wollte, hielt sie inne und befahl mir, tief Luft zu holen. Einmal stieß sie mich sogar aus sich raus und verlangte, daß ich sie nur mit den Fingerspitzen berühren sollte. Glaube mir, es war fast unerträglich! Sie brachte mir bei, wie ich mich bewegen, wie ich sie mit einer bloßen Handbewegung führen sollte, so wie sie es gewohnt war. Allerdings gehorchte sie bei weitem nicht immer, schließlich hatte sie vor, mich zu einem guten Schüler auszubilden. Schreib das nur auf, kleiner Eunuch, dessen Name ich wieder vergessen habe.«

Ich hätte gerne sofort alles niedergeschrieben, aber ich war noch immer gefesselt.

»Auf diese Art und Weise wurde diese Nacht bei ihr zu meinem lustvollsten, aber auch schmerzhaftesten Erlebnis meines Lebens. Doch auch gegen den Schmerz hatte sie ein Mittel. Als ich jeden Widerstand aufgegeben hatte und ganz still unter ihr lag, tief in ihr, spannte sie sich an, so als würde ihre kleine Hand meinen Penis fest umschließen und zusammenpressen. Dann endlich durfte ich kommen. Und sie lachte und lachte. Zu lieben, behauptete sie, sei eine Kunst und ebenso anspruchsvoll wie meine Arbeit, aus rülpsenden Bauernjungen Soldaten einer Phalanx zu formen. Sie hatte recht. Allerdings

glaube ich auch, daß sie nicht oft mit jungen Männern verkehrte, die sich besonders anstrengten, um alles richtig zu machen. Bei den meisten ihrer Kunden ging es darum, neue Lust in einem satten Körper zu entfachen. Aber ich war hungrig! Sie nahm meine Finger in den Mund, einen nach dem anderen, ohne mich sonst irgendwo zu berühren. Und dann trieb sie mich, so wahr mir die Götter helfen, nur durch die Berührung meiner Finger auf den Gipfel der Lust. Ich begriff die Welt nicht mehr.

Nachdem ich mich aus Versehen erneut ergossen hatte, legte sie meinen Kopf auf ihre Brust und gab mir einen Augenblick, um mich wieder zu sammeln. Doch dann trieb sie mich zu neuen Taten. Als sie das erste Mal in meinen Armen erzitterte und einen qualvollen Laut von sich gab, glaubte ich, daß ich ihr weh getan hatte, und wollte meine Berührung lösen. Sie jedoch schloß ihre Beine um mich und hielt mich fest.

Keiner hatte mich auf all das vorbereitet!

Sie wollte meine Gefühle in Lust verwandeln, damit kannte sie sich aus, die konnte sie besser steuern und beherrschen. Woher hätte ich das alles auch wissen können? Ich hatte bis dahin nur makedonische Bauernmädchen, billige Hetären und gleichaltrige Jungen gehabt. An Frauen in meiner Umgebung hatte es nie gemangelt, aber keine hatte mich darauf vorbereitet, wie es sein würde, wahrlich zu lieben.

Hast du ihre Statue in Pella gesehen, im Tempel der Aphrodite Hypolympieia? Früher war es noch ungewöhnlich, Frauen nackt abzubilden, aber sie ist bis ins kleinste Detail so dargestellt, wie ich sie damals kennengelernt hatte.

Sie traute mir nicht, bis zum Tag der Wildschweinjagd. Erst da begriff sie, was ich wirklich wollte«, sagte er, schüttelte energisch den Kopf und schlug die Schriftrolle gegen sein Knie. Dann zeigte er auf zwei Stühle und bemerkte erst in diesem Augenblick, daß meine Hände noch gefesselt waren. Dieses kleine Problem wurde schnell behoben, und mir wurden ein starkes Getränk und neuer Papyrus gebracht.

So geschah es also, daß der König mir das nächste Kapitel diktierte, das ich heute nachmittag der Königinmutter laut vorlesen werde. Nun bin ich also zum Boten zwischen den beiden geworden, die nicht mehr miteinander sprechen. Ich kann nicht gerade behaupten, daß ich mich auf diese Konfrontation freue, aber es ist nun einmal meine Pflicht. Darum aber schreibe ich dir, Vater, denn irgend jemand soll erfahren, wie es mit meiner Arbeit vorangeht.

Der Bericht des Königs Ptolemaios I. Soter über die Wildschweinjagd vor den Toren von Korinth

Ich blieb noch einige Wochen in Korinth, denn ich wollte sie nicht mit zurück nach Makedonien nehmen, bevor sie begriffen hatte, was ich wirklich wollte. Aber sie wollte nichts von Ehe und Heirat hören. Sie habe ihre Freiheit teuer bezahlt, wiederholte sie unzählige Male. Thaïs' verdammte Freiheit hat auch mich einiges gekostet. Damals glaubte ich noch, daß sie dieses große Wort im Munde führte, weil sie sich nicht bedingungslos ergeben wollte. Erst später verstand ich sie wirklich.

An diesem Tag kleidete ich sie wie eine Amazone und lieh ihr meinen kurzen Speer. Sie liebe die Jagd, behauptete sie. Ihre Freunde in Korinth sahen in mir nur eine weitere Laune von Thaïs, aber immerhin hatten sie doch bemerkt, daß ich kein plumper Barbar war. Die meisten von ihnen waren Künstler und ähnliches, aber sie benahmen sich wie die Teilnehmer an Platons Symposion. Als würden nur sie die griechische Größe bewahren können. Makedonien war in ihren Augen eine kulturelle Einöde. »Und doch hielt Euripides es einige Jahre bei uns aus‹, sagte ich und tat so, als würde mich ihr abschätziges Verhalten nicht weiter kümmern.

Ich war jung und verliebt, und ich wollte ihnen zeigen,

worin ich unschlagbar gut war. Sie liebe die Jagd, hatte sie also gesagt. Und sie war mutig – übermütig beinahe. Aber das stellte ich erst auf der Jagd fest und später dann in Makedonien, als ich mit ihr weit in die Berge des Olympos ritt und ihr den smaragdgrünen See zeigte, in dem Alexander, Hephaistion und ich als Jungen gebadet hatten. Entschlossen hatte sie sich ausgezogen und war von dem steilen Felsen in den See gesprungen – wie ein Pfeil zerteilte sie die Wasseroberfläche. Sie war mit der Selbstverständlichkeit eines durchtrainierten Athleten gesprungen. Etwas zögerlich folgte ich ihrem Beispiel, worauf wir dann mehrere Stunden benötigten, um zurück zu unserer Kleidung und den Pferden hinaufzuklettern. Sie hatte es getan, um mir ihren Mut zu beweisen, an dem ich ohnehin keinen Augenblick gezweifelt hatte. Oh, diese Athener!

Aber zurück zur Jagd. Mich quälten keine bangen Gedanken oder Vorahnungen, wir wollten uns ja einfach nur amüsieren! Zu Hause bei uns durfte ein Mann nicht eher mit den anderen erwachsenen Männern beim Symposion auf den Klinen lagern, bevor er nicht sein erstes Wildschwein erlegt hatte – und zwar ohne ein Fangnetz zu benutzen. Mein alter Feind Kassander war feige und mußte darum immer schön aufrecht sitzen, bis er endlich mit vierunddreißig Jahren sein erstes Wildschwein erlegt hatte. Ich dachte keinen Augenblick darüber nach, daß sie noch nie zuvor so großes Wild gejagt hatte. Bei uns zu Hause ist es nämlich üblich, daß die makedonischen Adelsfrauen mit auf die Jagd gehen. Es ist geradezu eine königliche Pflicht, vom Pferderücken aus zu jagen, darin finden wir unsere Erfüllung. Und sie hatte ständig betont, wie sehr sich die Griechen und Makedonen doch ähneln würden – und nur darum beging ich diesen Fehler.

Wie erwartet stießen wir bald auf eine Fährte. Ich hatte die Spurensucher teuer bezahlt und atmete darum erleichtert auf. Ich hob sie vom Pferd und erklärte ihr flüsternd unsere Strategie. Mir wurde mit einemmal bewußt, daß für Thaïs Jagd bedeutete, kleine Vögel an den Hängen von Akrokorinth zu schießen. Der bloße Gedanke daran, daß die seidene Haut meiner Geliebten von einem Wildschwein zerrissen werden könnte, ließ mich unruhig werden. Keine Schrammen oder Wunden sollten unser Liebesspiel behindern. Ich mußte sie schonen. Mein Einfall war töricht gewesen, aber das erkannte ich erst viel zu spät. Ein makedonisches Mädchen aus adliger Familie hätte meine Anweisungen befolgt, aber Thaïs war anders. In der Theorie meisterte sie jede Herausforderung, aber in Wahrheit waren sie und ihre Freunde entsetzlich unerfahren.

Ich versuchte ihren Freunden zu imponieren, als ich das erste Tier, auf das wir stießen, mit vollkommener Ruhe und Beherrschung erlegte. Thaïs wurde sehr still. Sie habe eine Art Kampf erwartet, sagte sie. »Ich hatte keine Ahnung, daß mein milder Freund so kaltblütig morden kann.«

Das Wildschwein blutete stark. Ich zog meinen Speer aus seinem Körper und reichte ihn einem der Sklaven, damit er ihn reinigte. Ein paar Blutspritzer auf meinen Beinen und meinem blauen Chiton waren die einzigen Zeichen einer Jagd. Ich war sehr stolz auf mich, erkannte aber auch, daß die Freunde meiner Geliebten kein großes Interesse zeigten. Sie waren gar nicht in der Lage, meine Leistung zu würdigen.

Es war noch nicht besonders warm, aber die Sonne brach an einigen Stellen durch die Wolkendecke. Ich erinnere mich genau an Thaïs' fröhliches Gesicht und ihre strahlenden Augen und daß sie unbedingt den noch dampfenden Tierleib berühren wollte, während die Sklaven die Beute auf ein Pferd banden. Sie drehte sich zu mir um und hob eine Hand zum Schutz vor den Sonnenstrahlen vor die Augen. »Brechen wir wieder auf?« fragte sie. »Ich langweile mich ein bißchen. Aber wenn du möchtest, können wir natürlich auch weitermachen.«

In diesem Augenblick brach der große Eber aus dem Gebüsch hervor.

Kein Laut kam von ihren Lippen, aber ich sah die Angst in ihrem Gesicht. Angst lähmte auch mich – das durfte unmöglich jetzt geschehen, ich war doch so glücklich!

Der Eber stürzte auf uns zu. Er war beinahe doppelt so groß wie das Tier, das ich soeben mit Leichtigkeit erlegt hatte. Ich trug keine Waffe bei mir. Der Speer war in den Händen des Sklaven festgewachsen, er wagte nicht, ihn zu mir herüberzuwerfen.

Einige haben später versucht, die unterschiedlichsten Versionen von diesem Ereignis zu verbreiten, aber ich weiß genau, wie es war: Im Angesicht des zufälligen Todes sind wir alle allein. Ich war Soldat, ich floh nicht. Ich versuchte, das Tier auszutricksen, indem ich meine Position änderte. Aber es war schneller als ich.

Thaïs hielt ihren Speer in der Hand und schrie laut auf. Alle Blicke richteten sich auf einmal auf sie, und auch das Tier änderte seine Richtung. Es fühlte sich durch den Schrei herausgefordert und dachte wohl, die eine Beute sei so gut wie die andere.

Der Eber griff sie frontal an. Sie, die bis dahin nichts Härteres in Händen gehalten hatte als Papyrusrollen und den Penis eines Mannes, nahm den Speer in beide Hände. Es war ursprünglich nur ein Scherz gewesen, sie amazonenhaft wie eine makedonische Prinzessin zu verkleiden. Mit einemmal jedoch war daraus blutiger Ernst geworden.

Er traf sie mit seiner harten, rauhen Seite. Als sie den furchtbaren Gestank nach Tier und Tod roch, schrie sie auf und stieß den Speer mit aller Kraft in seine Seite. Wir alle hörten sein Quieken, aber die Verletzung machte ihn nur noch rasender. Er schleifte sie am Speer hinter sich her, drehte sich um seine Achse und wirbelte Staub und Dreck auf.

Das Tier hatte sie zu Boden geworfen, aber sie ließ nicht los, sondern stemmte den Speer von unten noch tiefer in seine Seite, als hätte sie diese Jagdtechnik von den besten makedonischen Lehrern beigebracht bekommen. Und sie schrie die ganze Zeit wie Achill auf dem Schlachtfeld. Seine Klauen trafen sie im Gesicht, und ihr Haar war mit seinem Blut und seinem fürchterlichen Gestank getränkt. Ich versuchte einzugreifen, aber es war unmöglich. Ich hatte ihr ziemlich genau erklärt, daß sie bei einem Notfall versuchen sollte, die Kehle des Tieres zu treffen, weil dort die großen Schlagadern verlaufen, aber der Eber schlug um sich und drehte sich wie verrückt um seine eigene Achse, so daß es unmöglich war, genau zu zielen. In solchen Augenblicken werden wir selbst zu Tieren. Es ist wie in einem religiösen Ritual, in dem man aus sich selbst heraustritt und nur mit großer Mühe zurückzukehren vermag. Danach hatte ich nie wieder Lust, auf die Jagd zu gehen, schon gar nicht mit meiner Geliebten.

Sie lag unter dem Tier, das um sich trat, brüllte, stark blutete und mit seinem großen Kopf auf die Erde schlug. Auf einmal zogen viele Hände an dem Tier und an ihr. Ich bekam ihren Arm und ihre Schulter zu fassen und versuchte, ihr Gesicht zu schützen, während ich ihren Namen rief.

»Das ist nicht mein Blut, das ist nicht mein Blut«, flüsterte sie.

Ich trocknete das klebrige dunkelrote Blut auf ihrem Gesicht und ihren Armen. Ihre Freunde kamen näher, eine Freundin wurde auf elegante Weise ohnmächtig und zog damit mehr Aufmerksamkeit auf sich als Thaïs und das Wildschwein zusammen. Ich haßte sie dafür. Bis zu diesem Augenblick war ich in der Lage gewesen, meine wahren Gefühle zu unterdrücken, jetzt aber flammten sie ungezügelt auf. Ich erhob mich, nahm mein Schwert und ging zu dem Tier, das noch nicht tot war, sondern immer wieder versuchte, sich aufzurichten. Ich wollte es nicht umbringen, sondern ihm nur Leiden zufügen, ich kannte kein Erbarmen. Ich wollte das Tier stellvertretend für ihre Welt bestrafen, die versuchte, sie von mir fernzuhalten.

Zuletzt gab ich dem versehrten, aber noch lebenden Tier einen Tritt, tat einen Schritt zurück und begrub mein Gesicht in meinen Händen. Mein Körper war nun blutiger als ihrer.

»Warum hast du dich eingemischt, ich hatte ihn doch schon erlegt!« sagte sie und schlug nach mir.

Ihre Freunde näherten sich kleinlaut und beklommen und sagten, daß wir beide den beeindruckendsten Eber erlegt hätten, den sie jemals gesehen hätten. Sie würden dieses unglaubliche Tier in Korinth zur Schau stellen. Nein, schrie ich, das Tier solle an Ort und Stelle bleiben, und die Ameisen und Weihen sollten es auffressen.

Dann nahm ich sie in meine Arme und trug sie zu den Pferden. Zurück in ihrem Haus, wusch ich sie sorgfältig, so als würde ich ein kleines Kind baden. Ich säuberte ihre Wunden mit warmem Wasser und einem Schwamm und küßte sie danach, damit sie schneller heilten. Ich selbst hatte keine einzige Schramme abbekommen.

»In Makedonien gilt man erst dann als ein erwachsener Mann, wenn man mit den eigenen Händen ein Wildschwein erlegt hat«, erzählte ich ihr. »Von nun an darfst du bei uns auf den Klinen liegen, dieses Recht hast du dir heute erworben.«

»Dann bin ich jetzt also ein Mann, mein Freund, was sagst du dazu?« flüsterte sie und lachte leise. Als ich schließlich gehen wollte, hielt sie mich zurück. Wir verbrachten die Nacht in einem Bett, ohne miteinander zu schlafen, und ich dachte: Nur in Makedonien werde ich sie richtig beschützen, sie nur für mich allein haben können. Hier würden immer auch andere dabeisein, die sie mir abspenstig machen wollten.

So sehr liebte ich diese Frau, die nichts mehr wollte als ihre verdammte Freiheit.

»Hast du alles notiert, kleiner Eunuch?« fragte mich der König ohne Überleitung.

Ja, das hatte ich, aber ich zuckte zusammen, als er mich plötzlich ansprach. Mit einemmal hatte er keine Lust mehr auf meine Anwesenheit und schickte mich wieder fort.

Thaïs blieb lange stumm, nachdem ich ihr den Bericht von der Wildschweinjagd laut vorgelesen hatte. Dann sagte sie leise: »Was ist das für eine Geschichte, die du mir hier aufbinden willst?« Sie wirkte erschüttert. »Oder werde ich tatsächlich langsam alt und vergeßlich? Ich erinnere mich an nichts von dem, was er dir erzählt hat. Er soll sich nicht in meine Erinnerungen einmischen! Er hat keine Macht mehr über mich. Ich bedaure, mein Junge, aber ich kann mich an kein Detail von dieser Jagd erinnern. Allerdings, wenn ich genau nachdenke, entsinne ich mich, daß wir zusammen mit meinen Freunden auf die Jagd gegangen sind und daß wir zwei Tiere erlegt haben. Aber du bist doch alt genug, um zu wissen, was Männer so über Kriege und Jagderfolge erzählen? Das Blut spritzt, die Muskeln bersten vor Anstrengung, und der Tod ist lediglich Erlösung von einem unerträglichen Dasein.«

»Die Gedrosische Wüste«, warf ich vorsichtig ein und räusperte mich, aber sie war noch in Gedanken bei Ptolemaios.

»Er hat nie begriffen, wovon ich redete, wenn es mir um den Schutz meiner Freiheit ging«, fuhr sie fort. »Noch nicht einmal damals in Dion. Wie hatte es noch sein Vater formuliert: ›Da hat der Junge endlich eine erstklassige griechische Hetäre gefunden, und dann hat er nichts Besseres zu tun, als sie bei sich einziehen zu lassen wie eine Zweitfrau.‹ Aber da wir gerade von Ehefrauen sprechen, dann darf ich noch schnell anfügen, daß er jetzt ja eine hat, an der er sich die Zähne ausbeißen kann!«

Und dann brach sie in schallendes Gelächter aus und schlug mir aufs Knie, damit ich ihr Vergnügen teilte. Liebe ist ein furchteinflößendes Gefühl. Ohneeinander wären diese beiden starken Persönlichkeiten sicherlich glücklich gewesen. Ich würde nur ungern einer Begegnung der beiden beiwohnen.

»Du weißt ja nicht, wie es war, einen ganzen Winter bei sei-

ner schrecklichen Familie zu verbringen. Oder daß ich in den ersten Jahren drei Kinder verlor. Frag ihn, ob ich nicht auch Entbehrungen und Leid ertragen mußte«, schrie sie.

Wie besessen flog meine Feder übers Papier, um ihre Frage zu notieren. Gebeugt über mein Papier, bemerkte ich nicht, was um mich herum geschah. Darum schreckte ich fürchterlich zusammen, als sie mich plötzlich mit ihren Vogelfingern im Nacken packte. Als mein Blick aber ihren traf, sah ich sofort, daß ihr Zorn bereits verflogen war, und atmete erleichtert auf.

»Du mußt ihn nicht fragen, ich habe die Antwort schon«, sagte sie und wies auf einen Stuhl, auf dem ich Platz nehmen sollte.

Das waren die bewegendsten und gräßlichsten zwei Akte gewesen, die ich je erlebt habe, dachte ich mir. Aber wenn ich schon euer Werkzeug und euer Publikum bin, dann gesteht mir wenigstens genügend Einblick, Kenntnis und Verantwortung zu.

Thaïs in Makedonien

Mein Haus und der Großteil meines Eigentums wurden verkauft. Ptolemaios half mir dabei, ebenso wie er alle meine Verpflichtungen und Kontakte in jener Stadt löste, in der ich mich niedergelassen hatte. Vor der Fahrt gen Norden hatte ich ein wenig Angst, schließlich war ich bisher nur von Athen nach Epidauros, Delphi oder Korinth gereist.

Die Berge und Wälder umschlossen uns, je weiter wir kamen, und es wurde von Stunde zu Stunde kälter. Die Pferde tasteten sich vorsichtig voran, und sogar Ptolemaios schien etwas von seinem Übermut verloren zu haben. Einmal mußten wir sogar durch ein Schneegestöber reiten. Meine Füße froren und wurden ganz taub. Ich hatte ja keinerlei Reiterfahrung, wohingegen man in Makedonien offenbar reiten lernt, bevor man laufen kann.

Es wurde dunkel, bevor wir Pella erreichten, das im winterlichen Schneegestöber düster und abweisend wirkte. Es war keine griechische Stadt, das bemerkte ich schnell. Die letzten Tage waren wir immer im Windschatten der Berge geritten, aber ab und zu, vollkommen unvorhersehbar, hatte uns ein eiskalter Wind überrascht, der von der Küste kam. Ich hätte es vorgezogen, in Aigai Unterschlupf zu suchen, aber dort hielt sich der König nicht auf. Wir setzten unsere Reise nach Pella, so schnell es ging, fort. Ich konnte noch nicht einmal die Menschen grüßen, die uns ihre Häuser zur Verfügung stellten, obwohl sie alte Freunde von Ptolemaios' Vater Lagos waren.

Kurz vor Pella stürzte mein Pferd und warf mich ab. Es war nicht das erste Mal, aber offenbar mußte ich eingeschlafen sein, denn ich erwachte erst beim Aufprall. Mein ganzer Körper war grün und blau, die Knie waren abgeschürft, und meine Daumen hingen wie leblos an den Händen, so daß ich die Zügel nicht mehr halten konnte.

Ptolemaios sammelte mich – wortwörtlich – auf und überprüfte besorgt, ob ich Schaden genommen hatte. »Wir werden bald zu Hause sein, mein Schatz«, sagte er sanft und sah mein Gesicht, das tief in der Pelzmütze versteckt war, forschend an. Ich bewegte meine Lippen und sagte: »Das ist gut so.« Er hob mich auf sein Pferd, führte es am Zügel und ging selbst zu Fuß weiter.

Die Kälte hielt uns fest umklammert, und meine Gedanken kreisten nur um die Frage, wann wir wohl endlich unter dem schützenden Dach eines Hauses sein würden. Der kalte Küstenwind schlug uns unerbittlich entgegen. Es gäbe da ein kleines Problem, sagte Ptolemaios, wir könnten nicht so ohne weiteres zu ihm nach Hause gehen. Warum nicht? fragte ich. Nun, er habe seinem Vater versprochen, ihm zu zeigen, was er in Korinth gefunden habe. Schließlich müsse er ihm erklären, warum er soviel später nach Makedonien zurückkehrte als Alexander und die anderen.

Stolz klang er dabei. Er steckte seine Hand unter die Decke und ließ sie über meine eiskalten Finger gleiten. Mich fröstelte noch mehr. Seinem Vater sollte ich also auch noch vorgeführt werden – wenn er so von seinem Vater sprach, wußte ich genau, wen er meinte. Er sprach nicht von Lagos, sondern von seinem leiblichen Vater Philipp von Makedonien, der Geißel der Griechen. – Ich, die ich mich kaum auf eigenen Füßen halten konnte, sollte dem König von Makedonien vorgeführt werden! Seit ich von Athen weggezogen war, hatte ich mich keinen größeren Strapazen ausgesetzt gesehen, als zu Fuß durch die Straßen der Stadt zu gehen.

Für meine erste Begegnung mit Philipp faßte ich einen großen Plan. Ich wollte ihn dazu bringen, mich zu akzeptieren, indem ich ihm zeigte, wie griechisch ich war, denn ich wußte, daß er alles Griechische bewunderte. Ich hatte die herrlichsten Kleider und Schmuckstücke mitgenommen und vier lange Lieder vorbereitet. Sogar meine Flötenspielerinnen befanden sich in unserem Gefolge, so daß ich mit einer kompetenten Begleitung rechnen konnte. Die Makedonen sind reich: Sie holen sich Gold aus Thrakien und kaufen sich alles damit – Hetären, Euripides, Aristoteles und thessalische Pferde. Nur Kultur und eine stolze Vergangenheit kann man sich nicht kaufen.

Wir Athener waren zwar der Ansicht, daß Könige eine archaische Einrichtung seien, aber den makedonischen König achteten wir, oder vielmehr: Wir fürchteten ihn. Gerne hätten wir auf seine Herrschaft verzichtet, aber da dies nicht möglich war, akzeptierten wir ihn und versuchten die besten Seiten seines Regimes zu sehen. Schließlich hatte er mit seinen Phalangen die Hellenen bezwungen. Und ihm sollte ich jetzt also völlig unvorbereitet begegnen! Ohne meinen Peplos aus byblosischer Seide, ohne meinen korinthischen Schmuck, den mir Phokion geschenkt hatte.

Ptolemaios half mir, mich im Sattel zu halten – er war

besorgt, allerdings nicht um meinetwillen. Gerüchte über die makedonische Familie waren bis nach Athen gedrungen. Der König und die Königin führten offenbar einen richtigen Krieg gegeneinander, unter Einbeziehung ihrer jeweiligen Liebhaber und der gemeinsamen Kinder. Der König heiratete nach jedem Feldzug eine neue Frau und verfügte über seine Leibwächter, die Söhne der besten Familien, wie es ihm gefiel.

Als ich noch in Korinth lebte, hatte ich beschlossen, die Gesellschaftsordnung in Makedonien als edel und homerisch zu begreifen: mit erhabenen Fürsten, einem glanzvollen höfischen Leben, rauchenden Hekatomben, ehrwürdigen Barden und wilden Kriegern. Und in gewisser Hinsicht hatte ich auch recht damit. Aber ich werde nie mein unfreiwilliges Kichern vergessen, als ein riesiger goldener Krater bei einem bescheidenen Fest neben unsere Kline gestellt wurde. Zwanzig Menschen hätte daraus trinken können: makedonische Prahlerei!

Alexanders Eltern hatten sich geheiratet, weil sich Philipp bei einem Mysterienkult auf Samothrake unsterblich in Olympias verliebt hatte. Doch als die Liebe aufgebraucht war, versuchte sie ihrer Umwelt zu verkaufen, daß Zeus Alexander gezeugt hätte. Aber er ähnelte seinem Vater zu sehr. Lysipp, der die besten Porträts der beiden angefertigt hat, legte besonders auf diese Ähnlichkeit sehr viel Wert, die Alexander zeit seines Lebens nicht wahrhaben wollte.

Auf dem Weg nach Pella, allein mit meinem Geliebten, war ich kurz davor, alles zu bereuen. Es fühlte sich an, als würde ich mich geradewegs in eine der Tragödien von Aischylos begeben. Wir lieben es zwar, diese großen schönen Worte rezitiert zu hören, aber wer möchte schon Kassandras Schicksal teilen?

Auch als wir die Stadt erreichten, schneite es! Der Schnee stob auf und legte sich auf die Häuser, dazu fegte uns der beißende Wind vom Wasser her entgegen. Ich konnte nichts mehr sehen, der Schnee hatte sich auf mein Gesicht gelegt und brannte mir in den Augen. So sei es nur im Winter, hatte mir Ptolemaios aufmunternd zugerufen, als das Olymposmassiv aus dem Nebel auftauchte. Es sei zwar im Moment sehr kalt, aber im Sommer könne es wärmer werden als in Griechenland.

Er hob mich vom Pferd und trug mich in ein Gebäude. Es war der königliche Palast außerhalb der Stadt, wie ich später erfuhr. Eingewickelt in einen Pelzmantel, wurde ich durch ein hohes Tor und durch lange Gänge getragen, in denen es fürchterlich zog, bis wir einen großen kalten Raum erreichten, der von Fackeln erhellt war. Dort setzte mich Ptolemaios auf dem Boden ab, küßte mich mit seinen eiskalten Lippen und pellte mich aus meinen Fellen.

Dort stand ich nun: eine ramponierte Hetäre. Meine Frisur hatte zwar gehalten, aber die Haarbänder begannen sich aufzulösen. Der Schnee hatte mir die Schminke vom Gesicht gewaschen, und die Kapuze des Mantels hatte mein Haar am Scheitel und im Nacken glatt gedrückt. Meine Kleidung war weniger aufreizend und etwas weniger unbequem, als ich sie gewöhnlich trug. Und mein Geliebter hatte mir während unserer Reise durch den Schnee vernünftige, aber grobe Schuhe angezogen. Ich hatte nichts zu bieten außer meinem guten Aussehen, und selbst das war beschädigt.

Doch das Schlimmste war, daß ich mich weder beugen noch die Hand ausstrecken konnte. Meine Beine waren steif und geschwollen, meine Füße taub, und meine Hände hingen leblos an meinem Körper herunter. Ich, die ich so viele Jahre meines Lebens damit verbracht hatte, anderen zu gefallen, war außerstande, mein Wissen zu nutzen.

Alexander kam persönlich, um uns zu begrüßen. Er lief den Gang herunter und erhellte den ganzen Raum, als er in der Tür erschien. Er schritt auf mich zu, ergriff meine Hände und sah mir mit strahlenden Augen ins Gesicht. Ich begriff zunächst nicht, woher seine Freude rührte, und sah nur, wie klein und blond er war.

»Helena und Paris«, hauchte er, näherte sich mir vorsichtig, drückte seine Lippen auf meine Wangen und hieß mich willkommen. Ich war ihm für diese Geste unendlich dankbar.

»Mutter soll dich auch sehen, ich werde sie holen«, sagte er, umarmte eilig Ptolemaios, bevor er wieder verschwand und uns mit ein paar gelangweilten Dienern zurückließ. Das war mein erstes Erlebnis im Königspalast von Pella, meine ersten Augenblicke in einem Palast.

Alexander und sein Bruder waren Paläste gewohnt, sie bewegten und benahmen sich, als würden sie in einem gewöhnlichen Haus wohnen, nicht in einem Palast. Nicht nur das, Ptolemaios spazierte geradewegs in die kreisrunde Tholoshalle, die ansonsten nur für den Empfang von fremden Gesandten verwendet wird. Der runde Raum nahm uns auf wie das Heiligste eines Tempels. Athenische Bürger empfingen ihre Freunde und Genossen unter freiem Himmel, Könige hielten in Hallen wie diesen hof.

Alexander kehrte sehr bald zurück und führte uns in einen anderen Raum, in dem es wärmer war und der Boden wie ein schwungvolles, graumeliertes Gemälde aussah. Es war das erste Mal, daß ich ein solches makedonisches Mosaik aus Naturstein sah. Es stellte eine Jagdszene dar und wirkte so lebendig, daß ich große Lust verspürte, mich mit einer Kerze auf den Boden zu legen und die Einzelheiten zu studieren. Alexander wollte mit uns speisen, und Ptolemaios ließ mir ein Tierfell bringen, das er mir um die Füße wickelte.

Sein Bruder nahm zwischen uns Platz, begann hungrig zu essen und wollte alles über unsere Reise erfahren. Er ähnelte verblüffend einem jungen Mädchen. »Mein Bruder hat die kostbarste und schönste Hetäre von Griechenland dazu bewegt, ihm zu folgen – ohne sie zu bezahlen. Das nenne ich Liebe!« sagte er. Mir lief es kalt den Rücken hinunter, aber der Junge hatte recht. Es war Wahnsinn, aber für ihn war es der Beweis dafür, daß es die Liebe gab. Er strich aus Dankbarkeit über meinen Arm und ergriff dann meine Hand. Er habe noch nicht viel Liebe erfahren und gesehen, schon gar nicht in seiner eigenen Familie, darum sei es an der Zeit, daß sein Bruder ihm diese vorführe. Ptolemaios räusperte sich; einerseits war er peinlich berührt, andererseits fühlte er sich auch geehrt.

Das Abendmahl zog sich mehrere Stunden hin, in denen ich fast eingeschlafen wäre, ehe sich Alexanders Mutter, die Königin, zeigte. Ich bin der Ansicht, daß sie auch nur deshalb kam, weil kurz nach uns der König im Palast eingetroffen war. Wir konnten seine Stimme durch die Vorhalle dröhnen hören. Kurz darauf traten sie beide ein, die Königin ging voraus. Wir erhoben uns, auch Alexander. Olympias sprach kein Wort mit mir, sie heftete aber ihren Blick auf mich, tat dann einen Schritt zurück und stellte sich hinter ihren Mann. Und ich begriff, obwohl ich fürchterlich müde war, daß es klug wäre, sich zu ihr im respektvollen Abstand zu halten.

In Griechenland hatten wir unzählige Gerüchte und Märchen über sie gehört – von den zahmen Schlangen in ihrem Bett zum Beispiel –, aber man hatte vergessen, von ihrer Schönheit zu berichten. Groß, blond, üppig und geschmeidig war sie. Sie hatte dieselbe Nase wie ihr Sohn und auch die grauen, verklärten, viel zu großen und weit auseinanderstehenden Augen – und dasselbe volle Haar.

Was mich am meisten überraschte, war ihre einfache Kleidung, dabei standen ihr doch alle makedonischen Reichtümer zur Verfügung. In Athen war man der Meinung, daß makedonische Frauen in Säcke gekleidet waren, die schwer zu Boden hingen von dem aufgenähten Gold. Wir hatten sie gesehen, ja, geschmacklos und provozierend. Häßlich und bäurisch sahen sie aus mit ihren großen goldenen

Dreiecken, die unten auf den Röcken saßen. Olympias jedoch trug ganz dünnes Leinen, das man heute überall in Alexandria kaufen kann. Damals jedoch war es eine große Seltenheit. Aber sie trug kein einziges Schmuckstück. Ach, ich wäre gerne so groß wie sie gewesen.

Der König war mit ihr zusammen eingetreten, aber er zog nicht soviel Aufmerksamkeit auf sich. Wir standen uns gegenüber, viel näher, als ich es wollte.

»Und wer hat die Reise, die Pferde und Kleider bezahlt?« fragte er, während ich versuchte, möglichst unbeeindruckt und doch ausreichend respektvoll zu wirken.

Dunkel, gedrungen und vierschrötig war er, und obwohl er sich so hingestellt hatte, daß ich sein Gesicht nicht von vorne sehen konnte, bemerkte ich dennoch die große Narbe über seinem toten Auge. Sie zog sich einmal quer übers Gesicht, als hätte ein Gott diese Seite und das Auge auslöschen wollen. Philipp war stolz auf diese Verwundung, die seinen Mut als Krieger bewies. Außer ihm hatten, soweit ich weiß, nur zwei weitere Männer mit einer solchen Verletzung überlebt und sind geheilt worden. Die zwei anderen wurden durch göttliches Eingreifen geheilt, Philipp dank seiner kunstfertigen griechischen Ärzte. Bevor ihm der Pfeil das Auge durchbohrte, soll er – so sagt man – ein schöner Mann gewesen sein. Doch das war Vergangenheit. Er wußte, daß ihn das tote Auge verunstaltete, und darum hatte er es sich angewöhnt, seinen Kopf ein wenig schräg zu halten.

Eine natürliche Würde strahlte er nicht aus, seine Macht und die Bildhauer versahen ihn mit Würde. Und selbstverständlich hatte er etwas gegen unsere törichten Extravaganzen. »Wer hat die Reise, die Pferde und Kleider bezahlt?« Ich natürlich, Ptolemaios besaß ja nichts. Darum mußte ich antworten, und ich tat es, obwohl Ptolemaios ängstlich nach meiner Hand griff und sie fest drückte, um die Katastrophe zu verhindern. Ich hatte noch nicht die Hälfte meines Satzes erreicht, da kam er auf mich zu, während er sich seinen ledernen Brustpanzer auszog, den er auf der Reise getragen hatte. Es sollte kein Zweifel aufkommen, daß er sich im Schoß seiner Familie aufhielt und tun und lassen konnte, was er wollte. Er kam viel zu nah an mich heran. Wir waren gleich groß oder vielmehr gleich klein, sein gesundes Auge starrte mich an, aber ich senkte meinen Blick nicht.

»Ist das nicht Ptolemaios' korinthische Hure?« fragte er. Nein, er sprach nicht mit seiner Frau, sondern mit mir, mit der korinthischen Hure seines Sohnes. Ich starrte stumm in sein Auge und war überrascht, denn seine Boshaftigkeit schien nur oberflächlich zu sein. Er war sich durchaus seiner Fehler bewußt, vor allem uns Griechen gegenüber, und so war ich in diesem Augenblick bereit, ihm zu vergeben und entgegenzukommen.

»Sie ist aber auch hübsch, nicht wahr?« sagte er und lachte, so daß alle seine kaputten Zähne zum Vorschein kamen und mir sein schlechter Atem entgegenschlug. Ptolemaios wand sich vor Unbehagen.

»Kannst du gut ...?« fragte mich der König und strich über meine Lippen, um seinen groben Ausdruck zu unterstreichen, den er verwendete und den ich hier nicht wiederholen möchte. Wenn mich jemand das während eines Symposions gefragt hätte, hätte ich nur laut gelacht und gefragt, ob das eine Aufforderung sein solle, das Fest zu verlassen. In diesem Augenblick aber war es ein Angriff.

»Nein«, antwortete ich scharf, schloß die Augen und wünschte mir, daß ich auch die Nase schließen könnte, und drehte meinen Kopf ein Stück zur Seite. Kannte er, der so viel Wert darauf legte, sich wie ein Grieche zu verhalten, noch nicht einmal die grundlegendsten Regeln für gutes Benehmen?

»Es ist schon schade, daß ein Mann immer eine Frau braucht, die ihm ...«, sagte er, die Schulter zu mir gewandt.

Er wollte es seiner Frau und Ptolemaios heimzahlen, daß sie ihn von weitaus spannenderen Dingen fortgeholt hatten, um eine griechische Hetäre anzusehen. »Aber sie ist eine herrliche kleine Hure, und ich hätte nichts dagegen, die Haut ihrer Schenkel abzuwetzen.«

Unsere Blicke trafen sich, und er konnte mit seinem Auge meine Verachtung sehen – und meine Angst. Wir würden niemals Freunde werden, wir würden kaum mehr erreichen, als uns zu dulden. Erst hatte Olympias ihm Alexander weggenommen, und jetzt hatte ich ihn auch noch seines ältesten Sohnes beraubt.

Ich konnte förmlich Ptolemaios' Kummer und Beschämung über die Boshaftigkeit seines Vaters riechen. Er hatte gedacht, daß sein Vater wegen seiner griechischen Hetäre stolz auf ihn sein würde. Der König jedoch machte auf dem Absatz kehrt und eilte an seiner Frau vorbei aus dem Raum, ohne sie eines Blickes zu würdigen.

Endlich hatten wir das Recht, uns zurückzuziehen. Ptolemaios war es nie gelungen, die Aufmerksamkeit seines Vaters auf sich zu ziehen. Nur einmal, als er als Page einen silbernen Kantharos so unglücklich fallen gelassen hatte, daß sich die schönen Henkel verbogen, widmete sich ihm sein Vater von ganzem Herzen: »Der König packte mich im Nacken, schleppte mich nach draußen und verprügelte mich mit einem Stock. ›Du sollst gar nicht erst stolz darauf werden, mein Hurensohn zu sein‹, sagte er und schickte mich zurück zu den anderen«, erzählte mein Geliebter und versuchte dabei zu lachen.

Bis zu seinem zehnten Lebensjahr hatte Ptolemaios auf dem Land in Geborgenheit gelebt, geliebt von seinen Eltern und Geschwistern. In einer einzigen Nacht änderte sich sein Leben grundlegend. Er wurde nach Pella gebracht und seinem richtigen Vater vorgestellt. Als er nach langer Zeit wieder Neuigkeiten von zu Hause hörte, war seine Mutter gestorben und sein Vater hatte ein blutjunges Mädchen geheiratet, die er Mutter nennen sollte. Philipp wiederum hatte ihm sehr deutlich gemacht, daß sein Leben an einem dünnen Faden hing, der Loyalität hieß. Wenn er in irgendeiner Weise den Thronerben beleidigen oder verletzen würde, würde der König sich seiner entledigen. So wurden Alexander und Ptolemaios notgedrungen Brüder. Ptolemaios fügte sich in seine neue ungewollte Rolle. All das wagte er mir erst zu erzählen, als wir uns bereits in Dion niedergelassen hatten.

Denn wir blieben nicht lange in Pella, sondern zogen sehr bald in unser kleines weißes Haus in Dion. In der Zeit, in der wir dort wohnten, hat uns Philipp kein einziges Mal besucht. Aber Alexander, sein geliebter Freund Hephaistion und ein Haufen seiner gleichaltrigen Freunde verkehrten in meinem Haus, als wäre es eine öffentliche Einrichtung gewesen: der stille, fleißige Krateros, der arrogante Perdikkas, der schöne und elegante Philotas und der melancholische Pausanias. Sie alle spielen eine wichtige Rolle in meiner Geschichte, also merke dir ihre Namen. Auch der Schwarze Kleitos, von dessen Tod ich schon erzählt habe, hat mich in meinem Haus besucht.

Wir machten uns einen Spaß daraus, Perdikkas zu ärgern, weil er so begriffsstutzig war – lange Jahre nach Alexanders Tod war Perdikkas der ärgste Feind unseres Königs. Darum wird seine Rolle in den königlichen Erinnerungen auch bescheiden sein, vielleicht ist sein Name noch nicht einmal erwähnt. Er hatte nicht bei Aristoteles studiert wie Ptolemaios und Alexander, und er galt als ein echter Makedone.

Sogar der alte rücksichtslose Antipatros und sein junger Sohn Kassander kamen zu uns. Kassander war kleinwüchsig und schon in jungen Jahren fettleibig, was ihn vom Gymnasiou, der Jagd und den Kampfesübungen abhielt. Er hätte genau das Gegenteil machen müssen, aber offensichtlich meinte er, daß sein Körper ihm Müßiggang verordnete. Kassander war ein beliebter Gegenstand von gutmütigen

Neckereien. Und trotzdem bin ich mir ziemlich sicher, daß sein beharrlicher Zorn auf seine Freunde in jenen schönen Jahren in Dion begründet wurde.

In Ptolemaios' Augen war Kassander ein kleiner Strolch, der sich im Laufe der Zeit schon bessern würde und den man nicht weiter ernst nehmen müsse. In der Regel trank er zu viel und zerschlug dann im Rausch kostbare Dinge im Heim seiner Freunde. Und hinterher trug er es uns dann nach, weil wir Zeugen seines unwürdigen Verhaltens geworden waren.

So zum Beispiel erinnere ich mich noch gut daran, wie er mir einmal vorwarf, daß der Wein auf Symposien in Dion nun auch – dank meines attischen Einflusses – mit Wasser gemischt wurde.

Kleitos, der lange dunkle Mann, zuständig für die Ausbildung der Kavallerie, liebte es, mit einem Becher Wein im Innenhof zu sitzen und die Brise von der weiten Ebene zu genießen. Der einzige, der nur selten bei mir vorbeikam, war Antigonos, den wir alle etwas zu bleich und belanglos fanden. Jetzt ist er König in Asien – nein, er ist bestimmt schon tot oder uralt und so fett, daß er auf einem Anhänger transportiert werden muß. Sie waren alle so harmlos, diese Bauernjungen, die sich »Alexanders Freunde« nannten. Als ich sie kennenlernte, hatte ich keine Ahnung, daß sie alle einmal Könige werden würden. Sie waren zwar hoffnungsvolle Menschen, aber eben auch unsicher und sehr jung. Wenn ich sie aber damit vergleiche, was sie geworden sind, dann sehe ich, daß sich ihre Charakterzüge und Veranlagungen durch die Kriege und anderen Ereignisse ins Groteske verzerrt haben.

Wenn ich an unsere Zeit in Dion denke, fallen mir keine bestimmten Begebenheiten ein. Ich führte ein Leben, in dem die Zeit wie Schmelzwasser dahintröpfelte und die Ereignisse wie jene kleinen Quellen hervorbrachen, die uns Wasser vom Olymp hinunter nach Dion brachten. Vielleicht habe ich in meiner Erinnerung das Glück und die Idylle in Dion vor dem Hintergrund der folgenden Kriegsjahre übertrieben. Aber es ist wahr, daß sich alle in diesem Zustand der Ruhe und Freude wohl fühlten. Vor diesem Makedonien habe ich kapituliert, nicht vor Philipps Phalangen.

Auch ich wurde einer von »Alexanders Freunden«. In mir sahen die jungen Männer nicht eine Hetäre, eine Frau, die sie gewinnen oder kaufen konnten, sondern Ptolemaios' Gefährtin. Mein Leben bestand aus Gängen zum Brunnen, zum Theater, auf die Agora und zum Markt sowie aus einsamen Stunden, in denen ich auf dem flachen Dach unseres Hauses saß und in der Ferne meinen Geliebten beobachtete, der dort in der Ebene am Fuße des Olymps seine Makedonen trainierte. Es war ein schönes Leben.

Im Rückblick begreife ich aber auch langsam, daß meine Erinnerungen an Dion ein schöner Schein umgibt. Denn wir bereiteten uns auf den Krieg gegen die Perser vor. Nachdem Philipp einen griechischen Stadtstaat nach dem anderen erobert hatte, ließ er uns gnädigerweise wissen, daß es sein eigentlicher Wunsch sei, den panhellenischen Feldzug gegen die Perser anzuführen. Seitdem versuchten wir verzweifelt zu verdrängen, daß wir bald Dion und das gute Leben hinter uns lassen müßten.

In Dion lebte der große Maler Nikomachos, der Griechenland während des Krieges verlassen hatte. Er hat auch Alexanders Grab hier in Alexandria ausgeschmückt, die Friese mit den Kampfszenen sind sein Werk.

Wie Euripides und Aristoteles vor ihm, war auch er nach Makedonien gezogen, weil Philipp ihm Unterkunft, Schutz und Freiheit versprochen hatte. Aber er war enttäuscht darüber, daß seine Werke nicht für die Augen der Öffentlichkeit bestimmt waren. Die großen unterirdischen Gräber der Makedonen sind wie kleine Häuser gebaut und über und über mit Malereien geschmückt. Aber keiner kann sich an diesen Malereien erfreuen – außer den Toten. Wie anders war da der Heilige Weg in Athen, der durch den Friedhof, den Kerameikos, bis zu den Dipylontoren verläuft. Ich werde diese Grabmale niemals vergessen: die frommen Ehefrauen, der feurige Stier, der treue Hund. Wenigstens hinterließ Nikomachos an meiner Schlafzimmerwand in Dion ein Zeugnis seiner Kunst, indem er darauf die gleiche Persephone malte, die auch die Grabkammer des Königs schmückt.

Aus Athen und Korinth war ich gutes Essen und ausgesuchte Weine gewohnt, aber die Makedonen legen nicht so viel Wert auf eine gepflegte Gastronomie. Und Alexander schon gar nicht. Sogar im Palast lebte man in vielerlei Hinsicht sehr bescheiden. So gab es zu jeder Mahlzeit rohen Rettich, und obwohl Rettich frisch und intensiv schmeckt, kann man davon zuviel bekommen. Ptolemaios konnte nicht nachvollziehen, daß ich diese Kost einseitig fand, man esse doch, um zu leben und nicht aus Vergnügen!

Dion war eher ein Militärlager als eine Stadt, denn die Vorbereitungen für den Krieg gegen die Perser waren in vollem Gange. Ich lernte die schwierigen Signale der Herolde im Laufe einer Woche auswendig. In der Ebene studierte das Heer den komplizierten Ablauf eines Phalanxangriffes ein. Und die Reiter der Kavallerie trainierten, die halbwilden Hengste bei einem Überraschungsangriff unter Kontrolle zu halten. Die Luft vibrierte von den Kommandorufen, und es roch nach Männern und Pferden.

Dort sah ich auch zum ersten Mal einer makedonischen Phalanx bei der Formation zu, es war ein furchteinflößender Anblick – ein vollkommen geschlossenes Viereck aus gepanzerten Männern, aus dem die spitzen Speere entweder nach vorne stachen oder hoch in die Luft ragten. So waren sie eine mörderische, vorwärtsstampfende Einheit. Als ich sie damals in Dion über die Ebene habe marschieren sehen, da begriff ich, wie die Makedonen unser griechisches Heer besiegen konnten, in dem jeder Soldat als Individuum kämpfte. Die Phalanx verlangt vollkommene Präzision und ein flaches Terrain, darum übten die Männer auch in der Ebene, die sich zwischen dem Olymp und Dion erstreckte.

»Dieses Haus ist voller Liebe«, sagte Alexander eines Tages zu mir. Aus seinem Mund klangen selbst Banalitäten nach tiefer Wahrheit. Für ihn war es am wichtigsten, daß seine Liebe zu Hephaistion denselben Stellenwert besaß wie die Liebe zwischen Ptolemaios und mir. Zu Hause in Pella war es schwierig für ihn, sich mit Hephaistion zu zeigen, denn seine Mutter Olympias fühlte sich von seinem Freund bedroht und Philipp war der Ansicht, daß es sich dabei nur um eine kindische Geschichte handelte und Alexander es bald seinem Vater gleichtun und jeder Frau in seiner Umgebung nachsteigen würde.

Doch am liebsten erinnere ich mich an das Theater und den Blick auf den Olymp, der hoch über der kleinen Stadt aufragte. Jede Stunde veränderte Zeus, der Wolkenversammler, den Anblick auf sein Domizil. Athen ist und bleibt Athen, und keine Stadt gleicht ihr; Korinth ist zwar reicher und lasterhafter als jeder andere Ort auf der Welt, aber Dion wird auf immer in meinem Herzen sein. Dort hätte ich bis ans Ende meines Lebens glücklich leben können.

Uns ging es gut in Dion, obwohl die Neuigkeiten aus Pella uns einen Schrecken einjagten: König Philipp hatte die Absicht, die Nichte des makedonischen Großfürsten Attalos zu heiraten, in die er sich verliebt hatte und die ihm Söhne gebären sollte. Echte, makedonische Söhne, die echte makedonische Könige werden konnten, bessere als Alexander, den Olympias ihm genommen hatte.

Olympias war bis dahin die einzige Frau gewesen, die er aus Liebe geheiratet hatte. Und nun also diese junge Frau, die er nach seinen Vorstellungen formen konnte. Aber er hatte sicherlich nicht vor, Olympias zu verstoßen, sondern wollte mit seiner neuen Ehefrau zusammenleben und Olympias weiterhin als die Mutter von Alexander ehren.

Wie konnte dieser Mann nur so naiv sein, der ansonsten gänzlich frei von Naivität war? Er hatte zwanzig Jahre lang mit Olympias gelebt, wie konnte er ernsthaft glauben, daß sie sich ihm fügen würde? Als der Schuft Kassander nach Alexanders Tod in Babylon zweihundert Soldaten losschickte, um Olympias in Prydna töten zu lassen, trat sie in ihrem königlichen Gewand vor die Männer, und keiner wagte es, sein Schwert gegen sie zu erheben. Da hatte sie schon viele Jahre lang Makedonien regiert.

Alexander erzählte uns von den Zukunftsplänen seines Vaters an einem dunklen, glühendheißen Abend, an dem die Luft stillzustehen schien. Er wollte uns dabei nicht in die Augen sehen und flüsterte, während er berichtete, daß seine Mutter fortgeschickt werden solle und er mit ihr. Mir tat am allermeisten das junge Mädchen leid, das Philipp heiraten wollte, aber das verstand Alexander überhaupt nicht.

Er sah nur die Niedertracht seines Vaters. Ich versuchte zu schlichten und sagte: »Es ist sonderbar, daß der, dem es so sehr an Schönheit, Kultur und edlen Gefühlen mangelt, zwei Söhne gezeugt hat, die all dies im Überfluß besitzen.«

»Er ist nicht mein Vater«, sagte Alexander und errötete. »Und an deiner Stelle würde ich hoffen und beten, daß Lagos auch mein Vater ist! Dem König kann kein ehrlicher Mann mehr vertrauen!«

Und dann hörte ich zum ersten, allerdings nicht zum letzten Mal eine Geschichte über die Herzlosigkeit des Königs: Ein Kaufmann aus Thessalien wollte dem König einen prächtigen jungen Hengst verkaufen. Er aber schlug den Handel aus, weil das Pferd angeblich unkontrollierbar und krank sei. Alexander jedoch hatte den Hengst sorgfältig beobachtet und entdeckt, daß er Angst vor seinem eigenen Schatten hatte. Jemand hatte versucht, ihn mit Gewalt zu zähmen, und damit das stolze Tier gebrochen. Mit Sanftmut, Geduld und Liebkosungen näherte er sich dem Tier, gewöhnte es an seine Berührungen und ließ es im Gehege immerzu hin und her laufen, so daß es seinen Schatten nicht sehen konnte. Schließlich schwang er sich auf seinen Rücken. Das Pferd nahm seinen Reiter an, als habe es lange darauf gewartet, endlich nützlich sein zu können, und Alexander ritt ohne Sattel und Zaumzeug zu seinem Vater, um ihm zu zeigen, was man mit Güte und Milde erreichen kann.

Und von diesen Geschichten gab es noch viele mehr, aber woher sollte ich das wissen? Alexander nahm meine Hand und erzählte mir flüsternd und fassungslos, daß der König ihn nach der Schlacht bei Chaironeia aufgefordert habe, sich alle gefangengenommenen Frauen zu nehmen, woraufhin er wutentbrannt davongegangen sei. Da habe Philipp ihm *Zwerg!* hinterhergeschrien.

Olympias wollte sicher nur das Beste für ihren Sohn, als sie behauptete, Zeus habe ihn gezeugt. Aber das Ergebnis dieser Lüge war, daß er sich überall fremd fühlte: besser, anders, nicht richtig sterblich. Das ist gefährlich, dachte ich damals. Nicht nur, weil es zur Hybris führt, sondern weil es ihn von allem fernhielt. Er wollte uns so gerne verstehen, lieben und respektieren, aber wir waren eben nur einfache Menschen und würden es immer bleiben. Wir waren keine Kinder der Blitze des Zeus, waren unberührt von diesem göttlichen Feuer.

»Ich mache mir nichts aus Schlaf und Liebe, beides erinnert mich zu sehr an den Tod«, sagte er. Ich konnte nicht anders, als sein Gesicht in meine Hände zu nehmen, ihn auf den Mund zu küssen und ihm zu sagen, daß es allen so gehe. Ich mußte ihn beruhigen, er benötigte alle seine Kräfte.

»Aber achte darauf, dennoch von beidem genug zu bekommen«, fügte ich hinzu. Er umarmte mich und fragte lachend, was er nur ohne seine Freunde wäre.

Die Zeit stand still. Bis zu dem Tag, an dem mein Geliebter unerwartet nach Hause kam, staubig und verwirrt. Ich brachte ihn in den Andron und gab ihm Wein zu trinken, er aber war nicht durstig.

»Liebste Thaïs, es hat sich jemand zwischen uns gedrängt«, sagte er, und mein Blut begann wie verrückt in meinen Adern zu pochen. Sein Vater hatte eine echte, makedonische Ehefrau für ihn ausgesucht. Die müsse er heiraten, oder er würde als Geisel zum Großkönig nach Persien gesandt werden. Während diese beiden Möglichkeiten mein Inneres mit furchtbaren Szenarien erfüllten, versuchte ich meine Unruhe zu verbergen. Er küßte mich, was war nur mit ihm los? In wenigen Wochen würde sich das Heer zum Abmarsch versammeln, weinte er. Was daran so fürchterlich sei, fragte ich, ein wenig beruhigter.

Er legte seine Hand beschützend über mein Gesicht, als würde er eine Gefahr abwehren wollen. Mich rührte diese liebevolle Geste zutiefst.

»Der König hat mir untersagt, dich mit auf diesen Feldzug zu nehmen«, erwiderte er.

Die Worte mußte er zwischen seinen Lippen hervorpressen, so sehr schämte er sich dafür. Ich befreite mich aus seiner Umarmung und starrte ihn an. Wie könne ihm der König verbieten, mit mir zusammenzusein? Das fragte ich ihn, denn ich wollte die Antwort aus seinem Mund hören.

Wie ich seinen Vater dafür haßte, daß er seinem Sohn dies antat! Der König wolle keine Frauen dabeihaben, es solle ein schnelles und leicht bewegliches Heer sein, erklärte er mir mit belegter Stimme, er wollte auf keinen Fall weinen.

Nun, meine erste Liebesbeziehung hat ja ein jähes Ende gefunden, dachte ich. Zu allem Übel erwartete ich auch noch ein Kind von ihm. Was sollte ich jetzt tun? Wie schnell würde ich wieder nach Süden kommen?

Während wir zusammen waren, hatte mir Phokion bei drei Abbrüchen geholfen. Aber meine Schwangerschaft war schon so weit fortgeschritten, daß ein Abbruch lebensgefährlich werden würde.

Wie lange dieser Krieg wohl dauern würde, fragte ich ihn. Ein, zwei Jahre oder sogar noch länger? Ich erhob mich, er streckte die Hände nach mir aus und griff nach meinen Kleidern, hielt sie aber nicht fest. Er wagte es nicht, mir ins Gesicht zu sehen.

»Ich habe mein Haus in Korinth nicht verkauft und bin nicht hier hoch in den Schnee gezogen, um sechs Jahre lang alleine herumzusitzen und alt und häßlich zu werden, während du dich in Persien verausgabst und dann mit drei Feldehefrauen, Lustburschen und was weiß ich zurückkommst!« sagte ich und dachte gleichzeitig: Dies ist genau das, was Philipp sich insgeheim wünscht – wir streiten uns, und ich überlege, wie ich meine Leibesfrucht am schnellsten wieder los werde und nach Athen zurückkehren kann. Er schüttelte den Kopf.

»Aber Thaïs, Thaïs, du weißt doch genau, daß ich das nicht tun werde«, schluchzte er.

Aber woher sollte ich das wissen? Alles, was ich mit Sicherheit wußte, war, daß mein Herz vor Kummer schmerzte, ein Gefühl, das neu und verstörend war. Ich hätte töten können, um ihn bei mir zu behalten, töten! Ich hätte alles getan, um ihn zu behalten. Ptolemaios umarmte mich und legte seine Hände auf meine Schultern, unsere Wangen berührten sich, seine war ganz kalt.

«Wer sagt denn, daß es so lange dauern muß. Wenn wir Glück haben, sind wir nach einem Jahr schon wieder zurück. Du könntest mich heiraten, dann ist die Sache aus der Welt. Das hat er ja nicht verboten.«

Ich ließ ihn reden, saß nur da und lauschte den bitteren Tropfen, die in meine Seele perlten. Das würde ich seinem Vater niemals verzeihen.

»Kommt Hephaistion mit?« fragte ich. Ptolemaios zuckte zusammen, er berührte meinen Ellenbogen, um meinen

Wutausbruch zu verhindern. Selbstverständlich würde er mitkommen, Hephaistion sei ein Mann und würde von Nutzen sein.

»Wer kann mich daran hindern, eurem Heer auf eigene Faust zu folgen, ich bin genauso frei wie dein Vater«, sagte ich stolz. »Ich bin Griechin und Hetäre, keiner kann mich daran hindern zu tun, was ich will.«

Ptolemaios sah mich mit seinen geschwollenen Augen an, als hätte er mich noch nie zuvor richtig angesehen. Dann schüttelte er den Kopf und nahm erneut meine Hände. Ich würde mit Gewalt nach Hause geschickt werden. Jetzt war ich tatsächlich zu dem geworden, was ich am meisten gefürchtet hatte – ein Untertan.

Ich sagte kein weiteres Wort, aber weinte die ganze Nacht. Er hatte Angst vor meiner Reaktion, was mit mir geschah. In Tränen auszubrechen ist der Zusammenbruch der Vernunft, und das muß, wenn möglich, vermieden werden. Merke dir das, kleiner halber Mann. Hast du jemals die Statue einer weinenden Aphrodite oder eines flennenden Apollon gesehen? Wer sich selbst kennt, hat keinen Grund zu weinen.

Wir mußten nach Pella zur Hochzeit des Königs, und dort verlor ich mein Kind, einen fast fertig ausgetragenen Jungen. Ptolemaios ließ ihn in der Nähe des Familiengrabes seiner Mutter beerdigen. Die makedonische Lebensweise konnte mich nicht mehr überraschen, aber die Pracht ihrer Gräber tat es immer wieder. In diesen kleinen unterirdischen Häusern, die von den besten Künstlern ausgeschmückt wurden, verwahrte man die Asche der Toten. Mein kleiner namenloser Sohn bekam ein großes Grab, und in dessen Vorkammer stellten wir drei Statuen von schlafenden und sich liebenden Eroten. Ich weiß nicht mehr, wie mein Sohn aussah, aber die drei Eroten sind mir sehr genau in Erinnerung. Ich hoffe, daß das dicke Tonnengewölbe nicht unter der Last der Erde zusammengebrochen ist. Nur ein kleiner Grabhügel und eine Stele verraten, wo er begraben liegt, der Mensch, der heute der Thronerbe Ägyptens sein könnte.

Damals trauerte ich am meisten darüber, daß ich ihn in einer fremden Stadt verloren hatte. Wir wohnten im Haus von Ptolemaios' »Vater«, aber weder seine Mutter noch Lagos waren da.

Erstaunlicherweise hatte mich der König eingeladen, an dem großen Hochzeitsbankett teilzunehmen. Da ich mich nach meiner verfrühten Niederkunft aber noch elend fühlte, blieb ich in meinen Zimmern und ließ mich höflich entschuldigen. Es ärgert mich noch heute, ich hätte nämlich gerne die Auseinandersetzung zwischen Vater und Sohn miterlebt.

In der Nacht nach dem Bankett kam Ptolemaios zurück und wies die Sklaven augenblicklich an, unsere Sachen zu packen. Nur mit Müh und Not konnte ich ihn dazu bewegen, mir zu erzählen, was vorgefallen war. Im Schein der Öllampe konnte ich sehen, daß er leichenblaß war – und angsterfüllt.

Und jetzt wirst du, kleiner Eunuch, den König aufsuchen und ihn von Philipps Hochzeit erzählen lassen. Wir benötigen einen zuverlässigen Augenzeugen. Aber bitte ihn, die Wahrheit zu erzählen und nicht den Unsinn, den er in seinen Memoiren geschrieben hat. Die klingen nach einem gepflegten persischen Garten, in dem alle Pflanzen wunderbar wachsen, weil er auf einem Sklavenfriedhof angelegt wurde.

Ich habe die Anweisung der Königinmutter befolgt und dem König diese Passage zugesandt. Glücklicherweise entging ich dieses Mal einer Vorladung ins Brucheion, sondern erhielt statt dessen die folgende kurzgefaßte Beschreibung, die ich hiermit beilege.

König Philipp war an diesem Abend glücklich und betrunken gewesen. Er wünschte sich keine Störungen in seiner Hochzeitsnacht, und dennoch hatte er Alexander zum Fest eingeladen – allerdings nicht Olympias. Vielleicht hatte er es sich insgeheim gewünscht, daß seine Frauen von nun an in süßer Freundschaft leben könnten.

Früher hatte er seiner Ehefrau und Königin immer deutlich gemacht, daß seine neuen Frauen eher politisch nützlich und keine neuen Liebespartner seien. Doch jetzt hatte er sich eine neue Königin und Partnerin genommen.

Philipps Braut Kleopatra war niedlich und harmlos, aber, wie Alexander später entsetzt erzählte, war sie in der Hochzeitsnacht keine Jungfrau mehr gewesen und hatte außerdem aus vollem Halse über einen anzüglichen Scherz gelacht, den einer der Gäste dem Brautpaar zugerufen hatte.

Als die Gäste Platz nahmen, hatte Alexander seinen Vater bereits zum ersten Mal provoziert. »Wenn meine Mutter erneut heiraten wird, werde ich dich zu ihrem Fest einladen«, hatte er gesagt. Zuerst wurde gegessen, dann der Wein in reichlichen Mengen hereingetragen, und Attalos, der Onkel der Braut, erhob sich, um eine Rede zu halten. Erregt ließ er sich dazu herab, dem Brautpaar »wahre makedonische Erben« zu wünschen, denn Olympias stammte ja, wie jeder wußte, aus dem wilden Epirus im Westen und Alexander somit auch.

Alexander warf seinen Becher nach Attalos und traf ihn so hart an der Schläfe, daß er umstürzte. »Und was ist mit mir, bin ich etwa ein Bastard?« schrie er. Der König zog daraufhin sein Schwert, allerdings nicht, um damit Attalos zu züchtigen, sondern um seinem Sohn zu drohen. Aber er hatte seinen Rausch unterschätzt und fiel der Länge nach hin.

Und was sagte Alexander? »Dieser Mann bereitet sich

darauf vor, in Asien einzufallen, aber seht selbst, was geschieht, wenn er versucht, von Kline zu Kline zu kommen.«

Alexander verließ das Fest zusammen mit seinen Freunden, suchte seine Mutter auf und brachte sie nach Epirus, das von ihrem Bruder regiert wurde. Es klingt vielleicht niederträchtig, aber Olympias' Familie war keinen Deut besser als Philipps. Sie alle waren Opportunisten – und der bloße Gedanke an eine Invasion erschreckte sie zu Tode.

Olympias fürchtete Kleopatra mehr als jede andere Ehefrau, die der König sich bis dahin genommen hatte. Kleopatra war kein Kind mehr, sondern trotz ihrer Jugend eine erwachsene Frau, die eine mächtige Familie im Rücken hatte. Mit Leichtigkeit würde Philipp sie zur Königin ausrufen können.

Kleopatra stammte aus Attalos' mächtiger und reicher Familie. Attalos' und Philipps ältester Freund Parmenion hatten sich schon seit Jahrzehnten kreuz und quer durch die Geschlechter verheiratet. Kein anderes Geschlecht würde mit den Attaliden konkurrieren können. Sogar ihren Namen, Kleopatra, hatte Philipp ändern lassen. Er war der Meinung, sie solle den Namen seiner Mutter Eurydike tragen, was einer Liebeserklärung gleichkam, denn jene Eurydike hatte ein wildes und süßes Leben als Mutter dreier Könige geführt, umgeben von Liebhabern und Luxus. Philipp wollte die Wirklichkeit verändern, er wollte aus Kleopatra eine große Königin machen, er wollte wieder ein junger Mann sein und von vorne anfangen können.

Thaïs' Exil- und Kriegsjahre

Ich erwachte in der Nacht vom Schein der Fackeln. Durcheinander, aber entschlossen nahm Ptolemaios auf meinem Bett Platz und legte seine Hand auf mein Knie. »Zieh dich an, wir müssen von hier fort«, sagte er.

Ich war zwar wach, traute aber meinen Ohren nicht. Alles durfte er von mir verlangen, aber keine Abreise mitten in der Nacht, nicht in dieser Nacht. Aber er meinte es ernst. Philipp habe alle Freunde seines Sohnes des Landes verwiesen, sagte er mir, selbst noch ganz benommen von diesem Urteil. Er erhob sich und drehte sich um die eigene Achse, als wäre ihm die Absurdität der Situation erst jetzt bewußt geworden. Wir, die Alexander gefolgt sind, waren auf einmal die Verbannten. Selbst ich, die der König gebeten hatte, seine neue Königin zu unterrichten.

Wir waren nach Illyrien verbannt worden, wie sich herausstellte. Die Sklaven kamen herein und begannen die Kisten herauszuschleppen, die wir schon längst gepackt hatten. Diese Kleidertruhen waren groß, dreckig und rochen nach Ziege. Ich zitterte vor Kälte, während ich mich anzog. Meine Finger versagten mir den Dienst.

Meine Zähne schlugen aufeinander, und ich zitterte so stark, daß ich die Zügel nicht halten konnte. Meine Hände und Füße wurden steif und taub vor Kälte, und schließlich glitt ich vom Sattel hinunter in den heulenden Wind. Ptolemaios hob mich in seinen Sattel und hielt mich die ganze Nacht in seinen Armen.

Erst als wir das Zuhause von Ptolemaios' Familie erreicht hatten, erzählten sie mir, was in Pella vorgefallen war. Philipp hatte mittlerweile eine Tochter mit seiner neuen Frau bekommen, die bereits ihr zweites Kind erwartete. Außerdem hatte er entschieden, sie mit auf den Feldzug nach Persien zu nehmen, damit sie in regelmäßigen Abständen seine Kinder gebären könne. Vermutlich wagte er es nicht, sie in Pella zurückzulassen, wo Olympias sie womöglich aus dem Weg räumen würde. Der König machte sich Sorgen über Olympias' Verhalten und hatte sich einen gerissenen Plan ausgedacht, um sich abzusichern. Olympias' Bruder regierte Epirus, und ihm wollte er seine Tochter zur Frau geben.

Ptolemaios ließ mich im Schoße seiner Familie zurück.

Sein »Vater« Lagos besaß viel Boden im Inneren des Landes, westlich von Pella und Aigai, jenseits der bewaldeten Berge. Die Landschaft dort heißt Eordaea und ist eine wilde Gegend. Dort strandete ich. Lagos beteiligte sich weder am politischen Leben des Landes noch an den Kriegszügen. Und mich behandelte er wie seine richtige Schwiegertochter.

Makedonische Frauen, auch die von hohem Rang, sitzen zusammen in großen Sälen, spinnen und weben und mischen sich nicht in das Leben der Männer ein. Zu meiner Ausbildung hatte diese Art von Hausarbeit nicht gehört, darum mußten mich die Frauen kichernd in den Umgang mit einem Webstuhl einführen. Ich wagte nicht zu erzählen, daß ich unter anderem in den Wollhandel investiert hatte. Eigene Geschäfte zu machen hätte sich für eine Schwiegertochter in Lagos' Familie nicht geschickt. Ich kann mir Ptolemaios' Königinnen heute unmöglich am Webstuhl vorstellen, aber in Makedonien galt dieser Platz als der vornehmste für eine Frau. Also lernte ich zu spinnen und zu weben und meinen Körper zum Gehorsam zu zwingen, Stunde um Stunde.

Meine Schwägerinnen stießen sich in die Seite und lachten über meine Bescheidenheit zu Tisch. »Seht nur, Thaïs ißt wie ein Vogel«, sagten sie. Bald würde ich noch ganz verschwinden, und was würde dann wohl Ptolemaios sagen? Mit diesen unschuldigen Scherzen vertrieben sie sich ihre Langeweile. Nach einiger Zeit wurde es meinem Schwiegervater zu viel, und er warf mir einen Brocken dampfenden Rindfleisches vor die Nase. »Hast du etwa Angst, dick zu werden? Meine Söhne lieben dicke Frauen!«

Eines Abends, es hatte schon seit Stunden in Strömen geregnet, begann ich den anderen Frauen etwas vorzusingen. Bis dahin hatte ich immer nur für Männer und Hetären gesungen. In einem kalten Raum in einer fernen Gegend im Westen von Makedonien zu sitzen und zu singen, während die Sonne über den Bergen unterging, fühlte sich so fremd und verkehrt an, daß sich mein Hals vor Verzweiflung zusammenschnürte und ich die Töne nur herauspressen konnte. Aber ich sang ja ein trauriges Lied über Liebe, Tod und Rache, und darum nahmen die Zuhörerinnen an, daß meine Sentimentalität ein bewußt eingesetztes Stilmittel war. Oder besser gesagt, sie zollten allem, was ich tat, Anerkennung. Ich war schließlich eine echte Griechin, ein Schmuckstück, wie es Euripides und Aristoteles vor mir gewesen waren.

Sie weinten alle, sowohl die schwärmerischen jungen Mädchen, die »Jungfrauen«, wie sie auf makedonisch heißen, als auch die verheirateten Frauen mit ihren runden Bäuchen und platten Füßen. Tränen flossen, und ich sang mit geschlossenen Augen Andromaches Trauerlied über ihren Astyanax. Als ich fertig war, kam eine der älteren Frauen zu mir und küßte mich auf den Mund.

»Weine nicht mit dem Herzen, kleines griechisches Mädchen«, sagte sie sanft und reichte mir ein wenig von dem gewürzten Fleisch, das etwas besser schmeckte als das verbrannte Rinderkotelett.

Da war Ptolemaios schon längst begnadigt, und die Vorbereitungen für den Feldzug befanden sich wieder in vollem Gange. Aber davon wußte ich nichts. Mein Körper vermißte ihn so sehr, daß es jede Nacht schmerzte, die ich zusammen mit meinen lieben, aber dummen Schwägerinnen verbrachte.

Als Alexander endlich bei uns eintraf, gefolgt von seinen vielen berittenen Soldaten, ging das mit viel Lärm und Getöse einher. Er selbst ritt an der Spitze dieses makedonischen Triumphzuges. Ich hatte gerade im Schatten eines der großen Häuser gesessen und die Bergkette und Wolken beobachtet. Keiner kümmerte sich mehr um mich, als Alexander auftauchte, sie waren alle mit einemmal fürchterlich beschäftigt. Aber der Lärm erregte meine Aufmerksamkeit, auf einmal wimmelte es von kichernden und lachenden

Frauen. Ich schien die einzige ohne Aufgaben und Pflichten zu sein und irrte umher und suchte nach der Ursache der Aufregung. Lagos hatte keinen Gedanken an mich verschwendet, denn dieser Besuch war in erster Linie für ihn und seinen Hof eine ungeheuerliche Ehre.

Als jedoch Alexander und Lagos auf dem großen Platz vor dem Haus aufeinandertrafen, glitt der Blick meines Schwagers über das Anwesen und blieb an mir hängen. Ohne ein Wort ging er am Gastgeber vorbei auf die Eingangstreppe zu, breitete seine Arme aus und rief meinen Namen. Er ist und bleibt ein kleiner Junge, dachte ich mir da, ein kleines Kind. Mögen die Götter ihre Hände über ihn halten und ihn, wenn möglich, niemals alt, häßlich und grausam werden lassen, seine Augen und Zähne verschonen und ihn im Tode so schön sein lassen, wie er jetzt ist.

Die Götter erhörten meine Bitte.

Er schlang seine langen eisenbewährten Arme um mich und küßte mich auf Stirn, Wangen und Mund. Dann hob er mich hoch, setzte mich auf seine Schultern und legte meine Hand auf seine Löwenmähne. Das war unser erstes süßes Wiedersehen.

Lagos und seine junge Frau verstanden nicht, ob sie da Zeugen eines Skandals wurden oder ob es sich um eine ganz unschuldige Geste handelte.

»Sieh mal, mein Bruder, wen ich da für dich gefunden habe! Da freust du dich aber, oder?« rief er und rannte mit mir auf den Schultern auf Ptolemaios zu. Alle außer meinem Geliebten lachten. Er ließ sich von seinem Pferd gleiten, umarmte mich und legte mir wie zum Schutz eine Hand übers Gesicht, als würde er wissen, was ich die letzten Monate durchlebt hatte.

Der Krieg hatte seinen Geruch verändert, aber seine Lippen erkannte ich wieder. Keine öden Nächte mehr auf der Pritsche zusammen mit den makedonischen Jungfrauen. Alexander konnte seine Augen nicht von uns lassen, er war so stolz auf sich und seine Tat, mit der er den Befehl seines Vaters glatt mißachtete. Und das war für uns ein großes Glück.

Der König lud uns in die alte Hauptstadt Aigai ein, in der er die Vermählung seiner Tochter mit seinem Schwager feiern wollte. Seine eigene Tochter dem Bruder oder Schwager zur Frau zu geben – das konnte man in Athen nur in großer Not tun, um etwa sein Geschlecht vor dem Aussterben zu bewahren. Aber ich hatte mich an Philipps Launen mittlerweile gewöhnt und war noch nicht einmal verärgert darüber. Im Gegenteil. Ich freute mich, daß die Hochzeit in Aigai gefeiert werden sollte, denn sie war eine weitaus schönere Stadt als Pella. Ihre Burg lag hoch oben über der Ebene, und dort war es immer frisch und angenehm. Aigai war die Heimatstadt von Philipps Mutter Eurydike gewesen. Sie war es auch, die das Theater hatte errichten lassen, denn als die Makedonen sich Euripides ins Land holten, mußte es schließlich einen Ort geben, der seiner Stücke würdig war.

Das Theater steht dicht am Palast und hat ein paar jämmerliche Holzsitze. Es ist nicht sonderlich groß, denn es sollte auch nur den Hof fassen können. Dafür bot es eine wunderbare Aussicht auf die Ebene, wo Tausende von Stelen und kleine und große Hügel auf die Ahnengräber weisen. Wer wohl heute die Sitze füllt? Keltische Barbaren oder die Offiziere des Keraunos?

Das Fest sollte im Theater stattfinden. Eine große Parade sollte Philipps Stellung als Anführer der Griechen bekräftigen. Wir hatten böse Gerüchte gehört, daß der König vorhabe, seine Statue unmittelbar hinter den Götterbildern hereintragen zu lassen und sich ihnen damit gleichzustellen.

Muß ich noch mehr dazu sagen? Damals standen wir der Vergöttlichung eines lebenden Menschen noch sehr skeptisch gegenüber. Ein toter König konnte ein Heros werden, aber ein lebender? Hybris! Die Götter würden sich schon an ihm rächen.

Die Geschichte über Philipps großes Fest in Aigai kennen alle bestimmt noch, Ptolemaios hat es ja ausführlich in seinen Memoiren beschrieben. Aber im Grunde genommen begann das Ganze mit einer ganz anderen Person, einem jungen vornehmen Makedonen, den wir aus Dion kannten. Seit langem suchte sich Philipp seine Liebhaber unter den jungen Männern seiner Leibgarde aus. Einer der hübschesten und vornehmsten hieß Pausanias, ein nervöser und verzagter Mann, der aus der ältesten und selbstbewußtesten Familie Makedoniens stammte, den Orestiden. Er war wortkarg, gefährlich lobeshungrig und trug selten etwas für die Gemeinschaft bei, genoß es aber, seine Zeit mit den etwas fröhlicheren Menschen in meinem Haus in Dion zu verbringen.

Er hatte sich zunächst schwer damit getan, seine Rolle als Liebhaber des Königs zu akzeptieren. Aber seine Familie hatte ihn unter Druck gesetzt: Sie war verarmt und rechnete fest damit, daß er sich, solange das Verhältnis andauerte, Grundstücke und Ämter beschaffen und erbetteln könnte.

Doch ehe er die Beziehung ausnutzen konnte, verstieß ihn der König zugunsten eines anderen jungen Mannes gleichen Namens. Das gab Anlaß für sowohl peinliche als auch lustige Begebenheiten. So hatte Pausanias während eines Festes verlauten lassen, daß der neue Geliebte nicht mehr sei als ein Strichjunge ...

Jener indes starb in einer Schlacht, als er sich zwischen den König und einen feindlichen Speer warf, um seine Liebe unter Beweis zu stellen. Der erste Pausanias nun geriet mit Attalos in Streit, der gerade seine liebliche Nichte Kleopatra in die feine Gesellschaft einführen wollte, die obendrein noch mit dem toten Liebling verwandt war.

Attalos beschloß, Rache zu nehmen. Unter dem Vorwand einer Versöhnung lud er Pausanias zu sich ein und versprach ihm die Ehe mit einer seiner weiblichen Verwandten. Dann machte er ihn betrunken, ließ ihn von seinen Soldaten vergewaltigen und ihn nackt im Schweinestall liegen.

Pausanias klagte ihn bei Philipp an, der selbstverständlich nichts gegen Attalos ausrichten konnte, da er mittlerweile zur Familie gehörte. Statt dessen tröstete er Pausanias mit wertvollen Geschenken und ernannte ihn zum Chef seiner Leibgarde. Die Männer allerdings lachten hinter seinem Rücken über ihn und gaben ihm die gemeinsten Spitznamen. So wurde Pausanias jeden Tag an seine Erniedrigung erinnert und mußte außerdem noch mit ansehen, wie sein früherer Geliebter überall mit seiner neuen Braut verkehrte.

Ptolemaios hatte nicht vorgehabt, mir alle Details über die Geschichte mit Pausanias zu erzählen, aber nachdem »Alexanders Freunde« beschlossen hatten, jeden weiteren Skandal zu vermeiden, mußte er mich auf das Schlimmste vorbereiten.

Das Unglück vollzog sich so wenig dramatisch, daß wir zuerst nicht glauben wollten, daß sich die Welt in einem einzigen Augenblick vollkommen verändern könnte.

Wir feierten die Hochzeit der Königstochter mit dem Schwager im Theater von Aigai. Philipps Götterstatuen wurden ins Theater getragen, auch die letzte, die ihn selbst darstellte. Da trat Pausanias aus der Menge der Leibwächter hervor. Zuerst begrüßte er seinen ehemaligen Geliebten, stellte sich dann dicht vor den König hin und legte seine linke Hand auf dessen Schulter. Es sah aus, als würden die beiden sich unterhalten.

Dann versetzte Pausanias dem König einen Stoß mit seiner rechten Hand, die unter einem Mantel versteckt war, trat einen Schritt zurück, drehte sich um und begann zu laufen. Der König blieb einen Augenblick lang still stehen, ehe er zur Seite fiel und auf dem Boden aufschlug. Er trug einen weißen Mantel, der in kürzester Zeit von Blut durchtränkt war. Pausanias hatte seinen Dolch mitten in Philipps Herz gerammt. Alle Zuschauer erstarrten, aber keiner rührte einen Finger, um den Mörder aufzuhalten.

Nur Perdikkas reagierte schnell und überlegt, schlug Alarm und wies die königliche Leibgarde an, den schwerfällig davonhastenden Pausanias zu verfolgen. Dieser stolperte schließlich über eine Weinranke und wurde von Perdikkas getötet. Zwei gesattelte Pferde hatten auf ihn gewartet, folglich muß er Verbündete gehabt haben. Unglücklicherweise hatte Philipp kurz vorher noch seine Leibwächter weggeschickt, denn er wollte nicht wie ein Tyrann erscheinen, wenn er vor die Menge trat.

Am lebhaftesten erinnere ich mich an die Schreie der Frauen, die sie ausstießen, nachdem ihnen bewußt wurde, daß der König tot war. Ich dachte zuerst – nein, ich befürchtete, daß Alexander dem Anschlag zum Opfer gefallen war. Meine große Erleichterung, als ich dann erfuhr, was wirklich geschehen war, entsetzte Ptolemaios. Dabei hatte das Orakel dem König bereits die Antwort auf seine Fragen gegeben, als er es nach den Zukunftsaussichten gefragt und den Krieg gegen die Perser angesprochen hatte. Das Orakel hatte geantwortet, daß das Opfertier schon bereitstünde. Das hatte der eitle Philipp nur als ein gutes Omen gedeutet. Dabei war er das Opfertier!

Noch mehrere Tage nach dem Mord wagten wir uns nicht aus dem Haus, die Stadt befand sich in einem Ausnahmezustand. Alle fürchteten einen Putsch. Alexander geriet durch den Mord an seinem Vater in eine schwierige Situation. Offiziell hatte er eingewilligt, bei der Hochzeit seiner Schwester anwesend zu sein, und ihm war sogar eine Hauptrolle in dem kommenden Krieg zugedacht gewesen. Aber das Verhältnis zwischen Vater, Mutter, Sohn und Stiefmutter war vollkommen ungeklärt, und Olympias befand sich noch immer im Exil bei ihrem Bruder. Aber Attalos, der im Theater von Aigai vom Blut seines Schwiegervaters und Schwagers bespritzt worden war, ließ trotz des Zwischenfalles die Hochzeit mit seiner jungen Braut stattfinden. Schließlich war das Fest schon lange geplant gewesen, und er wollte sich bestimmt nicht die Gelegenheit entgehen lassen, auf diesem Wege seine Verbindung zum makedonischen Königshaus zu festigen.

Übrigens stammte Pausanias aus der Landschaft Orestis, Olympias' Mitgift bei ihrer Heirat mit Philipp. Aus Olympias' Sicht war Pausanias damit noch immer ihr rechtmäßiger Untertan. So sagte es mir Ptolemaios direkt nach den Ereignissen, tonlos und entsetzt. Ich kommentierte dies nicht weiter.

Die neue Königin Kleopatra hatte im Wochenbett mit ihrem zweiten Kind gelegen – erneut ein Mädchen – und darum den Mord an ihrem Mann nicht miterlebt. Sie wollte sofort fliehen und mit den Kindern bei ihrer Familie Unterschlupf suchen, aber sie war zu schwach, um den Palast zu verlassen. Alexander vergaß sie, ich tat es auch. Das kostete sie das Leben.

Als die Mörder sie aufsuchten, floh sie schreiend aus ihren Gemächern, um ihre Kinder zu retten. Wer hatte die Mörder gesandt? Es war nicht Alexander, sondern seine Mutter gewesen. Sie hatte einen langen Arm und noch gute Freunde in der Burg, die sie gerne zurückhaben wollten. Wenn sich ihr jemand in den Weg gestellt hätte, wäre er ebenfalls mit untergegangen.

Alexander konnte seine Mutter unmöglich für den Auftragsmord bestrafen, aber er bestand darauf, Kleopatra neben Philipp begraben zu lassen. Sie sollte in der Vorkammer in einem goldenen Schrein liegen, in dem sonst Königinnen beigesetzt wurden.

Ptolemaios wagte sich aus seiner zurückgezogenen Stellung, um seinen Bruder bei der Beerdigung der ermordeten Stiefmutter zu unterstützen. Ptolemaios besorgte noch ein paar Dinge, die man bei Philipps Beisetzung vergessen hatte. So wurden die Schienbeinschützer des Königs herbeigeschafft und sein skythischer Köcher – die Dinge sollten ihre Ordnung haben!

Am Tag danach, als die schweren Marmortüren des Königsgrabs wieder geschlossen wurden, kam Alexander mit einem Geschenk zu mir. Er überreichte mir ein wunderschönes Golddiadem. Jetzt wäre er König und könnte große Geschenke machen, sagte er, und es würde ihm große Freude bereiten. Das Diadem war mit filigranen Vögeln und Bienen verziert, die in dem stilisierten Laubwerk saßen. Philipp hatte dieses Schmuckstück für Kleopatra bereitgehalten, wenn sie ihm einen Sohn und neuen Erben schenken würde. Ich wagte nicht, Alexander in die Augen zu sehen, denn mit diesem Geschenk gab er mir zu verstehen, daß er mich in seiner Familie akzeptierte und in das makedonische Königshaus aufnahm. Seine eigene Mutter stammte von Andromache und Pyrrhos ab, dem Sohn von Achill, und doch entschied er sich, mich mit dem Schmuck zu ehren.

Ich dachte, daß von da an alles anders werden würde. Aber ich irrte: Alexander ließ auch Attalos umbringen, da er schon einmal dabei war, seine Macht zu festigen. Darum lernte ich, auf jeden meiner Schritte und auf meine Umgebung zu achten.

Griechenland begehrte, wie vorauszusehen war, gegen den neuen König auf, und Alexander scharte in aller Eile seine »Freunde« und das Heer um sich und zog gen Süden. Theben, Athens alte Feindin, führte den Widerstand an. Alexander bezwang die Thebaner und zerstörte die Stadt.

Aber du willst bestimmt mehr über die Schönheit des Krieges selbst hören. Der König könnte das viel besser erzählen. Er hat es ja auch schon getan, obgleich ich nicht einverstanden bin mit der Darstellung der Sachverhalte in seinen historischen Werken. Er hat mit Blick auf seinen Ruf und sein Andenken geschrieben und alle Spuren eigenen Unvermögens getilgt.

Alexander kannte Ptolemaios sehr gut, seine guten und seine schlechten Seiten. Er wußte, daß sein Halbbruder seine große Begabung für die Ausbildung der Soldaten bereits unter Beweis gestellt hatte und daß alle, die unter seiner Führung arbeiteten oder kämpften, ihn sehr schätzten. Allerdings waren »Alexanders Freunde« jung und hungrig, und unter ihnen gab es weitaus größere und begabtere Feldherren – Antigonos zum Beispiel oder Perdikkas, ja, selbst der eitle Philotas war begabter als Ptolemaios. Darum stand mein Geliebter im ersten Kriegsjahr nur in zweiter Reihe, aber das kam ihm sehr entgegen. Erst als wir Persepolis erobert hatten, wurde auch er einer von »Alexanders Freunden«, und ihm wurde das Kommando über einen Teil des Heeres übertragen. Auch in dieser Hinsicht brach Alexander mit den makedonischen Sitten, denn er übertrug Aufgaben an jene, die sie erfüllen konnten, und nicht an unfähige Verwandte.

Über die Schönheit des Krieges kann ich nichts erzählen, denn ich habe sie nie zu Gesicht bekommen. Wenn ich an die dreizehn Kriegsjahre zurückdenke, kommen mir nur unzusammenhängende Bilder und vereinzelte Höhepunkte ins Gedächtnis, an denen mich mein Schicksal für kurze Zeit von meinem vertrauten Weg abbrachte.

Die Schönheit des Krieges, ja. Die Zeit bestand aus einer schier unendlichen Reihe von Tagen, an denen wir in Bewegung waren: das Heer voran, gefolgt vom Troß – Frauen, Kinder, Zelte, Zug- und Packtiere. Der Staub legte sich über uns, und wir warteten nur apathisch auf den Befehl, das Lager aufzuschlagen.

Dann tranken sich die Männer um den Verstand und hatten hinterher alle Gründe, es zu bereuen. Das war nicht gesund für die Gemeinschaft, wir alle waren unzufrieden und wollten etwas, das doch unerreichbar war.

Während die Jahre vergingen, wuchs das leicht bewegliche Zeltlager zu einer ganzen Stadt heran, die mühsam über die Landstraßen Sogdiens, durch Indien und die Wüste holperte. Die Königin saß in ihrer geschlossenen Sänfte, ihr folgten alle Zofen, Hofdamen und Verwandten, dann gab es Wechselpferde und Ochsen, die mit der Beute der Generäle beladen waren, Hetären, Musiker und Schauspieler, die Ehefrauen der Feldherren und deren Eigentum, das auf dem Rücken der Esel und Maultiere befestigt war. Und die Haustiere nicht zu vergessen: Schlachttiere, Jagdhunde, zahme Bären und Leoparden, ägyptische Katzen und indische Elefanten.

Aber in Wirklichkeit ging das alles beunruhigend schnell voran. Im Laufe von nur vier Jahren waren wir von den Vorbereitungen in der Ebene von Dion bis vor die Tore von Persepolis gelangt, der Hauptstadt des Feindes.

Ich kann es noch genau vor mir sehen, wie Alexander vor Kleinasien über Bord sprang, um durchs Wasser an Land zu waten. Ich erinnere mich an unsere haltlose Freude über unseren unerwarteten Sieg am Granikos, daran, wie Alexander und Hephaistion in Trojas Ruinen ein Opfer darbrachten und ich Achills Klagelied singen mußte. Lykien, Phrygien, Milet und Halikarnassos wurden eingenommen. Im Jahr darauf wandten wir uns nach Kilikien, und in der Schlacht bei Issos bewies der König, daß wir den Persern weit überlegen waren. Als mir Ptolemaios einmal den Schlachtplan zeigte, erkannte ich gleich, daß hier zwei Welten aufeinanderprallten. Das Heer der Perser war unfaßbar groß und stand in symmetrischer Ordnung, war aber dadurch sehr unbeweglich, so wie die endlosen Reihen der Untertanen an den Wänden im Palast von Persepolis.

Alexanders Heer war dagegen äußerst beweglich und

lenkbar. Die einzelnen Heeresteile hatten jeweils einen Kommandanten, und sie alle waren in der Lage, schnell eigene Entscheidungen zu treffen.

Bei Issos, der ersten großen Schlacht, gelang es den Persern, die makedonische Schlachtreihe zu durchbrechen und sich dem Lager, also uns, zu nähern. Ich begriff, daß es jederzeit um uns geschehen sein konnte. Was wäre wohl aus uns geworden, als Sklaven in Persien? Das Poltern der Streitwagen und das verzweifelte Wiehern der Pferde drangen zu uns durch, und ich sah unser Schicksal besiegelt. Doch dann holte ich die Waffen, die Ptolemaios zurückgelassen hatte, und verteilte sie an meine Sklavinnen und an die anderen Hetären, damit sie sich verteidigen könnten. Aber den Persern gelang es nur, ein paar Zelte anzuzünden. Wir gewannen auch dieses Mal. Wir waren unbesiegbar.

Unser Sieg war gewissermaßen schon vorher entschieden gewesen. Und doch schien er die Perser überrascht zu haben, besonders ihren König Dareios, der offenbar nicht mit einem plötzlich Rückzug seinerseits gerechnet hatte. Später sahen wir die Friese in seinem Palast, auf denen er als furchtlos und unüberwindbar dargestellt war. In Wirklichkeit jedoch benahm er sich unschlüssig, hatte Angst vor einer Niederlage und war Hals über Kopf geflohen. Nach dem Sieg bei Issos eroberten wir Sidon und Gaza. Alexander zog weiter nach Ägypten und ließ sich in Memphis als Pharao inthronisieren. Wir waren damit in der alten Welt angekommen, die wir nur aus Herodots Reiseberichten kannten – aber Herodot hatte sich in vielem geirrt. Ich erinnere mich noch genau an seine Behauptung, daß die Frauen in Ägypten aufrecht standen, wenn sie Wasser ließen, und die Männer sitzen würden! In Ägypten kann eine Frau erben und Eigentum besitzen, ohne einen Vormund zu haben, sie kann eigenständig ein Gerichtsverfahren einleiten und bestimmen, wen sie heiraten will. Dafür jedoch sind die meisten Frauen brutal beschnitten worden und somit von dem Vergnügen ausgeschlossen, den Verkehr mit den Männern zu genießen, die sie sich selbst ausgesucht haben. Das ist doch paradox!

Es ist nicht leicht, aus dem ägyptischen Volk schlau zu werden. Es ist ein friedfertiges und träges Volk, das die Perser damals schlecht behandelt hatten. Ich selbst habe drei ägyptische Sklaven, und die benehmen sich, als seien sie Kinder des Pharaos, mit ihrem lässigen, fast hochmütigen Stolz.

Alexander verstand die Ägypter, und sie sahen in ihm ihren Retter. Sie beteten ihn ohne Scheu wie einen ihrer Götter an, weil er sie vom Joch der Perser befreit hatte. Er respektierte ihre Götter und Sprache und unterwarf sich ihren Gebräuchen.

In Ägypten muß es ihm auch in den Sinn gekommen sein, in sich den Sohn eines Gottes zu sehen. Diese Behauptung verbreitete Olympias schon seit langem. Alexander reiste mit ein paar Vertrauten in die Wüste zur Oase und dem Orakel Siwa. Und ganz gleich, wie die Priester auch die Weisungen des Gottes Ammon auslegten, für Alexander war alles lediglich die Bestätigung seines göttlichen Ursprungs. Und in diesem göttlichen Rausch gründete er Alexandria, an einem heruntergekommenen Ort. Doch er versprach, daß daraus in nur wenigen Jahren eine blühende Stadt werden würde. Und irgendwie wußten wir schon, daß er recht behalten könne – daß Alexandria tatsächlich im Laufe von sechzig Jahren die größte Stadt der Welt werden würde.

Die Ereignisse in Ägypten verliehen Alexander die Kraft, nach Kleinasien zurückzukehren und Dareios ein letztes Mal entgegenzutreten. Dareios hatte ihm zuvor angeboten, den westlichen Teil seines Reiches bis zum Fluß Halys zu übernehmen. *Nenne mich Großkönig, werde mein Vizekönig, oder liefere mir eine alles entscheidende Schlacht. Aber sei dir dessen versichert, daß ich dich bis ans Ende der Welt verfolgen werde.* So stand es in seinem Brief, und Alexanders Generäle und Freunde waren der Ansicht, daß er dieses Angebot annehmen solle.

Später habe ich oft überlegt, was wohl geschehen wäre, wenn Alexander Dareios' Angebot angenommen hätte. Nichts, auch nicht Alexandria, wäre zu dem geworden, was es heute ist, wenn er sich artig bedankt hätte und nach Hause zurückgekehrt wäre.

Im Jahr nach seinem Besuch in der Oase Siwa eroberten wir Babylon, Susa und Persepolis. Die Namen springen mir aus den Karten entgegen, die in meinem Archiv liegen. Was für schöne Namen! Ekbatana, Teheran, Isfahan, Shiraz, Nurabad, Sippar, Arbela, Nisibis, Aleppo, Damaskus.

Und kann ich mich an die Städte erinnern? Kaum. Ich erinnere mich an Mosaike, Leichen, verbrannte Erde, verstörte Menschen. Doch am besten erinnere ich mich an die Angst. Manchmal denke ich an die Friese in den großen persischen Burgen und Schlössern, diese schier unendlich scheinenden Reihen von blutigen Löwenjagden und Soldaten.

An die Stadt Gaza, die nach zweimonatiger Belagerung fiel, erinnere ich mich am besten. Wir töteten alle Männer und schickten die Frauen und Kinder in die Sklaverei. Diese wunderschöne Stadt wurde dem Erdboden gleichgemacht. Als wir durch die Überreste von Gaza ritten, wurde mir klar, daß kein Ort ein solches Ausmaß an Zerstörung verwinden kann. Sogar die Palmen schienen geschmolzen zu sein.

Auch während der Schlacht bei Issos habe ich die Anmut des Krieges nicht gesehen – aber ich war auf dem Schlachtfeld. Diese Schlacht kostete meinen Geliebten seine vollkommene Schönheit.

Als er nach gewonnenem Kampf zu mir kam, fiel mein erster Blick auf sein entstelltes Gesicht. Lautlos kam er in mein Zelt und suchte meinen Blick. Nicht nur seine Nase war gebrochen und schief, die Hälfte seines Gesichtes war purpurrot und angeschwollen, die Nasenspitze ragte aus dunkelvioletten Geschwülsten hervor, die auch ein Auge verbargen. Unwillkürlich schrie ich auf und rannte ihm entgegen. Doch ich wußte nicht, wo ich ihn berühren konnte, ohne ihm weitere Schmerzen zuzufügen. Schließlich nahm er meine Hand, legte sie wie eine Vogelfeder über das Unheil und versuchte zu lächeln.

»Es hätte schlimmer kommen können, meine Liebe, es war ein persischer Schwertknauf, der mich traf!« sagte er. Seine Stimme klang, als wäre auch seine Zunge auf die doppelte Größe angeschwollen. Ich stand vor ihm und weinte, meine Tränen tropften auf seine Hände; ich konnte ihn noch nicht einmal küssen.

Mein schöner, makelloser Geliebter war für immer gegangen. Sogar einen ganzen Monat später war sein Gesicht noch angeschwollen und grün und blau. Die Nase wuchs mehr recht als schlecht wieder zusammen, doch sie behielt einen Höcker zurück, den alle von den Münzen kennen.

Auch die Schmerzen vergingen nicht so schnell, obwohl er das nicht zugeben wollte. Aber ich berührte ihn manchmal aus Versehen nachts im Gesicht, und er zuckte zusammen, weinte im Schlaf, hob die Hand und versuchte sich gegen den vermeintlichen Angriff zu schützen.

Die Wahrheit ist, daß wir in den ersten Jahren dachten, daß der Krieg nur eine kurzfristige Ausnahme von der Norm war und wir bald nach Hause zurückkehren würden, um das Leben weiterzuführen, das wir verlassen hatten. Doch wir hatten uns geirrt und begriffen das erst nach und nach. Ich erkannte es, als ich mitten im Krieg meine Zwillinge bekam. Diese Geburt ist nicht in den offiziellen königlichen Erinnerungen vermerkt, obwohl der König sogar später den Tod eines seiner Söhne verschuldete. Meine Söhne kamen in Gaza zur Welt, während die Stadt geplündert wurde. Ptolemaios nannte seine ersten Söhne Lagos und Leontiskos: Lagos nach seinem »Vater« und Leontiskos nach seinem »Großvater«. Mit diesen Namen löschte er endgültig Philipps Einfluß auf sein Leben aus. Er gab ihnen die Namen direkt nach der Geburt und wartete auch nicht die üblichen zehn Tage ab. Außerdem ließ er das Abbild der Geburtsgöttin in mein Zelt bringen, weil ich zu schwach war, um aufzustehen, und auch die verwüstete Stadt nicht sehen sollte.

Es war eine lange und schwere Entbindung gewesen. Die Hebammen, die dem Troß aus Epidauros angeschlossen waren (es hieß, sie seien die besten in ganz Griechenland), sagten, daß es an der Größe des Kindsvaters lag, daß ich die Kinder nicht aus eigener Kraft herauspressen konnte. Ptolemaios ließ zwei Tage verstreichen, doch dann kam er ohne Ankündigung in mein Zelt, nahm mich in seine Arme und setzte mich auf. Starke Schmerzen haben mich schon immer schwach und stumpf gemacht, so auch damals, aber er schüttelte mich wach. Die Frauen im Zelt schrien ihn wütend an und schlugen auf seine Arme, um ihn zum Gehen zu zwingen. Aber Ptolemaios ließ sich davon nicht beeindrucken.

Er streckte meine Arme in die Höhe und strich seine Faust immer und immer wieder über meinen Bauch. Die Wehen wurden stärker – ich biß vor Schmerzen in seine Hand und wurde bewußtlos. Wir beiden bemerkten nicht, wie sie die Kinder aus dem Zelt trugen, Lagos und Leontiskos. Ich hatte vergessen, daß ich zwei Kinder zur Welt gebracht hatte, für mich hatte es sich angefühlt, als müßte ich sterben. Ptolemaios wich die nächsten Tage nicht von meiner Seite, während ich von Fieberkrämpfen geschüttelt wurde und die giftige Milch aus meinen Brüsten gemolken wurde. Er hat mein Leben gerettet.

Doch das war nur der Anfang. Wir ahnten nicht, was auf uns zukommen sollte, weder Gaugamela noch Persepolis, nicht den Fluß Indus, die Gedrosische Wüste oder Roxane. Wir dachten, wir seien dazu berufen, die Perser zu bestrafen, wurden jedoch im Laufe der Zeit eines Besseren belehrt. Wir verbrachten dreizehn Jahre im Krieg und bewegten uns in der Zeit jenseits der damals bekannten Welt. Als ich die Tür unseres kleinen Hauses in Dion hinter mir schloß, dachte ich, daß wir in spätestens zwei Jahren zurückkehren würden. Aber wir kehrten nie wieder zurück. In meinem Haus wohnen jetzt Fremde, und meine Söhne Lagos und Leontiskos sind tot. Doch dazu möchte ich nichts mehr sagen. Wie ein athenischer Advokat werde ich jetzt schweigen und vom Rednerpult wegtreten.

Zu meiner größten Überraschung entdecke ich gerade den Brief, in dem ich in meiner ersten Not meine Vorgesetzten darum gebeten hatte, mich von meiner Aufgabe zu entbinden! Eine Aufgabe, die nun zu meinem Lebenswerk geworden ist.

Dies hier sind die Notizen, die ich beigefügt habe, nachdem ich gezwungen worden war, meine Arbeit wiederaufzunehmen. Drei Tage danach wurde mir mit einem Schlag bewußt, welche bedeutende Aufgabe mir da zugeteilt worden war.

Während ich jetzt so sitze, erneut mein Manuskript durchgehe und mich damit gewissermaßen in die Rolle des Königs versetze, erkenne ich die inneren Zusammenhänge aus Thaïs' Perspektive. Nicht aus Sicht der Geschichte, obwohl sich Thaïs dieser gezwungenermaßen bedienen mußte – denn sie war es, die ihr Leben änderte, aber nicht ihren Willen.

Sie hat sich selbst erkannt und hat alle Gelegenheiten genutzt, die sich ihr boten. Es war gut, daß ich ihr Manuskript wieder in die Hand genommen habe, es hat meinen Respekt für sie wachsen lassen.

Und obwohl sie eine Athenerin war und meinte, wie eine echte Griechin zu handeln, hatte sie doch vieles mit Alexander gemein. Noch bevor Alexandria der Mittelpunkt der Welt geworden war, war aus ihr bereits eine echte Alexandrinerin geworden.

Sie ist meine Schwester, meine Genossin, meine Geistesverwandte. Und jetzt ist es zu spät, ihr für all das zu danken, was sie für mich getan hat. Das einzige, was mir bleibt, ist, ihr weiter zu opfern, damit ihre Seele im Reich der Toten immer genug zu trinken hat und sie mich nicht vergißt.

Früher war ich zufrieden damit, ein Werkzeug des Königs zu sein, ein Sandkorn in der Wüste. Aber in Thaïs' Augen war ich einzigartig. Sie sah in mir einen Menschen mit einer eigenen Geschichte, die unweigerlich mit meiner Zukunft verbunden ist, diese sogar mitbestimmt. Sie war der Ansicht, daß ich eine Zukunft habe, die mehr in sich bergen sollte, als stillzusitzen und die Meinung und Lebenserinnerungen anderer aufzuschreiben.

Sie meinte, daß auch ich ein Recht auf Ewigkeit habe. Davon hatte ich mich allerdings verabschiedet, als ich beschnitten wurde und meine neue Rolle als Eunuch des Königs antrat.

Wir ähneln uns, der Lebende und die Tote. Wir sind wie Geschwister. Auch sie hatte einst ihre Zukunft als arm und traurig gesehen und ihr Leben in die eigenen Hände genommen – und somit das Schicksal. Denn man kann sein Schicksal formen, wir sind nicht alle Eigentum des Königs. Wir gehören uns selbst. Unsere Freiheit ist grenzenlos, und nur die Regeln der Gesellschaft schaffen die Unterschiede.

Ja, ich bin ein anderer geworden, sie hat mir Selbstbewußtsein geschenkt. Früher war ich ein Sandkorn in der Wüste. Ich war stolz auf mein Bett im königlichen Schlafsaal im Museion, war stolz auf mein einzigartiges Schicksal, dem König zu dienen. Aber ich bin kein Sandkorn in der Wüste. Ich habe jetzt Kenntnis von dieser Geschichte, die wahrscheinlich nur der König und die königliche Familie jemals erfahren werden. Ich weiß alles über Athen, Alexander, Makedonien und Ptolemaios. Wer kann das schon von sich sagen?

2.

An jenem Morgen, an dem ich der Königinmutter die Bitte des Königs überbrachte, war sie sehr lange schweigsam. Sie sah mich eingehend an, und es kam mir vor, als wäre sie mir ausgesprochen wohlgesinnt. Ihre Freundlichkeit jedoch hat mich immer wachsam sein lassen, man konnte sich in ihrer Gesellschaft niemals sicher fühlen. Ptolemaios I. Soter und sie passen diesbezüglich sehr gut zusammen.

Die Stimmung zwischen uns aber war nie durch ein böses Wort getrübt, das hob sie sich für den König auf. Im Laufe der vielen Jahre war eine ganz besondere Liebe zwischen ihnen entstanden, die sich jedoch nicht durch besonderes Verständnis für den anderen oder gar ein großes Ausmaß an Milde auszeichnete.

Nach einer langen Pause sprach sie ausgiebig von Roxane, Alexanders erster Frau. Roxane hatte offenbar kurz vor ihrem Tod und dem ihres Sohnes versucht, Hilfe aus Ägypten anzufordern. Und es plagte Thaïs noch immer, daß sie keine Möglichkeit gehabt hatte, ihrer Freundin irgendeine Form von Beistand oder Hilfe zukommen zu lassen. Sie holte einen Brief von Roxane hervor, in dem Alexanders Witwe vorhersah, daß Kassander, der König von Makedonien, vorhabe, sie und den einzigen Sohn des Alexander töten zu lassen. Wie wir alle wissen, trat dies auch ein. Soweit ich gehört habe, soll unser König Ptolemaios auf die Nachricht sehr bestürzt reagiert haben.

Den Brief lege ich bei, da ich der Ansicht bin, daß er in die Königlichen Briefarchive gehört.

Teuerste Freundin, hochverehrte Thaïs,
Königinmutter und Hetäre des Königs,

ich stehe unter Hausarrest, und meine Zeit ist knapp. Einer von Kassanders Verwandten hat mir angeboten, Alexander gegen einen seiner Diener auszutauschen, der stumm ist. Wir waren beide der Auffassung, daß dies die einzige Möglichkeit wäre, zu überleben. Aber ich will das Leben meines Sohnes nicht retten, damit er ein ereignisloses und unscheinbares Dasein führen muß. Lieber das Schicksal des Achill teilen, als wie ein Bauer leben und sterben zu müssen. Jetzt liegt mein Schicksal und das meines Sohnes in deinen Händen. Nur eine Invasion kann uns retten, und die Zeit läuft ab. Was wir beide fürchten, steht unmittelbar bevor.

Kassander hat unsere Bewegungsfreiheit beträchtlich eingeschränkt, ich darf noch nicht einmal mehr das Kastell hier in Amphipolis verlassen. Und mein Sohn verkümmert. Die Umgebung besteht nur aus Marschland, und mit den Falken kann man nichts anderes jagen als kleine Vögel. Eine andere Beschäftigung oder gar ein Training kann er nicht ausführen. Er ist jetzt in einem Alter, in dem er als junger makedonischer Prinz das Jagen und die Kriegsführung erlernen sollte, aber er sitzt den ganzen Tag bei mir herum. Voller Scham muß ich vermelden, daß er dick und träge geworden ist. Ich kann ihn unmöglich dem Heer präsentieren, die Makedonen würden ihn auslachen: Alexanders dicker Sohn, der noch nicht einmal mit den Waffen umgehen kann.

Ich bin bereit, den König von Ägypten zu heiraten, um das Leben meines Sohnes zu retten. Meine ganze Familie ist mir genommen worden. Thaïs, es steht sehr ernst um uns, und ich kenne sonst niemanden, den ich um Hilfe bitten könnte. Sonst enden wir wie Alexanders Mutter Olympias, die während der Belagerung von Pydna Pferdekadaver essen mußte, bevor sie sich ergab und an ihre Feinde ausgeliefert wurde.

Erinnere dich, was sie mit ihr gemacht haben. Ich weiß von ihren Zofen, daß sie ihre Leiche mit nur einer Hand verbrennen mußten.

Wenn die Nacht hereinbricht, bleibt mir nur die Hoffnung, daß das Ende schnell und möglichst schmerzfrei sein möge und daß wir in Würde sterben können, Alexanders Sohn und ich.

Ich mußte laut schluchzen, während ich den Brief vorlas. Ich wagte es nicht, Thaïs anzusehen, und war zum wiederholten Male ratlos: Warum nur hatte sie diesen Brief nicht an den König weitergeben können? Warum hatte der König nicht dem einzigen Sohn des Alexander zu Hilfe kommen wollen? Ich verstand sie beide nicht.

»Sie durften nicht in Würde sterben«, fügte Thaïs hinzu und rief ein junges Mädchen, das ihr mit einem kleinen Seidentuch die Tränen von ihren faltigen Wangen tupfte und danach ihre Schminke erneuerte.

»Kassander benutzte Gift«, sagte sie mit bitterer und harter Stimme. »Danach mußte keiner mehr Alexanders Sohn aus der Verbindung mit Roxane fürchten. Unabhängig davon, wem er ähnlicher geworden wäre, er hätte ein großartiger Kämpfer werden können. Das ist mein und Ptolemaios' Verbrechen, wir ließen die beiden sterben. Ptolemaios muß das selbst für sich verantworten.«

Als ich sie bat, mir von der ersten Begegnung zwischen Alexander und Roxane zu erzählen, willigte sie sofort ein. Roxane war ihre Freundin gewesen. Das war das erste Mal, daß ich die Vorgaben und Wünsche des Königs umgangen habe, was die Gesprächsthemen anging, aber der Brief hatte meine Neugierde geweckt. Für die Menschen in dieser Stadt ist Roxane nicht mehr als nur süßer Mythos: die erste Frau, in die sich Alexander verliebte.

Alle wissen, was geschah, als Alexander mit Persien in Berührung kam. Bis zu dem Zeitpunkt, als wir in Kleinasien an Land gingen, um die griechischen Städte zu befreien, hatten wir die Perser als unsere Feinde angesehen, als Bedrohung unserer Lebensform und unserer Ideale. Für uns waren es unfreie, fremdartige Menschen mit dekadenten Bräuchen und Sitten. Am Anfang war es noch ein Spiel: Er wünschte, daß man ihn mit einer angedeuteten Verbeugung grüßen und seine flache Hand mit den Lippen wie zum Kuß berühren sollte. Doch schon kurze Zeit später ließ er einen griechischen Philosophen hinrichten, der sich diesem erniedrigenden Brauch nicht beugen wollte.

Alexander verliebte sich in das Land, in dessen Bräuche und besonders in seine Einwohner: diese blassen, zarten und feingliedrigen Menschen. Zuerst galt seine Begeisterung dem Geliebten des Königs Dareios, dem Eunuchen Bagoas, der schon bald in Alexanders Bett landete. Die anderen begriffen das erst nach und nach, Hephaistion jedoch hatte begonnen, bei mir im Zelt zu sitzen und mit den Kindern zu spielen, und von ihm erfuhr ich, was geschehen war. Hephaistion hielt sich zurück, kannte seinen Platz und ruhte in seiner Liebe. Er akzeptierte Bagoas' Position, keiner sollte ihm Enttäuschung, Kummer oder gar Eifersucht nachsagen können. Aber ich konnte sehen, daß er litt und daß die Schmerzen auch nicht mit der Zeit abklangen. Er konnte Alexanders Untreue nicht verstehen.

Das Heer hatte eine Burg auf dem Gipfel eines Berges in einer fernen und barbarischen Gegend in Baktrien eingenommen. Der älteste Sohn des Satrapen hatte vergeblich versucht, die Burg wenigstens so lange zu halten, bis sein Vater zurückkehrte und ihm zu Hilfe kommen würde. Anstatt nun alles dem Erdboden gleichzumachen, schloß

Alexander Freundschaft mit diesem jungen Menschen, dessen Mut er bewunderte. Alle waren verblüfft, daß ein so verbitterter Kampf in Freundschaft enden konnte, das hatte keiner erwartet. Erleichtert atmeten wir auf, denn Krieg war überflüssig und abscheulich.

Wir wurden zu einem Fest eingeladen – sogar ich – und bewunderten den Sohn und Herrscher der Burg, Oxyartes. Die fürstliche Familie sah so ganz anders aus als die gewöhnlichen Bewohner Sogdiens, die dunkel und untersetzt waren. Unsere Gastgeber waren groß und schlank, hellhäutig und hatten schwarze Haare und Augen. Sie zierten ferner jene feinen Gesichtszüge, die man nur bei den edelsten persischen Geschlechtern antraf. Sie sahen nicht besonders gesund aus, aber sie waren fein und zart.

Sie hatten noch nie zuvor Griechen und Makedonen gesehen und waren viel neugieriger als wir. Schon bald darauf schlug der Sohn vor, daß seine Schwester ihnen allen etwas vortanzen könnte. Sie sei das schönste Mädchen in ganz Sogdien, und die Familie würde sie »Kleiner Stern« nennen – Roxane.

Alexander erwiderte: »So, so, sagt man das« und schaute dabei den jungen Mann begeistert an. Warum wollten sie ihm Frauen anbieten, wenn sein Appetit doch bereits geweckt worden war?

Ptolemaios kniff mir in den Ellenbogen und küßte mich mit einem wissenden Lächeln. Ich war mir nicht sicher, ob der junge baktrische Prinz (so nannte er sich selbst) mit den Wünschen seines Gastes einverstanden war. Auf unserer Reise durch die Welt hatten wir bereits viele sonderbare Gebräuche kennengelernt, aber es gab eben auch Völker, die unsere Sitten abscheulich und unnatürlich fanden.

Uns wurde unbeschreiblich schlechtes Essen serviert, besonders gut kann ich mich an eingelegte Schafaugen erinnern. Wir tranken sauren Wein und taten so, als seien wir in einem Märchenland, denn so empfand der baktrische

Prinz sein Zuhause, schließlich hatte er auch noch nichts von der übrigen Welt gesehen. Ptolemaios langweilte sich zu Tode und fragte dreimal, ob wir denn nicht bald der Höflichkeit Genüge getan hätten und uns zurückziehen könnten. Doch jedesmal warf ihm Alexander einen scharfen Blick zu und zeigte mit dem Finger zu Boden, was bedeutete: Alle bleiben, bis ich gehe.

Der baktrische Prinz bestand darauf, uns seine Schwester zu zeigen, seine einzige Schwester, wohlgemerkt. Ihre Schönheit sei in ganz Sogdien berühmt, sagte er wieder und wieder.

Ptolemaios legte seine große weiche Hand auf meine Hüfte und machte ihn mit Stolz in der Stimme darauf aufmerksam, daß seine »Gefährtin« Thaïs die größte Sängerin Athens sei. Ob nicht ich mit den abendlichen Vergnügungen beginnen solle? Er sei sicher, daß viele Jahre vergehen würden, ehe erneut griechischer Gesang durch Sogdien klinge.

In Baktrien sei es die Aufgabe des Gastgebers, für das Vergnügen zu sorgen, und nicht die der Gäste, erfuhren wir. Wir fügten uns, auf das Schlimmste gefaßt.

Herein kam Roxane. Sie war so schmal, hellhäutig und elegant wie ihr Bruder. Sie blieb, ihr schwarzes Haar fiel über ihre Schultern, in der Tür stehen. Ihr weißes Kleid war mit Gold und Edelsteinen bestickt. Sie war sich ihrer Wirkung sehr bewußt und wartete auf unserer Reaktion. Dann trat sie einen Schritt vor ins Licht, und mir stockte der Atem. Sogar Ptolemaios zog seine Hand zurück, die bis dahin ruhig auf dem besten Stück seiner Frau gelegen hatte. Ich hoffe, daß ich nie wieder im Leben eine solche Schönheit sehen muß. Ihr Bruder war Verheißung, Roxane war Vollendung.

Sie wirkte noch unberührt, in einer Art und Weise, die in Griechenland undenkbar gewesen wäre. Sie war stolz und frei, ein Kind des Sturmes, des Schnees und der grünen Abhänge, sie konnte ein Pferd zähmen und einen ungehorsamen Sklaven töten, ohne mit der Wimper zu zucken. Sie wußte, daß sie wunderschön war und ihr jeder in ihrer kleinen strengen Welt zu Füßen lag, außer diesen merkwürdigen Gästen. Sie wollte uns für sich gewinnen.

Sie hätte ein Vermögen bei uns zu Hause verdienen können, schoß es mir durch den Kopf. Alle meine Freunde und Kunden hätten mir ihr zuliebe den Rücken zugewandt. Sie könnte mir Ptolemaios nehmen.

Ungeduldig drehte sie sich zu den drei kleinen verstaubten Männlein, die Musik machen sollten, und begann mit dem Tanz, noch bevor der erste Laut durch den Raum hallte. Sie hob eine Hand und wiegte sich, und es sah aus, als würde die Musik in ihrem schmalen Körper entstehen. Wenn sie so in Athen getanzt hätte, wäre sie von den Kennern zwar ausgelacht worden, aber sie hätten ihr zugesehen, denn ihr Körper strahlte eine unglaubliche Anmut aus. Dazu erklang ihre zarte, vollkommen reine Stimme.

Unsere Blicke trafen sich, sie hielt einen Augenblick inne, errötete und sang dann weiter, ganz versunken in ihrem Glück. Ich sah mich in ihr wieder, sah mich als junges Mädchen, als der Klang meiner eigenen Stimme und die Lust, sie immer wieder ertönen zu lassen, die einzige Freude war, die ich kannte.

Alle starrten sie an, ich aber sah hinüber zu Alexander, der aufrecht saß und vollkommen nüchtern und aufmerksam wirkte. Zu seiner Linken saß sein Geliebter Hephaistion, schön und männlich, der einen freundlichen, aber desinteressierten Blick auf das tanzende Mädchen warf. Er war es nicht gewohnt, auch Mädchen als eine Bedrohung zu sehen.

Hinter Alexander stand der persische Eunuch Bagoas. Seine wissende Verblüffung amüsierte mich. Hephaistion, der von Bagoas nie mit seinem Namen sprach und ihn wie einen Sklaven behandelte, sah ihn an, folgte seinem Blick und erstarrte. Diese beide Männer waren grundverschieden, doch an jenem Abend hatten sie beide denselben Gesichtsausdruck.

Als der Tanz vorbei war, bat Alexander um ein Gespräch mit Roxane. Klein, schmal und aufgeregt kam sie zu ihm, setzte sich auf seine Kline und bedeckte sorgsam ihre dünnen Beine und kleinen Füßen, so daß man dadurch noch deutlicher ihre Feinheit wahrnahm. Die Verliebtheit war neu für ihn, in seinem nun fast dreißigjährigen Leben hatte er noch nie zuvor eine Frau begehrt. Er, der sonst stets sehr schüchtern in der Gesellschaft von Frauen war und schnell errötete, sah nun ungeniert auf ihre Brüste und vollen Lippen. Er strich sich mit gespreizten Fingern durchs verschwitzte Haar und sah sich um, so als würde er einen Fluchtweg suchen, und war doch drauf und dran, ihre kleinen Finger oder ihr federndes schwarzes Haar zu berühren. Einer unserer sogdischen Späher übernahm die Rolle des Übersetzers, und Alexander begann sogleich, ihr ein paar griechische Worte beizubringen.

Die Geräusche um uns herum nahmen stetig zu, aber ich konnte trotzdem Bruchstücke ihrer Unterhaltung mitbekommen. Sie bewunderte alles, was er sagte. Ptolemaios versuchte es ein weiteres Mal: Wir alle seien sehr erschöpft von der Reise und würden einen ausgedehnten Schlaf benötigen – prompt durften wir gehen! Ausgerechnet jetzt, da ich gerade Interesse für das Geschehen in meiner Nähe entwickelte! Aber Alexander hatte offenbar keine Lust mehr, jemandem etwas zu verbieten. Er sah seinen Bruder nicht einmal an, sondern winkte nur mit den Fingern in unsere Richtung.

Meine Beine waren steif und schwach, darum mußte mich Ptolemaios ins Bett tragen. Im Zelt angekommen, schwiegen wir, und in Ermangelung besserer Ideen schliefen wir miteinander. Dann ging die Öllampe aus, und wir lagen Hand in Hand in vollkommener Dunkelheit.

»Er wird sie heiraten«, sagte mein Geliebter und zog meine Hand auf seine Brust; ich spürte, wie sehr sein Herz hämmerte. »Und das ist töricht, denn keiner wird sie akzeptieren, sie werden sagen, er habe sich eine baktrische Tänzerin angelacht. Keiner hat jemals Philipps barbarische Nebenfrauen akzeptiert, und sie haben Olympias nur das Leben schwergemacht. Er sollte nach Hause fahren, sich ein gesundes makedonisches Mädchen nehmen und mit ihr ein paar Kinder zeugen. Er soll endlich zur Vernunft kommen und nicht zum persischen Großkönig werden, der freie Männer dazu zwingt, ihn mit Kniefall zu grüßen und zu küssen. Was sollen wir nur mit ihm machen?«

Soviel hatte er noch nie auf einmal gesagt. Er kannte Alexander schließlich schon sein ganzes Leben lang. Und zum ersten Mal in unserer langjährigen Beziehung wußte ich nicht, was ich sagen oder tun sollte und ob ich eingreifen mußte. Roxane könnte ihm große Freude bereiten, ihm wunderschöne persische Kinder gebären und eine gute Königin werden.

Aber ich spürte Zweifel, erstmals zweifelte ich an Alexanders Urteilskraft. Nie zuvor hatte er sich zu einer Frau hingezogen gefühlt oder sich einer gar genähert. Die Liebe zu Hephaistion hatte Hetären ausgeschlossen, wie nur sollte er eine junge sogdische Fürstin beurteilen können? Diese Bedenken erzählte ich meinem Geliebten, der seinen Kopf an meine Wange legte.

»Wer weiß, vielleicht machen wir uns unnötig Sorgen«, murmelte er. »Vielleicht wird er ja noch vernünftig. Vielleicht will er doch einfach wieder weiterziehen, wie er es immer tut. Bagoas scheint ja nicht so wichtig für ihn zu sein.«

Nein, dachte ich, das ist er nicht, aber Bagoas kann er auch einfach mit ins Bett nehmen. Roxane bekommt er nur, wenn er sie heiratet.

Wir waren gerade eben eingeschlafen, als Alexander in

unser Zelt kam. Das Licht weckte mich, zwei Pagen mit Fackeln setzten sich an unser Bett, um den Raum für den König zu erhellen. Ptolemaios benötigte mehr Zeit, um wach zu werden, er sah alt aus. Müde und verschlafen rieb er sich das Gesicht.

»Hier liegt ihr also und habt es wohl sehr schön!« sagte Alexander übermütig und setzte sich auf die Bettkante. Nun sollten wir alles erfahren, was er im Laufe der Nacht erfahren hatte. Er wisse jetzt, was Liebe sei. Und würde er sich mit Roxane vermählen, wäre das ein einzigartiges politisches Signal für Frieden und Freundschaft.

Er wiederholt blind alle Fehler seines Vaters, dachte ich benommen und versuchte dennoch, ein fröhliches Gesicht aufzusetzen, denn Alexander hatte offenbar schon eine Entscheidung getroffen und war nicht gekommen, um sich einen Rat zu holen. Ptolemaios hatte sich schnell wieder gefaßt und legte Alexander seine Hand auf den Arm. Doch der schüttelte sie ab. Was meine Meinung sei, fragte Alexander. Sie war das Schönste, was ich je gesehen hatte, und das sagte ich ihm auch offen und ehrlich. Alexander richtete seinen wilden, verliebten Blick auf mich – ein schwacher Abglanz seiner Gefühle für Roxane schimmerte darin.

»Aber sie ist eine baktrische Barbarin, die Tochter des persischen Großkönigs wäre eine bessere Partie, für beide Seiten«, fügte ich hinzu. Wenn es sonst keiner wagte, mußte wenigstens ich ihm etwas entgegenhalten. Seine Mutter Olympias würde rasen vor Wut, wenn sie erfuhr, daß sein reines Blut verunreinigt werden sollte. Damals konnten wir noch nicht ahnen, wie ähnlich sich Olympias und Roxane waren. Bei ihrer ersten Begegnung wurden sie augenblicklich zu untrennbaren Verbündeten. Sie mochten einander und verstanden sich.

Die Glut in seinen Augen erlosch nicht, als ich die harte Wirklichkeit wieder ins Spiel brachte, aber er wandte den Blick von mir ab und holte tief Luft: »Glaubst du etwa nicht, daß ich alle Argumente von allen Seiten betrachtet habe?« fragte er leise. »Aber es nützt nichts, ich habe mich entschieden, ich will und werde sie, so schnell es geht, heiraten. Wenn ich nicht heiraten darf, wen ich will, was hat es dann für einen Vorteil, König zu sein?«

Angesichts einer solchen Liebe ist die Vernunft machtlos. Am nächsten Morgen schon verlobte er sich mit ihr. Er ritt mit ihr aus, denn sie konnte ebenso gut und sicher reiten wie er, auch wenn sie das Reiten in den Bergen am besten beherrschte. Sie hatte es bereits als Zweijährige gelernt, auf dem Rücken eines Esels, festgebunden. Er folgte ihr wie ein Hund, blind vor Liebe.

Ich gehörte zu der Gruppe von Frauen, die Roxane auf die Hochzeitsnacht vorbereiteten. Mich überraschte es, daß sie keinerlei Erwartungen hatte oder gar Angst. Wir hatten betäubende Getränke vorbereitet, falls sie, wie so einige scheue Jungfrauen vor ihr, plötzlich Angst vor dem Bräutigam bekommen würde. Aber Roxane benötigte weder Schutz noch Betäubung. Sie fragte nur, warum sie so lange auf ihren Bräutigam warten müsse, und wollte nicht mit purpurnen Tüchern zugedeckt werden. Etwas Vergleichbares habe ich nie wieder gesehen.

In den folgenden Tagen rezitierte ich stundenlang Liebesgedichte, und Roxane bat mich, zum königlichen Zelt zu kommen, um einen Blumenkranz als Zeichen ihrer Freundschaft und königlichen Güte entgegenzunehmen (so drückte sie sich aus, direkt aus dem Persischen übersetzt). Sie gab sich die größte Mühe, mir mit einer makedonischen Sitte zu danken, und sah mir dabei direkt in die Augen. Sie nannte mich eine Fürstin und brachte Alexander dadurch zum Lächeln – offenbar ging sie davon aus, daß eine Frau, die so vornehmen Schmuck trug und mit Ptolemaios auf einer Kline speiste, ihr ebenbürtig sein mußte. Ihre klaren dunklen Augen ruhten auf mir und hielten meinem Blick stand. Forschend betrachtete sie mich und versuchte mir so ihre Geheimnisse zu verraten, die ich gar nicht zu wissen wünschte.

Es dauerte nur wenige Wochen, bis ich ihre engste Vertraute wurde. Sie bestand darauf, mich ihrem Hofe einzugliedern, und nur Ptolemaios' energischem Widerstand ist es zu verdanken, daß mir weitere, unerwünschte Pflichten erspart blieben. Zwischendurch ritt sie alleine zur Jagd, so wie sie es vor ihrer Heirat getan hatte. Mit »Alexanders Freunden« hatte sie sehr wenig zu tun. Wir waren uns eigentlich alle darüber einig, daß sich die Ehe viel besser entwickelte, als wir das erwartet hatten. Politisch gesehen, war sie sehr klug gewesen, und Roxane hielt sich vom Leben ihres Mannes fern und kannte ihren Platz. Sie war stolz, aber nicht unnahbar und stieß die Menschen nicht von sich.

Eines Tages dann suchte sie mich unangemeldet auf. Ich war gerade mit der Buchhaltung des letzten Monats beschäftigt, als sie kam, die zukünftige Großkönigin Persiens. Sie wurde nicht angekündigt, die Zelttür ging einfach auf, und sie trat herein. Ihre Schönheit war so betörend, daß ich den Anblick ihres Gesichtes vermied und statt dessen meine Augen auf ihre nervösen weißen Hände heftete.

Fünf Wochen seien seit der Hochzeit vergangen, sagte sie. Alexander käme zwar zu ihr ins Bett, aber würde sie immer wieder verlassen, um alleine zu schlafen. Alle, die Alexander verehrten und liebten, hielten die Luft an. Aber schließlich hatte sie mich aufgesucht, und da saß sie nun und knetete verzweifelt ihre Hände. Einen kleinen hübschen Ring hatte er ihr geschenkt, mit zwei gefalteten Händen. Ob er makedonisch oder griechisch war, kann ich nicht mehr sagen, aber ich weiß noch, daß sie an jenem Abend, als sie für uns zum ersten Mal tanzte, an jedem Finger grobe Ringe mit vulgären großen Steinen getragen hatte. Und nun trug sie nur noch diesen einen Ring, den ihr Mann ihr gegeben hatte.

Ein Übersetzer hatte sie begleitet, der zwischen uns

kniete und seinen Blick nicht von ihrem Gesicht ließ. Aus ihrem zarten roten Mund entwichen flüsternde, stoßende Laute, die der Dolmetscher augenblicklich mit seiner hohen Stimme übersetzte: »Ich benötige einen Rat von jemandem, der sich mit solchen Sachen besser auskennt als ich.«

Während der Übersetzer ihr Anliegen regungslos in meine Sprache übertrug, sah sie mich mit glühenden Augen an, voller Hoffnung, ich würde ihren Kummer wortlos verstehen. Ich holte tief Luft und fragte sie, ob es um ihren Mann ginge. Gleichzeitig wunderte ich mich darüber, daß sie einen Dolmetscher bei sich hatte, denn soweit ich informiert war, bekam sie täglich sieben bis acht Stunden lang Griechischunterricht. Ich hatte sogar schon gehört, wie sie, zum Stolz ihres Mannes, kurze Sätze bildete. Sie lernte schnell und war ausdauernd.

Sie schüttelte weder den Kopf, noch nickte sie. Augenscheinlich ging sie davon aus, daß ich sie auch so verstand. Sie saß wie immer mit hoch erhobenem Kinn und leicht zitternden Lippen vor mir. Nach der Hochzeit hatte sie bald gelernt, ihr Haar wie die makedonischen Frauen zu flechten. Offenbar tat sie alles, um den Frauen zu ähneln, die ihr Mann begehrt hatte, bevor er sie kennenlernte. Wie wenig sie doch vom Leben wußte, dachte ich. Ich war voller Mitgefühl und Verständnis – aber wie ich mich da in ihr geirrt hatte!

»Er weiß einfach nicht, wie man eine Frau befriedigt«, sagte der Übersetzer. Bei dieser unverblümten Deutlichkeit fiel mir vor Schreck der kleine Stift aus meiner Hand, und es verschlug mir die Sprache. Ich lehnte mich im Stuhl zurück und starrte sie an. Wo hatte sie diese Worte gelernt? Ich wußte ganz offensichtlich sehr wenig über die sogdischen Bräuche.

»Er hat vor mir noch nie mit einer Frau geschlafen. Er legt sich auf meinen Rücken, befriedigt sich an mir und fragt dann, ob ich ihn liebe. Aber warum tut er mir weh, wenn er mich doch liebt?« flüsterte sie. »Ich bin die Königin, er soll mir dabei ins Gesicht sehen.«

Eine Träne löste sich aus ihrem Auge und rann die Wange hinunter zu ihrem Mundwinkel, ein kleiner Tautropfen. Sie wischte ihn nicht weg, sondern holte tief Luft und versuchte, Haltung zu bewahren. In ihrem Gesicht ließ sich keine Regung, kein Gefühl ablesen, sie hatte seit ihrer Kindheit die hohe Kunst der Selbstbeherrschung gelernt.

Erschüttert fragte ich sie, was sie denn von mir wolle. Nun, ich sei doch seine Vertraute, mich würde er kennen, darum würde ich ihm von allen am besten sagen können, wie ein Mann mit einer Frau schläft. Aber sie sei doch seine Ehefrau, erwiderte ich.

»Auf dich hört er«, warf sie selbst auf griechisch ein und biß sich auf die Unterlippe. Sie hatte recht – noch. Kurz darauf verlor ich Alexanders Vertrauen, aber das hatte nichts mit Roxanes Geständnis zu tun.

»In unserer Hochzeitsnacht sagte er zu mir: ›Hör nur, jetzt singt Thaïs für uns.‹ Das war sein schönstes Geschenk für mich. Er verehrt dich wie eine Schwester.«

Ich war gerührt, aber noch so tief erschüttert, daß ich vollkommen meine Pflicht vergaß, ihr Speisen oder Getränke anzubieten oder gar die Sklavinnen zu bitten, sie mit Flötenspiel aufzuheitern. Die einzige Frage, die in mir arbeitete, war, woher sie diese Dinge wußte, von denen Alexander nicht die leiseste Ahnung hatte: wie Mann und Frau miteinander schliefen. Das konnte ich sie leider unmöglich fragen, obgleich ich mir meine eigenen Gedanken dazu machte. Und während ich stumm dasaß und auf ihren nächsten Zug wartete, brach sie unvermittelt in Tränen aus.

Aber Roxane weinte nicht wie andere Menschen, die Tränen liefen ihr einfach aus den weit aufgerissenen Augen die Wangen herab. Bevor sie anfing zu weinen, hatte ich einen natürlichen Respekt für sie empfunden, aber ihr kindliches, flehentliches Verhalten erfüllte mich mit einer Art Ekel.

»Ich bin noch immer Jungfrau, doch heute morgen hat er mich gefragt, ob ich schon schwanger sei«, bekannte sie und wandte ihr Gesicht von mir ab – die Muskeln an ihrem langen Hals zitterten. Es kostete sie all ihre Kraft und ihren Stolz, sich so vor mir zu entblößen.

Roxane hatte vor dieser Ehe das Recht gehabt, alles zu tun, was ihr gefiel – solange sie dafür Sorge trug, nicht schwanger zu werden. So war es schon immer gewesen, auch bevor die Perser diese Gegend eroberten. In ihrer Seele war sie keine Jungfrau mehr, denn sie war von der Liebe berührt, dennoch war ihr Körper noch jungfräulich. Als ich versuchte, mich dem Kern des Problems zu nähern, verzog sie höhnisch ihren Mund zu einem Lächeln, das mich kopierte. Was ich ihr denn raten solle? fragte ich sie. Warum sie sich nicht einfach zu ihm umdrehe, wenn sie beide alleine waren? Da versiegten ihre Tränen sofort, sie wischte sie mit den kleinen Fingerspitzen fort und errötete.

»Aber das kann ich nicht, was wird er dann von mir halten?« flüsterte sie mit aufrichtigem Entsetzen in der Stimme und schlug ihre weißen Hände vors Gesicht, um ihre Gefühle zu verbergen.

Ptolemaios war gänzlich unerfahren gewesen, als er mich in Korinth kennenlernte. Damals war er nur ein niedlicher Junge gewesen, der schon einmal mit makedonischen Bauernmädchen herumgespielt hatte. Aber er lernte emsig, und gemeinsam erreichten wir so manches Liebesziel. Doch wie sollte ich ihr von meinem Leben berichten, sie kannte ja weder uns noch unsere Bräuche und Sitten.

Ptolemaios fragte mich in der Nacht darauf, was ich in meiner Unterredung mit Roxane erfahren habe. Was sollte ich ihm nur sagen?

»Die Soldaten wären glücklicher, wenn das baktrische Mädchen keine Kinder bekäme«, sagte er. »Sie wollen lieber von einer Makedonierin als von einer sogdischen Tänzerin regiert werden. Daß Roxane eventuell einen Sohn bekommt, begrüßen sie ganz und gar nicht. Dieser Feldzug ist Abenteuer genug, er soll nach Hause zurückkehren und das Land als makedonischer König führen.«

In diesem Augenblick kam mir für einen Moment der Gedanke, daß Alexander doch schon alles wußte und er seine guten Gründe hatte zu verhindern, daß Roxane während des Krieges schwanger wurde.

»Gibt es da keinen Kunstgriff, den du ihr beibringen kannst, damit es doch funktioniert?« fragte Ptolemaios voller Ernst. »Du beherrschst das doch alles.«

Der Ruf einer Hetäre ist gefährlich. Die Frauen glauben, daß wir unglaubliche Kunststücke im Bett vollführen können. Aber wenn wir ihnen unsere Geheimnisse offenbaren würden, wären sie sehr enttäuscht.

Roxane kannte die Geheimnisse ihres Körpers sehr wohl, und dennoch hegte sie dieses idiotische Vertrauen in mein Können. Ptolemaios hingegen meinte, daß ich ihr einfach einen ausgetüftelten Rat ins Ohr flüstern würde, den sie dann ohne Probleme in derselben Nacht umsetzen könnte.

Mein simpler Rat zeigte schließlich doch Wirkung, und sie wurde schwanger. Aber die Schwangerschaft entstellte sie, sie bekam dunkle Ringe unter den großen Augen, wurde kurzatmig und watschelte auf ihren kleinen Füßen umher.

Leider verlor sie ihre erste Leibesfrucht und auch die nächste. Sie folgte dem Heer wie eine Hetäre. Keiner sah in ihr die große Gemahlin des Königs, und ihre Stellung war nur um ein geringes bedeutender als die von Bagoas.

Ich muß die Szenerie jetzt nach Babylon verlegen, wo Alexander unheilbar erkrankte, um erzählen zu können, was letztendlich mit unserem persischen Sternchen Roxane geschah. Sie war im Verlauf des Krieges zu einem Problem für uns alle geworden, so ohne Schutz und schwanger.

Ich hatte schon vor langem gemerkt, daß Perdikkas seine

Augen nicht von ihr lassen konnte. Die vielen Jahre, in denen ich mich mit der Anziehung zwischen Mann und Frau beschäftigt habe, hatten mich gelehrt, Verliebtheit zu erkennen.

Als ich jedoch Roxane vorsichtig auf die Möglichkeiten vorbereitete, die ihr die Zukunft bereithalten könnte, wies sie jeden Gedanken an einen neuen Ehemann weit von sich. Sollte Alexander eines Tages sterben, wäre ihre Rolle die der Königswitwe, Königsmutter und einer trauernden und wunderschönen Witwe. Einer schwangeren Witwe – ich konnte mir nichts Erbarmungswürdigeres vorstellen.

Perdikkas war ein gefährlicher Bundesgenosse. Die Kriegsjahre hatten ihn geprägt, er war ehrgeizig und rücksichtslos und vergeudete seine Zeit nicht mit nagenden Selbstzweifeln.

Roxane und ich hatten eine Weile zusammengesessen und uns leise unterhalten, als sie plötzlich zusammenbrach. Es hatte keine Anzeichen dafür gegeben, mit einemmal brach sie in Tränen aus und warf sich in meine Arme. Was konnte ich anderes tun, als ihr über den Rücken zu streicheln, diesem armen Wesen, das seinen Stolz und einen Großteil seiner Schönheit eingebüßt hatte – die zwei Dinge, die Alexander an ihr geliebt hatte.

»Manchmal würde ich mir wünschen, daß Sikander niemals aufgetaucht wäre. Dann hätte ich einen jungen Mann aus Sogdien geheiratet, hätte Vaters Reiche geerbt, wäre glücklich geworden und müßte nichts vermissen«, sagte sie, während sie von ihrem Schluchzen und Weinen heftig geschüttelt wurde.

Das war das erste Mal gewesen, daß ich aus ihrem Mund den Kosenamen hörte, den sie – so hatte uns Alexander einmal errötend anvertraut – nur benutzte, wenn die beiden alleine waren. In diesem Zusammenhang fand ich ihn sehr unpassend.

»Aber jetzt sind wir in Babylon, und du trägst Alexanders Erben in dir – du mußt mit nach Makedonien kommen«, sagte ich. »Olympias wird dich und deinen Sohn herzlich empfangen. Sie regiert Makedonien und wird ihren einzigen Enkel mit ihrem eigenen Leben beschützen.«

Roxane schluchzte, zog ihre Schultern hoch und holte tief Luft. Dann riß sie sich zusammen, entschuldigte sich tausendfach und tupfte die Tränen mit den Fingerspitzen aus ihrem kleinen Gesicht, das noch glühte. Erst da begriff ich den Unterschied zwischen der persischen und der griechischen Welt: Auf der einen Seite waren meine athenische Vernunft und Ptolemaios' makedonische Vorsicht, auf der anderen Seite Roxanes Verhalten, das wir so oft überhaupt nicht verstanden. Nie kam sie offenen Herzens zu uns und bot uns ihre Freundschaft an oder gar das Kind, das sie erwartete, als Gegenleistung für unseren Schutz.

Sie war noch nie in Makedonien gewesen und kannte nichts von den Bräuchen des Heimatlandes ihres Mannes, außer den Einzelheiten, die er ihr nachts erzählte, wenn sie miteinander geschlafen hatten. Aber die Frau, die glaubt, was ein satter und zufriedener Mann sagt, ist eine Närrin.

Roxane erzählte mir, daß einige der Generäle die geniale Idee hegten, den bis dahin unter Verschluß gehaltenen geisteskranken Bruder des Alexander, Arrhidaios, zum König zu ernennen. Alexander hatte in seiner gewohnten Güte seinen Halbbruder im Krieg an seiner Seite gehabt, einerseits um ihn zu beschützen, andererseits um zu verhindern, daß er zu Hause von Thronjägern mißbraucht wurde. Daß die Generäle überhaupt auf die Idee kamen, ihn als König vorzuschlagen, verriet viel über ihre Abneigung gegen Roxane und ihren ungeborenen Sohn.

Sollte es notwendig werden, würden wir Roxane, als Sklavin verkleidet, mit einer der Karawanen nach Makedonien schicken, die Bilanzen und andere wichtige Unterlagen für meine Geschäfte mit sich führte. Sie passierte alle griechischen Städte in Kleinasien, ehe sie dann weiter nach Athen und Korinth bis Makedonien zog.

Ptolemaios und Perdikkas hatten sich entzweit, während Alexander im Sterbebett lag – und sie hatten nicht über Kleinigkeiten gestritten. Sollten die beiden entscheiden, ihre Auseinandersetzung durch Krieg zu lösen, würden wir Babylon im Rauch aufgehen sehen – wie schon Persepolis zuvor. Weit schlimmer jedoch würde es sein, wenn Roxane Perdikkas als ihren Beschützer erwählte. Das würde uns auseinanderbringen und »Alexanders Freunde« in zwei Lager spalten. Halb zwang ich sie, halb schmeichelte ich ihr, damit sie mir versprach, daß sich nichts zwischen uns stellen würde.

Nichts hatte mich jedoch auf unsere nächste Begegnung vorbereiten können. Ihre verwirrten Zofen, die weder ein Wort Makedonisch noch Griechisch sprachen, holten mich und führten mich fast durch den ganzen Palast in Babylon, während sie jammerten und wild mit den Armen gestikulierten, was mich auch nicht schlauer machte. Ich begriff nichts, bis ich bei ihrer Herrin in einem der größten Räume des Palastes stand.

Roxane drehte sich im Kreis, stieß schrille Laute aus, die von großer Not zeugten, und fuchtelte mit ihren blassen Händen in der Luft herum, während ihr die Tränen das Gesicht hinunterliefen. Sie bemerkte mich überhaupt nicht, sondern fuhr mit ihren hohen, langgezogenen Vogellauten fort, die zu ihren wedelnden Armen und ihrem langen Gewand paßten. Sie trug die persische Hoftracht, und ihr langes schwarzes Haar fiel ihr offen über den Rücken.

Jetzt ist sie verrückt geworden, schoß es mir durch den Kopf, ob sie ihr Kind verloren hat? Eine der jungen Mädchen von Rhodope hatte sich in einen ihrer Kunden verliebt und wurde wahnsinnig, als der sich eine andere kaufte. Rhodope erstickte sie eines Nachts in ihrem Bett und warf den Leichnam zur Abschreckung auf den Innenhof.

Obwohl ich meine Arme um sie geschlungen hatte,

erkannte mich Roxane nicht, sondern setzte ihren Vogelgesang fort. Nur langsam und widerstrebend kam sie wieder zu sich. Sie warf mir ihre harten, kalten Arme um den Nacken, begann wie ein Kind zu weinen, drückte ihr Gesicht an meinen Hals und flüsterte unzusammenhängende Dinge. Dann hustete sie, machte sich frei, nahm meine Hände und sah mir direkt in die Augen:

»Ich wollte das nicht, Perdikkas hat mir gesagt, das dies die einzige Lösung sei. Perdikkas hat mich dazu gebracht, es zu tun! Sie liegen im Brunnen! Sie liegen im Brunnen! Ich konnte ihre Augen nicht schließen! Hol sie dort raus, bring sie weg! Sonst werden sie mich auf ewig verfolgen –«

Ich behaupte nicht, daß ich sofort alles begriff, aber eine böse Ahnung stieg in mir auf.

Sie zog mich schluchzend zu dem großen Brunnen in der Mitte des wunderschönen Gartens und zeigte hinunter ins Wasser. Ich ließ Wachen kommen und befahl ihnen, hinunterzusteigen und den Inhalt zu untersuchen. Am Boden des Brunnen lagen die Tochter des persischen Großkönigs Stateira und Hephaistions Witwe Drypetis. Sie waren beide tot.

Roxane hing an meinem Arm wie eine Greisin, während der Anführer der Wachen seinen Rapport vortrug. Sie weinte nicht mehr, aber bei jedem Schluchzer drückte sich ihr riesiger Bauch gegen mich, und es pfiff in ihrer Nase und Kehle, wenn sie Luft holte.

Nach und nach erfuhr ich, daß Perdikkas sie gezwungen hatte, Stateira, die sich gerade in Susa aufgehalten hatte, einen falschen Versöhnungsbrief zu schreiben. Dieser Brief lockte die schwangere Perserkönigin nach Babylon. Normalerweise mußten alle Briefe vorher erst über den Tisch des griechischen Sekretärs Eumenes, aber davon wußte Stateira offenbar nichts.

Ich erinnere mich nicht daran, besonders viel Mitleid für Stateira oder ihre Mörderin verspürt zu haben, in mir wuchs nur die dumpfe Ahnung, daß sich von nun an keiner mehr in Sicherheit wiegen konnte.

Perdikkas war es gelungen, das Heer in nur wenigen Tagen auf seine Seite zu ziehen. Zuerst die Infanterie, die mit einem Aufstand gedroht hatte, dann die jungen Adligen der Kavallerie. Außerdem hatte er Alexanders Leichnam in der Heeresversammlung vorgeführt, um auf den Willen des Toten angesichts seiner noch ungebrochenen respekteinflößenden Gegenwart hinzuweisen. Ptolemaios war von Perdikkas' Fähigkeiten als Redner überrascht, möglicherweise war er wirklich der Beste, um die Rolle des makedonischen Königs und persischen Großkönigs zu übernehmen. Nun hatte er den ersten Schritt getan und plante vielleicht als nächstes die Heirat mit Alexanders Witwe.

Erst nach einiger Zeit wagte ich es, Roxane nach Perdikkas zu fragen. Was er mit ihr gemacht habe, ob er sie und die Leichen einfach nach getaner Tat verlassen habe?

»Er hat sie an den Armen festgehalten, aber sie hat so laut geschrien, daß ich schnell handeln mußte, dann kam die zweite herein, und Perdikkas schlug Stateira zu Boden – aber dann mußte ich den Rest alleine machen. Und danach hat er mich von hinten genommen«, fügte sie hinzu und hob ihre persischen Kleider, so daß ich das getrocknete Blut an ihrem Schenkel sehen konnte. Sie war hochschwanger, und Perdikkas hatte sie vergewaltigt. Er hatte offenbar nichts gegen den baldigen Tod ihres Kindes.

»Wartet nur, bis mein kleiner König geboren ist, dann werde ich es ihnen zeigen!« schluchzte sie, den Tränen nahe, und warf die Arme in die Luft. Und ich dachte, sie sei klüger geworden.

»Oh, nein«, sagte Ptolemaios resigniert, »sogar seine liebliche Roxane bleibt nicht verschont.«

Die Ärzte öffneten Stateiras Leiche und entdeckten einen verkrüppelten Embryo, einen Jungen. Hephaistions Witwe Drypetis war noch Jungfrau. Die Morde waren somit völlig unnötig gewesen, zumal das verkrüppelte Kind die Geburt wohl kaum überlebt hätte, und Stateira auch nicht.

Der Tod hatte reiche Ernte in Babylon eingefahren. Sein nächstes Opfer war der Eunuch Bagoas. Ihn fand man erhängt in seinem Bett, und keiner wollte so recht der Erklärung glauben, er habe sich aus Liebeskummer das Leben genommen.

Wer hinter diesem Verbrechen stand, haben wir niemals aufgeklärt, keiner wollte die Schuldigen finden. Ich glaube, Perdikkas war es. Am Abend vor seinem Tod hatte Bagoas Ptolemaios aufgesucht und ihm erzählt, daß er nun schon seit Jahren Roxane bewachen würde und sowohl Kassander als auch Perdikkas sie hofierten. Ich glaube, daß ihn dieser Besuch das Leben kostete.

Roxane verspielte ihre letzte Chance, als sie Ptolemaios' Angebot ausschlug, uns nach Ägypten zu folgen. Sie mißverstand es und dachte, er wolle sich ihres Kindes bemächtigen. Sie sah uns abwechselnd mit einem eiskalten Gesichtsausdruck an. Ptolemaios hatte gesagt, sie müsse mit »uns« kommen, um ihren Sohn in Sicherheit zu bringen.

»Wer ist ›uns‹?« fragte sie listig.

»Mein Heer«, erwiderte mein Geliebter, ohne mit der Wimper zu zucken. Seine Hand hielt meine, so groß, trocken und fest wie eh und je.

»Nicht Thaïs?« fragte sie. Sie benannte die Dinge jetzt beim Namen, redete nicht länger um den heißen Brei herum. Unsere Freundschaft schien in diesem Augenblick wie weggefegt.

»Was hat sie damit zu tun?« fragte Ptolemaios, obwohl er die Antwort bereits kannte. Aber er wollte es aus ihrem lieblichen Munde hören.

»Ich will nicht die Königswitwe sein, sondern die Frau des Königs«, sagte sie, und ihre Stimme wurde auf einmal zart und zerbrechlich. »Ich möchte die Sicherheit haben, die eine Frau des Königs genießt.«

Ich mußte unwillkürlich lächeln, und als sie das bemerkte, reckte sie den Hals und sah mich forschend an. Ob ich mich über sie lustig machen wolle?

»Die Frau eines Königs genießt keineswegs eine größere Sicherheit als irgendeine beliebige makedonische Frau«, sagte ich, und es war mir gleich, wie sie meine Einmischung auslegen würde. »Die zweite Frau des Königs, Stateira, zum Beispiel, die Tochter des Großkönigs, wo ist sie denn heute?«

Kurz nach dem Tod ihres Mannes, während wir noch alle mit anderen Dingen beschäftigt waren, brachte Roxane ihren Sohn zur Welt. Laut hatte sie seinem Leichnam *Sikander, Sikander!* zugerufen, bis Perdikkas ihren Arm griff, sie grob fortzog und wegstieß. Soviel zu seinen zärtlichen Gefühlen für die Witwe des Königs.

Ich war die einzige, die sie bei der Geburt in ihrer Nähe duldete, abgesehen von ein paar persischen Hofhebammen mit großen Tätowierungen im Gesicht. Es war eine leichte Geburt, aber nach zwei Fehlgeburten hatte ich Sorge um das Leben des Kindes. Ich hatte mir so sehr gewünscht, sie möge eine Tochter bekommen, dann wäre die Thronfolge offengeblieben – und an einer Tochter hätten alle Freude gehabt. Aber sie schenkte einem gesunden, starken kleinen Sohn das Leben, der viele schwarze Haare und große zornige Augen hatte.

Noch im Kindbett ließ sie Perdikkas herbeirufen und ernannte ihn zum Vormund und Beschützer des Kindes. Ich sah mit an, wie sie verzweifelt nach seiner Hand griff, er sie jedoch nicht beachtete – jetzt hatte er keinerlei Verwendung mehr für sie. Vielleicht noch nicht einmal für ihren Sohn. Ich sah in die Gesichter von »Alexanders Freunden«, sah von General zu General, die dabei waren, die Welt unter sich aufzuteilen. Keiner von ihnen wollte Alexanders Sohn als erwachsenem Mann begegnen. Er war von dem Augenblick an dem Tode geweiht, als die Hebammen ihn aus dem schmalen Leib seiner Mutter bargen.

Ich habe sie nie vergessen. Nachdem ich Ptolemaios nach Ägypten gefolgt war, habe ich jahrelang nichts von ihr direkt gehört. Ich brachte in Erfahrung, daß sie und Olympias Freundinnen geworden waren und daß sie es nicht gewagt hatte, Perdikkas zu heiraten. Und auch von ihrer zunehmenden Einsamkeit und Außenseiterrolle hörte ich.

Sie hatte damals Ptolemaios um Hilfe ersucht, um der Gefangenschaft durch Kassander zu entkommen. Keiner aber rührte auch nur einen Finger und half Alexanders Witwe. Seine Mutter, seine Witwe und sein Sohn, sie alle wurden von Kassander ermordet.

Aber es ist jetzt zu spät für Reue. Wir hätten sie auch kaum retten können, oder was hätten wir mit Alexanders Sohn anstellen sollen? Ja, ich habe in den Jahren gelernt, wachsam und egoistisch zu sein. Ich verlernte es, die helfende Hand auszustrecken. Und ich vermied es, mit Roxane gleichgesetzt zu werden. So rettete ich mein Leben und das meiner Kinder. Sie starb und ihr Sohn mit ihr. Ich lebe noch und so auch mein einer Sohn und meine einzige Tochter.

Mit einem bitteren Beigeschmack überließ ich diesen neuen Text dem Königlichen Archiv und setzte mich hinunter in die Vorhalle, um bei Bedarf erreichbar zu sein.

Nach weniger als einer Stunde tauchte ein königlicher Sklave auf und überreichte mir eine Schriftrolle, die ich der Königinmutter überreichen sollte. Auf dem Weg dorthin gelang es mir, eine kleine Stärkung zu mir zu nehmen. Bei ihr kann man sich nie sicher sein, ob sie gute Laune hat und einen bewirtet oder ob man um ein Glas Wasser bitten muß, um den Straßenstaub herunterzuspülen.

Aber sie war die Liebenswürdigkeit in Person, las die Schriftrolle in aller Ruhe und sagte daraufhin, daß ihr zwar der Appetit vergangen sei, aber ob ich ihrem Haus nicht die Ehre erweisen wolle, bei ihr zu Abend zu essen. Ihr wohlmeinender Haushälter hätte angerichtet.

Etwas Vergleichbares habe ich noch nie zuvor gesehen. Ihr Haushälter (oder vielleicht der Koch!) muß Perser sein, so gut ißt man noch nicht einmal im Brucheion. Es gab gebratene Haselmaus, Tauben und Nilgänse, die ausgesuchtesten Weine aus Samos und Argos, Nüsse, Desserts und Honig aus Memphis. Und es war für zwei gedeckt worden. Erst nachdem ich mich vollgestopft hatte und die Sklaven die reichlichen Reste abräumten (mit fröhlichen Gesichtern, denn an den Resten durften sie sich gütlich tun), kam mir der Gedanke, daß sie möglicherweise erwartet hatte, Ptolemaios würde zu Besuch kommen, um mit ihr über die alten Zeiten zu sprechen. Diese Möglichkeit versetzte mir einen Stich, sie tat mir leid.

Der König hatte ihr in dem Schreiben mitgeteilt, daß er am Todestag Alexanders das Königsgrab besuchen werde. Es schien nicht, als würde er sie dort treffen wollen, vielmehr wollte er sie damit ärgern. Er versuchte sie zu berühren, ohne selbst berührt zu werden. Sonderbare Menschen!

Nach dem Essen erhielt ich die Erlaubnis, mich auf meine Kammer im Museion zurückzuziehen. Der König rief mich am nächsten Morgen zu sich und servierte süßen Wein und Honig, als würde er ein Kind vor sich haben. Dann plauderte er lange unverbindlich über die Memoiren der Königinmutter, an denen er erst jetzt so recht Geschmack gefunden zu haben schien.

»Wir werden sehen, ob sie sein Grab überhaupt besuchen wird. So wie ich sie verstehe, sieht sie in ihm nur einen durch und durch schlechten Menschen«, sagte er und lachte. »Sie hat auch sorgfältig vermieden, ihre Streitereien mit Alexander zu erwähnen. Mal sehen, ob wir ihre Zunge nicht ein wenig lösen können.«

Vollkommen unerwartet kam sein Sohn, Ptolemaios Philadelphos, herein und küßte seinen Vater auf die Stirn. Ich hatte den Prinzen zuvor schon hunderte Male bei Umzügen in der Stadt gesehen, aber noch nie von so nahem.

Sein Anblick erschütterte mich, und das lag nicht an seiner Schönheit. Vielmehr begriff ich in diesem Moment, was die Königinmutter von Ptolemaios I. Soter als jungem Mann erzählt hatte. Der Sohn hatte einen größeren, volleren Mund als sein Vater, aber in seinem schönen Antlitz erkannte ich alles wieder, wovon sie gesprochen hatte, und verstand, warum sie ihn noch immer »meinen Geliebten« nennt.

Für mich ist und bleibt Ptolemaios I. Soter der KÖNIG. Er ist König, seit ich auf der Welt bin, und das ist die einzige Ewigkeit, die ich kenne. Er ist König, seitdem Alexandria zu wachsen begann, er sah Millionen von Menschen hierherziehen, sah, wie ebenso viele hier geboren wurden. Er ist der Herrscher der Welt.

Als ich die beiden jedoch so zusammensitzen sah, erkannte ich, daß der König alt geworden und sein Körper müde und verbraucht war. Sein Sohn, der mittlerweile alle Staatsverpflichtungen übernommen hat und das Land zur Zufriedenheit aller regiert, hat den kräftigen Körperbau seines Vaters geerbt. Er ist ein sehr stattlicher Mann, da er aber so groß ist und lange Glieder hat, hat sich das überflüssige Fett optimal verteilt. Ich mußte unwillkürlich an die Abdrücke von Füßen denken, die fromme Menschen der Isis zu Ehren angefertigt hatten, nachdem die Göttin sich den Gläubigen gezeigt hatte. Die Füße waren immer ein bißchen größer als die größten menschlichen Füße.

Lässig setzte er sich auf eine Bank, schlug die langen Beine übereinander und erzählte seinem Vater, was seine Frau ihm erzählt hatte, nachdem sie am Morgen aus einem Traum aufgewacht war. Sie lachten gemeinsam, Vater und Sohn.

Er soll auch seiner Mutter Berenike ähneln, Ptolemaios' Lieblingsfrau.

Thaïs hat immer mit Beklemmung und Abscheu über die Ehefrauen von Ptolemaios gesprochen. Keiner erinnert sich mehr an sie, aber Philadelphos' Mutter Berenike war die Frau des Lagos, Ptolemaios' Ziehvater, gewesen. Demnach hatte Ptolemaios seine eigene Stiefmutter geheiratet.

Der erste und älteste Sohn des Königs nun, Ptolemaios Keraunos, der Donnerkeil, wurde verstoßen, und niemand darf seinen Namen aussprechen. Es ist unter Strafe verboten, an den einstigen Thronerben zu erinnern.

Mein Vorgesetzter, Demetrios von Phaleron, der Leiter des Museions, war der engste Freund des Donnerkeils und hatte ihn unterstützt. Darum war Philadelphos auf ihn nicht besonders gut zu sprechen. Vor kurzem reiste Demetrios überstürzt ab, zur großen Sorge aller, aber der Entschluß des Königs steht unverrückbar fest.

Demetrios berichtete, daß er dem Abschied seines Freundes von dessen Vater beigewohnt habe. Donnerkeil habe seinen Vater angeschrien, daß er es ihnen allen zeigen würde, aus welchem Stoff er sei, und daß ihn bald alle fürchten und ehren würden. Er ist jetzt entweder in Makedonien oder Syrien, ohne Land, Heer und Einkommen.

Berenike, die neue Königin, hat mit allen Mitteln versucht, sich von ihrer ärgsten Rivalin Eurydike zu distanzieren. Philadelphos hat viel von seiner Mutter: Er ist weich, freundlich und entgegenkommend. Es heißt, daß ihre Tochter, die mit dem alten Lysimachos von Thrakien verheiratet ist, ihrer Mutter, aber auch der Familie des Kassander ähnelt. Sie soll eine furchteinflößende Frau sein. Arsinoë heißt sie. Mögen die Götter dafür Sorge tragen, daß ich weder ihr noch Donnerkeil begegnen muß. Mir sind schöne und gütige Herrscher wie Philadelphos viel lieber.

Erst als Philadelphos aufstand, um zu gehen, sah ich das goldene Diadem, das in seinem lockigen goldenen Haar steckte. Seine großen blauen Augen streiften mich voller Freundlichkeit, er lächelte mir zu wie einem guten Freund und bat mich, »die schöne Thaïs, meine Stiefmutter« zu grüßen.

Er wirkte so heldenhaft und unberührt wie eine Bronzestatue. Wie ein Gott an Sterblichen vorbeischreitet, nach Blumen und Reinheit duftend, verließ er den Raum, und alle Wachen grüßten ihn fröhlich. Er baut Schiffe, gibt Geld aus und zeugt Kinder. So sieht einfaches und echtes menschliches Glück aus.

Auf dem Weg zurück zur Königinmutter las ich den letzten Bericht des Königs über sein Leben, den er vor vielen Jahren geschrieben hatte. Ich erkannte sofort den Tonfall aus den zwölf Bänden der militärischen Erinnerungen wieder, die er bei uns im Archiv deponiert hat. Obgleich ich einräumen muß, daß es seiner Prosa schmeichelt, wenn er von Menschen erzählt und nicht nur von Phalangen, Landschaften und Manövern.

VON MENANDROS AN TUT,
IN DER OASE KROKODILOPOLIS

Letzte Neuigkeiten: In der Nacht wurde ich zurück ins Brucheion geführt, wo mich Philadelphos im Fackelschein an der Statuenreihe seiner Vorfahren vorbeiführte. Der gütige Blick seiner Mutter berührte mich. Sie stand neben der ersten Ehefrau des Königs, Kassanders Schwester, der großen Eurydike, die einer Göttin ähnelt, obwohl sie kein barmherziges Gesicht hatte.

»Grüße mir die schöne Thaïs«, sagte er, so als würden sich unsere Wege schon wieder trennen. Als er sicher war, daß wir alleine waren, nahmen wir an einem kleinen Springbrunnen Platz, der mir seine Gischt auf den Rücken spritzte, bis der ganz taub vor Kälte war.

Philadelphos wollte sichergehen, daß ich auf seiner Seite war. Ich kannte die Geheimnisse seiner Familie und sollte ihm, wenn notwendig, helfen können. Glaube bitte nicht, daß mich diese Aufgabe etwa mit Freude erfüllt. »Wenn meine

Schwester in Thrakien Witwe wird, müssen wir sie nach Alexandria zurückholen«, sagte Philadelphos. Arsinoës Mann Lysimachos ist tatsächlich sehr alt und Arsinoë nur wenige Jahre älter als ihr Bruder, aber er hat doch einen ganzen Stab von Gesandten, Botschaftern, Heere und Flotten, wozu benötigt er da meine Unterstützung? Ich habe keine Ahnung, aber ich hoffe von ganzem Herzen, daß man mich niemals zwingen wird, meine Heimat zu verlassen.

Der königliche Bericht über den Marsch durch die Gedrosische Wüste – und über die Hochzeit in Susa

Ich möchte berichten – denn die Königinmutter wird dies niemals selbst erwähnen –, wie ich feststellte, daß zwischen uns ein Band bestand, das noch nicht einmal mein Bruder zerschlagen konnte.

Alles begann mit unserem Marsch durch die Gedrosische Wüste. Wir hatten schon längst Persepolis eingenommen, den persischen Großkönig abgesetzt und uns den Rest der Welt untertan gemacht.

Alexander benötigte sein Heer nicht mehr dafür, andere Länder zu unterwerfen. Für ihn erfüllten das Heer und der Krieg überhaupt nur den Zweck, neue Gegenden zu bereisen. Er kannte keine Rast und begriff auch nicht, daß wir anderen müde waren und immer verzweifelter wurden, je mehr Zeit verstrich.

Er war viel zu wach und angriffslustig, viel zu erlebnishungrig. Gleichzeitig wurde er immer wortkarger. Er ließ seine Wunden, die er nur als Abhärtung betrachtete, nicht erst heilen, bevor er zu neuen Taten jagte. Wenn er – was selten genug vorkam – über die Zukunft sprach, waren das nur Hirngespinste: Es sollte keine selbständigen Nationen und Länder mehr geben, und Kleidung und Sitten sollten nicht mehr Zivilisation und Barbaren unterscheiden, sondern nur noch Gut und Böse. Wir verstanden zwar sehr genau, was er wollte, waren jedoch alle der Meinung, daß dies nicht umsetzbar war.

Mich bestürzte es, wie sehr meine Thaïs die Bedeutungslosigkeit unseres ganzen Handelns spüren konnte. Jeden Abend ließ sie mich eine Wahl treffen, denn mir sollten immer alle Möglichkeiten zur Verfügung stehen: Musik, gutes Essen, Ruhe oder Liebe. Es kam leider oft genug vor, daß sie nur die grenzenlose Müdigkeit in meinem Gesicht zu sehen bekam.

Mit der Zeit verschwand jede Unschuld. Die hohen Herren begannen untereinander Streit zu führen. Ich versuchte mich da herauszuhalten.

Hephaistion haßte den Griechen Eumenes, Alexanders Sekretär, der stille, nach innen gekehrte Krateros haßte Perdikkas, der wiederum mich haßte. Perdikkas war der Ansicht, Alexander hätte seinen eigenen Halbbruder bevorzugt, obwohl er der bessere General sei. Das mag sogar der Wahrheit entsprechen. Aber Perdikkas hatte sich zu einem Rekrutenschinder entwickelt, dessen Soldaten nur gehorchten, weil die Alternative furchtbar war.

Die genauen Ursachen ließen sich nicht mehr ermitteln und verloren sich im Ungewissen. In Makedonien war es uns noch gelungen, unsere niederen Gefühle im Zaum zu halten, da stand noch nicht so viel auf dem Spiel. Doch nun traten Niedertracht und Abneigungen ungehemmt zutage, die meiste Zeit verging damit, daß wir gegeneinander intrigierten und übereinander herzogen. Krateros haßte Hephaistion und schadete ihm darum, wo er nur konnte. Es war ein leichtes, schlecht hinter seinem Rücken zu reden, denn Hephaistion war schweigsam und bescheiden und nicht so sehr auf seinen Ruf bedacht wie einige andere.

Alexander begann, sich als persischer König zu kleiden. Wir beobachteten, wie er rot wurde und kicherte, als Parmenion, der alte Trottel, der damals Philipps Kriegszüge begleitet hatte, ihn fragte, ob er nicht auf Dareios' Thron Platz nehmen wolle. Seine Kleidung unterschied ihn deutlich von uns, obwohl er genau wußte, daß wir ihn niemals als Großkönig akzeptieren würden. Wir waren nach Persien gezogen, um das Land vom persischen Joch zu befreien, und nicht, um selbst zu Persern zu werden – was mir Thaïs immer wieder vorhielt. Aber es sollte noch viel schlimmer kommen.

Das Heer wurde geteilt, und Alexander zog mit seiner Armee sehr bald in die Gedrosische Wüste, mit mir als Anführer der Nachhut. Der übrige Troß und die Frauen nahmen den leichteren, aber längeren Weg. Trotz der widrigen Umstände wollte mir Thaïs einen unvergeßlichen Empfang bereiten, wenn wir im Lager wieder aufeinandertreffen würden. Griechisches Essen und griechischen Wein wollte sie servieren, Flötenspiel und Rezitationen würde es geben, und sie würde nur für mich allein singen, wie in alten Zeiten. Wie wunderbar war der Gedanke, ganz allein mit ihr zu sein, nur diesen einen Abend, dachte ich und nahm berauscht Abschied. Sie würde in meinen Armen liegen und zuhören, welche Strapazen wir ertragen mußten und welche Schlachten wir gewonnen hatten.

Als wir dann stark dezimiert und völlig erschöpft zurückkehrten, trug sie wie versprochen den strahlend weißen Peplos mit den goldenen Kanten, hatte kleine Goldbänder in ihre Haare geflochten und die Schmuckstücke angelegt, die ich ihr vor dem Krieg geschenkt hatte: die Halskette mit den kleinen Doppeläxten und den goldenen Amphoren und das Königinnendiadem von Aigai. Das alles war der Beweis dafür, daß sie zu mir gehörte. Sie mußte Stunden im Bad verbracht haben und sich sorgfältig alle Haare am Körper entfernt haben, denn sie war weich und roch nach Parfum.

Ich ritt ein Pferd, das sich kaum selbst tragen konnte. Es war nicht der große, stolze thessalische Hengst, auf dem ich gesessen hatte, als wir die Gedrosische Wüste betraten.

Mein schönes Pferd war schon zu Beginn verendet. Dieses andere Tier hatte ich gefunden, als wir die Nachhut schützten, und die Männer waren einstimmig der Meinung, daß ich als Freund des Königs das Vorrecht hätte, es mir zu nehmen.

Für mich kam ihr Anblick den vielen Täuschungen in der Wüste gleich, und ich traute meinen Augen zunächst nicht. Nur etwa ein Drittel des Heeres hatte überlebt. Ich hatte die letzten Tagen damit verbracht, erschöpfte Makedonen, die nicht mehr laufen konnten, durch die Wüste zu schleppen. Wir spannten einen Mantel hinter eines der Pferde und zogen sie hinter uns her, bis das Pferd oder der Mann starben. In diesen Stunden hörte ich, wie einige der treuesten Veteranen den Namen Alexanders verfluchten. Im Tode riefen sie nach denen, die sie liebten und verlassen hatten. In diesen Stunden verlor ich meine Bruderliebe.

Ich glitt vom Pferd, lehnte mich dagegen, schloß die Augen und versuchte mich zu erinnern, ich versuchte, zu jener Welt zurückzukehren, die ich liebte und nicht verlieren wollte. Ich hatte meinen Helm verloren, und meine Beine und mein Brustpanzer waren grau von Staub und Sand. Sand und Sturm hatten Zeichen in den Panzer geritzt – eine neue Landkarte. Mir war bewußt, daß ich einen scheußlichen Anblick abgeben mußte: ausgedörrt, um Jahre gealtert und mager wie ein Hund. Ich hatte Schwierigkeiten, meine Augen zu öffnen, die entzündet waren von den Sandkörnern, die mir der Wind ins Gesicht gepeitscht hatte.

Ich hatte Angst, daß sie sich abwenden würde, aber sie wich nicht von der Stelle, und ihr Gesicht war erfüllt von Mitgefühl und Furcht. Ich breitete meine Arme aus, und ihr blieb nichts anderes übrig, als mir entgegenzukommen. Dann standen wir voreinander, sie legte ihre Hände auf meine Schultern, ließ sie meinen Hals hochwandern und zog mich an sich. Ich begehrte sie in diesem Augenblick nicht, aber sie war der einzige vertraute Ort, der mir noch geblieben war, der einzige Mensch, der mich noch nie im Stich gelassen oder verraten hatte.

»Es ist wunderbar von dir, daß du dir solch eine Mühe gemacht hast«, sagte ich, »aber ich befürchte, daß ich so viel ›Athen‹ gar nicht gerecht werden kann.«

Das einzige, was ich begehrte, war Wasser. Das brachte sie mir, einen Becher nach dem anderen, und obwohl es nicht so süß war wie das Quellwasser vom Helikon, der bei Dion entspringt, hätte ich vor Dankbarkeit weinen können. Danach wusch sie mein Gesicht, zog mich aus und badete mich – es dauerte lange, bis ich von Dreck und Staub befreit war. Dann brachte sie mir ihren Silberspiegel. Das Gesicht darin war nicht meines, ich sah einen alten Mann. Sogar heute fühle ich mich nicht so alt wie nach diesem Marsch durch die Gedrosische Wüste.

Alexander war ein wenig besorgt, als er erfuhr, daß lediglich ein Viertel des Heeres, das der Wüste entkommen konnte, kampfbereit war. Aber natürlich gaben wir nicht auf. Was hätte ich auch gegen ihn ausrichten können? Ich hatte schon vor langer Zeit festgestellt, daß Alexander nur seinen eigenen Vorstellungen folgte, die Opfer und Kosten bedeuteten ihm nichts.

Thaïs verbot mir, das königliche Zelt sofort aufzusuchen, und ich genoß es, mich von ihr verwöhnen zu lassen: Sie hüllte mich in weiche Laken und legte mich aufs frische Bett, damit ich mich ausstrecken konnte. Ich hatte Angst, sie könne mich verlassen, während ich schlief, und hielt ihre Hand fest umschlossen. Als ich erwachte, hustete ich Blut, trank Becher um Becher und konnte nur flüstern. Ich zitterte am ganzen Körper vor Wut über meinen unwürdigen Haß, aber ich hatte die Soldaten, meine Jungen, zugrunde gehen sehen, Phalanx um Phalanx. Kostbare Pferde und Bauernjungen, die ich in der Ebene am Fuße des Olymps ausgebildet hatte, unzählige junge Adlige aus der Kavallerie.

Sie küßte mich vorsichtig mit spitzen Lippen und gab mir

recht, als ich ihr erzählte, was geschehen war. Und dann fragte sie etwas, woran ich mich heute noch mit Freude erinnere: Sie fragte, ob denn Alexander sein Land vergessen hätte und ob er niemals daran gedacht hätte, »nach Hause« zurückzukehren.

»Er hat vergessen, wo das ist. Zu Hause regiert seine Mutter, dort will er um keinen Preis sein und ist darum so froh über seine Perser. Er versteht uns und unsere Wünsche nicht mehr.«

Das erwiderte ich, denn wir waren unter uns, und ich konnte ehrlich sein. Wenn die Leute von Alexanders großartigen Feldzügen sprechen, vergessen sie allzu oft, die Aufstände und Verschwörungen zu erwähnen. Alexander trieb es immer weiter, weil er Neues sehen und erleben wollte, er wollte handeln und reagieren müssen und niemals nachgeben, niemals seinen Gedanken nachhängen und verweilen. Das hatte Thaïs lange vor mir schon begriffen.

Ich schlief tief und friedlich in ihren Armen; jedesmal, wenn sie vorsichtig versuchte, sich aus meiner Umarmung zu befreien, träumte ich, daß sie sterben würde. Wie mein Pferd in der Wüste, wie die armen jungen Männer, die ich aus dem Treibsand zu retten versucht hatte. Ihre Todesschreie und verzweifelten Gesichter tauchten immer wieder vor mir auf. Obwohl ich zu den wenigen Glücklichen zählte, die überlebt hatten, war ich schwermütig.

Thaïs erinnerte mich an unsere Vergangenheit, die so unbeschwert und schön gewesen war. Sie fragte mich, ob ich mich noch an ihr hübsches Haus in Korinth erinnern könnte und an die Wandmalereien mit Delphinen und Tintenfischen. Ob ich mich an den Schnee auf den Wegen nach Pella erinnerte und an ihre schwere Krankheit, während ich in Illyrien war. In meinem Fieber sah ich all das mit großer Klarheit. Ich sehnte mich nach zu Hause, ich wollte auf makedonischer Erde wandeln und sehen, wie meine Söhne zu »Alexanders Freunden« würden und nicht zu Satrapen von Persien.

Doch die Wahrheit ist ja, daß ich nie wieder makedonischen Boden betrat. Auch Thaïs nicht. Aber mein Sohn wurde olympischer Meister und ist heute ein zufriedener Bürger Griechenlands.

Wir folgten meinem Halbbruder nicht nur, weil er der König war. Er vermochte es, uns glauben zu machen, daß er uns liebte und sich für uns opfern würde. Während er gegen die Malier kämpfte, traf ihn ein Pfeil in der Lunge, und er konnte vor Schmerzen kaum Luft holen. Eine ganze Weile war er nicht in der Lage gewesen, zu laufen oder zu sprechen. Als aber sein Heer ihm zu verstehen gab, daß man ihn vermißte, ließ er sich auf ein Pferd hieven, halbtot und entkräftet. Wir mußten ihn auf dem Pferd festbinden, und Hephaistion befestigte sogar einen Stock an seinem Rücken, um ihn zu stützen.

Ich sah die Ekstase in seinem Gesicht bei dem Gedanken an die Zuneigung, die ihm entgegengebracht wurde. Alle diese Männer würden ihr Leben für ihn opfern – dann konnte er ihnen wohl erst recht sein Blut und seine Kraft geben.

Gedrosia jedoch trennte mich endgültig von Alexander. Ich hätte ihm helfen können, zog mich aber zurück – vor Scham, so wie damals nach dem Mord an Kleitos. Ich habe meinen Bruder nie gehaßt, aber er hat uns alles genommen: unser Land, unseren Stolz, unser Zuhause. Darum wollte ich es Thaïs auch nicht verbieten, unsere Tochter »Eirene« zu nennen, was »Frieden« bedeutet. Sie wählte diesen Namen als ein Zeichen offenen Widerstandes und vergaß dabei, daß wir uns versprochen hatten, unsere Kinder niemals für politische Zwecke zu mißbrauchen.

Wir hatten geglaubt, daß Alexanders Liebe zu Persien mit der Heirat der Roxane seine Erfüllung gefunden hatte. Aber nein, er wollte mehr! Das wurde mir bewußt, als uns die Ehefrau und die Mutter des persischen Großkönigs

Dareios und eine Reihe vornehmer Damen aus seinem Hof in die Hände fielen. Sie erwarteten das Schlimmste, wären aber dem Tod tapfer und stumm entgegengetreten.

Sie versteckten sich wie gejagte Tiere, als wir in ihre Gemächer kamen. Dareios' Witwe hatte ihre Hände vors Gesicht geschlagen und verbarg ihre zwei Töchter unter ihren Kleidern – jene zwei Mädchen, die später Alexanders und Hephaistions Ehefrauen werden sollten.

Nur Dareios' alte Mutter Sisygambis wagte es, sich uns zu nähern und das Wort zu ergreifen. Groß, schwer und würdig betrachtete sie die zwei Männer, die ihr entgegenkamen. Sie entschied, daß der größere und hübschere Alexander sein mußte. Aber es war Hephaistion, der erschreckt und zugleich geschmeichelt auf ihren Kniefall reagierte. Alexander lächelte nur.

»Sie haben sich nicht geirrt, auch er ist Alexander«, sagte er dann und zog Sisygambis vom Boden hoch. Sie solle nicht vor ihm auf den Knien liegen.

Zwischen dem jungen König und der alten Frau, die jede nur erdenkliche Niedertracht erlebt hatte, entstand eine besondere Freundschaft. Sie selbst war nie Königin gewesen, denn ihr Sohn hatte seine Position als gemeiner Usurpator erlangt. Seinen Fall mußte sie von dem Tag an gefürchtet haben, als er sich selbst zum Großkönig erhob.

Dareios floh unehrenhaft vom Schlachtfeld. Nachdem Alexander seine furchtlosen Kinder und Verwandten kennengelernt hatte, bemerkte er, was für eine Schande es sei, daß der Mut in dieser Familie eine Generation übersprungen habe. Das übersetzte allerdings keiner für Sisygambis. Zu Hause hatte Alexander nie mit alten Menschen zu tun gehabt. Seine Großeltern starben, bevor er zur Welt kam. Die Begegnung mit Sisygambis eröffnete ihm eine neue Welt. Zusammen mit Bagoas, dem Gespielen von Dareios, den Alexander erbte, und Roxane ergänzte sie den Kreis seiner persischen Gesellschaft. An diesen drei Menschen maß er unsere alten Feinde.

Und darum verteilte er mit einem Federstrich persische Frauen an alle seine Freunde. Hephaistion bekam Stateiras kleine Schwester Drypetis, ein anmutiges dunkles Mädchen, das ununterbrochen kicherte. Aber der Bräutigam würdigte sie keines Blickes, er hatte nur Augen für Alexander und folgte ihm wachsam und zaghaft. Alexander fragte mich noch nicht einmal, ob ich eine persische Prinzessin heiraten wolle oder wie sie aussehen solle. Ich bekam sie erst am Hochzeitstag zu Gesicht. Sie war keinen Tag älter als vierzehn Jahre, hatte große, verschreckte schwarze Augen, war ungeheuer wohlerzogen und sprach nur Persisch. Sie hatte ihr bisheriges Leben in vollkommener Abgeschiedenheit verbracht, war scheu und erwartete das Schlimmste.

Ich sage es am besten gleich und schäme mich auch nicht dafür: Seit ich Thaïs in Korinth gefunden hatte, war ich mit keiner anderen Frau mehr zusammengewesen. Ich hatte gar keine Lust auf eine andere Frau gehabt und schon gar nicht auf ein verschrecktes persisches Kind, das mich voller Haß und Verachtung ansah.

Und ich stand damit nicht allein. Achtzig von Alexanders Generälen sollten ebenfalls verheiratet werden, obwohl die meisten von ihnen schon Ehefrauen hatten. Keiner wurde gefragt. So war das Verhältnis zwischen uns und Alexander, dem persischen Großkönig, dem Halbgott, meinem Bruder. Insgesamt wurden zehntausend Soldaten mit persischen Frauen zwangsverheiratet. Das war Teil von Alexanders Projekt, die Völker zu mischen, was auf lange Sicht die Vorurteile gegen Rassen und Herkunft auslöschen sollte.

Wir, die am wenigsten Interesse an unseren neuen Ehefrauen hatten, hielten das Fest aus Protest lang in Gang. Aber schließlich konnten auch wir es nicht mehr hinauszögern, und ich wurde zu einem Zelt geführt, in dem meine Braut auf mich wartete. Dort zog ich mich aus, ohne Hilfe und mißmutig.

Meine Braut hatte sich schon viel früher am Abend zurückgezogen, und zwar als der persische Hofmeister Stateira befohlen hatte, das Fest zu verlassen. Ich war erschöpft und wollte nur unter eine Decke kriechen und schlafen. Man darf nicht vergessen, daß wir seit zehn Jahren im Krieg waren und Susa lediglich ein kleiner Schritt auf dem Weg zurück in unsere Heimat war.

Dann saß ich nackt vor dem Kind, das zitterte und mich mit seinen weit aufgerissenen schwarzen Augen anstarrte, als würde ich sie jeden Moment niederstechen. Was hatten sich die Frauen im Harem des persischen Königs nur untereinander für schreckliche Geschichten erzählt? »Herr«, sagte sie mit belegter Stimme und versuchte ruhig zu atmen. Sie hatte sich die Decke bis unter die Nase gezogen, aber ich konnte trotzdem sehen, wie sehr sie zitterte. Oh, wie ich mich doch irrte!

Dann küßte ich ihr die Stirn und erklärte ihr in meiner Sprache, daß ich diese Ehe nicht gewünscht habe, folglich in keiner Weise mit ihr verbunden sein wolle und sie dieses Bett noch jungfräulicher verlassen würde als damals ihr Elternhaus.

Sie sah mich mit wachsender Abneigung an, während ich mich wieder anzog. Völlig unvermittelt lachte sie laut und verächtlich auf. Artakama war ihr Name.

Ihr Lachen veranlaßte mich, mich zu ihr umzudrehen. Sie ließ die Decke sinken und entblößte damit ein todbringendes persisches Messer in ihrer rechten Hand. Sie hatte sich sogar einen Eisenhandschuh angezogen, um das Messer sicherer führen zu können.

»Hast du Angst vor mir?« fragte sie in einfachem Griechisch. Sie war in Halikarnassos aufgewachsen und sprach selbstverständlich unsere Sprache. »Sag deiner Hure, daß mein Großvater, der Satrap von Halikarnassos, sehr genau wußte, wie man griechische Hunde behandelt. Er hat ihren Landsmann Alkibiades umgebracht! So etwas verzeiht ein richtiger Athener niemals! Deine Feigheit hat dir das Leben gerettet. Hunderte von ehrbaren Jungfrauen sind in dieser Nacht mit unwürdigen Barbaren aus Griechenland und Makedonien vermählt worden. Und dein Herr, der neue Großkönig, der Dareios noch nicht einmal bis zur Schulter reicht, hat die Söhne meines Volkes für sein Heer zwangsrekrutiert.«

Sie spuckte neben das Bett auf den Boden. Ich hatte genug gehört und verließ das Zelt. Das war das letzte Mal, daß ich sie gesehen habe. Draußen rief ich nach ihren Dienerinnen, die im Freien saßen und unserem Gespräch gelauscht hatten.

Keiner hatte erwartet, mich so schnell wieder aus dem Zelt kommen zu sehen. Die Sklaven und Eunuchen vom persischen Hof gerieten in Panik darüber, daß ich ohne Begleitung in der Gegend umherlief.

Nie zuvor empfand ich die persische Nachtluft so lieblich wie in jener schwarzen Nacht, die mich behutsam empfing und umhüllte. Ich wollte wissen, wo sie Thaïs und meine Kinder untergebracht hatten. Nachdem die Perser im Hauptbüro fast eine Ewigkeit konferiert hatten, besorgten sie endlich eine Gästeliste, die mir zeigte, wo ich sie finden konnte.

Sie hatte mich nicht erwartet. Ein Moskitonetz umhüllte ihr großes Bett, das bis zu dieser Nacht auch meines gewesen war. Ich riß mit den bloßen Händen das Netz von der Decke. Ein wenig angetrunken war ich, das will ich gar nicht leugnen, aber ich hatte nur die besten Absichten. Der Gedanke an das sitzengelassene Kind im Pavillon und daß ich mich meinem Bruder und seiner zwanghaften Verbrüderung mit den Persern widersetzte, hatte eine ungemein belebende Wirkung auf mich.

Thaïs saß vor mir im Bett und hatte sich ebenfalls die Decke vor den Körper gezogen, fast so wie meine persische Ehefrau. Allerdings sorgte Thaïs dafür, daß ich ihre Nacktheit wahrnahm. Ich fragte sie, was sie da tue.

»Ich bedecke mich, schließlich hat der Ehemann einer anderen Frau mein Zelt aufgesucht und mich geweckt«, erwiderte sie. »Ein Mann, der bei mir nichts zu suchen hat.«

Erst da wurde mir das Ausmaß ihrer Eifersucht bewußt. Sie ist am gefährlichsten, wenn sie ganz ruhig ist. Ich zog mich zum zweiten Mal aus, wieder ohne Hilfe, wie im Zelt auf einem unserer Kriegsmärsche, und kletterte zu ihr ins Bett. Sie umarmte mich mit einer Sehnsucht, die ich schon lange nicht mehr erlebt hatte. Es bewegte und verstörte mich: Sie hatte sich von dieser grotesken Ehe bedroht gefühlt, das hätte ich niemals erwartet. Meine kluge, klarsichtige, hellwache athenische Thaïs hatte Angst davor gehabt, daß ich mit diesem Kind verbunden wurde, das sie mir vorgesetzt hatten.

Dann plötzlich änderte sie ihre Meinung, und zwar in dem Augenblick, als ich in sie eindringen wollte – mein verletzlichster Moment.

»Ich bin dir aus freien Stücken gefolgt und bin auch noch immer eine freie Hetäre, keiner hat mich jemals gekränkt, und du wirst mich jetzt nicht dazu gebrauchen, dein Glied in mir reinzuwaschen. Ich will kein Blut einer Jungfrau in mir haben!« zischte sie und versuchte mich von sich zu stoßen.

Vielleicht war ich zu betrunken, um klar zu denken, aber ihr Geständnis kam so gänzlich unerwartet, daß ich verstummte. Dann brach sie in Tränen aus, in einen ganzen Regenguß aus Tränen, den ich zum Versiegen bringen mußte, denn ich wollte weder sie noch den Augenblick verlieren. Während ihr die Tränen noch herunterliefen, fanden ihre Lippen meinen Mund, und kurz darauf umschlossen sie mein Glied. Doch sie achtete die ganze Zeit genau darauf, daß wir nicht zu weit gingen. Sich selbst schenkte sie grenzenlosen Genuß, aber mich hielt sie zurück, bis der Morgen graute und ich es vor Erregung kaum noch aushalten konnte. Nichts, was ich je danach erlebt habe, läßt sich mit dem Genuß und dem Glück jener Nacht vergleichen. Als später meine Stiefmutter zu mir kam und meine Frau wurde, war ich nicht so beseelt. In dieser Nacht begriff ich, daß zwischen uns beiden ein Band bestand, das keiner zertrennen konnte. Es war stärker als bei einem Ehepaar.

Ohne es zu ahnen oder gar zu wollen, hatten wir uns eine neue Welt geschaffen und eine Möglichkeit gefunden, unser Leben gemeinsam zu verbringen. Nur wir selbst würden dieses starke Band zerstören können. Gedrosia und Susa banden uns enger aneinander, Alexandria trennte uns. Sogar heute begreife ich noch nicht, wie das geschehen konnte, aber ich hoffe inständig, daß sich in ihren und meinen Erinnerungen eine Erklärung dafür findet. Daß sich wieder eine Verbindung finden läßt, daß wir uns wieder verstehen, bevor es zu spät ist. Ja, ich habe ursprünglich mit dieser Arbeit begonnen, um meinem Sohn eine Lektion in griechischer Scharfsichtigkeit zu erteilen. Aber das Projekt ist zu meinem persönlichen geworden, das gestehe ich freimütig. Ich möchte meine eigene Geschichte verstehen lernen, die Zusammenhänge, meine Beweggründe.

Von Menandros an Tut, in der Oase Krokodilopolis

Lieber Vater, laß bitte meine Briefe nicht in fremde Hände fallen, zerstöre sie, sobald du sie gelesen hast. Mir ist klargeworden, daß der König und Philadelphos jeweils ihre eigenen Pläne verfolgen und daß ich zu einer wichtigen Person aufgestiegen bin – allerdings ohne den leisesten Wunsch, jemals eine solche Position zu bekleiden.

Wenn der König Verschwiegenheit verlangt, muß ich ihm blind Gehorsam leisten, selbst wenn es mir kalt den Rücken herunterläuft bei der Lektüre der gegenseitigen königlichen Wertschätzung und Beurteilung.

Mein schönes, ausgeglichenes Leben ist vorbei, mir wird

meine eigene Bedeutungslosigkeit vor Augen geführt. Die beiden könnten mich mit Leichtigkeit zerstören, wenn ihnen der Sinn danach stünde. Sie haben mich als ihren Vertrauten erwählt, und dennoch bin ich der einsamste Mensch der Welt.

Der König und die Königinmutter sind sich immerhin in dem einen Punkt einig: Sie wissen so viele Dinge, aber sie haben niemanden, mit dem sie ihre Gefühle teilen können. Sie fühlen sich gleichzeitig intim miteinander verbunden und sehen doch den Feind im anderen.

Einer meiner alten Freunde aus dem Museion fragte mich vor kurzem, woran ich denn zur Zeit arbeite, da er mich schon so lange nicht mehr am Schreibpult gesehen habe. Das war in der Kantine und traf mich vollkommen unvorbereitet – ich war ganz in Gedanken versunken, und dann entschied ich, daß ich ihm die Wahrheit sagen könnte. Lange saß er neben mir, stumm und bestürzt, und als er schließlich das Wort ergriff, sprach er zu mir wie ein Vater zu seinem Sohn, der auf die falsche Bahn geraten war. Ich müsse mir darüber im klaren sein, daß ich eine lebensgefährliche Aufgabe zugewiesen bekommen habe und jeden meiner Schritte genau abwägen müsse.

Die Königinmutter sprach dieses Thema kurz darauf auf eine für mich äußerst schmeichelhafte Weise an. Sie war gerade in ein Gespräch über das ungewöhnlich warme Wetter vertieft, als sie plötzlich innehielt und mir einen Blick zuwarf, dem man nur als sehr widerstandsfähiger Mensch oder als Makedone lange standhalten konnte.

»Weißt du eigentlich, mein kleiner Freund, daß dein Vorgänger, der mich auf königliches Geheiß zum Reden zu bringen versuchte, niedergestochen und ins Meer geworfen wurde?« fragte sie und klang aufrichtig besorgt. Ich mußte schnell reagieren und entschied mich, den Kopf zu schütteln.

»Alle seine Aufzeichnungen sind verschwunden«, fuhr sie fort. »Die große Königin Eurydike hat sich meiner Memoiren

bemächtigt. Sag mir bitte, kleiner Eunuch, woher du kommst. Bist du Grieche, Makedone oder Perser?«

Seit ich hierhergekommen sei, »verkürzt« wurde, wie man sagt, und im Museion angefangen habe, würde ich mich als Alexandriner fühlen. Doch das schien sie nicht zu amüsieren. Sie wollte die Menschen in ihrer Umgebung gerne zuordnen können. Das Problem ist nur, daß sie uns einer Welt zuordnen will, die es seit Alexanders Eroberungen nicht mehr gibt.

Ist Ptolemaios I. Soter nun Makedone oder Ägypter? Er ist wohl wie ich Alexandriner. Du und Mutter habt die neue Stadt noch nicht als einen Teil Ägyptens angenommen. Euer einziger Sohn lebt für euch im Ausland und hat die ausländischen Sitten übernommen: Der König ist Makedone, das Königreich ist persisch, nur Thaïs allein ist Athenerin geblieben.

3.

Der Bericht der Königinmutter über Ptolemaios' schwere Verletzung

Du kannst erleichtert aufatmen, mein kleiner halber Mann, ich werde deine Schamgrenzen nicht verletzen, unter Umständen aber den Stolz des großen Königs.

Der Bruch zwischen Alexander und mir hatte sich schon lange angekündigt. Aber er erfolgte nicht, wie zu erwarten, unmittelbar nach dem Brand von Persepolis und auch nicht direkt nach der Massenhochzeit in Susa. Wir mußten die Geburt meiner Tochter und den Tod seines Hephaistion erleben, bevor unser Band endgültig zerriß.

In den letzten Monaten seines Lebens haben wir nicht mehr miteinander gesprochen, er sah in mir eine Feindin. Ich wußte genau, was er mit seinen Feinden anstellte, und hatte keine Lust, ein weiterer Name auf seiner Liste zu werden: Attalos, Kleitos, Philotas, Parmenion.

Was mich allerdings heute so erstaunt, ist, daß ich so lange geschwiegen habe. Sogar als Ptolemaios verletzt wurde, versuchte ich noch gute Miene zum bösen Spiel zu machen. Ich ahnte nichts Böses, noch nicht einmal, als sie mit ihm, auf einer Trage liegend, ankamen: vier Männer, die ich nicht kannte, die ihn mit seinem blutigen Mantel bedeckt hatten. Eine eiskalte Hand ergriff da mein Herz: Nun war das Unglück geschehen, endgültig. Wie nur sollte ich ohne ihn weiterleben?

Aber er bewegte sich noch, seine Augen suchten nach mir, das Gesicht graugrün, als hätte ihm der Schmerz das Blut gestaut. Er habe einen Schwertschlag in die linke

Schulter erhalten, erklärte mir Alexanders Arzt mit ernster Miene, die Verletzung sei nicht tödlich, aber tief. Das Schulterblatt sei unverletzt, aber er habe auf dem Weg viel Blut verloren und beim Sturz sei zudem noch sein Pferd auf ihn gefallen. Außerdem habe ein Pfeil sein Bein durchbohrt. Die Pfeile der persischen Truppen waren in der Regel mit Schlangengift getränkt, darum fürchteten wir uns besonders vor ihnen.

Nun hofften wir also, daß sich die Wunde von allein schließen und sich weder totes Gewebe noch Wundbrand bilden würde. Aber ich hatte gesehen, wie Verletzte an dem Gift der Pfeile gestorben waren.

Jeden Schmerz, den er erlitt, spürte auch ich.

»Es steht nicht so schlimm um mich, wie es aussieht, meine Wunden heilen schnell«, sagte er und wurde in meinen Armen ohnmächtig.

Die Ärzte waren zu Beginn auch seiner Meinung, daß die Wunde eine Bagatelle sei. Aber in der folgenden Nacht hatte er Alpträume, mußte sich übergeben und riß sich den Verband vom Körper. In dem spärlichen Licht der zwei Öllampen mußte ich versuchen, die Blutungen zu stoppen und den Verband zu erneuern, während er vor Kälte zitterte, obwohl er schweißnaß war, als käme er gerade aus dem Bad.

Er stotterte etwas von den Pflichten des kommenden Tages, aber ich schüttelte den Kopf und sagte ihm, daß er das Bett erst verlassen dürfe, wenn das Fieber gesunken sei.

Als der Morgen graute, versuchte er erneut aufzubegehren. Es gelang ihm, sich aufzurichten, aber dann warf ihn seine Erschöpfung wieder um.

Zu dem Zeitpunkt hatte er bereits begonnen zuzunehmen, es schien, als würde er noch weiter wachsen, bis er weit über dreißig war. Er war in der Lage, ein Zelt umzustürzen, nur indem er sich an einen der Pfosten lehnte. Mit seinem ganzen Gewicht sank er in meine Arme und gab einen kläglichen Laut von sich, ein verblüffter Protest, ehe er wieder die Besinnung verlor.

Das Fieber stieg, die Wunde platzte auf und näßte. Das Fleisch verfärbte sich und glich einem mehrere Wochen alten Kadaver. Die Ärzte revidierten ihre Auffassung, denn die größte Gefahr bestand darin, daß die Wunde so nahe am Herzen lag. Also kratzten sie die Wundränder sauber und versuchten sie zusammenzunähen, aber sie rissen wieder auf und zogen Fliegen an. Gleichzeitig half nichts gegen seinen Schüttelfrost. Wir wickelten ihn in vorgewärmte Decken, und er fror trotzdem.

Am Abend des zweiten Tages wurde er erneut ohnmächtig. Die makedonische Reitergarde hielt Wache vor seinem Zelt. Ich konnte hören, wie sich die Soldaten dem Zelt näherten und auf die Nachricht von Ptolemaios' Tod warteten.

Mich erfüllte das zunächst mit großem Zorn. Die makedonischen Soldaten liebten ihn doch, weil er noch derselbe war, der ihnen damals in der Ebene zwischen Olymp und Dion das Marschieren beigebracht hatte. Zu Ptolemaios konnte jeder gehen und sein Begehr vortragen. Außerdem wußten die Soldaten, daß wir nicht wie Könige lebten. Obwohl Ptolemaios so viel besaß wie seine Genossen, zeigte er seinen Reichtum nicht. Bei uns herrschte kein persischer Luxus. Nur ein paar seiner Möbel standen im Zelt, der Rest gehörte mir. Die Soldaten verehrten Ptolemaios' Söhne, denn im Troß des Heeres gab es nur wenige Kinder, die meisten wurden unterwegs zurückgelassen.

Wenn sie ihn also liebten, warum standen sie dann vor dem Zelt und störten uns? Das fragte ich Ptolemaios' Waffenmeister, und er gab mir zur Antwort, daß es ausschließlich ein Zeichen von Liebe und Angst um das Leben ihres Anführers sei. Niemand stünde dem makedonischen Herzen näher als mein Geliebter, beteuerte er mit einem verkrampften Lächeln.

Die Ärzte hatten die Idee, seine Wunden mit glühenden

Stäben auszubrennen, aber auch davon wurde es nicht besser. Während des Eingriffs brach er zusammen und kam nicht wieder zu sich. Statt dessen wachte er mitten in der Nacht mit einem jähen Schrei auf, riß seine von Eiter verklebten Augen auf und atmete flach und angsterfüllt.

»Wo ist Thaïs?« fragte er mit verunsicherter Stimme. Ich stellte die Öllampe beiseite, setzte mich neben sein Bett auf den Boden und nahm seine Hand. Aber er erkannte mich nicht.

»Wer bist du, schönes Mädchen?« fragte er und streichelte mir über die Stirn. »Wo ist Thaïs?«

Dann versuchte er sich aufzusetzen. Das mußte ich verhindern.

»Leg dich wieder hin, dann werde ich sie holen«, sagte ich. Die ganze Zeit hörte ich mit einem Ohr nach meinen Kindern. Wenn sie erwachen sollten, würden sie nach mir und ihrem Vater suchen, und bekämen sie ihn so zu Gesicht, würden sie verzweifelt weinen.

»Ich habe Angst zu sterben«, sagte er entschuldigend und gab sein Vorhaben, sich zu erheben, entkräftet auf. Er lag auf dem Rücken und atmete viel zu schnell. »Aber du darfst ihr das auf keinen Fall sagen.«

Ich brachte ihm Wasser. Er nahm einen großen Schluck, doch fing er sofort an zu husten, so daß ich seinen Kopf halten mußte. Sein schönes, dichtes Haar klebte an seinem schmalen Gesicht, Wangen und Schläfen waren eingefallen, und seine Augen wirkten groß und ängstlich.

»Wo ist Thaïs?« fragte er erneut, und dieses Mal klang seine Stimme besorgt. Sein Blick wanderte ohne den Hauch einer Erinnerung über mein Gesicht.

»Sie kommt bald«, sagte ich gequält und tupfte den Schweiß von seiner Stirn. »Sie ist bei Alexander, sie kommen bestimmt bald.«

Daraufhin richtete er seinen Blick erwartungsvoll auf die Zelttür.

»Sag Alexander bitte«, flüsterte er mir ins Ohr, »daß er sich um sie und meine Kinder kümmern soll. Ich habe sonst niemanden. Sie wird es schwer verkraften, aber sie darf sich nicht das Leben nehmen, um der Jungen willen. Bitte denke daran. Sie soll wie meine richtige Witwe behandelt werden, er darf sie nicht nach Hause schicken, Olympias würde sie und die Kinder umbringen lassen. Ich hatte gehofft, daß wir viele glückliche Jahre miteinander verbringen würden, ich dachte, ich hätte in die Zukunft sehen können. Und nun soll ich sterben. Wo ist sie, warum kommt sie nicht?«

Er weinte und schlug sich die Hände vors Gesicht. Und weil er die Arme so nach vorne gerissen hatte, platzte die Wunde erneut auf, und das Blut durchtränkte den Verband. Ich konnte es nicht länger aushalten. Ich weckte einen von Ptolemaios' Pagen, der vor dem Zelt saß, und bat ihn, sich zu seinem Herrn ins Zelt zu setzen und ihm Wasser zu geben. Der Page stand vor mir, schlaftrunken und verwundert, und suchte nach einem Anlaß, sich meiner Anordnung zu widersetzen. Aber er wagte es nicht, ich hatte Persepolis in Flammen aufgehen lassen, das hatte mir einen gewissen Ruf verliehen.

Ich hatte den König noch nie zuvor auf eigene Initiative in seinem Zelt aufgesucht, aber ich wußte, daß er entweder die Nacht mit Roxane in ihrem Zelt, das wir den »Harem« nannten, oder mit Bagoas in seinem eigenen Zelt verbrachte.

Ich zog mich züchtig an, um so anständig wie möglich zu wirken, und nahm zwei meiner Sklavinnen mit, damit keiner auf die Idee kommen könnte, daß ich auf der Suche nach einem Liebhaber sei.

Die Wachen vor seinem Zelt wußten nicht mehr ein noch aus. Da stand die Hetäre des Ptolemaios und begehrte Einlaß, das hatte noch nie zuvor eine Frau getan. Sollten sie mich wieder fortschicken, mit mir darüber diskutieren oder gar auf mich einschlagen? Aber ich gehörte zu Ptolemaios, das wußten sie, und er würde jeden, der Hand an mich legte, kreuzigen lassen oder noch Schlimmeres mit ihm anstellen. Und trotzdem war ich für sie eine jener Frauen, der sie obszöne Zeichen machten, wenn sie auf der Straße an ihr vorbeigingen. Und zu allem Überfluß hatte ich auch noch Persepolis in Brand gesteckt.

Sie sollten mich melden, mein Anliegen sei dringend. Mein Anliegen sei sogar wichtiger als der königliche Schlaf und die makedonischen Anstandsregeln. Der Halbbruder und der beste General des Königs würde im Sterben liegen, die Hälfte des Heeres sei noch wach und würde auf die Nachricht von seinem Tod warten.

Da sie nicht sofort reagierten, verlor ich die Geduld und stürmte an ihnen vorbei, und da die beiden mich wohl kaum aufspießen konnten, gelang es mir tatsächlich hineinzukommen.

Es war stockdunkel und roch nach persischem Weihrauch. In gewisser Weise hatte sich Alexander bereits zu einem richtigen Perser gewandelt. Gewebte Teppiche hingen an den Wänden, von der Decke baumelten dekorative Objekte aus Messing, und es roch streng nach diesem Bordellweihrauch, den die Perser benutzten.

Alexander lag splitternackt und ohne Decke auf seinem Bett. Wie sehr er doch einem sterblichen Menschen glich – die Arme um den Eunuchen geschlungen, der neben ihm auf dem Bauch lag, den einen Arm über die Bettkante gehängt. Wir verabscheuten Bagoas. Und dennoch konnte ich, als ich sie so zusammen sah, verstehen, was die beiden verband. Ich begriff, was Alexander von Bagoas bekam. Er war ein Wesen, das sowohl Kind als auch Erwachsener, sowohl Mann als auch Frau war, jedoch niemals ein richtiger Mann und somit eine Bedrohung für ihn werden würde.

Sie schliefen wie Tote, aber ich trat ans Bett und rief den Namen meines Schwagers. Sein Gesicht war verschlossen und verzerrt, abgewandt von dem Jungen neben ihm, mit dem er vor kurzem noch geschlafen hatte. Sogar im Schlaf schienen mächtige Kräfte in ihm zu wüten, die Muskeln an Kehle und Wangen arbeiteten angestrengt.

Ich legte eine Hand auf seine Schulter und merkte, daß seine Haut, die immer diesen süßen, duftenden Schweiß absonderte, brennend heiß war. Diese Hitze brachte mich dazu, seinen Namen zu wiederholen, dieses Mal etwas zu laut, denn er schreckte auf, als hätte ihn jemand attackiert.

Es dauerte einige Augenblicke, ehe er die Person erkannte, die ihn da aufgesucht hatte. Dann griff er mein Handgelenk: »Ist er –?« fragte er und biß sich auf die Lippe. Seine Augen wanderten von mir zu dem Jüngling in seinem Bett.

»Du mußt sofort kommen, er redet im Fieberwahn, wir müssen beide bei ihm sein. Das wirst du doch noch für deinen Bruder tun können«, sagte ich.

Der Eunuch erwachte langsam. Nach niedlichem Augenreiben und kokettem Gähnen nahm er Alexanders Hand und legte sie sich auf seine Brust, biß in den kleinen Finger und begann zu schnurren. Aber die Liebesstunden waren jetzt vorbei, Alexander richtete sich auf und schob ihn beiseite. Erst in diesem Moment trafen sich unsere Blicke: Bagoas und ich hatten es stets vermieden aufeinanderzutreffen, obgleich wir vieles gemeinsam hatten. Oh, wie hart und kalt seine Augen waren: Eifersucht sah ich darin! Er wollte mit seinem Herrn allein sein, obwohl es da noch Hephaistion und Roxane gab.

»Das Leben deines Bruders ist wichtiger als dieses gut geölte Arschloch. Schick ihn fort, das hier geht keinen Sklaven etwas an«, sagte ich. Diese Worte entfuhren mir tatsächlich, diese unsäglichen Worte, die Sprache von Rhodopes Dirnen. Seit ich ihr Haus verlassen hatte, hatte ich solche Ausdrücke nicht mehr in den Mund genommen. Alexander schnappte nach Luft, und Bagoas entglitten die Gesichtszüge. Er sammelte mit hoch erhobenem Kopf seine Kleidungsstücke ein und verließ das Zelt.

Alexander rief seine Pagen und ließ sich ankleiden. Der

Weg durch das Lager dauerte eine Ewigkeit. Das nächtliche Treiben des Königs ging nicht unbemerkt vonstatten, und die Soldaten begriffen schnell, daß eine Entscheidung unmittelbar bevorstand. Und sie weinten, diese großen, gestandenen Männer weinten. Ich konnte mich nicht so gehenlassen. Er stirbt nicht, solange ich dagegen ankämpfe, dachte ich. Unser Leben hing an einem dünnen Faden, den Alexanders unbesonnene Finger hielten.

Ptolemaios lag im Bett und sprach lautstark auf den Pagen ein, den ich mit seiner Pflege betraut hatte. Aber ich konnte seine Worte nicht verstehen. Alexander warf seinen Mantel ab und ließ ihn zu Boden fallen, stürzte auf seinen Bruder zu, weinte und umarmte Ptolemaios, der diese rücksichtslose Behandlung widerstandslos über sich ergehen ließ. Alexander flossen die Tränen aus den Augen, und seine Lippen zitterten. Sie kannten sich schon seit einer Ewigkeit, aber auf einmal stand eine Mauer zwischen ihnen. Auf der einen Seite stand der Glückliche, vom Schicksal Verwöhnte, auf der anderen lag der Stiefsohn Ptolemaios, dem niemals etwas geschenkt wurde.

»Wo ist Thaïs? Sie sagten, sie sei bei dir. Was hat sie da zu tun?« fragte er ängstlich, als wäre er aus einem fürchterlichen Traum erwacht. Dramatisch streckte Alexander seine Hand nach mir aus, und ich trat aus der Dunkelheit ins Licht und setzte mich an sein Bett. Dieses Mal erkannte er mich. Sein Verband war hart von getrocknetem Blut. Ich griff nach einem Schwamm und begann, die Kruste aufzuweichen, damit ich die Binden abnehmen konnte, ohne ihm Schmerzen zuzufügen.

»Oh, das tut gut, so gut«, stöhnte er mit geschlossenen Augen, während das warme Wasser in den Verband eindrang. Trübe Ströme rannen ihm über die Brust, neues und altes Blut vermischten sich. Sein Körper zuckte unter meinen Berührungen zusammen, und kleine Tränen quollen aus seinen geschlossenen Augen.

»Ich sterbe«, sagte er dann, ohne die Augen zu öffnen, »es wird nicht mehr lange dauern.«

Ich hielt mitten in meiner Bewegung inne und sah zu Alexander, sein Blick war voller Kummer und Vorwürfe.

»Du stirbst nicht, solange ich das nicht will«, sagte ich.

Ich beugte mich über ihn und küßte ihn, seine Lippen waren kalt und aufgesprungen.

»Du mußt dich um sie und meine Söhne kümmern. Alles, was ich besitze, gehört ihnen. Laß sie einen Mann heiraten, der sie beschützen kann vor deiner –« Dann erstarb seine Stimme, und er schluckte. Alexander beugte sich zu ihm hinunter: »Vor wem beschützen?« Da öffnete Ptolemaios schließlich seine Augen und sagte mit ruhiger Stimme: »Vor deiner Mutter und deiner Ehefrau, diesen Hündinnen!«

Er schloß die Augen wieder, und ich begann, seinen Verband abzunehmen. Mit meinem kleinen Messer gelang es mir, den aufgequollenen Stoff abzutrennen, ohne ihn zu verletzen.

»Thaïs gehört jetzt zu deiner Familie«, sagte Ptolemaios mit belegter Stimme. Der König nahm die Hand seines Bruders und schüttelte sie so heftig, daß Ptolemaios seine Augen aufriß und die trockenen Lippen sich zu einem stummen Schmerzensschrei formten.

»Laß ihn in Frieden!« schrie ich. »Alles, was du in deine Hände nimmst, geht zugrunde. Er ist nicht einmal halb so göttlich wie du, sein Fleisch ist verletzbar, und er kann Schmerzen empfinden!«

Während ich das schrie, schlug ich mit beiden Händen auf Alexander ein und traf sogar sein Gesicht. Überrumpelt und fassungslos hob er schützend seine Arme vor den Körper. Ihn berührte sonst keiner, ohne seine vorherige Erlaubnis, und keiner hatte es je gewagt, ihn zu schlagen. Zuerst schoß ihm die Röte ins Gesicht – und dann lachte er, mein verletzter Mann, und drehte dabei seinen Kopf ein Stück zu uns.

»Ja, das ist meine Thaïs, meine beste Leibwache!«

Er lachte aus vollem Hals, obwohl er keine Kraft hatte. Der Schweiß brach ihm aus allen Poren und lief in Strömen aus seinem Haar die Nase herunter. Meine Hände waren nicht mehr so sicher und ruhig, aber es gelang mir, das letzte Stück blutdurchtränktes Leinen von seiner Schulter zu nehmen. Dann bat ich Alexander, die Ärzte zu rufen. Der Rest lag in ihren Händen. Aber ich wich nicht von seiner Seite.

Alexander tat, wie ich ihm befohlen hatte. Ptolemaios hielt meine Hand fest umschlungen, während die Ärzte in seiner Wunde herumstocherten und ihm einen neuen Verband anlegten. Kein Schrei entfuhr ihm, seine Lippen waren ein schmaler Strich, und seine Nägel bohrten sich in meinen Handrücken, bis Blut kam. Nur ein paar gequälte Schluchzer entwichen seinem Mund.

Die Ärzte wechselten bedeutungsschwere Blicke und flüsterten Unheilverkündendes, doch wandten sich nie direkt an mich. Sie würden doch lieber zuerst den König allein informieren. Ich fragte, was sie damit sagen wollten, und sie stellten sich in einer Reihe auf, falteten die Hände und schwiegen starrköpfig.

»Ich werde jeden einzelnen von Ihnen kreuzigen lassen, wenn er stirbt«, sagte ich. »Vielleicht kennen Sie mich nicht, aber erinnern Sie sich daran, wie Persepolis aussah, nachdem Thaïs ihren Zorn darüber ausgegossen hatte.«

Das veränderte ihre Einstellung ein wenig. Ptolemaios lag im Bett und gluckste vor Lachen. »Sie untertreibt nie, nicht wahr, kleiner Bruder?«

Ich wagte es nicht zu schlafen. Alexander legte sich auf das leere Klappbett, um in unserer Nähe zu sein. Trotz meiner unbequemen Haltung fiel ich in einen Schlaf voller Alpträume. Ich erwachte davon, daß Ptolemaios meine kalten Hände streichelte. Sein Blick war lebhafter als noch in der Nacht zuvor, aber zugleich auch unendlich traurig und erschöpft von der Krankheit.

»Ich sehne mich nach zu Hause«, sagte er. Er hatte still neben mir gelegen und gewartet. »Ich eigne mich nicht für dieses Leben, das wir hier führen. Ich habe den Krieg so satt, er hat keinen Sinn mehr, seit Dareios tot ist. Ich wünschte mir, wir könnten endlich umkehren. Ich sehne mich nach dem Schnee auf den Bergen, sehne mich danach, daß alle um mich herum Griechisch sprechen, ich sehne mich nach dem Frühling in Dion. Erinnerst du dich, wie wir vom Vogelgezwitscher geweckt wurden? Erinnerst du dich, wie sehr du im ersten Winter gefroren hast und wie warm der Sommer war, bevor wir aufbrachen? Wir kehren niemals dorthin zurück –«

Da mußte ich ihm die Hand auf den Mund legen, ich konnte seine Worte nicht mehr ertragen. Ich ließ mich neben ihn ins Bett gleiten, und mit seinem gesunden Arm zog er die Decke über uns. Wir würden niemals nach Hause zurückkehren, davon war auch ich überzeugt. Sogar heute denke ich manchmal darüber nach, wer wohl in meinem kleinen, hübschen weißen Haus in Dion wohnt, ob die Gegend noch immer so fruchtbar und üppig ist und der Helikon wie früher überall in kleinen Quellen aus dem Boden springt. Irgend jemand wird sich hoffentlich an den Bildern von Persephones Entführung in unserem Schlafzimmer erfreuen.

»Wir kehren niemals nach Hause zurück, wir beide werden sterben und im Feindesland verbrannt werden«, sagte ich zu Ptolemaios. Aber er widersprach mir und sagte, er würde mich einbalsamieren lassen, wenn das Schlimmste tatsächlich eintreten sollte, damit alle kommenden Familienmitglieder jene Frau betrachten könnten, die er bis zu ihrem Tode geliebt hatte. Das war zwar sehr rührend, aber ich war schon lange nicht mehr jene Frau, die er in mir sah. Die Kriegsjahre hatten meine Gesichtszüge verhärtet und mich zäh und nüchtern werden lassen. Auch der Brand von Persepolis hatte mich älter gemacht, und der ewige Geruch von Blut und verrottetem Fleisch erinnerte uns täglich an unsere Vergänglichkeit.

Ägypten schien mir zu dem Zeitpunkt der geborgenste und sicherste Ort, um sich zu verstecken. Davon träumte ich damals: Ich sah Ptolemaios in einem weiten Säulengang sitzen, Unrecht von Recht scheidend und vernünftige Gesetze schreibend. Er ließ sich von Flötenspielern unterhalten und diskutierte die Probleme der Welt mit Philosophen und Schriftstellern. Das war seine eigentliche Bestimmung, obgleich er ein fähiger General geworden war. Doch das interessierte ihn nicht weiter. Er besaß nicht Perdikkas' rüde Unerschrockenheit, um Unrecht zu begehen, oder Krateros' strategischen Feuereifer und soldatische Gründlichkeit.

Am nächsten Morgen erwachte Alexander vor uns und stürzte hinaus zu den Ärzten. Zeus habe ihm geholfen und ihm im Traum den Namen einer Pflanze geschickt, die er aus seiner Heimat kenne und die schweren Wundbrand heilen könne. Er hätte sich nur die ganze Zeit nicht an den Namen erinnern können. Aristoteles habe ihm damals viele Namen von Heilpflanzen beigebracht, und der eine sei ihm erst in diesem Traum wieder eingefallen. Die Ärzte lasen aufmerksam in ihren Büchern und Schriften, und noch vor dem Abend kamen sie freudestrahlend mit einer Salbe zurück, die sie sogleich auf die Wunde auftrugen, die schon etwas besser aussah. Kurz darauf verschwand die Schwellung am Bein, und auch die schrecklichen Verfärbungen seiner Haut verblaßten. Ptolemaios fiel in einen tiefen Schlaf; Alexander nahm mich mit nach draußen, um dem Heer zu verkünden, daß sich sein geliebter General auf dem Wege der Besserung befinde.

Sofort brach ein Freudengeschrei aus, und die Männer schlugen vor Freude mit ihren Speeren auf ihre Schilde, so daß Alexander sie lachend zum Schweigen bringen mußte.

Er hatte wohl keine Vorstellung davon gehabt, wie beliebt sein Halbbruder war.

Es überraschte mich nicht weiter, als mir Alexander kurz darauf mein ungehöriges Verhalten während der Krankheit meines Geliebten vorwarf.

»Ich bin kein Unteran des persischen Großkönigs und kann tun und lassen, was ich will«, sagte ich. Aber weiter wagte ich nicht zu sprechen, die Worte, die mir auf der Zunge brannten, mußte ich hinunterschlucken, ehe sie nicht wiedergutzumachenden Schaden anrichteten. Ein einziger Blick auf Alexander verriet mir, daß er weder Widerspruch noch Aufsässigkeit dulden würde.

Der Unterschied zwischen beiden Männern wurde mir erst während der Krankheit meines Geliebten deutlich. Ptolemaios war für mich immer der Repräsentant des – wie wir es in Athen nannten – *kalos kagathos*, ein Mann von hoher Moral und Geburt, der seinen Körper trainiert, seine Schönheit pflegt und sich tadellos in Kriegszeiten, in seinem politischen Handeln und im Familienleben verhält. Alexander entsprach diesem attischen Ideal einfach nicht. Er war, trotz seiner Liebe zu Homer, durch und durch Makedone.

Die Zeiten, in denen ich aus Dankbarkeit für seine Güte aus eigenen Stücken nur für ihn allein sang, waren längst vorbei. Jetzt erhielt ich vorher einen Befehl dazu. Aber Alexander bemerkte den Unterschied gar nicht mehr. Wenn ich mich nach meinem Auftritt vor ihm verbeugte, war sein Gesicht wie früher verklärt von den süßen Tränen des Genusses. Jenes Genusses, den ich zeit meines Lebens spürte, wenn meinem Mund weiche Laute entwichen und die Erleichterung in meiner Kehle aufstieg.

Alexander rief seine Generäle zusammen und verkündete einen erneuten, gigantischen Feldzug. Wir sollten erst Arabien und danach Italien erobern. Seine Schwester war

Witwe geworden, als ihr Mann, der König von Epirus, im Kampf gegen die Etrusker getötet wurde. Nun wollte er seinen Schwager rächen.

Des Königs Freunde jubelten nicht. Wir hatten zuvor Indien erobert und waren dann umgekehrt, weil die Soldaten sich geweigert hatten, Alexander auf weiteren Feldzügen zu folgen. Darum waren wir wieder in Ekbatana. Ich wußte, daß Alexander sich langweilte, schließlich waren wir ja schon einmal hiergewesen ... Er wünschte sich neue Abenteuer, neue Kriege, neue Landschaften. Es war, als hätten ihn die Erlebnisse der letzten Jahre so berauscht, daß er nach immer größeren Ereignissen hungerte.

Ptolemaios war wieder genesen und kam seinen Pflichten als Heerführer nach. Als Alexanders Pläne bekannt wurden, platzte er ins Zelt, riß sich den Brustpanzer vom Körper und warf ihn zu Boden. Dann wanderte er auf und ab, bebend vor ohnmächtiger Wut. Warum wir unbedingt die ganze Welt erobern und bis dahin feindliche Völker miteinander verbinden müßten, fragte ich laut und wütend. Ptolemaios versuchte mich zum Schweigen zu bringen, aber auch seine Umarmung konnte mich nicht bremsen.

»Babylon wird übrigens die Hauptstadt des Reiches«, sagte er, als würde ich mich am meisten um die politischen Details sorgen. Krateros, der an den makedonischen Bräuchen festhielt, sollte die Veteranen nach Hause begleiten – nicht Ptolemaios. Ausgerechnet Krateros, der Phantasieloseste, aber auch Ergebenste, sollte den Regenten in Makedonien ablösen.

Gemeinsam mit Hephaistion gelang es uns, Alexander zu überreden, ein griechisches Festspiel zu veranstalten, mit Aufführungen und athletischen Wettkämpfen.

»Eine Art Ekbatanische Spiele?« kicherte er, als wir mit dem Vorschlag zu ihm kamen. Was für eine Erleichterung es war, endlich wieder von Menschen umgeben zu sein, die meiner Welt angehörten. Sie konnten die vielen makedonischen Generäle nicht voneinander unterscheiden, aber *Thaïs* kannten sie, obwohl ich seit so vielen Jahren in der Fremde weilte. Mein Ruf in Griechenland war unerschüttert!

Ptolemaios genoß die langen Abende in gepflegter Gesellschaft, denn er besaß die kostbare Fähigkeit zu genießen, und zwar nicht nur die Freuden des Körpers und der guten Speisen. Er hatte sowohl die schwere Schulterverletzung als auch die Wüstenwanderung gut überstanden, und nun erblühte auch seine Schönheit wieder. Wie viele Jahre waren seit unseren glücklichen Tagen in Dion vergangen? Zehn? Und als der Mond voll und strahlend über den persischen Lustgärten von Ekbatana aufging, liebten wir uns wie in unserer ersten Nacht in Korinth. Der Krieg schien unendlich weit entfernt.

Doch dieser Krieg hatte ihn auch reifen lassen. Er schickte seltene Tiere und Steine nach Mieza zu Aristoteles und war damit beschäftigt, eine Bibliothek aufzubauen. Während die anderen Generäle Alexanders ihre persischen Streithengste mit Skaberakken aus Löwenfell verzierten und selbst mehr Schmuckstücke trugen als Laïs in ihren besten Zeiten und sogar auf der Jagd mit Gold behangen waren, sammelte Ptolemaios Manuskripte und Salamander.

Um uns herum zogen dunkle Wolken auf, aber wir bemühten uns, sie zu ignorieren. Hephaistion ging es schlecht, er wurde zunehmend aus der Gemeinschaft ausgeschlossen. Alexander hatte schon vor einiger Zeit mit Hephaistion gebrochen, der verzweifelt versuchte, diesen Umstand zu verheimlichen. Aber seine Ohnmacht hatte sich herumgesprochen, und schließlich kam es zu einer gewaltsamen Auseinandersetzung zwischen ihm und dem griechischen Sekretär Eumenes, der bereits in Pella, lange vor dem Krieg, beschlossen hatte, den Geliebten des Königs zu hassen. Jahrelang hatten die beiden über alles mögliche gezankt, aber

Hephaistion war immer beschützt gewesen von der nachsichtigen Liebe des Königs. Nun aber stand er auf einmal seinen Feinden allein gegenüber.

Ich war dabei, als sie erneut zu streiten begannen. Doch dieses Mal ließen sie nicht voneinander ab. Nur wenige Augenblicke später gingen sie mit gezogenen Schwertern aufeinander los, und sogleich kämpften auch ihre Anhänger und Pagen miteinander. Es kostete viele das Leben, Ptolemaios und Perdikkas mußten ihre Wachen in den Kampf eingreifen lassen, um ihn zu beenden. Erst als Perdikkas sein Schwert an Hephaistions Kehle hielt, gab dieser auf.

Rasend vor Wut, stellte sich Alexander vor die beiden Hitzköpfe und wies Hephaistion vor aller Augen mit vernichtenden Worten zurecht: Ohne den königlichen Rückhalt sei er ein Nichts.

Hephaistion suchte mich kurz darauf auf und klagte mir seine Not, aber womit hätte ich ihn trösten können?

»Der makedonische König liebte Hephaistion, aber der persische Großkönig hat drei Ehefrauen und einen Eunuchen«, waren meine einzigen Worte. Er schluckte seine Tränen hinunter und sah mich mit verbitterten Augen an. Er wußte, was das bedeutete.

»Ich hätte mich schon damals in Baktrien umbringen sollen, als Roxane auf einmal zwischen uns stand«, sagte er bloß.

Wir hatten uns so sehr nach diesen herrlichen Tagen mit Theaterstücken und athletischen Spielen gesehnt. Wir wenigen Griechen taten unser Äußerstes, um alles so schön wie möglich zu gestalten. Es gab keine nächtelangen Saufgelage, sondern zivilisierte Feste mit erstklassiger Unterhaltung und intelligenten Gesprächen. So wie bei Platons Symposion. Zwischendurch ist es gut, sich zu betrinken, aber man sollte aufhören, wenn es am schönsten ist, um jene Leichtigkeit der Gedanken und Offenheit des Geistes zu erleben, die eine angemessene Menge Wein einem ermöglicht.

Nur Hephaistion trank zu viel, Tag und Nacht, und hielt sich fast vollständig aus den Gesprächen heraus, die wir an den ausgedehnten und fröhlichen Abenden führten. Dafür saß er jeden Abend bei Ptolemaios und mir im Zelt in einer Ecke und kämpfte mit seiner Übelkeit.

Ich machte mir darüber keine weiteren Gedanken, bis ich erfuhr, daß Hephaistions Abwesenheit von den Spielen mit einer plötzlichen schweren Krankheit zusammenhing. Fieber war etwas ganz Alltägliches in Persien, und da wir alle seit so vielen Jahren im Kriegszustand gelebt hatten, betrachteten wir uns als abgehärtet, ja als geradezu resistent gegen gewöhnliche Krankheiten. Für uns hatte Fieber keinerlei Bedeutung mehr, und bei einem so gesunden und großen Mann wie Hephaistion sollte es erst recht keine Rolle spielen.

Also gingen wir anderen gutgelaunt zur nächsten Theateraufführung, und ich fragte Alexander höflich nach dem Wohlbefinden seines Freundes, während er in den schönen schwarzen Haaren von Bagoas wühlte. Das war das erste Mal, daß wir miteinander sprachen, seitdem er mich zurechtgewiesen hatte, und er war keineswegs erfreut, daß Ptolemaios mich mitbrachte. Oh, beschwichtigte er mich, es sei nichts Schlimmes, Hephaistion sei auf dem Wege der Besserung, meine Sorge solle meine Freude auf das bevorstehende Vergnügen nicht trüben. Ptolemaios hingegen sah mich ernst an und schüttelte mit dem Kopf.

Eigentlich war es so vorgesehen, daß die Hetären unter sich bleiben sollten, um die Ehre der persischen Großherren nicht zu kränken. Ptolemaios jedoch ging, ohne zu zögern, auf den Platz, der ihm zugewiesen war, und ließ meine Hand nicht los. Ich wartete geduldig auf seine Aufforderung, mich zu den anderen Frauen zu gesellen. Er allerdings teilte mir mit, daß er mir etwas zu sagen habe, das keinen anderen etwas anginge; es würde Hephaistion betreffen. Sein Zustand habe sich verschlechtert, er leide an blutiger Diarrhöe und könne keine Speisen bei sich behalten. Er würde immer wieder ohnmächtig werden, habe aber oft nach mir gefragt. Alexander hatte Krankenbesuche bei seinem alten Freund untersagt, und Hephaistion wiederum hatte seinen Ärzten aufgetragen, dem König gegenüber nur von seiner Besserung zu sprechen. Was sollte ich nun mit diesem Wissen anfangen? Verstört nahm ich neben Ptolemaios Platz.

Alexander hatte auf unserem Weg durch die Welt viele Städte gegründet. Städte mit schönen, geraden Straßen, mit Theatern und Tempeln für unsere Götter. In Ekbatana allerdings hatte man in großer Eile ein Theater errichtet. In diesem sollten wir die Aufführung von Euripides' *Bakchen* sehen. Allerdings erschien mir das Drama der Gegenwart weitaus brutaler als das im Theater.

Nun wußte ich, daß Hephaistion nicht länger zu leben wünschte, sein Körper hatte an seiner Statt einen Entschluß gefaßt. Ich warf einen Blick über meine Schulter zu Alexander. Am Tag zuvor, erzählte man, habe er eine Stunde lang am Bett des Freundes gesessen. Aber schließlich habe ein kleines Fieber doch noch keinen makedonischen General umgebracht.

Meine Gedanken waren überall, nur nicht bei den Schauspielern. Mitten in Agaues Monolog sah ich, wie Alexander aufsprang und davonstürmte. Ihm folgte ein General nach dem anderen, während das Gerücht seine Kreise zog – etwas war geschehen. Nur der griechische Sekretär Eumenes blieb demonstrativ sitzen, für ihn war Euripides wichtiger als des Königs Freunde.

Alexander stolperte auf der provisorischen Treppe, und Perdikkas mußte ihn stützen. Da wußte ich, was geschehen war.

Ich stand auf, doch keine der anderen Frauen folgte

meinem Beispiel. Sie flüsterten miteinander und sahen mich neugierig an, um dann hinüber zu den hübschen jungen Männern zu blicken – ihren Kunden. Ptolemaios erhob sich als einer der letzten. Wir anderen folgten ihm in aller Würde, und nur eine kümmerliche kleine Gruppe blieb zurück, um Agaue mit dem abgeschlagenen Kopf ihres Sohnes zuzusehen.

Schildträger hatten sich in Kettenformation um den Palast aufgestellt, als würden sie ein Attentat befürchten. Ptolemaios durchbrach mit mir diese Absperrung, alle anderen wurden zurückgehalten. Er ließ keinen Augenblick meinen Arm los; unsere Kinder waren im Palast, wir wohnten dort! Fürchterliche Laute kamen uns entgegen. Sind schon Klageweiber bei ihm? fragte ich mich und hüllte mich eng in meinen Mantel. Der Tod persönlich schien uns entgegenzubrüllen.

Wir blieben in der großen Vorhalle stehen und lauschten, aber es war schier unmöglich zu hören, woher die Geräusche kamen. Die Klagelaute schienen den Mauern des Gebäudes zu entspringen. Doch dann zog ich Ptolemaios hinter mir her in den Teil des Palastes, in dem Hephaistion gelegen hatte. Ohne weiter über die Folgen nachzudenken, trat ich durch die mannshohe Eingangstür. Ich wollte sehen, was dort vor sich ging.

Mitten im Raum stand ein breites Bett, auf dem zwei Menschen lagen. Von dort kamen auch die Laute. Alexander saß mit zerrissenen Kleidern auf dem Bett und hielt die nackte Leiche in seinen Armen.

Ab und zu entfuhr ihm ein Klagelaut, dann drückte er seinen offenen Mund in den toten Körper, als würde er ihn verzehren wollen, und der Schrei wurde so zu einem dumpfen Gebrüll. Der Leichnam hing anmutig in seinen Armen, alle Glieder entspannt, baumelnde Hände und herrenlose Füße, Mund und Augen weit geöffnet, das Glied als rotblauer Bogen. Alexander schüttelte Hephaistion, zog ihn an den Haaren und ließ ihn auf das Bett fallen, um sich im nächsten Augenblick auf ihn zu werfen. Er hatte noch nie die Erfahrung gemacht, einen Menschen zu verlieren.

In den sieben Türen, die in den großen Saal führten, standen »Alexanders Freunde«, die Generäle, erwachsene, große Männer mit hängenden Schultern und offenen Mündern, gelähmt vor Scham. Ptolemaios faßte mich an den Schultern, wie um mich zu wecken.

»Hol bitte Roxane«, sagte er. Aber mir war es unmöglich, meinen Blick von diesen zwei Männern abzuwenden. Alexander hatte sein Gesicht in der Brust seines Freundes vergraben, und seine Hände wanderten flehend an seinen Armen entlang, über die Hüfte hinunter zu den schönen Schenkeln, als würde er den Toten so wieder zum Leben erwecken wollen.

Ptolemaios schüttelte mich und wiederholte seine Bitte energischer. Ich bezweifelte zwar, daß Roxane eine tröstende Wirkung auf Alexander haben würde, aber vielleicht war es ganz gut, sich von diesem scheußlichen Anblick loszureißen. Ptolemaios war von sich ausgegangen, für ihn wäre ich in einem solchen Augenblick die richtige Medizin gewesen.

Hinter mir hörte ich Alexanders Stimme, die uns anbrüllte: »Er war allein, ich war nicht bei ihm, er war ganz allein.«

Und während ich dankbar den Abstand zwischen mir und diesem Elend vergrößerte, wuchs meine Wut auf Alexander. Er würde niemals den wahren Zusammenhang begreifen. In seiner Wahrnehmung war ihm eine große Ungerechtigkeit widerfahren: Sein Patroklos war gefallen, und es gab keinen Hektor, den man überführen und zur Rache hinter dem Streitwagen zu Tode schleifen konnte.

Roxane saß in ihrem Kämmerchen und betrachtete die Wände, sie hatte keine Lust gehabt, der Aufführung der griechischen Schauspieler beizuwohnen. Die persische

Großkönigin zeigte sich nur bei großen Anlässen der Familiendynastie. Sie weigerte sich beharrlich, Alexanders zweite Ehefrau Stateira anzuerkennen, außerdem kam er noch immer zu ihr, wenn er sich nach Nähe und Zärtlichkeit sehnte.

Vor einiger Zeit hatte sie ihren Irrtum eingesehen, daß ich doch keine Fürstin war. Bei der Gelegenheit muß sie ebenfalls erfahren haben, wie ich meine Stellung erworben hatte, aber das tat unserem Verhältnis keinen Abbruch. Sie betrachtete mich weiterhin als ihre Vertraute.

Ich erzählte ihr, was geschehen war. Ihr wunderschönes Gesicht strahlte förmlich vor Vergnügen, obwohl ich die Proskynese und den obligatorischen Fingerkuß vergessen hatte. Für Hephaistion hegte sie nicht die geringsten Gefühle, im Gegenteil, sie sah nun ihre Chance gekommen, ihren Mann zurückzuerobern. Oder von dem Teil Alexanders besitzzuergreifen, zu dem er ihr bisher beharrlich den Zugang verwehrt hatte.

Natürlich wollte sie ihn sofort sehen – aber ihr Sikander wollte sie nicht sehen.

Als wir zum Saal zurückkehrten, war Alexander gerade dabei, seinen Zorn den übrigen im Lager entgegenzubrüllen. Sie hätten seinen Freund gehaßt und ihm, wo immer sie konnten, schaden wollen, weil sie eifersüchtig gewesen seien. Ob sie jetzt endlich zufrieden wären?

Roxane griff meine Hand und tat einen Schritt zurück in den dunklen Gang. Ich folgte ihr und verschloß leise die Tür hinter mir, damit keiner sie sehen konnte. Dann gingen wir den ganzen Weg zurück zu ihren weitab liegenden Gemächern, in denen man Alexanders Wutausbrüche nicht hören konnte. Wir waren beide sehr niedergeschlagen, ich konnte förmlich hören, wie die Gedanken in Roxane arbeiteten. Sie mußte sich einen Plan zurechtlegen, ehe er nach ihr schicken ließ.

Doch ein Tag verging wie der andere. Alexander gab sich

nicht seiner Trauer hin, von ihm kam ein Befehl nach dem anderen. Der zuständige Arzt wurde als der Schuldige an Hephaistions Tod gekreuzigt. Große Pläne für Hephaistions Beerdigung kamen ausgerechnet vom Königlichen Sekretär, Hephaistions größtem Feind, der den Bau einer Pyramide und die größte Feuerbestattung aller Zeiten veranlaßte. Hephaistions Gesichtszüge sollten in einen Berg gemeißelt werden – vermutlich in einen Felsen des Olymps, damit sein Geliebter von Dions Stadtmauern aus zu sehen sein würde. Der Großkönig hielt das Zepter des Handelns fest in der Hand.

Aber der Geruch von Hephaistions Verwesung begann allmählich aus der Kammer zu dringen. Unsere glücklichen Stunden in Ekbatana waren unwiderruflich zu Ende, der Tod hatte unsere Leichtigkeit geraubt, und der Sommer wurde immer unerträglicher.

Eines Nachts sagte Ptolemaios zu mir: »Wir müssen anfangen, an die Zukunft zu denken. Er ist wie Achill, er wird sich selbst zugrunde richten. Es ist an der Zeit, daß wir an uns und unsere Kinder denken.«

Bis zu diesem Moment war Alexander in meiner Wahrnehmung unsterblich gewesen, obwohl auch er in jeder Schlacht verletzt wurde. Er war noch so jung! Wir mußten ihn unbedingt aus Hephaistions Sterbezimmer schaffen, schließlich hatte er ein Reich zu lenken, einen Krieg zu beenden und tausend Entschlüsse zu treffen.

Ptolemaios schlief tief und fest und erwachte erst, als ich heftig an seiner Schulter rüttelte. Es war der Eunuch Bagoas, der im flackernden Schein der Fackeln kam, um mich zu holen. In seinem kleinen, drolligen Gesicht lag unverhohlene, aber vornehme Verachtung. Alexander wünsche, die Hetäre Thaïs möge Iphigenies Klagelied für ihn singen, erklärte er. Ich schminkte mich und steckte mein Haar hoch, das schuldete ich meinem Schwager. Ich wollte ihm keinen Anlaß zu Vorwürfen geben.

Bis dahin hatte er stets »Andromaches Klage« vorgezogen, das traurigste Stück aus meinem Repertoire. Das erscheint heute altmodisch und naiv, aber die Soldaten wollten genau diese Arie immer und immer wieder hören. Fernab von der Heimat sehnten sie sich nach traurigen Geschichten, die sie zum Weinen brachten. Als Katharsis!

Ich hatte dieses Lied so oft gesungen, daß ich damit nicht mehr das Exil in Ptolemaios' Familie verband. Routiniert trug ich das Stück vor und verfehlte die gewünschte Wirkung in der Regel nie. Ich muß gestehen, daß ich mit Grauen daran dachte, dem trauernden Alexander Verse vorzusingen. Unter anderen Umständen hätte ich mir die virtuosesten Doppelflöten- und Kitharaspieler zur Begleitung aussuchen können. Aber Bagoas meinte, der König wünsche mich allein zu sehen, weil er mich etwas Wichtiges fragen wolle. Was das sein würde, wußte der Eunuch nicht.

Es war dunkel in Hephaistions Kammer, nur eine einzige Öllampe brannte. Der Leichnam war aus dem großen, luftdurchfluteten Raum in diese kleine Kammer gebracht worden, und sein Verwesungsgeruch wurde von Weihrauch und Parfum überdeckt. Alexander saß auf der Bettkante und hielt die Hand seines Freundes. Dessen Körper hatte seine Farbe verändert, die Haut war lila und eingefallen. Sein Gesicht war mit einem Leinentuch bedeckt, das die Feuchtigkeit der Haut aufsog, Leichnam und Leinen begannen, miteinander zu verschmelzen.

Ich verbeugte mich im Türrahmen, mehr konnte er nicht verlangen. Außerdem war es so stockduster in der Kammer, daß ich einen Augenblick benötigte, ehe meine Augen sich an die Dunkelheit gewöhnten. Während ich versuchte, meinen Atem wieder zu beruhigen, ertönte seine Stimme durch die schwere und schwüle Luft, laut und heiser: Warum ich angerannt käme, wer würde glauben, daß ausgerechnet ich ihm helfen könne? Bagoas habe mich geholt, erwiderte ich, und ich sei davon ausgegangen, daß der König den Befehl dazu gegeben hätte.

»Ich brauche dich nicht, du kannst wieder gehen«, antwortete er und fuchtelte mit der Hand in Richtung Tür. Er war dreißig Jahre alt und benahm sich noch immer wie ein ungestümes Kind, das lieber mit Pfeil und Bogen zwischen den Zähnen eine senkrechte Mauer hochkletterte, als einen Verlust hinzunehmen. Er war gleichzeitig Mann und Kind, das konnte ich sehen, wenn wir zusammen waren. Das Heer und seine Männer hingegen sahen seine zweite Seite nie, denn sie erlebten ihn nur als den blonden Jungen hoch oben auf seinem Pferd.

Da kam mir plötzlich der Gedanke, jene Botschaft zu wiederholen, die wir seinerzeit von Ammons Orakel in Ägypten erhalten hatten: Hephaistion sei doch jetzt durch seinen Tod zu einem Halbgott und Heros geworden, sagte ich sanft.

Ich war der Ansicht, das Richtige gesagt zu haben, um ihn zu trösten. Alexander winkte mich zu sich, und als ich vor ihm stand, legte er eine Hand auf meinen Schenkel und zog an meinem Stoff, als würde er mich auf die Knie zwingen wollen. Ob Hephaistion dadurch nicht sogar zu einem richtigen Gott geworden sei? fragte er vorsichtig.

»Nein, Ammon hat in dir den Gott gesehen und in Hephaistion einen Halbgott«, erklärte ich ihm mit einem schalen Gefühl. Womit in aller Welt vergeudeten wir hier unsere Zeit, der Mann war so tot wie ein Fisch, der vor vier Jahren an Land gezogen wurde! Da erst bemerkte ich, welche Verwandlung Alexander durchgemacht hatte: Zur Trauer hatte er sich sein wunderbares, dichtes blondes Haar scheren lassen, so wie es Achill zu Ehren von Patroklos in der *Ilias* getan hatte. Jetzt sah man, daß er kleine abstehende Ohren hatte, einen unebenen Schädel, und seine ohnehin großen, strahlenden Augen wirkten noch größer und verstörter. Krank sah er aus, aber das wunderte mich nicht sonderlich, immerhin war er seit Tagen mit dem Leichnam eingesperrt gewesen.

»Er starb allein«, sagte er dann.

»Er starb, weil du ihn im Stich gelassen hast«, erwiderte ich. Mein unseliger Drang, die Wahrheit zu sagen, besiegte in diesem Augenblick meinen Verstand, das gebe ich zu, aber wer sonst hätte das dem König sagen sollen. »Wann nur hast du das maßvolle und vernünftige Handeln aus den Augen verloren«, fuhr ich fort. »Wann hast du Apollon vergessen? Warum nur willst du unbedingt ein Perser sein? Du bist wie ich ein Grieche. Du hast Hephaistion bereits im Stich gelassen, als du Roxane geheiratet hast, und ein zweites Mal, als du dir den Eunuchen zugelegt hast. Du hast dich durch ihn verleugnen lassen. Du hast zugelassen, daß er aus deinem Leben glitt, weil er ja ohnehin immer bei dir war. Du hast es einst geliebt, anderen eine Freude zu machen, warum fällt dir das jetzt als Großkönig so schwer? Wir können es nicht ertragen, daß du dich zu einem verwöhnten Kind wandelst, das den Schmerz in den Augen des anderen nicht mehr sieht. So bist du deiner nicht mehr würdig!«

Erst nach diesem letzten Satz wagte ich es, ihm in die Augen zu sehen, und bemerkte in dem Halbdunkel sein unverhohlenes Entsetzen. Er konnte mich töten, aber er konnte nicht meine Worte auslöschen. In den letzten Jahren hatte kein Mensch so mit ihm gesprochen. Je mächtiger man ist, um so unvorbereiteter ist man auf Kritik. Er war gegen seinen Wunsch zu dem geworden, der er war, das war mir bewußt. Aber er hatte die Pflicht, sich dagegen zu wehren. Man müsse sich selbst treu bleiben, sonst könne man nicht Mensch bleiben, sagte ich, um ihm deutlich zu machen, was ich meinte.

Glaube mir: Ich mochte ihn nicht weniger als früher, im Gegenteil. Doch für den Unverwundbaren ist es wichtig, den letzten Rest seiner Verletzbarkeit zu verteidigen.

»Ach so, dann bin ich also meiner Natur nicht treu. Ist es das, was du sagen willst?« fragte er lauernd. »Warum drehst du mir immer die Worte im Mund herum, meine kleine Athenerin? Hast du die Seite gewechselt? Ich dachte immer, du unterstützt Demosthenes!«

Mein Mut verschwand augenblicklich, in der Regel schlug er Kritik als Zeichen von Kleinlichkeit in den Wind. Und er verabscheute kleinliche Menschen. Er war Großkönig und berühmt für seinen Großmut, alles in seiner Welt war groß, zumindest sollte alles groß sein.

Leider war meine Wut auf ihn nicht verschwunden. Hephaistion habe sich ihm, so erinnerte ich ihn, aus freien Stücken und ohne Vorbehalte hingegeben. Und trotzdem habe Alexander zugesehen, wie er ihm entglitt, als sei er nichts wert gewesen.

Als ich verstummte, sah ich hinunter auf den Leichnam, und ich wurde wieder gewahr, über wen wir sprachen. Auch ich hatte einen Freund verloren. Wenn ich doch nur den Mund gehalten hätte, aber all diese Jahre, die andere »Freiheit« nennen, haben mich hart und unerbittlich gemacht.

In gewisser Weise genoß er es, so gequält und herausgefordert zu werden, darum hatte er schließlich auch nach mir gerufen. Doch ich ahnte Böses.

»Du weißt nicht, wovon du da sprichst«, sagte er kopfschüttelnd.

Also fuhr ich fort, ihm seine Fehler aufzuzählen, während ich vor ihm stand und er seine eine Hand in meinen Chiton gekrallt hatte. Bagoas sei ein einfacher Fall, er verlange nichts und würde niemals erwachsen werden. Es wäre keine große Herausforderung, eine solche Mißgeburt zu lieben. Es könne nicht seiner wahren Natur entsprechen, sich auf ein Verhältnis mit Bagoas einzulassen.

»Wie steht es denn mit deiner eigenen wahren Natur, besteht die darin, die Beine zu spreizen?« zischte er. Das war die billige Methode seines Vaters, immer sofort unter die Gürtellinie zu zielen. Was hatte Philipp noch seinen ältesten Sohn gefragt, als sie unter vier Augen waren: »Wie, um alles in der Welt, hast du die beste Hure Griechenlands dazu gebracht, dir in deine Heimat zu folgen?« Ptolemaios hatte mit zusammengebissenen Zähnen geantwortet: »Sie liebt mich.« Aber er hatte sich geirrt, ich hatte es getan, gerade weil ich meiner Natur treu geblieben war.

»Wenn ich dieser Natur gefolgt wäre, dann hätte ich mir es ersparen können, im Troß eines Heeres durch die Weltgeschichte zu ziehen, und wäre jetzt die reichste Frau Athens«, erwiderte ich. Diese Antwort machte ihn erst recht wütend. Er ließ den Leichnam los und rutschte unsicher vom Bett. Er war angetrunken, aber sein Zorn hatte ihn nüchtern werden lassen.

Ich wollte ihm aufhelfen, aber er kam eigenständig auf seine wackligen Beine und trat dann so nahe an mich heran, daß ich seinen stinkenden Atem in meinem Gesicht spürte. Sein Schweiß, der sonst immer süß und wunderbar gerochen hatte, stank nach Verwesung. Er ballte und öffnete seine Hände abwechselnd und sog scharf die Luft ein – wie ein jähzorniges Kind.

»Kannst du mir verraten, was mich davon abhalten sollte, dich zu töten?« fragte er.

»Das habe ich mich selbst schon sehr oft gefragt«, erwiderte ich. »Und die Antwort ist einfach: deine Ehre.«

Wenn er jemals Hand an eine Frau legen würde, würde er danach noch mehr leiden als nach seinem Mord an Kleitos. Würde er mich töten, würde Ptolemaios sofort ein großes Risiko für ihn darstellen, und er müßte auch ihn, seinen eigenen Bruder, und die Kinder seines Bruders, meine Söhne, umbringen.

In dieser Nacht wurde meine Verachtung für Alexander geboren. Niemals zuvor und nie wieder danach kam Philipp so deutlich in seinem Sohn zum Vorschein. Alexander konnte der Wahrheit nicht mehr entkommen, die auch seine Mutter versucht hatte auszulöschen. Er konnte ängstliche Orakelwächter bestechen, damit sie erzählten, er sei ein Sohn des Zeus, aber seinen leiblichen Vater Philipp konnte Alexander doch nicht verleugnen.

Was für ein Fluch, seine Herkunft so sehr zu hassen und zu verachten!

Alexander wollte nicht der Sohn seines Vaters sein. Aber Philipps achtlose Grausamkeit und sentimentale Selbstverliebtheit hatten sich ihren Weg gebahnt und waren zum Vorschein gekommen. Dabei hatten wir Griechen Philipp die Fähigkeit zur Mäßigung beigebracht. Nach einer der großen Schlachten hatte er, betrunken und bekränzt, den Siegestanz angeführt, bis einer der Griechen fragte, warum denn er, der doch vom Schicksal auserwählt sei, den Großkönig Agamemnon zu spielen, die Rolle des Narren Thersites bekleide? Philipp hatte ihn sofort verstanden und sich augenblicklich beschämt in sein Zelt zurückgezogen und die anderen den lustigen Komos weitertanzen lassen.

»Setz du dich nur neben deinen Kadaver und trauere weiter, aber bedenke, daß du in Wirklichkeit nur um dich selbst trauerst. Eigentlich solltest du dich darüber freuen, daß Hephaistion dich freigegeben hat, damit du jetzt einen Erben mit einer deiner drei Frauen zeugen kannst. Du kannst ganze Völker wandern lassen und das Schicksal von Millionen von Menschen verändern, aber du bist nicht in der Lage, dich selbst zu besiegen, deine eigenen Gefühle zu beherrschen. Doch das ist eine der Voraussetzungen, sich einen Griechen nennen zu können.«

Mehr sagte ich nicht, ich hatte auch schon genug gesagt – das vergab er mir nie. Leider hatten meine Lippen gezittert, während ich meine Anklage vortrug, obwohl ich mich zur Haltung zwang.

Seine Hand fuhr aus dem Dunkel empor, die Spitze des langen indischen Messers hob mein Kinn an. Kein Laut drang über meine Lippen, ich stellte mich auf die Zehen und spürte, wie die Messerspitze meine Haut durchbohrte. Ein dünnes warmes Rinnsal von Blut floß mir kribbelnd den Hals hinunter. Die Hand, die das Messer hielt, begann zu zittern, dann ließ sie es fallen. Weinend umarmte er mich. Und so standen wir dann und weinten beide.

Ich strich ihm über seinen kahlrasierten Kopf und mußte an die wunderschönen Tage denken, die mittlerweile über zehn Jahre zurücklagen, als das panhellenische Heer in Kleinasien an Land ging, um unsere Städte zu befreien. Ich mußte daran denken, wie es war, als wir in den Ruinen von Troja angekommen waren und Alexander einen Kranz auf Achills Grab legte und Hephaistion einen auf Patroklos' Grab.

»Auch du verstehst mich nicht«, sagte er flüsternd. »Du begreifst nicht, wie einsam ich bin. Ich dachte die ganze Zeit, er sei bei mir, aber du hast diese albernen Streitereien mit Eumenes ja selbst miterlebt. Was hätte ich denn dagegen unternehmen sollen? Immer soll ich gütig und brillant, erhaben und mildtätig sein und möglichst alle eure Wünsche erkennen, noch ehe sie euch selbst in den Sinn gekommen sind. Ich würde alles geben, um einen mir Ebenbürtigen an meiner Seite zu wissen, aber das ist wohl unmöglich.«

Natürlich hatte er recht, aber ich konnte ihm nicht helfen. Nun mußte er lernen, ohne Hephaistion weiterzuleben.

»Liebe hat keine Bedeutung. Nur die Freundschaft ist es wert, bewahrt zu werden«, sagte er, nahm mein Gesicht in seine feuchten Hände und küßte mich auf den Mund. Seine großen warmen Lippen preßten sich zitternd gegen meine, ich zog meinen Kopf weg und wagte es nicht, ihm in die Augen zu sehen. Im Verlauf unseres Gesprächs hatte er vielleicht nicht seine Gesinnung verändert, aber mich hatte er für immer verändert.

Jetzt weiß ich, was ich – viel früher – hätte sagen müssen. Nachdem wir Persepolis erobert hatten, war das Maß bereits voll gewesen. Damals hätten wir den Sieg feiern, den Göttern danken – und sofort die Heimreise antreten müssen. Die Perser hätten uns für immer gefürchtet. Das Gleichgewicht wäre wiederhergestellt worden, und keiner von uns wäre der Hybris verfallen.

Am nächsten Morgen, während ich noch schlief, verließ der König endgültig die Leiche seines Geliebten und zog mit Ptolemaios aus, um ein rebellisches Bergvolk zu bestrafen. Das schien ihn seine Trauer vergessen zu lassen.

»Er hat eine unbändige Lust am Morden entwickelt«, sagte mein Geliebter leise bei ihrer Rückkehr und bekam eine Gänsehaut. Aber mehr Einzelheiten konnte ich ihm nicht entlocken.

In Ekbatana wurde alles schwarz angemalt, die Mähnen der Pferde kurzgeschoren und der verweste Leichnam einbalsamiert. Die Leichenverbrennung sollte in Babylon stattfinden – auf einem 240 Fuß hohen Scheiterhaufen. Ägyptische Spezialisten drängten sich in den hohen, heiligen Gängen, und die Flüssigkeiten, in die sie Hephaistion legten, stanken unbeschreiblich.

Allmählich verschwanden die Hetären, eine nach der anderen, und auch die Schauspieler und Musiker verabschiedeten sich und kehrten zurück nach Makedonien und in die Städte Griechenlands. Einer von ihnen hatte mir einen Brief von Diotima aus Athen gegeben, in dem sie mich warnte: »Nimm dein Hab und Gut, und sieh zu, daß du da wegkommst. Das Abenteuer ist jetzt vorbei, ab jetzt wirst du dafür zahlen müssen.«

Wir zogen mit dem Leichnam nach Babylon. Lauter unheimliche Warnungen begleiteten uns, aber keiner wagte es, den König davon zu unterrichten. Der konzentrierte sich ausschließlich auf die Beerdigung seines Freundes, so als würde er rückwirkend ihre Beziehung reparieren wollen. Erst jetzt bekannte er sich voll und ganz zu ihm, er sprach von nichts anderem mehr, hielt lange Selbstgespräche und gab sich selbst Antworten auf seine Fragen. Er wiederholte ihre Gespräche von früher, um damit zu beweisen, daß sie sich immer geliebt hatten.

In Babylon holte Alexander seine Roxane wieder zu sich und schlief fast jede Nacht bei ihr. Es ging sogar so weit, daß er sie ohne Grund aufsuchte und beinahe jede freie Minute mit ihr verbrachte. Es war so, als hätte ihm der Verlust seines Hephaistion zärtliche Gefühle für seine Frau verliehen.

Du mußt wissen, mein kleiner Freund, der du da so eifrig mitschreibst, daß dir eigentlich das Blut unter den Nägeln hervorquellen müßte, daß Ptolemaios kurz nach Alexanders Tod Eurydike heiratete, die Schwester des Kassander. Er hat das ausschließlich aus politischem Kalkül getan. Wir waren soeben in Memphis angekommen, und die Verhältnisse waren noch sehr unsicher. Ich wußte, daß es vernünftig war, Eurydike zu heiraten, aber die Nacht vor seiner Hochzeit verbrachte er bei mir und liebte mich mit einer solchen Verzweiflung und Zärtlichkeit, daß mein Haß auf sie noch größer wurde.

Kassander war ein Schuft, und seine Schwester Eurydike stand ihm in nichts nach. Ptolemaios heiratete sie, um sich seine Position zu sichern, seine Ruhe zu haben und um Kassander in Schach zu halten. Lauter gute Gründe, um sich zu opfern.

Die nächste Nacht dann schlief er bei seiner Braut. Doch schon in den frühen Morgenstunden kam er zu mir, grau im Gesicht und sichtlich gealtert. Mich durchströmte ein unbeschreibliches Glücksgefühl. Ohne ein Wort zu sagen, nahm ich ihn in die Arme, und wir lagen eng umschlungen und sahen dem Sonnenaufgang über Alexandria zu. Er wußte nicht, wie er das sagen sollte, was er zu sagen hatte.

»Ist sie nicht lieblich und jung?« fragte ich so neutral wie möglich.

»Sie ist eine Drecksau, sie wäscht sich nicht und interessiert sich überhaupt nicht für mich. Außerdem will sie dich aus der Stadt jagen«, antwortete er aufrichtig und machte sich aus meiner Umarmung frei, ohne mir dabei in die Augen zu sehen. Ich legte meine Hand auf seine Lippen und strich ihm immer wieder über sein Gesicht, so wie ich es vor Ewigkeiten in Korinth getan hatte. Ich dachte, nicht ohne Bitterkeit, daß ich jetzt den Preis der Macht kennengelernt hatte. Ich stand nun dort, wo Roxane stand, und konnte nachvollziehen, warum sie so eine Angst vor Stateira hatte, daß sie ihre Rivalin umbrachte. Ich bat ihn deshalb, nie wieder zu mir zu kommen. Er gehorchte mir zwar nicht sofort, aber er konnte meinen Wunsch verstehen.

Erlaube mir bitte, für einen Moment egoistisch zu sein und kurz von unseren Kindern zu erzählen. Wie du weißt, ist meine Tochter Eirene Königin auf Kypros. Meine Söhne nahm er mir, nachdem er mir schon alles andere genommen hatte.

Mein hübscher griechischer Sohn kam hierher, um mir seinen Lorbeerkranz von den Olympischen Spielen zu zeigen. Sein Vater hatte ihn mitgenommen, als er – nach sechsundzwanzig Jahren – endlich wieder seinen Fuß auf griechischen Boden setzte. Als erstes gewann Lagos die Wettläufe in Arkadien, danach die in Olympia, obwohl er nicht mehr der Allerjüngste war. Lagos wollte daraufhin unbedingt Grieche werden, und so half Ptolemaios ihm, ein Leben in Athen aufzubauen. Aber immerhin kam er noch einmal zurück nach Hause, um mir wenigstens seine Siegesprämien zu zeigen. Sein stolzes, schönes Gesicht errötete und verriet mir alles. Er hatte nicht für seinen Vater gewonnen, sondern für sich selbst und für seine Heimatstadt.

Ob er denn schon seinem Vater, dem König, guten Tag gesagt habe, wollte ich wissen. Was solle er seine Zeit mit dem König vertrödeln, der König habe doch ohnehin keine Verwendung für ihn, antwortete er kopfschüttelnd. Er würde zurück nach Griechenland fahren und dort sein gutes Leben weiterführen. Ptolemaios hatte diesen Entschluß akzeptiert, wenn auch ohne große Begeisterung. Etwas anderes könnte man wohl nicht von Thaïs' Sohn erwarten – sie sei auch immer ihren eigenen Weg gegangen, kommentierte Ptolemaios sein Vorhaben trocken.

Der zweite meiner schönen Söhne, Leontiskos, starb, als die Flotte seines Vaters in der Schlacht bei Salamis verlorenging. Diese Seeschlacht war die schwerste Prüfung, die Ägypten je ertragen mußte. Demetrios Poliorketes schlug Ptolemaios so vernichtend, daß er mit den verbleibenden acht Schiffen Hals über Kopf fliehen mußte. Der Rest des unschätzbaren Trosses fiel in die Hände des Feindes. Ptolemaios' Bruder überlebte und ergab sich zusammen mit seiner Infanterie. Mein Sohn wurde schwer verwundet gefangengenommen und später wieder freigekauft. Aber er starb auf seiner Reise zurück nach Alexandria.

Er hat mir meine Kinder gestohlen, nachdem er König wurde. Eirene war sechzehn und so hübsch, daß es den wenigen Leuten die Sprache verschlug, die Zutritt zu meinem Haus hatten und sie zu sehen bekamen. Ich hatte sie wie eine vornehme athenische Jungfrau erzogen, vollkommen isoliert von der Umwelt und unschuldig. Ptolemaios hat sie dann in seiner großen Familie untergebracht und mir versichert, daß ihr Mann sie aufrichtig lieben würde.

Und sieh mal hier, was er wagt, mir zu schicken! Einen Befehl, Alexanders Grab an seinem Todestag aufzusuchen. Als ob ich mich nicht um seinen Bruder schon genug gekümmert hätte, solange er noch lebte!

Sie warf mir einen Brief zu, und ich las Wort für Wort mit wachsender Verwunderung. Er war eigenhändig vom König verfaßt worden. Es war die müde Schrift eines alten Mannes, der das letzte Mal als junger Mensch etwas selbst geschrieben hatte:

Liebe Thaïs aus Athen,

der König von Ägypten schickt der Mutter der Königin von Kypros seine Grüße. Nimm den Boten freundlich auf, denn er ist ein treuer und aufrichtiger Mensch, der ein Geheimnis bewahren kann. Es ist lange her, daß du das Versprechen an mich eingehalten hast, einmal im Jahr Alexanders Grab aufzusuchen und unserer Jahre zu gedenken, die wir gemeinsam im Krieg verbracht haben. Ich weiß von meiner Tochter, daß du sie noch nicht auf Kypros besucht hast, seit sie dorthin geheiratet und mein Haus verlassen hat. Ich erlaube mir den Schluß, daß deine Passivität nicht aus dem Wunsch geboren ist, gegen mich vorzugehen, sondern den Beschränkungen des Alters geschuldet ist.

Doch nun ersuche ich dich, dem Grab innerhalb der nächsten Woche einen Besuch abzustatten, und ich ersuche dich ferner höflichst darum, dies nicht inkognito zu tun, verschleiert und allein, sondern mit Gefolge, wie es dein Recht ist infolge der Zuteilung des Ehrentitels »Königinmutter«.

Meine Ehefrau wird nicht anwesend sein.

PTOLEMAIOS I. SOTER VON ÄGYPTEN

Während sie laut aus ihren alten Manuskripten vorliest, sieht sie ab und zu auf, und mich trifft ein Blick aus ihren harten Augen. Ich frage mich dann immer wieder dasselbe: Was davon ist Erinnerung und was ihre Erfindung? Sie kann sich unmöglich an all diese Details erinnert haben! Doch jedes ihrer Worte ist wertvoll, und es liegt ihr viel daran, daß ich sie verstehe und ihr am Ende recht gebe.

Ich sehe immer wieder die Tore Babylons vor mir mit diesen schönen Tierbildern, die ich gerne mit nach Griechenland genommen hätte. Ebenso deutlich erinnere ich mich an die persischen Scharfschützen. Sie wurden »die Unsterblichen« genannt, da sofort ein neuer Mann bereitstand, wenn einer gefallen war. Aber wir fürchteten sie nicht mehr, wir hatten Persepolis niedergebrannt.

Du hast doch sicherlich schon den König und seinen Sohn und Erben getroffen, nicht wahr, kleiner Eunuch? Ich würde dir raten, den König nicht zu sehr zu idealisieren, immerhin hat er Alexanders Leiche gestohlen. Das erzählt er zwar nicht in seinen offiziellen Memoiren, ich aber weiß es.

Babylon war ein widerlicher Ort. Die Hitze war unerträglich. Wir nahmen fünfmal am Tag ein Bad, ohne daß dies viel geholfen hätte. Wir saßen in den kühlsten Räumen und ließen uns von jungen Sklaven mit riesigen persischen Wedeln Luft zufächern. Das Essen war ungenießbar und wurde in gigantischen Gemeinschaftsküchen zubereitet. Ich habe manchmal den bangen Gedanken, daß verdorbene Lebensmittel die eigentliche Ursache für Alexanders Tod gewesen sein könnten. In Babylon erst begann ich das Ausmaß unserer Schuld, aber vor allem meiner eigenen Schuld zu begreifen.

Und jetzt darf ich noch nicht einmal die Stadt verlassen, bei deren Aufbau ich mitgeholfen habe. Statt dessen schickt mir der König barsche Notizen und befiehlt mir, Alexanders balsamierte Glieder in der Glasvitrine zu besichtigen, obwohl er weiß (oder vielleicht gerade, weil er es weiß), daß es mir zuwider ist, an meinen Schwager erinnert zu werden. Jetzt ist er im Jenseits, jetzt könnten wir ihn – sollte man annehmen – doch endlich vergessen.

So, das reicht für heute, kleiner Schreiber, habe ich dir nicht genug Material gegeben?

Wie kann sie nur behaupten, Ptolemaios I. Soter hätte ihr die Kinder genommen? Keine andere Frau hat so wunderbare Kinder großgezogen. Darum hat Ptolemaios I. Soter ihr auch den Ehrentitel »Königinmutter« verliehen. Ich verstehe das alles nicht, und ich wage es nicht, den König danach zu fragen. Mein einziger Ausweg ist es, wieder zu ihr zurückzukehren und sie zu bitten, endlich vom Brand in Persepolis zu erzählen.

Der König las obiges Kapitel mit unergründlicher Miene und beauftragte mich dann, ihr seinen Befehl zu überbringen, vom Brand in Persepolis zu berichten. »Das wird so manches von dem erklären, was sie vor uns zu verheimlichen versucht«, sagte er mit einem verbitterten Lächeln.

»Wie sieht sie eigentlich aus, meine Thaïs?« fragte er und spreizte seine faltigen und fleckigen Hände auf dem Tisch. Seine Hände sahen immer aus, als würden sie jeden Tag harte Arbeit verrichten.

Wenn Thaïs nur annähernd so hübsch gewesen ist, wie die Büste ihrer Tochter, die im Palast im Brucheion steht, es vermuten läßt, dann werden ihre Söhne noch schöner gewesen sein als Philadelphos.

»In Athen glaubten die ehrenwerten, freien Bürger, daß man das Wesen eines Menschen in seinem Gesicht erkennen könne: Äußere Schönheit bedeute auch innere Schönheit. In ihrem Falle traf das sogar zu«, fügte der König hinzu, ohne mich anzusehen.

Wie nur sollte ich dem Mann, der dreißig Jahre lang mit ihr zusammengelebt hatte, die alte Thaïs beschreiben? Ich begriff noch immer nicht, warum sie auseinandergegangen sind. Obwohl Thaïs mir eine plausiblere Erklärung versprochen hat, sprach sie nicht darüber.

Ich stammelte und stotterte mir also eine Beschreibung von ihr zusammen: grauhaarig, klein und runzlig, mit klaren, jungen Augen, dünn und zierlich, ohne ein Knochengestell zu sein. Alles andere ließ ich aus.

»Nein, man sollte einen Eunuchen einfach nicht fragen, wie eine Frau aussieht«, sagte er daraufhin unwirsch und winkte mich zu sich.

Morgen solle ich sie erneut aufsuchen und ihr die Anweisung des Königs überbringen, endlich von Persepolis zu erzählen. Sie sei lange genug ausgewichen, nun sei es an der Zeit zu reden.

Ich kann ihr leider nicht sagen, daß sie eine Berühmtheit in Alexandria ist und daß sich der Brand von Persepolis in unser Bewußtsein eingebrannt hat. Alexandria ist zwar eine junge Stadt, aber sie ist doch älter, als ich es bin. Die Menschen meines Alters bedenken nicht, daß unsere Herrscher aus Makedonien stammen und eine eigene Geschichte haben. Das hier ist unsere Heimat, wir waren daran beteiligt, Alexandria aufzubauen. Unsere Eltern behaupten, daß Alexander und Ptolemaios uns die Freiheit nach Jahrhunderten unter persischem Joch geschenkt haben. Ich bin kein Historiker, sondern nur Schreiber, aber ich weiß, was ich weiß und was ich jeden Tag sehe. Alexander war ein Segen für uns und für Ägypten. Ohne ihn wäre ich heute Sumpfbauer im Nildelta.

Gestern abend ging ich durch die Stadt, hinunter zum Hafen und zurück zum Grab des Alexander, dem Sema, wo ich mich in die Schlange stellte, um an Alexanders balsamiertem Körper vorbeizudefilieren. Es glückte mir, die Erlaubnis zu bekommen, einen Augenblick stehenzubleiben und einen Blick auf sein Gesicht zu erhaschen. Er sieht nicht friedlich aus, sondern scheint unzufrieden mit dem Tod zu sein und zu sagen: »Warum kann ich nicht einfach aufwachen? Ich möchte das so gern!« Seine Wangen wirken voll, und es gibt keine Zeichen von Zerfall. Meine zwei königlichen Informanten allerdings behaupten, daß ein Flußfieber seinen Körper in Babylon von innen zerfressen habe.

Mein Leben ist ja so ereignislos, mir hat man alles genommen. Ich habe kein Zuhause, sondern schlafe mit meinen Kollegen und Freunden im Schlafsaal. Ich werde niemals von dort weggehen und eine Familie gründen können. Ich kann mich zwar verlieben, aber wer will schon einen Eunuchen heiraten? Und ich besitze nichts, ich bin nur ein Werkzeug. Thaïs klagt über ihr Schicksal, und ich verstehe ihre Unzufriedenheit immer weniger.

Ptolemaios I. Soter händigte mir eine Zusammenfassung seiner Erinnerung an das Treffen in Babylon zwischen Alexander und dem Gesandten Kassander aus. Kassander war auf den persischen Empfang nicht vorbereitet. Er hatte geglaubt, daß er von einem makedonischen Heer unter der Führung makedonischer Generäle begrüßt werden würde. Alexander aber führte sich wie der persische Großkönig auf, und zu allem Übel hatte er auch noch einen wesentlichen Teil des Heeres aus dem Volk rekrutiert, das kurz zuvor noch den Persern diente.

Ptolemaios I. Soter hat keine große Achtung vor seinen alten Freunden, und schon gar nicht vor Kassander. Aber vielleicht hat das vor allem damit zu tun, daß dieser der Bruder seiner ersten Frau Eurydike ist, die er verstoßen und ins Exil geschickt hat.

Er beschrieb, daß Kassander beim Anblick des verwandelten Alexander außer sich gewesen sei und offenbar sofort Pläne geschmiedet habe, wie er ihn mit langsam wirkendem Gift aus dem Weg schaffen könne. Gerüchten zufolge habe Kassander dazu Wasser aus dem Fluß Styx genommen. Aber Ptolemaios ist ein pragmatisch denkender Mann und rümpfte nur die Nase und schüttelte den Kopf, als ich es wagte, nach diesen Gerüchten zu fragen.

Auch Ptolemaios beging bei ihrem ersten Aufeinandertreffen in Babylon einen Fehler. Ohne einen Hintergedanken legte er seine Hand auf die Schulter des kleinen, schlicht gekleideten Mannes, nannte ihn »kleiner Kassander« und fragte ihn freundschaftlich, ob es ihm mittlerweile gelungen sei, ein Wildschwein zu erlegen, und ob er jetzt mit ihnen an einem Tisch sitzen dürfe. »Also Thaïs hat es schon damals in Korinth geschafft!« fügte er hinzu und lachte. Das machte es nur noch schlimmer.

Kassander erkannte schnell, daß man Alexander unmöglich nach Makedonien zurückkehren lassen konnte. Das würde nur zu neuen Streitigkeiten führen, und außerdem würde Roxane niemals von der Heeresführung als Königin der

Makedonen anerkannt werden. Ferner stellte Kassander fest, daß es keinen rechtmäßigen Erben gab und Alexanders Generäle sich gegenseitig haßten und mißtrauten. Das Reich würde mit Alexanders Tod augenblicklich auseinanderbrechen. Warum sollte er dann nicht die Ereignisse ein wenig beschleunigen? Das würde alle schlechten und guten Kräfte gleichzeitig freisetzen.

Ich ging nach Hause und schlug in den offiziellen Memoiren nach. Dort jedoch stand eine ganz andere Geschichte: Von heldenmütigem Widerstand war da die Rede, von feinen Menschen und edler Verzweiflung. Das Ganze war durchdrungen von der besonderen, ptolemaiischen Nüchternheit. Er ist der einzige Überlebende und hat das Recht, seine Version der Wahrheit zu erzählen. Außerdem ist er der König, und es wäre eine Schande für einen König zu lügen. Als Bürgerin Athens würde auch Thaïs mich sicherlich nicht belügen. Darum hoffe ich nun, daß die folgenden Zeilen eine korrekte Beschreibung der Ereignisse um Alexanders Tod sind.

Babylon

Eines Nachts wurde er so krank, daß er einfach aus seinem Bett kletterte. Die Schmerzen trieben ihn hinaus zum Euphrat, in dem er sich zu ertränken versuchte. Keine der Wachen wagte es einzuschreiten. Roxane wachte auf und folgte ihm, weinend und verstört, und zog ihn ans Ufer. Während er zurück in den Palast getragen wurde, verfluchte er sie mit den schlimmsten Schimpfworten. Und ihr *Sikander, Sikander! Vergib mir!* hallte durch die langen, schmalen Gänge – es war so unwürdig, alle konnten es hören. Da erkannte ich, daß er das Entscheidende begriffen hatte. Er war Grieche und wollte in Würde sterben. Er wollte den Zeitpunkt seines Todes selbst wählen und nicht in einem persischen Königsbett dahinsiechen. Das machte mich froh, trotz allem.

Er rief mich zu sich, damit ich ihm vorsinge, während er dalag und vor unseren Augen immer weniger wurde. Er fiel von einem Fieber ins nächste, war in dem einen Moment schweißgebadet, im nächsten vom Schüttelfrost gepackt.

Keiner sprach das Unumgängliche aus, aber Kassander stolzierte herum und verfolgte den Verfall mit großem Interesse. Mir gegenüber war er zuerst ausgesprochen liebenswürdig, offenbar erinnerte er sich daran, daß er mich nie besonders interessiert hatte, und außerdem wußte er nicht genau, was für eine Position ich in Babylon und im königlichen Gefolge bekleidete. Anderen gegenüber allerdings nannte er mich »Ptolemaios' Hure« und fragte, ob es denn nicht bald an der Zeit sei, diesem unwürdigen Frauenregiment durch Roxane und mich ein Ende zu bereiten.

Ich traf Kassander allein in einem der häßlichen Gänge des Palastes in Babylon, und da ich es gewohnt war, mit »Alexanders Freunden« zu sprechen, als gehörten sie zur Familie, sprach ich ihn an – es ging um nichts Wichtiges. Er aber reagierte überaus gekränkt.

»Halte dich bloß von mir fern, du athenischer Abfall«, zischte er mich an. Ich war zwei Köpfe größer als er, so daß seine Drohung irgendwie komisch wirkte, aber ich wußte, daß mit ihm nicht zu spaßen war. Sein alter Vater, Regent in Makedonien, wollte gerne König werden. Der einzige Mensch, der ihm noch im Wege stand, war Alexander. Der Regent verachtete seinen Sohn und hatte sich geweigert, ihm eines der Ämter im Reich zu übertragen. Nun war Kassander also bei uns in Babylon und haßte alle, denen es gelungen war, sich im Krieg einen Namen zu machen.

Kassanders Verhalten gab mir Mut, Alexander aufzusuchen. Eingefallen und blaß lag er in seinem riesigen persischen Bett und versuchte sich auf ein Brettspiel zu konzentrieren, das ihm Bagoas beigebracht hatte – Schach heißt es. Aber er schickte Bagoas gleich fort und nahm meine Hände.

»Glaubst du immer noch, daß ich meine Stiefmutter und ihre Kinder, meine Halbgeschwister, umgebracht habe?« fragte er mit aufgeplatzten, geschwollenen Lippen.

Die hatte ich vollkommen vergessen, die junge Ehefrau seines Vaters und ihre Säuglinge. Was sollte ich ihm antworten? Sogar heute bin ich noch davon überzeugt, daß er seine Mutter Olympias alles Notwendige hatte organisieren lassen. Nur Kleitos hat er mit eigenen Händen umgebracht.

Also log ich ihn an und sagte, ich sei mittlerweile klüger geworden.

»Sorge dafür, daß mein Bruder Roxane und das Kind nach Makedonien zurückbringt, nur dort kann ein Kind zum König gewählt werden. Das Heer würde niemals einen Säugling akzeptieren. Meine Mutter kann Makedonien regieren, bis er groß genug ist, und Roxane ist auch nicht auf den Kopf gefallen. Ich habe immer Glück gehabt mit meinen Frauen, nicht wahr?«

Und wenn es ein Mädchen wird? wollte ich fragen. Hatten die Makedonen jemals zuvor ein Kind zum König gewählt, das auch noch halb Barbar, halb Perser war?

»Ich bin ihr das schuldig«, sagte er, »ich habe sie aus ihrem glücklichen Leben gerissen.«

Um Roxane machte er sich aufrichtig Sorgen. Ptolemaios weigerte sich, als ich später fragte, ob wir denn nicht sie und das Kind zu uns nach Ägypten holen könnten. Statt dessen stahl er Alexanders Leiche, denn die konnte ihm wenigstens nicht mehr das Königreich streitig machen.

Alexander litt sehr, sein Körper wollte sich den unbekannten, in ihm wütenden Kräften nicht ergeben. Dennoch starb er einen merkwürdig leisen, friedlichen Tod. Seinen Ring hatte er zuvor dem rücksichtslosen Perdikkas überreicht, allerdings kann das auch ein Zufall gewesen sein. Er stand zufällig am dichtesten und hätte sich so etwas Bedeutungsvolles wie den königlichen Ring nicht entgehen lassen.

Ptolemaios mußte zusammen mit den anderen Generälen

vom Sterbelager aufspringen, um die Gemüter im Heer zu beruhigen. Wir befürchteten Meuterei, Massaker und den totalen Kollaps. Der Lärm von Zehntausenden von Soldaten, die schrien und jammerten, hallte durch die viel zu großen Säle und Gänge und wurde ins Fürchterliche verzerrt. – Vergiß nicht, daß außerdem noch in den meisten Räumen Volieren mit zahmen, aber kreischenden Vögeln standen. Außerdem war die Hitze trotz der glatten weißen Wände unerträglich.

»Ich befürchte, daß meinem Tod gewaltige Auseinandersetzungen folgen werden«, sagte Alexander zu Roxane, als ich sie zu ihrem sterbenden Mann brachte. Als aber seine Genossen ihn dazu bewegen wollten, seinen Nachfolger zu benennen, hatte er kaum noch Kraft. Er murmelte Unverständliches. Vielleicht war es Krateros' Name? Aber Krateros hielt sich gar nicht in Babylon auf, er hatte uns vor einiger Zeit verlassen, weil Alexander ihm die schwierige Aufgabe übertragen hatte, die Veteranen des Heeres zurück nach Makedonien zu begleiten.

Ich hatte mich in die Räume des Palastes zurückgezogen, die Ptolemaios' Leibgarde bewachten. Dort saß ich also und wartete auf die Nachricht vom Tod des Königs. Ob ich Angst hatte? Daran erinnere ich mich nicht mehr. Der persische Großkönig wollte einfach nicht sterben. Damals hatten wir mit angesehen, wie der entmachtete Dareios seinen letzten Atemzug tat, abgesetzt und gemeuchelt von seinen eigenen Satrapen. Er war denselben Weg gegangen wie sein Vorgänger, den er ermorden ließ, um auf den Thron zu kommen. Sie hatten Dareios halbtot auf einen Wagen geworfen, der in einem Flußlauf steckenblieb, an dem die Pferde angehalten hatten und tranken, als wir vorbeikamen. Ich erinnere mich noch gut an den verstörten Blick von Dareios, während seine Augen von Gesicht zu Gesicht hetzten. Den Tod empfing er weinend, wie ein kleines Kind.

Mit Alexander starb der Krieg, starb Makedonien und

der Traum von einer großen Welt, in der alle miteinander sprechen und jeder jeden heiraten konnte.

Ich glaube, ich hatte am meisten Angst um meine Kinder. Ein gewaltiger Lärm breitete sich von dem Flügel des Palastes aus, in dem Alexander aufgebahrt lag, während seine Soldaten an ihm vorbeidefilierten. Rufe, Kommandos und Gebrüll gellten durch die Gänge wie in einer Schlacht, die Soldaten riefen zum Kampf auf und hämmerten mit ihren Schwertern auf ihre Schilde und schlugen mit den Speeren gegen die Türen.

Roxane hatte bei mir Zuflucht gesucht, sie erhob sich und drückte sich mit dem Rücken in einer Ecke an die Wand. Ich wollte meiner Angst nicht nachgeben. Der Lärm aber war ein untrügliches Zeichen dafür, daß die zerbrechliche Ordnung, die Alexander sogar noch im Sterben hatte aufrechterhalten wollen, endgültig zerstört war.

Ich wußte, daß Perdikkas versessen auf den Posten des Regenten oder des Oberkommandierenden war. Mit Ptolemaios' Weltanschauung ließ sich das jedoch nicht vereinbaren. Perdikkas wollte sogar noch in Babylon Roxanes ungeborenen Sohn zum König ausrufen lassen, was viele der Generäle rasend vor Wut machte.

Ptolemaios befürchtete, daß der zwar volljährige, aber beschränkte Bruder von Alexander, Arrhidaios, zur Wahl aufgestellt werden könnte. Er würde zu einer Marionette in den Händen der Generäle werden. Als vorläufige Lösung wollte er darum die Einrichtung eines Großen Rates vorschlagen, den »Alexanders Freunde« stellen sollten, um alle Streitigkeiten durch einen einfachen Mehrheitsbeschluß zu klären. Die Idee stammte, so erzählte er mir, von Aristoteles. Aber ich ahnte, daß er mit seinem Vorschlag auf großen Widerstand stoßen würde.

Die Männer waren allesamt Makedonen, die sich in voller Rüstung und mit Schwertern bewaffnet zu einer Zusammenkunft im größten Raum des Palastes versammelt hatten, um zu entscheiden, wer das Reich erben sollte. Als ich gerade damit beschäftigt war, Roxane zu beruhigen, hörte ich draußen Schritte und laute Stimmen mit makedonischem Akzent. Die schwere Doppeltür, zweimal so groß wie ein ausgewachsener Mann, wurde aufgestoßen, und herein stürmte Ptolemaios in voller Kriegsrüstung, das Schwert in der Hand, schwitzend und aufgebracht.

Ihm folgten vier seiner Unteroffiziere, die vor der Tür stehenblieben – auch sie mit gezücktem Schwert. Er beachtete Roxane nicht weiter, steckte sein Schwert in die Scheide und warf beides mit Wucht auf den Tisch, so als müsse er ein bißchen von dem Lärm und seiner Wut loswerden. Dann begann er im Raum auf und ab zu laufen, der Boden knirschte unter seinem Gewicht. Er schob seine Hände unter die Trägerriemen seines Brustpanzers, weil sie scheuerten.

Er war nie gut darin gewesen, sich während eines Feldzuges Reichtümer anzuhäufen oder Dinge zu stehlen. Aber edle Pferde und prächtige Brustpanzer hatte er sich immer gekauft, und dieser war ebenso herrlich wie Alexanders, bestückt mit vielen kleinen goldenen Athenafiguren. Schließlich war er der Beschützer seiner Thaïs und der Verteidiger Athens. Die Tatsache, daß er im Palast von Babylon eine Rüstung trug, sagte mir mehr als sein Wutausbruch.

»Jetzt habe ich genug! Pack deine Sachen, wir reisen ab. Hier bleibe ich keinen einzigen Augenblick länger!« schrie er.

Ich bewegte mich nicht von der Stelle. Es war nicht mehr so einfach wie damals in Dion, einfach »unsere Sachen zu packen«. Wir hatten drei Kinder, und draußen vor der Tür wartete ein halbes Heer auf seine Anweisungen. Ohne abzuwarten, ob ich seinem Befehl gehorchte, nahm er seinen Weg durch den Raum wieder auf. Dann schließlich warf er sich auf den erstbesten Stuhl und legte seine gewaltige Hand auf den Tisch.

Perdikkas und er waren in Streit mit einigen der Generäle

und Alexanders Leibwächtern geraten, die sich in dem Raum verschanzt hatten, in dem Alexander aufgebahrt lag. Ptolemaios hatte versucht, die Gemüter zu beruhigen, indem er auf die Würde des Toten hinwies. Aber im Verlaufe des Streites gerieten auch Perdikkas und er in eine gewalttätige Auseinandersetzung. Das wunderte mich nicht weiter, vielmehr erschreckte mich die Tatsache, daß die Soldaten gemeutert und die Waffen gegen ihre Generäle erhoben hatten.

»Die Soldaten lieben dich doch, du hast sie ausgebildet«, sagte ich, ganz außer Atem vor Schreck. Ptolemaios hatte noch gar nicht bemerkt, daß wir nicht unter uns waren.

»Die Soldaten?« schrie er, ergriff erneut sein Schwert und schleuderte es zu Boden. »Soll ich dir sagen, wo meine Soldaten sind? Sie sind in der Gedrosischen Wüste verreckt! Meine Jungen sind alle tot, der Rest sind wilde Tiere –«

Mitten im Satz sprang die Tür auf, und Perdikkas stürmte herein. Auch er war bereit zum Kampf, obgleich sein Schwert noch in der Scheide steckte, als sich Ptolemaios vor ihm aufbaute. Die beiden Männer füllten den ganzen Raum. Nachdem Perdikkas eine Zeitlang gebrüllt hatte, richtete sich auch Ptolemaios zu seiner vollen Größe auf und brüllte zurück. Sie erinnerten mich an die zwei Löwen in Dareios' Zwinger in Persepolis.

Zum ersten Mal erlebte ich Ptolemaios, wie er sich mit dem größten von »Alexanders Freunden« maß. Er erinnerte Perdikkas – voller Häme – an seine schlechten Erfahrungen mit der Führung mutiger Männer. Wie sei es noch gewesen, als Alexander ihn damals zur Niederschlagung des Aufstandes in Baktrien entsandte? Sogar Hephaistion oder Philotas hätten das mit ihren Leuten bewältigen können.

Perdikkas schickte sich an, sich zurückzuziehen, und Ptolamaios entspannte sich wieder. Roxane erhob sich aus ihrem Versteck und verbeugte sich vor Perdikkas. Aber ich glaube nicht, daß er sie noch wahrgenommen hat, nach Alexanders Tod war sie für ihn nicht mehr existent.

Noch vor wenigen Tagen konnte man – trotz aller Reibereien – davon ausgehen, daß seine »Freunde und Genossen« wirkliche Verbündete waren. Doch jetzt konnten sie kaum noch miteinander sprechen. Einmal habe ich es miterlebt, als die Soldaten in der Heeresversammlung mit Meuterei gedroht hatten, daß Alexander von seinem Podest heruntersprang, auf dem er eine Rede gehalten hatte, und in der Menge verschwand. Hephaistion folgte ihm unmittelbar, und ihm wiederum folgten die »Freunde«. Und jetzt waren die Generäle außerstande, sich zusammenzusetzen und einen neuen König zu wählen.

Als ich an Ptolemaios vorbeigehen wollte, streckte er seine Hand nach mir aus, legte seinen Arm um mich und lehnte seinen Kopf an meine Hüfte. Ich legte beide Hände auf seine Löwenmähne – er seufzte tief und schlang seine Arme um mich. Roxane beobachtete uns dicht an die Wand gepreßt. Keiner der Männer hatte sie bisher beachtet. Jetzt schlich sie hinaus, und Ptolemaios schien noch nicht einmal den leichten Zug warmer Luft zu bemerken, als sie aus dem Zimmer floh.

Ich wußte, daß er recht hatte. Wir mußten Babylon augenblicklich verlassen, je früher, desto besser. Alexanders Leichnam sollte zurück nach Makedonien gebracht werden, einbalsamiert und in voller Rüstung. Er sollte am selben Ort verbrannt werden, an dem auch sein Vater eingeäschert worden war, neben den großen Grabhügeln am Fuße der Burg von Aigai. Danach würde er in dem Grab beigesetzt werden, das Olympias neben Philipps Grab für ihn hatte errichten lassen, in der Nähe des großen Theaters, in dem sein Vater den Tod gefunden hatte. – Aber dazu kam es nicht, mein kleiner Freund. Nach Alexanders Tod hatte keine Freundschaft mehr Bestand.

»Was sollen wir nur tun?« fragte Ptolemaios. »Wo sollen wir hin?«

»Zurück nach Ägypten«, sagte ich, denn auch ich hatte mir meine Gedanken gemacht. Ich wußte, daß wir eigentlich einer Meinung waren, ich aber das Zünglein an der Waage war. »Er hat dir Ägypten zugewiesen, als er dachte, noch viele Jahre vor sich zu haben. Alle anderen wollten große Satrapien haben, reiche persische Provinzen, keiner von ihnen wollte Ägypten übernehmen. Das Land verfügte einst über großen Reichtum, und es kann wieder reich werden.«

Er lachte. »Es ist, als würde ich mich selbst reden hören«, sagte er froh.

Wir hatten keine Vorstellung davon, wie Alexanders Tod in seiner Heimat aufgenommen werden würde. In Ägypten angekommen, erfuhr Ptolemaios, daß der Haß auf seinen Halbbruder ungebrochen war. Als die Nachricht von seinem Tod die Agora erreichte, soll einer der führenden makedonischen Politiker gesagt haben, daß der Gestank seiner verfluchten Leiche die ganze Welt einhülle. Aus Angst davor, was die Zukunft bringe würde, beschloß Athen, aufzurüsten, zweihundertundfünfzig Kriegsschiffe bereitzustellen und alle Männer unter vierzig zu bewaffnen. Zusätzlich heuerte man achttausend Söldner an. Phokion versuchte vergeblich, gegen Krieg und Aufrüstung zu reden, wagte es aber auch nicht, aus Protest sein Amt als Stratege aufzugeben. Auch er fürchtete um sein Leben.

Und so wurde Griechenland erneut von unruhigen Zeiten heimgesucht. Athen schlug Makedonien zwar im Bodenkampf, aber die makedonische Flotte besiegte die griechische, und Athen mußte am Ende für die Kriegsverluste und -opfer aufkommen und eine makedonische Besatzung auf seinem Territorium hinnehmen.

Die gewaltigen Kämpfe, die Alexander nach seinem Tod vorhergesehen hatte, waren schon in vollem Gang. Wir, die damals verärgert darüber gewesen waren, welchen Torturen Philotas ausgesetzt worden war, sollten bald mordend aufeinander losgehen. Roxane, ihr Sohn, Alexanders Schwester und Mutter, sie alle wurden ermordet. Die nächste Generation lernte es, ihre eigenen Kinder umzubringen, um sich selbst in Sicherheit zu wiegen. Das ist eine neue Welt, mein Freund. Unbegrenzte Möglichkeiten und unbegrenzte Grausamkeiten.

Um uns wurde es bald einsam.

Die meisten meiner Lieblinge unter »Alexanders Freunden« erlitten ein hartes Schicksal. Der integre, ehrliche Krateros starb in Asien, von seinen eigenen Reitern zertrampelt, als er bei einem Angriff vom Pferd fiel. Und Eumenes, der die Widerständler anführte, wagte es noch nicht einmal, seinen Soldaten zu erzählen, wer ihr nächster Gegner sein würde.

»Alexanders Freunde« wurden sich schließlich doch noch einig über die Aufteilung des Reiches. Um sich Respekt beim Heer zu verschaffen, erschienen sie in voller Rüstung und hießen einen Priester, einen Hund zu opfern. Dieser Akt sollte das Heer von allem Schmutz und sonstigen Unreinheiten säubern. Ein makedonischer Brauch, mein Freund! Ptolemaios wurde Ägypten ohne ein Schwertschlag überlassen, Antigonos nahm Lykien und Phrygien, Kassander bekam Karien, Eumenes Kappadokien und Lysimachos das arme Thrakien.

Perdikkas sollte »für die Könige« die Heeresführung übernehmen, und der alte Antipatros sollte Griechenland und Makedonien regieren. Und so teilten die »Freunde« die Länder untereinander auf, als wären sie persische Satrapen. Aber zumindest legten sie einen schönen Eid ab, über den zerteilten Hund gebeugt, um sich als Könige gegenseitige Treue zu schwören.

Ich weinte vor Glück, als Ptolemaios' Gefolge, seine Soldaten und der Offiziersstab Babylon verließen. Wir hatten alles bekommen, was wir uns gewünscht hatten. Endlich waren wir so frei, wie wir es uns erträumt hatten. Ab jetzt würden wir glücklich leben und der Welt Nutzen bringen.

Nie zuvor hatte ich mich so geirrt!

4.

Der König sagte, daß er es leid sei, Befehle zu geben, die niemand befolge. Dieses Mal sollte ich mündlich – und im Namen von Philadelphos – seinen Wunsch vorbringen, Thaïs möge »sich umgehend zum Sema begeben« und Alexanders balsamierten Körper besuchen.

An dem Tag, den sie selbst bestimmen dürfe, würde er den Sema für die Öffentlichkeit schließen, und die Königinmutter würde vom Museumsdirektor höchstpersönlich begrüßt und nach dem Besuch als Ehrengast zu einem großen Essen geladen werden.

Das klang einfach, und ich freute mich auf diese Aufgabe, allerdings nur genau bis zu dem Augenblick, als ich frisch gebadet und in meinen feinsten Kleidern in der königlichen Sänfte am Haus der Königinmutter ankam.

Er, der König, wolle sie belauschen, behauptete sie. Er würde sich im Sema verstecken, um sie zu sehen und ihre Stimme zu hören. Dieser ganze Aufwand habe nur dieses eine Ziel: Er wolle ihre Beichte an Alexanders Grab hören, damit er endlich von den Vergehen erfuhr, die sie ihm noch immer nicht vergeben hatte.

Dennoch beugte sie sich dem königlichen Wunsch, ohne daß ich in Erfahrung bringen konnte, ob sie aufgebracht oder nur neugierig war. Sie würdigte mich keines Blickes, aber das machte mir nichts weiter aus. Dafür wollte sie, daß ich sie begleite, sie würde Hilfe benötigen, wenn sie auf das Podium steige, um Alexander in Augenschein zu nehmen.

Die Empore, die der königlichen Familie für ihre jährlichen Paraden vorbehalten war, betrat sie nicht. Sie nahm das Podium, das ansonsten von ausländischen Gesandten genutzt wurde. Ich war so damit beschäftigt, ihre Reaktion zu beobachten, daß ich vollkommen vergaß, Alexander anzusehen.

»Warum zeigt er sich nicht? Warum versteckt er sich vor mir? Warum gibt er sich nicht zu erkennen?« fragte sie und kniff mir mit einer Kraft in den Arm, die ich nicht erwartet hatte. Gestützt auf meinen Arm, wurde ihr Körper von mehreren Zuckungen erschüttert. Ich mußte mich gut an dem Eisengitter vor uns festhalten, um nicht umzufallen, und doch wußte ich nur zu gut, daß von uns beiden sie die Stärkere war.

»Zeig dich!« rief sie und machte sich von mir los. »Wenn du kein Feigling bist, dann zeig dich!«

»Und wenn nicht? Was passiert dann?« ertönte es von oben. Mein Blut gefror – wie es so schön heißt – in meinen Adern. Es war, als würde der Tote in dem gläsernen Sarg zu uns sprechen. Aber dann begriff ich: Der König stand auf der Empore. Jetzt machte er sich wortlos auf den Weg die Treppe herunter – und das dauerte. Auf einmal benötigte mich Thaïs nicht mehr als Stütze, sie konnte ausgezeichnet ohne fremde Hilfe stehen. Vor mir marschierten zwei feindliche Heere aufeinander zu.

Sie schwiegen beide einen Moment lang, dann verneigte er sich steif. Es war sicher lange her, daß sie sich das letzte Mal vor jemandem verneigt hatte. Seine Bewegung entsprach dem Gruß, den Alexander vom König der Perser übernommen und der die Griechen beinahe zu einer Rebellion angesteckt hatte: Man verbeugte sich ein wenig und küßte dann die Innenseite der Fingerspitzen, ein symbolischer Kuß. Bei den Persern verneigten sich die Untertanen so vor ihrem König, hier war es der König selbst.

»Ihm bedeutet das nichts mehr«, sagte sie. Der König

verstand sie nicht auf Anhieb, doch dann lächelte er breit. Sie dachte, er habe Alexander gegrüßt.

»Die Zeiten, in denen ich mich vor meinem Bruder verneigte, sind vorbei«, sagte er. »Wir beide sind im reinen, nicht wahr? Aber für dich muß dies hier der richtige Ort sein, um Klarheit zu schaffen. Ich weiß, daß du es jahrelang vermieden hast hierherzukommen, und ich wollte deinem Unbehagen endlich ein Ende setzen.«

Während er sprach, sah er sie unverwandt an, Thaïs aber starrte in die Luft, als wäre sie blind. Ich konnte sehen, daß sie jedes seiner Worte abwog und mit keinem einverstanden war. Doch auch dieses Mal nahm sie sich – in alter Gewohnheit – nicht die Zeit, den Wahrheitsgehalt seiner Behauptungen zu überdenken.

»Du hast in mir immer nur den kleinen Jungen gesehen, der sich in eine Hetäre aus Korinth verliebt hat. Bis heute bin ich für dich dieser unwissende, dumme Junge. Sogar als wir nach Alexandria kamen, warst du mehr mit meinem Bruder beschäftigt als mit mir. Es waren seine Dämonen, die dich in der Nacht aus meinem Zelt trieben. Du hast dir nie Gedanken über die Dämonen gemacht, die mich quälten. Ich war doch immer so gesund und heiter, nicht wahr?«

»Wie sehr du dich doch irrst«, erwiderte sie. »Aber es war so unbeschwert, mit dir zusammenzuleben. Laß mich zurückgehen«, fügte sie leise hinzu. Sie ließ ihre Schultern fallen und gab jeden Widerstand auf. Ptolemaios muß das auch bemerkt haben, denn er tat ein paar Schritte auf sie zu. Doch sofort nahm sie wieder Haltung an und streckte den Rücken durch.

»Laß mich nach Griechenland und zu meinem Sohn zurückkehren«, warf sie ihm entgegen.

»Unserem Sohn«, korrigierte er sie.

»Er ist mein Sohn, nicht unser Sohn«, gab sie zurück.

»Du weißt genau, daß ich dir das nicht erlauben kann«, antwortete er ihr. »Das liegt nicht in meiner Macht.«

»Der König ist fürwahr ein freier Mann«, bemerkte sie und legte mir die Hand auf die Schulter, um mir zu bedeuten, daß sie aufbrechen wolle. »Es ist, wie ich es schon immer gesagt habe. Ich bin Athenerin, und er ist und bleibt Makedone. Das mindeste, was er dann für mich tun könnte, wäre, mir das Versprechen zu geben, daß ich nach meinem Tod nicht einbalsamiert und ausgestellt werde. Ich möchte eine makedonische Grabstätte haben mit schönen Opfergaben. In der hintersten Kammer will ich stehen, und dann sollen die Marmortüren geschlossen und nie wieder geöffnet werden. Und außerdem will ich nicht in einen hastig zusammengesteckten Silberschrein gelegt werden, der aussieht wie ein Haufen Schrott. Meiner soll aus Gold sein, mit einem goldenen Kranz auf meiner Urne. Kannst du mir das versprechen? Kannst *du* mir das versprechen?«

Er schüttelte den Kopf. »Du bist ein Mitglied der königlichen Familie. Du wirst wie alle anderen nach deinem Tod einbalsamiert und als ›Königinmutter‹ aufgebahrt werden«, sagte er.

Es war unübersehbar, wie die Wut in ihr hochkochte. Ich hätte gerne gewußt, ob das auch bedeutete, daß sie an der Seite seiner anderen Ehefrauen liegen würde. Sie stieß mich wie einen Schild vor sich her. Verwirrt stieg ich vom Podium hinunter und drehte mich um, bereit, ihr behilflich zu sein. Aber sie brauchte mich nicht mehr, immerhin war sie die Frau, die Persepolis in Brand gesteckt hatte. Der König war zurück auf die Empore gegangen und fragte sie von dort oben, ob sie am Todestag von Alexander gedenke, wieder zum Sema zu kommen, aber sie antwortete ihm nicht. Ich wagte es nicht, mich umzudrehen, obwohl man dem König nie ungestraft den Rücken zudreht.

Auf dem Weg nach Hause bat sie mich, ihr zu verzeihen. Ich nahm ihre kleine Vogelhand und drückte sie gegen meine Lippen und danach gegen meine Stirn. Sie ist mir im Laufe der Zeit lieb und teuer geworden. Ich verzieh ihr von ganzem Herzen. Der König mag sich als göttlich bezeichnen, aber der einzige Mensch, der sich in meinen Augen mit den Göttern messen kann, ist Thaïs.

Nun könne ich sie doch in Frieden lassen, sagte sie lächelnd und gab mir einen Kuß auf die Wange. Bei ihr gäbe es jetzt nichts mehr zu holen, der König würde sicher sehr zufrieden sein mit meiner großartigen Arbeit. Aber wenn ich trotzdem ab und an die Lust verspüren würde, sie zu besuchen, würde sie mir mit Freuden ein Essen servieren – aber keine weiteren Geschichten.

»Aber uns fehlt doch noch so viel«, warf ich, ohne nachzudenken, ein und wies sie darauf hin, daß auch die vielen Jahre in Alexandria, der Bruch mit dem König und ihre Feindschaft Teil meiner Chronistenpflicht seien.

Ihre Augen hatten nichts von ihrer Schärfe verloren. Unter anderen Umständen wäre ich für eine Frau wie sie nur eine lästige Fliege gewesen, aber seit ich ihr Leben aufzeichnete, bin ich in ihren Augen zu einer ernstzunehmenden Person geworden, und mittlerweile respektierte sie mich.

»Mein Leben war vorbei, als ich in Alexandria ankam«, sagte sie und fuhr mir durchs Haar. »Mein Leben war vorbei, als ich nicht mehr singen konnte. Es gibt darüber nicht viel zu erzählen, und der König kennt die Einzelheiten viel besser als ich. Viel interessanter ist doch, was aus meinem Geliebten wurde: An einem einzigen Tag beseitigte Ptolemaios den Mann, der die Macht über Ägypten an sich gerissen hatte, und ließ seine ganze Familie töten. Ich wußte nichts von dieser Seite seines Wesens. Was soll ich noch erzählen? Daß er sich nicht entscheiden konnte, wen er heiraten wollte? Kassanders Schwester Eurydike oder Alexanders Schwester Kleopatra? Soll ich erzählen, wie er die Leiche seines Halbbruders stahl, wie er die Route des Leichenzuges durch Syrien abbrach und Alexander erst nach

Memphis und später nach Alexandria brachte, wo er für ihn den Sema baute?«

Was sollte ich auf Thaïs' empörte Worte antworten? Sie sollte selbst entscheiden, womit sie anfangen wollte.

Alexandria

Als Ptolemaios Eurydike heimführte, wußte ich, daß ich und meine Kinder in Lebensgefahr waren. Roxanes Schicksal hatte mir zwar die Möglichkeiten des Überlebens aufgezeigt, aber dennoch befand ich mich in einer scheinbar unlösbaren Notlage.

Kassander, der ekelhafte Junge aus Dion, hatte es weit gebracht. Jetzt hatten alle Angst vor ihm. Und es war ihm gelungen, seine Schwester bei Ptolemaios als Spionin und Bundesgenossin einzuschleusen. Er hatte Olympias bezwungen, die dafür die meisten seiner Familienmitglieder und Bundesgenossen umbringen ließ. Im Gegenzug hatte er sie von einer Horde wütender und gieriger Menschen am Strand von Pydna steinigen lassen. Das war die Raubtierwelt, die ich versuchte, mir vom Leibe zu halten.

Der ehrgeizige Kassander war um einiges jünger als Ptolemaios, der bemüht war, ihn um jeden Preis von seinem Leben fernzuhalten. Ich versuchte, mir seine Schwester vorzustellen, hatte aber eigentlich keine Lust, sie zu sehen. Was wäre, wenn sie eine Schönheit war: groß, schlank, blond und mit großen, schweren Brüsten, wie die meisten makedonischen Frauen?

Ptolemaios erzählte mir nur, daß er gezwungen war, diese Ehe zu schließen. Dann verließ er mich. Er kam danach für sehr lange Zeit nicht mehr in mein Haus. Mehrere Monate lang bekam ich ihn gar nicht zu Gesicht, aber er schickte häufig Geschenke, ein untrügliches Zeichen seines schlechten Gewissens. Kassanders Schwester hatte zum Glück kein gesteigertes Interesse mehr an den Nebenfrauen ihres Mannes.

Ich stellte einen Mundschenk und zum ersten Mal in meinem Leben Leibwächter ein. Meinen Kindern verbot ich, das Haus zu verlassen. Nur ein einziges Mal bekam ich seine Ehefrau Eurydike zu Gesicht. Als sie sich dem Volk zeigte, war sie wie eine mir unbekannte Göttin verschleiert. Dennoch konnte man erkennen, wie klein, fett und griesgrämig sie aussah. Und sie hatte den harten und fahrigen Blick ihre Bruders. Die meisten Frauen, die vom Schicksal nicht so sehr begünstigt wurden, versuchen doch zumindest, die Natur zu überlisten und etwas aus sich zu machen. Nicht so Eurydike. Das Volk war verpflichtet, sie zu lieben und zu bewundern, unabhängig davon, wie sie aussah. Und das galt auch für ihren Mann.

Ich errang einen kleinen Sieg über sie, den sie mir niemals vergab. Nicht sie, sondern mich hatte Ptolemaios gebeten, in Memphis auf ihn zu warten, während er an der Spitze seines kleinen Heeres auszog, um Perdikkas zu bezwingen oder selbst unterzugehen. So saß ich in Memphis und wartete, während unsere Zukunft an einem sehr dünnen Faden hing. Sollte der Ausgang der Schlacht allein von den Fähigkeiten meines Geliebten als General abhängen, hätten wir keine großen Chancen.

Perdikkas befehligte den Großteil von Alexanders Heer. Für ihn war Ptolemaios' Reise nach Ägypten eine Flucht gewesen, die Flucht eines feigen Mannes vor dem Krieg. Und nachdem Alexanders Leichnam in Alexandria seine neue Heimat gefunden hatte, begriff Perdikkas, daß die Führung Ägyptens ihm nicht Folge leisten würde. Und das, obwohl er im Besitz von Alexanders Ring war und sich als eine Art Gemeinschaftskönig für alle eroberten Gebiete verstand. Der alte Krateros war vor kurzem gefallen, was Perdikkas sehr recht war. Nun müßte er also nur noch »seinen ungehorsamen Satrapen« in Ägypten bezwingen und hätte dann Alexanders Großreich wiederhergestellt.

Ptolemaios mußte folglich zu den Waffen greifen, obwohl er überhaupt kein Vergnügen daran hatte. Außerdem lag seine letzte Schlacht mindestens sechs Jahre zurück. Er fürchtete – vertraute er mir an –, Perdikkas könnte nilaufwärts marschieren und zuerst das alte Ägypten unterwerfen, statt direkt gegen Alexandria zu ziehen.

Bis zu diesem Zeitpunkt hatte ich den Ägyptern keine weitere Beachtung geschenkt, außer dem Hohepriester in Memphis, der Ptolemaios mit dem größten Respekt begegnete. Auch mich behandelten alle mit großer Hochachtung. Sie sind ein uraltes, kultiviertes, aber machtloses Volk, das Schönheit in jeder Form anbetet. Und mich fanden sie schön, obwohl ich schon lange nicht mehr jung war. Während sich der König im Krieg befand, schenkten sie mir kleine Figuren ihrer Göttinnen Bastis, Isis, Hathor und balsamierte Katzen. Sie sahen in Ptolemaios ihren neuen Herrscher und nannten ihn »Pharao«. Da ich die einzige Frau war, die er mit nach Memphis genommen hatte, nannten sie mich »die ehrwürdige königliche Gemahlin«.

Ich wohnte in einem sehr alten, staubigen Haus aus Lehm und wartete dort zusammen mit meinen beiden Jungen und der kleinen Eirene auf Neuigkeiten aus dem Nildelta. Ich wagte es nicht, irgendwelche Zukunftspläne zu schmieden. Ich war nicht so naiv zu glauben, Perdikkas würde im Falle seines Sieges gegenüber der Hetäre und der Kinder des Ptolemaios edlen Großmut walten lassen.

Eines Tages tauchte eine ägyptische Delegation in meinem staubigen Haus auf, verneigte sich vor mir und fragte, wie es denn um das königliche Heer im Delta stünde. Ptolemaios habe sie gebeten, mich aufzusuchen, um das Neueste zu erfahren. Wie sollte ich mich verhalten? Dort standen feine, edle Menschen vor mir, die auf eine jahrtausendealte Kultur zurückblicken konnten, und verneigten sich tief vor mir, da ich nun einmal die vom König genannte Kontaktperson war. Sie ließen sich in keiner Weise anmerken, daß sie sich von ihrem neuen König verhöhnt fühlten, weil er sie von einer Hetäre über den Ausgang der Schlacht in Kenntnis setzen ließ. Sie wußten, welchen Nutzen wir ihnen brachten.

»Ich möchte mich gleich zu Beginn dafür entschuldigen, daß ich Ihnen im Namen des Königs die Situation erläutere«, sagte ich, um höflich zu sein. Sie sollten bitte auf keinen Fall denken, mein Erscheinen sei Ausdruck königlicher Arroganz oder gar eine Herabwürdigung ihrer Personen oder Religion. Die Männer lächelten einander an.

Der älteste der Priester erhob sich und sagte mit ruhiger Stimme, daß der König ein Treffen mit jener Person arrangiert habe, die ihm am nächsten stünde und am liebsten sei. Und sie würden verstehen, warum das so sei. Ich war sprachlos, und mir wurde ganz warm vor Stolz.

Dann endlich kam er, merkwürdig heiter und auf rätselhafte Weise verjüngt. Er kam auf einem schmutzigen Pferd und in Begleitung von drei müden Pagen nach Hause geritten. Auf einmal stand er in der Vorhalle in dem alten Haus in Memphis – er sah aus wie in früheren Tagen. Irgend etwas Schönes schien ihm widerfahren zu sein, etwas, wonach er sich lange gesehnt hatte. Er wollte mich augenblicklich unter vier Augen sprechen.

In seinem Gesicht stand der Sieg geschrieben, aber die überstürzte Heimreise hatte ihn seine Reinlichkeit vergessen lasen: Sein Haar hing lang und fettig über seinen kräftigen Nacken und bis in die Stirn hinab, der Bart wucherte auf seinen Wangen, und seine Kleider rochen säuerlich.

»Ich habe gute Neuigkeiten zu berichten, mein Schatz«, sagte er und lächelte, so daß ich seine glitzernden, strahlend weißen Zähne sehen konnte. »Aber du solltest dich hinsetzen, sonst verletzt du dich vielleicht, wenn du vor lauter

Überraschung gleich umfällst! Das errätst du nie! Also! Perdikkas ist tot, seine Offiziere haben ihn beseitigt. Zuvor hatte er versucht, meine Soldaten zum Putsch gegen mich aufzuhetzen. Hast du so etwas schon einmal gehört? Die Schlacht im Delta haben wir dann gewonnen: Seine Soldaten hatten wohl genug von der Mückenplage, ihren zahlreichen Verletzungen und den toten Elefanten. Da haben sie ihn einfach umgebracht. Seine Offiziere haben mich danach gebeten, zu ihren Soldaten zu sprechen«, schloß er und errötete dabei.

Perdikkas hatte ein kolossales Heer befehligt, soviel war mir bekannt gewesen. Und er war der einzige von »Alexanders Freunden« gewesen, den Ptolemaios als einen großen und fähigen General geschätzt hatte. Anders als er, der Ägypten als seine Heimat und die Ägypter als seine Kinder betrachtete, hatte sich Perdikkas seit seinem Auszug aus Makedonien ununterbrochen in der Fremde befunden. Ptolemaios aber hatte in den sechs Jahren seit Alexanders Indienfeldzug den Frieden kennen- und schätzengelernt. Das hatte ihn auf andere Gedanken gebracht und ihn neue Werte erkennen lassen. Perdikkas indes faßte alle fernen Länder lediglich als Beute auf, die er mit großangelegten, einfachen Manövern einheimste. Ptolemaios seinerseits setzte sein Vertrauen in Tugenden wie Ausdauer, Vorsicht und Loyalität.

Das einzige Erlebnis dieses Feldzuges gegen Perdikkas, an das er nicht gerne zurückdachte, war der Moment, in dem er das Auge des Kriegselefanten durchbohrte, der seinen ehemaligen Kameraden trug. (*Der König hat das hier Folgende nachträglich in das Manuskript eingefügt: »Nach der Schlacht fingen wir die überlebenden Elefanten ein, nahmen ihnen ihre Panzerung ab und führten sie nach Alexandria, wo sie den Grundstock der Menagerie bildeten, die Alexander zeit seines Lebens anlegen wollte.«*) Alles andere jedoch sei großartig und herrlich gewesen. Besonders der Augenblick, als er vor Perdikkas' Heer trat, nachdem seine Männer ihren Befehlshaber umgebracht hatten. Ohne Waffen stand er vor ihnen und sah in die Gesichter von Deserteuren und Mördern. Ob ich mir vorstellen könne, was für einen grandiosen Empfang sie ihm bereiteten?

»Sie haben mir Asien angeboten! Und dazu das gesamte persische Reich!« lachte er.

Er schwieg lange, dann endlich fragte ich ihn, wie er denn auf dieses überaus großzügige Angebot reagiert habe?

»Ich habe abgelehnt! Allerdings mußte ich meine Antwort viermal wiederholen, bevor sie es begriffen hatten!« rief er und breitete seine Arme aus. Ich mußte unwillkürlich lachen und hielt mir die Hand vor den Mund. Das war sicherlich das erste Mal in der Geschichte, daß ein Mann das Angebot, Herrscher über ein so riesiges Reich zu werden, ausgeschlagen hat.

Sie wären auf jeden Fall gut bedient gewesen mit ihm, dachte ich mir, er war nicht so unüberlegt wie Perdikkas, der rücksichtslos das Leben seiner Soldaten geopfert hatte und darum den Tod verdiente. Perdikkas hatte bestimmt einen Blick auf die Karte von Ägypten geworfen und etwa folgendes gedacht: »Sicher ist noch nie jemand zuvor durchs Delta marschiert und heil angekommen. Aber es ist auf jeden Fall der kürzeste Weg, und darum gebe ich meinen Soldaten den Marschbefehl, sie können sich mir ja ohnehin nicht widersetzen, schließlich bin ich ihr Befehlshaber.« Die Elefanten jedoch blieben im Schlamm stecken, eine Heerschar von Mücken griff die Soldaten an, und zuletzt beschlossen sie, ihren Anführer zu beseitigen. Diese vernünftigen Makedonen!

Spät am selben Abend, nachdem auch die Offiziere und das Heer eingetroffen waren und im Haus des Hohepriesters für uns ein Siegesfest stattfand, räumte Ptolemaios ein, daß der Sieg teuer erkauft gewesen sei. Er habe in vorderster Reihe zusammen mit seinen Soldaten die Verteidigungslinie gebildet und große Angst gehabt. Ich ließ ihn erzählen: Solange er bei mir war, verbrachte er wenigstens keine Zeit mit seiner Ehefrau.

»Bist du denn gar nicht stolz auf mich?« fragte er ein wenig gekränkt. Soweit ich mich erinnere, war es tief in der Nacht. Wir hatten uns gerade in der Dunkelheit geliebt. Eirene war in ihrem Zimmer aufgewacht und rief nach ihrer Amme. Obwohl sie schon ein großes Mädchen war, hatte sie noch immer Angst im Dunkeln. Stolz? dachte ich – das war mir überhaupt nicht in den Sinn gekommen. Erleichtert war ich. Stolz war ein gefährliches Gefühl, das einen zu schnell zur Hybris verleitet. Ich war zu diesem Zeitpunkt vielmehr mit dem Wohl meiner Kinder beschäftigt, die sich in Memphis nicht zu Hause fühlten. Außerdem spürte ich jeden Tag unseren Altersunterschied deutlicher, und zwar nicht zu meinen Gunsten. Ich alterte zusehends, während ihn sein Erfolg verjüngte.

Ich versuchte ihm deutlich zu machen, daß er in Alexandria gebraucht würde. Wir hätten gerade eine Delegation von Architekten zu Besuch gehabt, die große Probleme mit dem Ausbau des Hafens hätten. Sie rangen mit einem Monster von Leuchtturm, über dessen Dimensionen sie sich nicht mehr im klaren waren. Sie wollten, daß der König persönlich die Entscheidung fällte. Er sei doch noch der König von Ägypten, fragten sie provokativ.

»Ich werde schon noch den Leuchtturm für dich errichten lassen«, sagte er lachend. »Aber sollte es zu weiteren Kriegen kommen, darfst du mir keine Vorwürfe machen: Ich habe sie nicht verursacht. Mein oberstes Prinzip lautet nach wie vor, niemals den ersten Pfeil abzuschießen.«

Eine so große Anziehung und so viele gemeinsame Jahre verbinden diese beiden, ich verstehe einfach nicht, warum sie nicht den Wunsch haben, sich wiederzusehen. Und doch habe ich den Eindruck, der König will sich in ihrer Erzählung wiederfinden und eine Erklärung bekommen.

Er will genau erfahren, was sie ihm vorwirft, obwohl er es sicher ohnehin schon besser weiß als jeder andere. Die Feindschaft der beiden quält mich. Aber Thaïs will mir nicht erläutern, warum und wann sie zu Feinden wurden.

Der König empfing mich und beauftragte mich damit, sie zu zwingen, endlich von Persepolis zu erzählen. Er klang so, als würde darin die Lösung für alles verborgen liegen. In Alexandria leben nur noch zwei Menschen, die beim Brand von Persepolis dabeigewesen sind. Und auch wenn sie nicht müde werden, den Bruch ihrer Freundschaft zu beteuern, spüre ich einen Gleichklang ihrer Seelen, den keiner der beiden jemals zugeben würde.

Der König über Alexandria

»Sie hätte ruhig von dem Treffen mit den alexandrinischen Architekten und dem ägyptischen Hohepriester am Tag nach unserer Siegesfeier erzählen können«, sagte der König. Der Priester habe alle in sein kleines Arbeitszimmer gebeten und sich Zeit genommen, alle mitgebrachten Zeichnungen anzusehen. Nachdem alle zufriedengestellt waren oder zumindest eine konkrete Aufgabe zugewiesen bekommen hatten, fragte der Hohepriester mit zurückhaltender Neugier, die der König typisch ägyptisch fand:

»Sagen Sie mir, wer soll denn diese gigantische Stadt im Westen bewohnen? Gibt es genügend Ägypter, die von den Ufern des Nils dorthin ziehen wollen? Und was noch weitaus wichtiger ist, können wir sie denn hier entbehren?«

Der König wurde Feuer und Flamme, breitete die Arme aus und erklärte, daß alle, die wollten, sich in Alexandria niederlassen dürften: Ägypter, Griechen, Perser, Inder, Juden, Syrer. Die Stadt würde allen offenstehen. Es sollte keinen Unterschied geben zwischen Bürgern, Metöken oder Neusiedlern. Sogar den Frauen sollten Bürgerrechte zugesprochen werden.

Erst wenn alle die gleichen politischen Rechte von des Königs Gnaden besäßen, würden sie wirklich frei sein.

Wir wollten ein besseres Athen schaffen, ohne Schierlingsbecher und ohne das Chaos, das mit dem griechischen Verständnis von »Freiheit« entsteht. Das war mein Geschenk an Thaïs.

Sie, nicht ich, hat unsere Beziehung beendet und mir befohlen, mich von ihr fernzuhalten.

Ja, ich habe Eurydike geheiratet, und ich mußte erfahren, wie teuer der Preis der Macht sein kann. Sie hat mir in einem fort Kinder geschenkt, darin war sie gut. Aber es waren dumme Kinder, die immerzu miteinander stritten, zum Glück starben die meisten von ihnen früh. Keines von ihnen hegte so etwas wie Liebe für seinen Vater, sie schlugen alle nach der Familie des Kassander.

Aber das Unangenehmste war Eurydikes unbeholfene Zärtlichkeit, wenn sie mit mir schlafen wollte oder sich sogar erdreistete, Hand an mich zu legen. Ich suchte sie nur auf, um Kinder zu zeugen, und auch das tat ich mit großem Widerwillen. Keinen Augenblick hätte ich gedacht, daß sie jemals etwas für mich empfinden würde. Aber sie folgte mir wie ein Hund, immer aufmerksam darauf bedacht, mir jeden vermeintlichen Wunsch zu erfüllen. Sie war klein und fett wie ihr Bruder, hatte Plattfüße und war häßlich. Ich schämte mich, daß so eine Frau zärtliche Gefühle für mich hegte. Die Athener haben recht: Ihre Gesichtszüge verrieten ihr wahres Wesen.

Thaïs empfing jeden Abend in ihrem großen Haus Gäste. Es geschah mitunter, daß ich auf dem Weg durch die Stadt die lange Besucherschlange vor ihrem Haus durchqueren mußte. Ich erfuhr, daß sie einen neuen Beschützer hatte, einen Mann, der mit Leichtigkeit ihr Sohn hätte sein können. Und ich hatte geglaubt, jeden Schmerz bereits zu kennen!

Unsere Leben hatten sich bis dahin wie zwei Striche verhalten, die zuerst nebeneinanderherliefen, bis sie zu einer einzigen Linie verschmolzen. Doch nun verliefen die Striche wieder getrennt voneinander. Und dennoch sehnte ich mich jede Nacht nach ihrer Nähe. Sie war der Maßstab gewesen, an dem ich meine Handlungen und meine Gedanken gemessen hatte.

Eines Tages kam Eurydike stinkend und mit roten Flecken auf den Wangen zu mir. In der Hand hielt sie eine Briefrolle – ein weiterer, ermahnender Brief von Kassander. Thaïs hatte dieses Mal einen Vierspänner anläßlich der Olympischen Spiele bezahlt. Eurydike riß sich an den Haaren wie ein Bauernweib und legte dann ihre Hände auf ihren gespannten Bauch. Ich hatte sie erneut geschwängert, um wenigstens das nächste halbe Jahr nicht mit ihr schlafen zu müssen.

»Jetzt ist sie zu weit gegangen!« schrie diese Frau, die pausenlos darum bettelte, daß ihr Antlitz auf die Münzen des Landes geprägt werden solle. »Sie bringt Schande über Alexandria, lies nur, was mein Bruder über sie geschrieben hat!«

Ich konnte einer schwangeren Frau nichts zuleide tun, aber ich sprang auf und befahl ihr, daß sie in Zukunft klug daran täte, Thaïs' Namen nicht mehr in meiner Gegenwart zu benutzen. Sollte Thaïs eines Tages sterben, würde ich sie, Eurydike, nach Oberägypten zu den Schlammbauern verbannen und unseren ältesten Sohn töten, den sie noch mehr liebte als mich. Während ich ohne Unterbrechung neue Regeln aufzählte, wußte ich mit einemmal, daß ich in Zukunft nie wieder das Bett mit ihr teilen würde.

Wie hätte ich ahnen können, daß sie genauso hinterhältig war wie ihr Bruder? Bevor sie meine Frau wurde, war sie bereits einmal verheiratet gewesen und hatte auch Kinder mit ihrem ersten Mann bekommen. Ich hatte nie vorgehabt, auch diese noch durchzufüttern – aber meine Zurückweisung hatte Eurydike dazu bewogen, mit einem Boten nach ihrer Tochter Berenike schicken zu lassen, die vor kurzem Witwe geworden war.

Und ich, was tat ich? Ich ließ mich stundenlang durch die Straßen der Stadt tragen, während die Dämmerung über die Baustellen hereinbrach und die Dunkelheit langsam die Sicht verschlang. Dann gab ich den Befehl, mich hinunter zu dem großen Haus der Hetäre Thaïs mit den persischen Gärten zu bringen. Den Rest der Geschichte würde ich gerne von Thaïs erzählen lassen.

Thaïs' Version

Er erschien in der Tür zum Andron, blieb stehen und begrüßte alle Anwesenden, die er mit Namen kannte. Sogar die Hetären grüßte er, als wären wir alle seine leiblichen oder angeheirateten Kinder, die sich zu einem Familienfest versammelt hatten.

Viele Jahre waren vergangen, seit er mich verlassen hatte, und die Zeit war nicht spurlos an ihm vorübergegangen. Sein goldenes Diadem klemmte im ergrauenden Haar, und auch sein Gesicht war gezeichnet vom Alter, endlich! Auch sein Körper war auseinandergegangen, das einzige Kleidungsstück, das ihm noch paßte, war ein ägyptischer Kaftan aus dünnstem Wollstoff.

Am Ende eines langen Tages hatte er beschlossen, den Abend bei uns zu verbringen. Er begriff nicht, wie sehr er mich damit kränkte.

Eindringlich und fragend sah er meinen Beschützer an. Ich erhob mich und ging dem König wie in alten Zeiten entgegen. Und er ließ, ebenfalls wie damals, seine Hand in meine gleiten und verschränkte seine Finger mit meinen. Dann nahm er unsere Hände, drückte sie sich gegen die

Brust und blieb schweigend stehen, als würde er sich für seine Verspätung entschuldigen wollen.

Selbstverständlich hatten ihn alle sofort erkannt, als er in der Tür erschien, und jetzt saßen sie steif und stumm da und wußten nicht, was sie erwartete und was von ihnen erwartet wurde. Sie waren Griechen und Makedonen und nicht vertraut mit den persischen Ritualen.

In Makedonien kam es vor, daß der König sich bei seinen Freunden niederließ, um zu trinken und zwanglos zu plaudern. Aber das hatte Ptolemaios nicht mehr getan, seit er Eurydike geheiratet und begonnen hatte, immer gottgleicher zu werden.

»Hier ist sicherlich kein Platz mehr für mich?« fragte er, ohne mich anzuschauen, und ich schüttelte den Kopf.

»Setz dich zu uns«, sagte ich. Meine Gäste versuchten, sich so natürlich wie möglich auf ihren Klinen zurechtzusetzen und den verlorenen Faden ihrer Unterhaltung wiederaufzugreifen, ohne jedoch den König aus den Augen zu lassen. Der hatte allerdings keine Augen für sie.

»Ich bin nicht gekommen, um deine Freunde zu treffen«, gestand er und sah mir endlich ins Gesicht. »Sag: Freust du dich überhaupt nicht, mich wiederzusehen?«

In seiner Stimme lag nicht ein Hauch von Ironie, und das verunsicherte mich.

»Setz dich zu uns und genieße ein bißchen das Leben«, sagte ich, führte ihn zu einer Kline und reichte ihm meinen Becher. Freudig überrascht kommentierte er die Qualität des Weines, der um so vieles besser sei als der, den er aus Korinth bezog. Vielleicht solle er auch lieber seinen Wein bei meinem Kaufmann aus Samos kaufen, erwiderte ich. Danach senkte sich eine schwere und unheilverkündende Stille über uns.

Mein Beschützer räusperte sich und stellte der Hetäre Dione irgendeine Frage. Sie antwortete, aber die Unterhaltung verlief nur zäh, und auch alle anderen vermieden es, den König mit ins Gespräch einzubeziehen. Er selbst sagte kein Wort. Es dauerte nicht lange, bis die Gäste einsahen, daß es besser sei zu gehen. Der König blieb mit seinem Becher auf den Knien sitzen und starrte auf den Boden. Auf meinen schönen, edlen Boden, der mit kleinen farbigen Flußsteinen in makedonischer Manier gelegt worden war. Du hast doch das Mosaik im Andron gesehen, mein Junge, wo Dionysos auf einem Löwen reitet?

Sein weißer, dünn gewebter Kaftan bedeckte die weichen Rundungen seines Körpers. Er saß zu viel und war mit Papierkram beschäftigt, und offenbar hatte er auch nicht mehr häufig so ausgedehnte Liebesnächte wie zu dem Zeitpunkt, als er noch mit mir zusammenlebte.

Er war mittlerweile zu sehr König, als daß er einfach seinen Kopf in meinen Schoß gelegt hätte, und ich wußte, daß seine bewaffneten Leibwächter draußen vor der Tür mit Fackeln und Pferden auf ihn warteten. Dennoch wollte er unbedingt bei mir übernachten.

Kaum hatte ich ihn in meinem Bett zugedeckt, schlief er auch schon ein. Schlafen, dachte ich, konnte er doch auch zu Hause. Daran konnte Kassanders Schwester ihn doch wohl kaum hindern?

Gegen Morgen löste ich vorsichtig das Diadem, das sich tief in seine Haut gedrückt hatte. Später weckte ich ihn dadurch, daß ich dieses häßliche Zeichen mit den Fingern wegmassierte, damit er wieder so aussah wie zuvor. Dann schliefen wir miteinander. Ich lag in seinen Armen und merkte, wie dankbar er war.

Wir hatten uns verzweifelt und irgendwie verkehrt geliebt, so als würde er sich zurück in die Vergangenheit bohren wollen. Als er seine Grenze erreicht hatte, rief er meinen Namen, und dann ging sein Schrei in Schluchzen über. Ich nahm seinen großen Kopf in meine Hände und hielt ihn fest. Noch nie zuvor war er so traurig gewesen, aber ich wußte nicht mehr, was in ihm vorging. Und doch war es noch so, daß jeder Schmerz, der ihm widerfuhr, auch mir weh tat.

Er weinte in meinen Armen, seine Tränen liefen mir den Hals hinunter. Schwer wie eine Leiche war er, die auf dem Schlachtfeld auf einem Verwundeten lag. Ich konnte keinen klaren Gedanken fassen, ging aber davon aus, daß er gekommen war, um mich um Rat zu fragen. Ich bin alt geworden, ich kann das hier nicht mehr, dachte ich.

»Hast du jemals darüber nachgedacht, daß wir unsere beste Zeit erlebten, während wir durch Persien zogen?« fragte er mich, nachdem er sich ein wenig beruhigt hatte und begann, mich zu streicheln.

»Mein ein und alles«, fuhr er fort, »ich kann dir gar nicht sagen, wie schwer es ist, mit jemandem Tag und Nacht zu verbringen, den man nicht begehrt und nicht sehen will. Ich hasse ihren Geruch, ich hasse es, ihr beim Essen zuzusehen. Sie schlürft und schmatzt mit offenem Mund, mischt sich in alles ein, kritisiert mich fortwährend, und alles, was ihr Bruder macht, ist großartig!«

Was sollte ich darauf antworten? Er hatte sich für Eurydike entschieden. Er wollte König sein, und Könige haben Königinnen als Ehefrauen und keine klugen Hetären. Man muß sich selbst treu sein, um Mensch zu bleiben. Das hatte ich nach Hephaistions Tod zu seinem Halbbruder gesagt. Was sollte ich jetzt dem Menschen sagen, den ich von allen am besten kannte?

Mein erster und eindringlichster Gedanke war: Laß sie umbringen. Ihr habt schon einen gemeinsamen Sohn, das genügt. Du hast einen Erben. Keiner würde ihr nachtrauern. – Aber das konnte ich ihm nicht sagen, ich habe noch nie solche Ratschläge geben können. Außerdem hatte er noch Verwendung für sie, sie sicherte ihm die zerbrechliche Allianz mit Kassander und Makedonien.

»Kannst du sie nicht irgendwohin schicken, wo sie lieber sein möchte als bei dir?« fragte ich darum höflich. »Es muß doch einen Ort in deinem Reich geben, an dem sie keinen Schaden anrichten kann.«

Da fing er laut an zu lachen. Sein Kopf ruhte an meiner Brust, und er lachte hart und schüttelte den Kopf, ohne zu mir hochzusehen: »Du weißt genau, bei wem ich am liebsten wäre, also gib mir bitte keine weiteren schlechten Ratschläge! Sie liebt mich viel zu sehr, sie betet den Boden an, über den ich gehe. Ich habe mir statt dessen überlegt, noch Alexanders Schwester Kleopatra zu heiraten. Sie ist eine erfahrene Regentin und mit den Jahren richtig hübsch geworden. Das ist mehr, als man über meine derzeitige Ehefrau sagen kann.«

In seinem einst so schönen, feingeschnittenen Gesicht waren die edlen Züge wie verwischt. Mir war bei seinem Anblick zum Weinen zumute. Meine eigene Schönheit bewahrte ich mit großem Aufwand und durch Verzicht auf alles, was ihr schaden könnte. Darum war ich noch immer schöner, als Eurydike es jemals gewesen war.

Er ließ seine große, mir so vertraute Hand über meinen Körper gleiten wie in den längst vergangenen Zeiten. Und auf einmal erschien mir alles sinnvoll und vernünftig, sogar meine törichten Schönheitsanstrengungen, das Fasten, die Gesichtsmasken.

»Du wirst dich niemals ändern«, sagte er und küßte meine Augenlider.

»Erinnerst du dich an Babylon?« fragte er, als er sich verabschiedete. Seine schönen Augen leuchteten. Als würde ich jemals den Todesgeruch in dem häßlichen Palast vergessen können!

»Und hat Roxane dir seitdem geschrieben?« fragte er weiter. Ich log ihn an und schüttelte den Kopf. Hätte ich die Wahrheit sagen und von dem Brief und ihrer Angst vor Kassander erzählen sollen? Vielleicht hätten wir ihr und vor allem ihrem Sohn helfen können. Aber Roxane hatte den Fehler begangen, sich an mich um Hilfe zu wenden. Mein

Leben war nur dann sicher, wenn ich mich vom König fernhielt. Ansonsten hätte mich Kassanders Schwester irgendwann aus dem Weg räumen lassen, daran hatte ich keinerlei Zweifel. Darum habe ich gelogen und bin somit schuld am Tod von Roxane und ihrem Sohn.

Später erst wurde mir klar, daß Ptolemaios der Tod der beiden nicht ungelegen kam. Kassanders Doppelmord bewahrte ihn davor, sich eines Tages mit dem jungen Alexander messen zu müssen.

»Du darfst mich nie wieder besuchen, du bringst meine Kinder in Gefahr«, sagte ich, während ich das Diadem um seinen riesigen Kopf band.

»Deine Kinder?« zischte er. Sein Gesicht nahm einen trotzigen Ausdruck an, seine Lippen wurden schmal, und er rieb sich die Augen. Meine Kinder seien wahrlich auch seine Kinder, und er habe für alle drei besondere Aufgaben ausersehen, belehrte er mich. Wenn ein König mit einer Hetäre Kinder bekäme, verstünde es sich von selbst, daß der Vater das Bestimmungsrecht habe.

»Mein ganzes Leben lang habe ich nur gegeben, und keiner hat es mir gedankt«, stieß ich hervor. Ich, die ich früher über jede Kleinigkeit Tränen vergießen konnte, vermochte es nicht mehr zu weinen. Da stand er auf, kam zu mir und nahm mich in seine Arme. Aber ich wollte nicht mehr, machte mich frei und erinnerte ihn an seine geliebte Ehefrau.

»Sag mir doch bitte, was du alles gegeben hast?« schrie er plötzlich. »Genommen hast du, mir hast du alles genommen!« Er ließ seine Wut an meinen kleinen Figurinen aus, an Isis, Hathor und Bastis. Zuerst griff Ptolemaios nach Hathor, der Göttin, die in Gestalt einer Kuh erscheint, und warf sie gegen die Wand. Danach war die Mumienkatze an der Reihe und dann Isis mit dem Kind. »Deine verdammte Freiheit! Deine verdammte Freiheit, immer nur deine Freiheit! Alles hast du für diese Freiheit geopfert!« schrie er in einem fort, während ihm die Tränen in die Augen stiegen.

Ich griff nicht ein.

»Wäre dein verdammter Drang nach Freiheit nicht gewesen, hätte ich heute keine Schwierigkeiten. Ich hätte zwei Söhne, die ich für mich in den Krieg schicken könnte, und Enkelkinder, die meine Zukunft sichern würden! Wäre deine verdammte Freiheit nicht gewesen, wäre ich heute ein glücklicher Mann! Ich weiß, warum Athen zugrunde ging. Man muß dich nur genauer anschauen, um den Grund zu begreifen! Ihr Athener seid nicht lebensfähig – Großmäuler und Egoisten seid ihr: *meine Freiheit, meine Freiheit, meine Freiheit!* Hättest du mich damals geheiratet, als wir jung waren, wäre ich heute ein glücklicher Mann!«

Als er sah, daß ich nicht reagierte, verlor er die Lust an einem weiteren Wutausbruch. Ich führte ihn über die Tonscherben hinweg zu einem Stuhl, in den er sank. Während sein ganzer Körper hilflos zitterte, vergrub er sein Gesicht in den Händen. Erschöpft und widerstandslos ließ er die Berührungen meiner Hände über sich ergehen, dann küßte er sie und sah mich fragend an. Nur dir gegenüber offenbart er sein Innerstes, seine nackte Seele, dachte ich. Und der Grund dafür liegt einzig und allein in diesem verdammten Freiheitsstreben, das er einfach nicht in mir auslöschen kann. Seit wir uns das erste Mal begegnet sind, ist das sein größter Wunsch gewesen.

»In Zukunft will ich jederzeit zu dir kommen können, wenn ich es möchte«, sagte er mit ernster Stimme. »In Zukunft sollst du nicht mehr so viel allein sein. Wir sind doch die einzigen, die sich noch an alles erinnern. Wir können nicht ohne den anderen sein.«

Als wäre ich diejenige, die damit Schwierigkeiten hätte. Oh, wie er mich mit Küssen bedeckte, als wir Abschied nahmen. Er wollte so gerne zurück zu den glückseligen Tagen in Persien. Noch ganz verwundert über seine Wärme und Zärtlichkeit, fragte ich ihn, wann ich denn Alexandria verlassen dürfe. Schlagartig legte sich eine jungenhafte

Verwunderung auf sein Gesicht. Ich müsse verstehen, daß dies leider das einzige sei, was er mir niemals gestatten könne.

Er hat mir auch meine Tochter genommen, nachdem er Berenike geheiratet hat, ohne sich vorher von ihrer Mutter scheiden zu lassen. Mich hat er wie zum Trost zur Hohepriesterin der Isis gemacht.

Als ich von meinem Einweihungsfest nach Hause zurückkehrte, sah ich die königlichen Wachen und die große Sänfte vor meinem Haus stehen und wußte sofort, daß Ptolemaios' mächtige Hände ein weiteres Mal nach mir und meinen Kindern griffen. Im Haus waren alle in heller Aufregung, und mein Hausverwalter versuchte, die Wachen vom Gynaikeion, den Frauengemächern im ersten Stock, fernzuhalten. Sie kämen vom Brucheion, von Ptolemaios und Berenike, die Eirene gerne als Hofdame bei sich haben wollten.

»Will er jetzt auch noch seine Tochter in sein Bett zerren?« brach es aus mir heraus. »Genügt es ihm nicht, daß er eine Mutter und ihre Tochter gleichzeitig zur Frau hat?«

Entsetzt zogen sie sich zurück, und ich ging nach oben, wo Eirene in einer Ecke saß und vor sich hin starrte.

Tief verneigte sie sich vor mir und fragte dann flüsternd, was die Unruhe dort draußen zu bedeuten habe. Ich erklärte ihr, daß ihr Vater sie gerne sehen würde und ihre Stiefmutter sie zu ihrer Hofdame machen wollte. Als halbe Makedonin verstand sie sofort, was das bedeutete, und ihre zarten Wangen erröteten. Zu gerne würde sie das Leben einer ägyptischen Prinzessin führen, als geliebte und geachtete Tochter. Was für ein Recht hatte ich, sie zurückzuhalten und an diesem Glück zu hindern?

Als wir uns etwas später noch einmal darüber unterhielten, nebeneinander auf ihrem harten Bett sitzend, begriff ich, wie sehr sie ihren Vater vermißt hatte und was für eine überhöhte Bedeutung er durch seine Abwesenheit bekommen hatte. Sie erinnerte mich an Iphigenie, ich hoffte aber, daß ihr Vater ein anderes Schicksal für sie vorgesehen hatte.

Am Tag darauf suchte ich die Königin Berenike auf und übergab ihr meine Tochter. Endlich sah ich sie mit eigenen Augen: Sie war schön und ebenmäßig geformt, eine richtige Makedonin. Ihr lag sehr viel daran, mir deutlich zu machen, daß von ihr keine Gefahr ausginge, daß sie keinem nach dem Leben trachtete. Sie legte ihre Alabasterhand auf meinen Ellenbogen und lächelte mich geheimnisvoll an. Ich empfand noch nicht einmal Eifersucht.

Sieben Jahre vergingen, ehe Ptolemaios seine Tochter heiraten ließ. In dieser Zeit hielt ich mich sehr zurück und begnügte mich damit, die wohlerzogenen und doch belanglosen Briefe zu lesen, die Eirene mir schrieb – oder vielmehr von einer ihrer Zofen schreiben ließ. Zu ihrer Hochzeit wurde ich eingeladen, erhielt bei diesem Anlaß den Ehrentitel einer »Königinmutter« und wurde offiziell zu einem Mitglied der Familie ernannt. Mein Schwiegersohn von der Insel Kypros war begeistert von seiner lieblichen, großäugigen Braut. Eunostos ließ sogar seine Söhne aus erster Ehe töten, um ihr Leben zu schützen.

»Wie schwer es doch fällt, von Tod und traurigen Ereignissen im Leben eines Menschen zu erzählen«, sagte sie mit verzerrter Stimme, nachdem ich mich an den wunderbaren Speisen satt gegessen hatte, die ihr persischer Koch in einem fort hereintrug.

Fast gierig stürzte ich mich danach auf meine Schreibutensilien, was Thaïs zum Lachen brachte. Sie kam zu mir und legte mir eine Hand auf die Schulter. Hätte sie das vor einem Jahr getan, hätte ich nichts dabei empfunden, doch jetzt ließ mich ihre Berührung erzittern. Diese Hand hatte auch schon Alexander berührt, wurde von Ptolemaios I. Soter geküßt und hatte Roxanes Sohn zur Welt gebracht. Diese Hand barg so viele Geheimnisse. Ich wagte es, ihre Finger zu küssen, woraufhin Thaïs ihre Hand augenblicklich wegzog – aber ohne Wut.

Ich glaube, sie wußte meine Geste zu schätzen, obgleich sie äußerst theatralisch gewesen ist. Sie selbst neigt auch sehr zur Theatralik, ist aber der festen Ansicht, selbst aufrichtig und grundehrlich zu sein.

Sie weiß, daß ich sie fürchte wie eine launische Göttin, aber sie ist so rastlos wie meine Mutter zu Hause bei der Ernte unter dem Maulbeerbaum. Sie repräsentiert für mich jene Welt, in der ich niemals Fuß fassen werde (wie sie sich bar jeder Boshaftigkeit ausdrücken würde). Sie braucht mich, das habe ich begriffen, auch wenn sie mich provinziell, einfältig und minderwertig findet. Der Weg zu Ptolemaios I. Soter führt unweigerlich über mich.

Vielleicht sollte ich ihr bei Gelegenheit einmal sagen, wer der Leser ihrer Erinnerungen sein wird, nämlich der zukünftige König, Berenikes Sohn. Aber ich will sie nicht mit der Zukunft behelligen, jetzt, da sie sich in ihrer Vergangenheit bewegt. Ich habe immer versucht, keine zu langen Unterbrechungen zu haben, aber jetzt scheint mir die Basis für eine etwas längere Pause geschaffen zu sein.

Der König wollte keine Veränderungen in ihrem Text vornehmen, in dem sie – wie er es nennt – »ihre letzte Begegnung« beschreibt. Dafür händigte er mir eine kleine Schriftrolle aus, die, nach dem Siegel zu urteilen, Teil seiner offiziellen Biographie ist und in der Verschlossenen Abteilung der Königlichen Bibliothek verwahrt wird.

Berenike

Es hat den Anschein, als würde sich die Geschichte von Thaïs und mir vor allem durch Trennung, Vereinigung und Wiedervereinigung beschreiben lassen. So war es gar nicht. Aber so gedenken wir unserer gemeinsamen Zeit. Alles wurde zum Gegenstand dieser Beziehung, die für mich lange der Grundpfeiler meines Lebens war. Alle Veränderungen lassen sich in der Geschichte unserer Beziehung ablesen. Als ich mit Thaïs brach, wurde meine Welt unbequem und unerfreulich.

Meine größte Sorge ist mitnichten, daß ich meinen Erben, Ptolemaios Keraunos, den Donnerkeil, absetzen und des Landes verweisen mußte. Ich hoffe nur, daß er in Makedonien einen schnellen Tod finden möge. Dort soll er sich zur Zeit aufhalten. Sein Schicksal aber ist mir vollkommen gleichgültig.

Weitaus mehr bekümmert mich der Zustand meiner geliebten Frau Berenike, die seit Jahren nicht mehr in der Lage ist, das Bett zu verlassen. Ihr Inneres scheint langsam zu verrotten. Eine stinkende Flüssigkeit dringt unaufhörlich aus allen Körperöffnungen. Obwohl wir alles Erdenkliche tun, um ihr zu helfen, will sie nicht versiegen.

Berenike war kein Kind mehr, als sie zu uns kam, sie hatte selbst schon halbwüchsige Kinder von ihren zwei vorherigen Ehemännern, einer davon war mein »Vater« Lagos. Sie war hübsch und ähnelte weder ihrer Mutter noch Kassander. Eurydike stellte sie mir zunächst als vornehme makedonische Witwe vor, die sie in ihrer Familie aufgenommen hatte – und nicht als ihre Tochter! Ich hegte also keinen Verdacht!

Als sie eines Nachts in meinem Bett auftauchte, hätte ich sie sofort wegschicken müssen. Aber in der Dunkelheit fühlte ich mich auf einmal berechtigt dazu, sie zu besitzen, und konnte spüren, daß auch sie bei mir bleiben wollte. Ich gab mir große Mühe und wandte alle Kunstgriffe an, die ich von Thaïs gelernt hatte. Und sie gab sich mir hin, Eros, Aphrodite und Dionysos kamen mir zu Hilfe. Mein größter Wunsch war es, ihr eine bis dahin ungekannte Lust zu schenken – und es gelang mir. Sie gab mir etwas, was auch Thaïs mir nicht geben konnte: Verblüffung, Erregung und ungeahnten Genuß. Für sie war es das Zeichen, daß sie angekommen war! Doch erst als sie verschämt das Bett verließ und aus dem Zimmer floh, begriff ich, daß jemand mit uns gespielt hatte: Ihre Mutter warf ihr die Kleider hinterher. Denn Eurydike hatte sich in einer dunklen Ecke meines Zimmers versteckt. Sie trat aus der Dunkelheit hervor und betrachtete mich eingehend. Da sie die Hand vor ihre Augen hielt, konnte ich ihren Gesichtsausdruck nicht genau sehen. Ob ich dankbar dafür sei, was mir ihre Tochter soeben gegeben habe? Das würde sie sehr freuen, aber ich solle wissen, daß Berenike die Witwe meines Vaters sei! Wo ich mich soeben aufgehalten habe, wäre mein Vater schon lange vor mir gewesen!

Ich schäme mich heute ein wenig dafür, aber damals erregte es mich nur noch mehr, daß diese junge Frau einmal die Frau meines Ziehvaters gewesen ist. Sie muß ein Kind gewesen sein, als der alte Lagos sie heiratete. Warum er wohl ausgerechnet sie zur Frau genommen hatte? Welche Strafe würden die Götter für mich bereithalten, da ich jetzt die Rolle meines Vaters übernommen hatte?

Aber Lagos war ja nicht mein leiblicher Vater. Von dem Augenblick an, als er mich zurück zu König Philipp gehen ließ, hörte er auf, mich als seinen Sohn zu betrachten. Und ich wußte, daß ich dasselbe tun mußte, nachdem ich mit seiner Witwe geschlafen hatte. Der einzige Gedanke, der mir unaufhörlich im Kopf umherschwirrte, war der starke Wunsch, sie zu besitzen. Ich wollte in ihren Armen versinken, in ihre dunkle Höhle eindringen und dort verweilen. Seit ich Thaïs kannte, war keine andere Frau in der Lage gewesen, mich so zu erregen. Schon allein der Gedanke an sie ließ meine Erregung sichtbar werden.

Manchmal frage ich mich, was Eurydike damit eigentlich genau erreichen wollte. Ich rief Berenike zu mir herein, die kaum wagte, mir ins Gesicht zu sehen. Blaß und ängstlich sah sie aus. Mir schlug mein eigener Geruch entgegen, ich hatte meine Spuren hinterlassen. Wortlos öffnete ich ihre Kleider und zog sie aus. Ich wollte alles sehen und erfahren. Ich wollte ihr große Lust bereiten und jede Erinnerung an meinen Vater auslöschen. Und ich wollte sie spüren, ohne daß ihre Mutter, meine Ehefrau, sich in demselben Raum aufhielt. Von da an mußte ich meine beiden Frauen vor Eurydike beschützen.

Und jetzt leben wir zwei Knochenhaufen immer noch in der Hitze Ägyptens. Zum Schluß fand ich doch noch den Mut, Eurydike und ihren mißratenen Sohn zu verbannen. Über ihn will ich keine einzige Zeile verlieren, denn sein schlechter Charakter ist meine größte Strafe!

Ich sitze alleine im großen Saal des Museions und schreibe. Es ist schon spät in der Nacht, doch ich wage es nicht, noch mehr Lampen anzuzünden. So habe ich nur die eine auf meinem Pult, die flackert und vor sich hin stinkt. Philadelphos hat mich hierhergeschickt, um meine Notizen über Thaïs, die Königinmutter, fertigzuschreiben. Er machte sich Sorgen.

Wir waren gemeinsam durch die dunklen Hallen des Palastes gelaufen, der Pharao und ich. Während er mich bat, ihm zu helfen, hatte er mir nur ein einziges Mal ins Gesicht gesehen.

»Meine Schwester Arsinoë ist mit einem Mann verheiratet, der ihr Urgroßvater sein könnte«, fing er an. »Der alte Lysimachos liebt und bewundert sie sehr, aber in letzter Zeit haben mir meine Informanten unschöne Briefe geschickt. Etwas stimmt nicht in Thrakien. Lysimachos würde gerne König von Makedonien werden, aber auch mein Bruder Keraunos, der Donnerkeil, giert nach dieser Position. Und sollte er sein Ziel erreichen, wird er mit seinem Heer nach Ägypten ziehen und seinen Vater und Halbbruder entmachten.

Die letzten offiziellen Könige von Makedonien sind schon seit einigen Jahren tot, darum stehen den Thronanwärtern auch alle Möglichkeiten offen. Es gibt keinen regulären dynastischen Thronerben! Und Keraunos, Lysimachos von

Thrakien und die Nachkommen von Kassander sind alle gleich machthungrig.«

Keinen dieser Männer habe ich bisher getroffen, und ich würde das auch gerne in Zukunft vermeiden.

Vor ein paar Jahren wußte ich noch nicht, daß mein Vorgesetzter, Demetrios von Phaleron, ein athenischer Politiker im alexandrinischen Exil war, der unserem König ein kluger Ratgeber gewesen war, als das Museion und die Bibliothek gebaut und eingerichtet wurden. Für mich war er lediglich ein strenger Vorgesetzter mit kalten Augen und einem gepflegten Bart, ein Alexandriner wie ich.

Doch jetzt zeigt sich, daß er unter den makedonischen Besatzern Gouverneur von Athen gewesen ist, ein guter und milder Herrscher, der sich Kassander nicht beugen wollte. Als er von diesem abgesetzt wurde, flüchtete er sich nach Alexandria. Dort schloß er sich Ptolemaios Keraunos an, und als der Thronerbe und seine Mutter verstoßen wurden, verbannte der König auch seinen alten Ratgeber in eine kleine Stadt in Oberägypten. Dort lebt er nun also, wo die Schlammbauern noch uralte Götzenbilder heiliger Paviane anbeten.

Oh, ich bin so lange blind gewesen. Doch damit ist jetzt Schluß. Denn auch ich bin ein Teil dieser Geschichte. Auch ich kann mein Schicksal verändern – und das der anderen beeinflussen. Ich bin keine herzlose Hülle, nur weil ich kupiert wurde. In mir wüten gewaltige Leidenschaften und Wünsche, wie bei allen anderen Menschen auch.

Thaïs hat mich zu einem Athener gemacht.

Dennoch bin ich noch genug Alexandriner, daß es mich schmerzt, den Sohn des Königs ratlos zu sehen. Ich kann mit diesen neuen Gefahren nicht umgehen. Die Zukunft erscheint mir zu gefährlich, vor allem, wenn Thaïs von den Makedonen erzählt, die sich in Raubtiere verwandelt und die Menschheit verraten haben.

Ich hoffe inständig, daß mich Philadelphos nicht nach Thrakien schicken will. Ich wünsche mir so sehr, daß ich weiter hier in meiner Welt leben und mich nützlich machen darf. Daß ich in der Nähe von Thaïs, meiner Wohltäterin, bleiben kann.

5.

Von Menandros, Schriftführer Ersten Ranges, an den Vorsteher Der Verschlossenen Königlichen Archive im Museion von Alexandria, Dionysos Pserenkare

Ich benötige dringend Ihren Rat bezüglich meiner Vorgehensweise bei der Niederschrift der Erinnerung der Königinmutter. Das Problem ist folgendes: Bei einem Besuch meiner Familie in Krokodilopolis habe ich meine Schweigepflicht gebrochen. Ich erzählte meinen Eltern, worin meine momentane Arbeit bestehe, und sie waren bestürzt und beeindruckt.

Mein Vater zog sich zurück und beriet sich mit den Geistern seiner Ahnen. Als er zurückkehrte, war er blaß, doch gefaßt und hielt eine kurze Ansprache auf ägyptisch. Niemals habe er geglaubt, daß sein Sohn einem Pharao und seiner Nebenfrau dienen würde, das sei gleichermaßen ein ehrenvoller wie auch gefährlicher Auftrag, sagte er. Denn Herrscher würden nicht immer viel von jenen Menschen halten, denen sie ihre Geheimnisse offenbart haben.

Ich beteuerte, daß ich doch ein vollkommen unbedeutender Diener sei, alle prächtigen Schwüre der Geheimhaltung geschworen habe und die Manuskripte ohnehin im Museion hinter Schloß und Riegel verwahrt wären. Das beruhigte ihn jedoch nicht besonders, und er schüttelte verzweifelt den Kopf. Die verbleibende Zeit meines Aufenthaltes behandelten mich meine Eltern wie ein krankes Kind, dessen Heilung man bereits aufgegeben hatte.

Ihre Furcht hat sich in meinem Kopf festgesetzt, ich kann an nichts anderes mehr denken.

Anderntags erhielt ich einen weiteren Brief von der Königinmutter, mit sorgfältig aufs Papier geritzten Sätzen. Sie hat dieses Mal wieder einiges weggestrichen und ab und zu eine Formulierung geändert. Vielleicht hat sie bisher immer so gearbeitet, und ich habe jetzt zum ersten Mal eine solche Rohfassung in die Hände bekommen. Doch gerade um der Authentizität willen habe ich es als notwendig erachtet, den Text nicht zu überarbeiten, sondern den Brief unredigiert beizulegen.

Thaïs erzählt von Persepolis – endlich!

Du weißt mittlerweile mehr Einzelheiten als irgendein anderer Mensch in Alexandria. Sei also auf der Hut vor dir unbekannten Männern in dunklen Gassen und Straßen! Jetzt folgt die Geschichte, auf die du so lange gewartet hast.

Ich kann zwar verstehen, warum mich der König nicht in seinen offiziellen Memoiren erwähnt hat, aber ich begreife nicht, warum er Alexander als Hauptschuldigen auserwählt hat, statt einer Hetäre die gesamte Schuld zuzuschreiben.

Wir waren jung und unschuldig, als wir in Persepolis ankamen. Die vorangegangenen Schlachten waren leichter zu gewinnen gewesen, als wir uns das in unseren wildesten Träumen erhofft hatten. Auch Alexander war noch vom Schicksal unberührt: Es war lange vor dem Mord an Kleitos, und er hatte weder Roxane noch Bagoas getroffen. Seine Liebe zu Hephaistion war noch ungebrochen. Wir waren noch wir selbst. Die griechischen Städte in Kleinasien hatten ihre demokratischen Regierungen wiedereinsetzen können, und wir hatten Ägypten von der persischen Unterdrückung befreit. Wir glaubten daran, Gesandte der Götter zu sein.

Das persische Reich befand sich, wie auch das persische Heer, in Auflösung. Der letzte, in aller Eile ernannte persische Oberbefehlshaber fiel vor den Mauern von Persepolis, als seine eigenen Leute sich weigerten, die schweren Bronzetüren zu öffnen und ihn und sein Heer einzulassen. So geriet die Hauptstadt und der Mittelpunkt des Perserreiches in unsere Hände. Und was war das für eine Stadt! Persepolis ist der griechische Name, die Perser nennen sie Parsa und den Palast Apadana. Und Dareios hieß in Wirklichkeit Darayavahush! Der Palast, oder vielmehr die Palastanlage lag auf einer einzelnen, stolzen Klippe hoch über der Ebene. Nein, er glich beileibe nicht der Akropolis, dieser Palast hier war ein Haus des Hochmutes, ein Tempel menschlicher Hybris!

Wir erreichten als erstes den Berg der Barmherzigkeit, wo die Perser ihre großen Könige bestatteten, unter anderem auch Xerxes, der einst Athen in Schutt und Asche gelegt hatte. Ich und alle anderen Athener im Heer zitterten bei dem bloßen Gedanken, ihm so nah zu kommen. Nur Alexander vertrat die Ansicht, daß sowohl Xerxes als auch Dareios und Kyros große und edle persische Herrscher gewesen seien. Er suchte jemanden, mit dem er sich messen konnte, und hier bot sich ihm die Möglichkeit!

Alexander achtete darum peinlich genau darauf, den Plünderungen der Stadt, die in respektvollem Abstand zum Palast lag, nicht beizuwohnen. Als sich die Soldaten ausgetobt hatten, konnten wir endlich alle zusammen feiern.

Schon von außen betrachtet, war der Palast ein beeindruckender Komplex. Hier befand sich alles an einem Ort: die königliche Schatzkammer, die Residenz des Königs und die Wohnsitze aller Familienmitglieder sowie der Königliche Harem. Sogar die Quartiere der hohen adligen Beamten und Feldherren waren dort untergebracht. Dann gab es noch die Apadana mit dem Audienzsaal, den Hundertsäulensaal, den Königlichen Thronraum, den Winterpalast, den Tripylonpalast und die Königlichen Stallungen.

Die Anlage war in dem Glauben zurückgelassen worden, daß Persepolis sicher sei. Die Schatzkammer war gefüllt und das königliche Vermögen unangetastet. Allein die Goldreserven entsprachen den Einkünften Athens und seiner Kolonien von mehr als 300 Jahren. Wir benötigten über dreitausend Packesel, um die Schätze abzutransportieren.

Alexander hatte das größte Vermögen der Geschichte in seinen Besitz gebracht, und von da an war er in der Lage, alles zu kaufen, was ihm gefiel. Aber die Reichtümer der Schatzkammer waren nichts im Vergleich zu der Ausstattung des Palastes!

In der Eingangshalle studierten wir die ausdruckslosen Mienen der Statuen persischer Adliger, die in einer schier endlosen Reihe hintereinander aufgestellt waren. Die Friese erinnerten uns an die einfallslose, ungelenke persische Schlachtordnung, die uns den Sieg bei Gaugamela gesichert hatte. Sie veranschaulichten auch, daß die Perser nicht den einzelnen Menschen respektierten. In diesem Land kannte und verehrte man ganz offenkundig Apollon und seine einsichtigen Weisheiten nicht. Im Gegenteil!

Mir fielen auch die Friese mit den Gesandten »freundlich gesinnter« Reiche auf, unter ihnen auch die ionischen Griechen. Die halbe Welt verehrte, bewunderte und fürchtete das gigantische Perserreich, und der König war das Herz in diesem kolossalen, aber aufgeblähten Körper. Das Bildnis des Königs tauchte überall auf: jagend, Krieg führend, Rituale praktizierend, Bittsteller empfangend. Der Despot war unsterblich, denn er wurde sofort durch eine neue Person ersetzt, wenn der vorherige Despot gestorben war. Und er residierte in dem prächtigsten Haus der Welt, in dem er – unbeobachtet von seinem Volk – in einer niemals endenden Theatervorstellung lebte und geheimnisvolle Rituale praktizierte.

Lachend und verspielt erreichten wir den Palast und wagten es nicht, unsere Verblüffung offen zu zeigen. Als uns aber seine atemberaubende Größe bewußt wurde, verstummten wir. Dort offenbarte sich uns eine beängstigend selbstbewußte und ungenierte Erhabenheit. Wir hatten nie zuvor etwas gesehen, das sich mit Persepolis hätte messen können. In Athen hatten wir nur ein einziges übergroßes Haus zu Ehren der Beschützerin der Stadt gebaut – den Parthenon. Der Parthenon ist um so vieles schöner als dieser Palast, denn er wurde zur Freude der Götter errichtet. Die Perser aber bauten Persepolis für einen Menschen, für ihren König.

Wir lachten auch noch, als wir den Hundertsäulensaal betraten und die schwindelerregende Reihe der hohen Säulen aus libanesischem Zedernholz entlangsahen. Die Treppe zur Säulenhalle war so breit, daß sechs voll gerüstete Reiter Seite an Seite hinaufreiten konnten. Erst da begriffen wir, was es bedeutete, ein Großkönig zu sein. Und wie Xerxes zu seiner Zeit auf die Idee kommen konnte, das stürmische Meer zur Strafe auszupeitschen.

Als unser Heer Dareios' Troß eroberte, fiel uns auch das möblierte persische Königszelt in die Hände, und als Alexander die Unterkunft des Feindes betrat, sagte er mit einer Mischung aus Bewunderung und Ekel: »Erst jetzt weiß ich, was es bedeutet, ein König zu sein!«

Nach der Schlacht von Gaugamela waren die engsten Familienmitglieder des Großkönigs in unsere Gefangenschaft geraten: Dareios' Mutter Sisygambis, seine Ehefrau und Schwester Stateira, die hochschwanger war, sowie seine Töchter Stateira und Drypetis. Dareios hatte vorher in einem Brief versucht, seine Familie für zehntausend Talente freizukaufen, und hatte Alexander und Makedonien angeboten, das »persische Land« westlich des Euphrats zu übernehmen. Zu allem Überfluß bot er Alexander zusätzlich eine seiner Töchter zur Frau an. Und das alles nur, um sich seinen Titel zu bewahren.

Einer von Alexanders Generälen, der alte Parmenion, der zuvor Philipp jahrzehntelang auf seinen Kriegszügen begleitet hatte, sagte ihm, wenn er Alexander wäre, würde er das Angebot annehmen. Alexander sah ihn mit seinen etwas zu großen, strahlenden Augen an, schüttelte sein Haupt und lachte wie ein Kind:

»Ja, wenn ich du wäre, würde ich das auch annehmen«, sagte er. Aber er sei nun einmal Alexander, und darum müsse der Krieg weitergeführt werden. »Wir werden Dareios bis ans Ende der Welt verfolgen.« Wir bewunderten seine Fähigkeit, jemanden zurechtzuweisen, ohne ihm dabei weh zu tun.

Dareios' Frau starb noch in derselben Nacht im Kindbett. Ihre verzweifelten Schreie weckten uns, Alexander brach zusammen und gab sich die Schuld an ihrem Tod. Er hatte es nicht gewagt, sie aufzusuchen. Es hieß, daß sie ausgesprochen schön gewesen sein soll, und Alexander wollte Dareios mit einem Besuch nicht kränken.

Persepolis hatte einen merkwürdigen Einfluß auf uns. Auf eine mysteriöse Art und Weise vereinnahmte uns dieser Ort, wir begannen uns anders zu kleiden und die kunstvollen persischen Speisen zu essen. Nach nur wenigen Tagen schon dufteten wir nach persischen Ölen und Rosen. Alexander amüsierte sich über »die plötzliche Weiblichkeit meiner hartgesottenen Männer«. So verwendeten sie zum Beispiel nach dem Bad Myrrhe anstelle der üblichen Öle, und alle hatten sich einheimische Masseure und Diener zugelegt, statt die eigenen Sklaven einzusetzen. Nur einige wenige der konservativsten Makedonen wehrten sich dagegen. Ihnen zuliebe ließ Alexander sogar ein temporäres Gymnasion vor den Toren des Palastes errichten, damit sie dort ihren Sport ausüben konnten.

Besonders Philotas war viel daran gelegen, die alten Bräuche zu bewahren – außerdem genoß er es, wenn die verbliebenen persischen Einwohner herbeiströmten, um ihm beim Diskuswurf und Wettlauf zuzusehen. Vielleicht kamen sie aber auch in erster Linie, weil er dabei nackt war. Philotas war unbestritten der schönste von »Alexanders Freunden«.

Im Verlauf der vielen Kriegszüge hatte er einen Hang zum Luxuriösen entwickelt und viele Reichtümer angehäuft. Als einziger der jungen Makedonen um Alexander hatte er eine sehr behütete Jugend gehabt. Sein Vater Parmenion war König Philipps bester Freund und Ratgeber gewesen. Aber Philotas konnte kein Verständnis für – wie er es nannte – »Alexanders Naivität den Persern gegenüber« aufbringen.

Als Alexander in Dareios' Zelt einen prächtigen goldenen Schrein entdeckte, sagte Philotas, daß dieser wohl das kostbarste Stück im ganzen Zelt sei. Philotas liebte Gold, seine Augen schienen vor lauter Gier schier aus seinem Kopf zu treten, und er erwartete bestimmt, daß ihm der großzügige Alexander den Schrein als Geschenk überlassen würde.

»In diesem Fall werde ich meine Ausgabe der *Ilias* darin aufbewahren«, sagte Alexander. Damit hatte er nicht nur Philotas brüskiert, sondern vor allem die königliche Autorität ausgelöscht und Dareios' Würde zu einem schäbigen Blendwerk degradiert.

Auch Philotas' Vater Parmenion war mit in Persepolis, aber die beiden hatten keinen guten Einfluß aufeinander. Philotas genoß es, seine Freunde und Diener mit seinem Überfluß zu überschütten. Er liebte es, Freude zu verbreiten und sich Dankbarkeit zu erkaufen. Aber er war auch unverzeihlich arrogant, und seine demonstrative Freigebigkeit hatte immer den Anflug von Hochmut. Alexander bemerkte spöttisch, daß Philotas und sein Vater nur noch auf silbernem Geschirr speisten, während er makedonisches Tongeschirr benutzte, weil Silber dem Wein einen Beigeschmack verlieh.

Auch ich habe lange versucht, den beiden aus dem Weg zu gehen. Parmenion und Philotas irritierten Alexander, weil sie nicht seine Auffassung von Kriegsführung teilten. Eines Tages jedoch suchte Philotas mich auf, während ich das abendliche Symposion vorbereitete. Er kam unangemeldet herein, noch ganz verschwitzt und dreckig von seinen Stunden im Gymnasion und nur bekleidet mit einem kleinen Lederfetzen, den er sich um die Hüften gewickelt hatte. Da er viel zuviel Öl benutzt hatte, lief es ihm über Schulter und Brust, und seine Haare klebten an seinem Kopf.

Ich wußte sofort, was er wollte, noch bevor er meine Handgelenke packte. Diotima hatte mir beigebracht, mir aufdringliche Männer vom Leib zu halten, und ich wand mich aus seinem Griff. Außerdem hinterließ jede seiner Berührungen Dreck und Schweiß auf meinem sauberen weißen Peplos. Doch dann gelang es ihm, mir meinen rechten Arm auf den Rücken zu drehen und seine Zunge in meinen Mund zu stoßen. Wir sanken beide auf die Knie. Er würde mich so gerne besitzen, flüsterte er mir ins Ohr. Keiner würde es je erfahren!

Ich hatte mich nie von Philotas angezogen gefühlt, äußere Schönheit genügt eben nicht. Außerdem war seine Familie mir feindlich gesinnt. Während der Gespräche mit der makedonischen Gesandtschaft in Korinth hatte mir Parmenion ein regelrechtes Befehlsschreiben zukommen lassen, in dem die von ihm gewünschten sexuellen Leistungen aufgelistet waren. Und jetzt stand sein Sohn vor mir und wollte mit mir schlafen. Er war bereit, mich großzügig dafür zu entlohnen, daran sollte es nicht liegen.

Während ich aber so auf dem Boden in Philotas' Armen hockte und er versuchte, mich mit Liebkosungen und geflüsterten Versprechen zu erregen, mußte ich plötzlich an eine meiner Konkurrentinnen in Athen denken, an die dumme Gorgo. Sie war so geldgierig gewesen, daß sie keinen Kunden ablehnte. Kam ein junger Mann zu ihr und reichte ihr einen Hasen als Freiergeschenk, hob sie, ohne zu zögern, ihren Peplos und warf sich auf alle viere. So eine Frau sah Philotas also in mir. Ich mußte unwillkürlich lachen, was ihn stocken ließ. Ich erhob mich, verschmutzt und mit schmerzenden Gliedern. Philotas verließ mich wortlos!

Wenn die Historiker vom Museion behaupten, daß Persepolis schon am Tag unserer Eroberung brannte, entspricht das einfach nicht der Wahrheit. Es verging über ein Monat. Und es war das erste Mal nach dem Überfall, daß ich Philotas und seinem Vater wiederbegegnete.

Nie zuvor habe ich schöner ausgesehen. Ich hatte in Gaza zwei Söhne zur Welt gebracht, aber mein Körper hatte sich von den Geburten wieder erholt. Meine Brüste waren größer geworden und meine Hüften ein wenig breiter, aber ich war noch so schlank wie zuvor.

Unser Feldzug war offiziell eine Rache für die Zerstörung Athens durch die Perser. Darum sollte ich auch als Repräsentantin nicht nur Athens, sondern aller griechischer Städte auftreten, die unter der Fremdherrschaft hatten leiden müssen.

Die Generäle waren schon lange mit ihrem traditionellen makedonischen Trinkgelage zugange, das im Hundertsäulensaal stattfand, als plötzlich der Klang von Doppelflöten und Kitharen verriet, daß neue Gäste eingetroffen waren. Die Türen wurden weit aufgemacht, und herein kamen wir, ein ganzes Heer von duftenden, weiß gekleideten Frauen. Wir schritten wie bei einer feierlichen Zeremonie auf der Akropolis in den Saal. Alexander sprang auf, um uns in Empfang zu nehmen. Daraufhin erhoben sich alle anderen und begrüßten uns mit einer Mischung aus Verlangen und Respekt.

Ptolemaios machte auf seiner Kline Platz und spreizte seine Beine, damit ich dazwischen wie auf einem Stuhl sitzen konnte. Dann schlang er seine Arme um meinen Körper, als gälte es, mich gegen die Aufmerksamkeit der anderen zu beschützen. Alexander kam zu uns und bestand darauf, mich zu küssen. Ich sei schöner als jede Braut vor ihrer Hochzeit, versicherte er mir.

Bei allen Festen zuvor hatte ich mich immer mit dem Trinken zurückgehalten. Ausgerechnet in jener Nacht aber tat ich es Ptolemaios gleich und trank einen Becher nach dem anderen. Schließlich feierten wir zu Ehren von Dionysos!

Alexander hielt eine kurze Rede und betonte, daß wir nun unser erstes großes Ziel erreicht hätten und uns ab jetzt nur der Horizont Grenzen setzen würde. Der Jubel im Saal war wie gewohnt groß. Er hätte allerdings auch einen Kinderreim aufsagen können, und wir hätten trotzdem gejubelt, geweint und ihn mit Rosen beworfen.

Bis zu diesem Tag hatte ich Alexander auch noch nie betrunken gesehen – aber der Tod seines Vaters hatte ihn befreit, und nun hatte er nichts mehr zu verbergen. Doch ich hätte es besser wissen müssen, hätte die kleinen Anzeichen des Verfalls bemerken müssen, aber auch ich folgte ihm in dieser Nacht, so wie es seine Soldaten taten: unkritisch und begeistert.

Seine großen Augen leuchteten, als er sich danach an mich wandte und vorschlug, daß ich als die einzige echte Athenerin am Tisch des Königs ebenfalls eine Rede halten und die politische Situation aus der Sicht eines Griechen beschreiben solle. Ich ließ mich sofort auf den Scherz ein und fragte, ob er die Rede im Stil des Demosthenes oder des Aischines wünschte. Er hielt sich die Ohren mit den Händen zu und rief: »Alles außer Demosthenes!«

Unser kurzer Schlagabtausch erregte große Heiterkeit, obwohl die wenigsten wußten, was er tatsächlich vorhatte. Ich wurde unsicher und fragte Philotas – dessen Kline neben unserer stand –, ob es überhaupt angebracht sei, eine Rede zu halten. Meine Frage war eine Art Versöhnungsangebot an ihn, das begriff er sofort, sprang auf und rief über die Köpfe der Versammelten hinweg: Thaïs habe dem König versprochen, eine flammende athenische Rede zu halten, doch sie hätte es sich jetzt anders überlegt. Ob die

Anwesenden lieber weiter trinken oder sie sprechen hören wollten?

Die Leute begannen meinen Namen zu rufen, die Betrunkensten hämmerten sogar mit ihren Bechern auf die metallenen Armlehnen ihrer Klinen.

Während ich meine Rede hielt – die dauernd von Zurufen und lautem Gebrüll im Saal unterbrochen wurde –, hatte ich tatsächlich den Eindruck, daß ich die Meute im Griff hatte und mit meinen Worten beruhigte. Ich wollte einerseits Alexander mit meiner athenischen Anmut Komplimente machen, andererseits wollte ich ihn fröhlich stimmen, weil ich wußte, wie sehr ihn die vergangenen Kriegsjahre erschöpft hatten.

Ich erinnerte ihn und uns also an die alten Zeiten, als Madonius an der Spitze des persischen Heeres aus Rache für die Niederlage bei Salamis Athen plünderte. Wir Athener hätten zwar immer Glück gehabt und unsere Feinde besiegen können, aber sie seien auch immer wieder zurückgekommen! Nur wenige Häuser seien damals stehen geblieben, und die seien ausgerechnet vom persischen Oberkommando besetzt worden. Der Gestank von Fremden habe dann auch diese Unterkünfte unbewohnbar gemacht.

Athenas halbfertigen Tempel auf der Akropolis hatten sie auch zerstört, die Steinblöcke und Säulentrommeln lagen überall zerstreut auf dem Burgberg, dazwischen Pferdekot, verendete Tiere und tote Gefangene. Als wir zurückkehrten, fanden wir nur eine Trümmerwüste vor. Kurz vor der Schlacht von Plataiai hatten alle Griechen ein und denselben Schwur abgelegt: Sie würden niemals ihre geschändeten Tempel wiederaufbauen, sondern sie als Ruinen stehenlassen, als Mahnmale, um an das Wüten der Barbaren zu erinnern. Dreißig Jahre lang hatten sie sich an diesen Schwur gehalten.

Nach dieser Zeit räumten wir überall auf und füllten die Schatzkammern neu. Außerdem stellten wir einen Baldachin auf, damit wir wieder unserer Jungfrau Athena in ihrem eigenen Haus opfern konnten. Aber die Akropolis war öde und verwüstet, kein Mensch wohnte mehr auf der windigen Anhöhe, und sogar die Burgschlange, die seit Theseus' Tagen dort oben ihr Winterlager hatte, war verschwunden. Dann errichteten wir neue Mauern, Themistokles verwendete Säulenreste vom alten Parthenontempel. Die ganze Welt sollte sehen, daß wir uns bis an die Zähne bewaffneten und rüsteten und auch vor den heiligsten Dingen keinen Halt machten und daß wir zwar arm waren, aber gelernt hatten, selbst die größte Not zu unserem Vorteil zu nutzen.

Ich weiß noch, daß ich rief: »Die große Not, die wir ertragen mußten, die Drangsal, die wir Frauen erlitten haben, die euch durch Asien gefolgt sind, wurde mit diesem heutigen Tag wiedergutgemacht, an dem wir im prächtigsten Palast der Perser ein solches Fest feiern.« Da war es an den Frauen, mich, den Sieg und Alexander zu bejubeln. Während alle durcheinanderschrien und mein Mund noch gefüllt war mit frischem Wein, kam mir plötzlich in den Sinn, daß wir noch weitergehen müßten. Ich war ganz von Athen beseelt, je größer der Abstand zu meiner Heimatstadt war, desto näher rückte sie. Wäre es nicht ein süßes Vergnügen, das Fest mit einem Komos für Dionysos zu beenden und dann Xerxes' Palast in Brand zu stecken?

Alle wußten natürlich, daß wir eigentlich von Xerxes' Verwüstung unserer Stadt profitiert hatten, denn die alten, leicht entzündbaren Tempel mit den vielen Holzbalken wurden ersetzt durch die herrlichen Bauten des Phidias. Ich schweifte weit aus, um allen die persische Zerstörung attischer Schönheit ins Gedächtnis zu rufen, und erinnerte daran, wie Perikles und seine Genossen geweint hatten, als sie die umgestürzten und geschändeten Koren sahen. Unsere Koren! Unser heiliges Vierergespann! Unsere Karyatiden. Alles war vernichtet. Aus der Menge vor mir stiegen Klagelaute auf bei dem Gedanken an die persischen Feuerpfeile, die das Holzdach des Parthenon in Brand gesteckt hatten.

Perikles hat damals gesagt: »Die alten und zerstörten Tempel werden wir nicht wiederaufbauen, aber kein Schwur der Welt hindert uns daran, neue, bessere und schönere Tempel zu errichten, um den Persern zu zeigen, daß Athen wiedererstanden ist.« Und das hier war der Beweis: Wir befanden uns in der alten Königshalle von Dareios und Xerxes, aber die persischen Könige waren allesamt tot.

Ich hatte mich umgesehen – der Palast von Persepolis bestand zum Teil aus prächtigem libanesischem Zedernholz, das knochentrocken und alt war. Und direkt hinter dem Hundertsäulensaal befand sich das Öllager. Es würde schnell gehen.

Wir würden es im Gedenken an Militiades, Themistokles, Perikles und Leonidas tun, für all jene großen Griechen, die gegen die Perser gekämpft hatten, die im Krieg gefallen waren oder deren Leben durch den Krieg ruiniert worden war.

»Nein, Thaïs! Das kann nicht dein Ernst sein!« sagte Ptolemaios erschrocken, aber seine Stimme ging im begeisterten Geschrei unter, das von allen Seiten erklang, gegen die Wände hallte und mir in den Ohren hämmerte. Die meisten der Männer waren bereits aufgesprungen.

»Laßt mich, das Mädchen aus Athen, vor den Augen von Alexander als erste Frau die Fackel werfen, damit alle in Zukunft wissen, daß sich die Frauen in seinem Gefolge erbarmungsloser für das Unrecht rächten, das Griechenland angetan wurde, als alle die großen Feldherren!«

Philotas drückte mir eine zischende Fackel in die Hand. Da sprang Alexander auf und riß Hephaistion den schweren goldenen Eichenlaubkranz vom Kopf, den eigentlich nur der makedonische König – und Zeus – tragen dürfen. Beim Tanz wolle er der Anführer sein, rief er. Er sei doch zum Symposiarchen des Festes gewählt worden! Dann gab er mir einen feuchten Kuß auf den Mund und ergriff meine Hände.

Der einzige, der seine Stimme vehement gegen die Zerstörung des Palastes erhob, war der alte Parmenion. Er versuchte Alexander festzuhalten und rief, daß wir uns einer viel größeren Sünde schuldig machten, aber da war es bereits zu spät. Erst als die Hitze der Fackel mein Gesicht zum Glühen brachte und sich meine Haut zu einer eng anliegenden Maske spannte, wurde mir bewußt, daß wir unser eigenes Winterquartier abbrannten.

Inzwischen weiß ich, daß der Brand schon von langer Hand vorbereitet gewesen war. Man steckt nicht einen Palast wie Persepolis in einem einzigen leichtsinnigen Augenblick in Brand. Die Anlagen waren schon geplündert und die Steinvasen in den Innenhöfen bei Trinkgelagen benutzt und dann zertrümmert worden. Alle Statuen waren enthauptet, alle Reliefs zerstört oder beschädigt worden. Quasi als Vorbereitung der Tat hatte man schadhafte Möbel und Brennmaterial in die kleineren Räume gebracht. Darum brannte Persepolis lichterloh!

Ich habe später behauptet, daß ich gerne Rache geübt habe – aber in Wirklichkeit hat mich der Brand von Persepolis zu einem anderen Menschen werden lassen. Ich habe es getan, um etwas Großes zu leisten, um die Geschichte zu ändern. Makedonien hatte von mir Besitz ergriffen, und ich werde erzählen, wie das geschah, obwohl es keine schöne Geschichte ist. Ich bin nicht einer Hybris verfallen, ich habe nur meine Nationalität geändert.

Wir standen Seite an Seite, während die Sklaven Öl über die stolzen Säulen aus Zedernholz gossen und Papyrusrollen aus den Schreibstuben herbeischafften, damit sich das

Feuer schneller entzünden konnte. Dann warf Alexander seine Fackel und ich danach meine, und wir sahen gierig dem Auftakt der Zerstörung zu.

Das Feuer verbreitete sich mit beunruhigender Geschwindigkeit, aber alle konnten rechtzeitig den großen Säulensaal verlassen. Das Feuer fraß sich die knochentrockenen und alten Deckenbalken entlang und sprang von Raum zu Raum, fast im Takt mit uns, die wir laut umherliefen, um Dionysos, den Gott des Lärmes, zu unterstützen.

In kürzester Zeit waren die Gänge voller Rauch, und wir hatten Schwierigkeiten, uns zu orientieren. Dabei verlor ich das Diadem, das mir Ptolemaios geschenkt hatte, und lief suchend und hustend durch einen langen Gang. Vors Gesicht hatte ich mir ein Stück meines dünnen Kleidungsstoffes gedrückt, damit ich nicht am Rauch erstickte.

In dieser Dunkelheit stieß ich mit Alexander zusammen, der meine Taille packte und mich küßte. Ja, er küßte mich, aber ich glaube, daß er gar nicht wußte, wer ich war. Er konnte sich kaum auf den Beinen halten. Trotzdem drückte er mich gegen die heiße Wand und versuchte, mir meine Kleider hochzuziehen. Erst da schrie ich auf und stieß ihn von mir. Alles lieber als das, es wäre noch schlimmer als Untreue gewesen!

»Bitte nur dieses eine Mal, bitte«, flehte er, während ich mich aus seiner Umarmung befreite und ihn in die richtige Richtung schubste, hinaus in die frische Luft, während ich selbst wieder im Rauch verschwand, um von ihm fortzukommen.

In dem Teil des Palastes, der noch nicht brannte, versuchten die Soldaten, einige Weinamphoren zu retten. Wir entschieden uns, zu Ehren von Dionysos soviel wie möglich davon zu trinken. Philotas war auch da, und wir alle waren triefend naß von dem edlen Wein, mit dem wir uns gegenseitig begossen. Ich schäme mich nicht für diese Taten, ich wundere mich nur. Es war, als wollten wir um jeden

Preis unsere Vernunft ausschalten. Dionysos ist ein Gott der Zerstörung, wenn es ihn packt.

Mit ekelerregender Deutlichkeit erinnere ich mich, wie ich erwachte, oder vielmehr: wie ich aus einer Finsternis auftauchte. Ich lag auf dem Boden, die Asche fegte über uns alle hinweg, und ich spürte, wie ein Mann in mich eindrang, während er mir die Hand vor den Mund hielt. Ich war fast nackt, und der Mann war Philotas. Dahin waren seine makellose Kleidung, sein feines Benehmen. Ruß, Schweiß und Asche hatten ihn fast unkenntlich gemacht, und er bearbeitete meinen Körper, als sei die Vergewaltigung eine Strafe für ihn.

Ich schrie nicht und biß ihm auch nicht in die Hand, so wie es mich Diotima einst gelehrt hatte. Ich hielt still, denn womöglich fand sogar diese groteske Handlung zu Ehren des Dionysos statt. Den Mann, der kurz darauf in meinen Mund drängte, erkannte ich als Philotas' Vater Parmenion wieder. Ich war in ihren Händen wie eine armselige, mißbrauchte Hure aus Piräus.

In der darauffolgenden Zeit habe ich ihnen niemals zu verstehen gegeben, daß ich mich an dieses Ereignis in Persepolis sehr genau erinnerte, und auch sie behandelten mich mit demselben Respekt wie zuvor. Möglicherweise hatten sie ihre Erinnerung daran gelöscht. Doch sie hatten mich an den Ausgangspunkt meines Lebens zurückgeführt. Da ging es nicht um die edlen Künste im Namen der Aphrodite, nicht um die Verehrung milder, lächelnder Göttinnen. Vielmehr beugten wir uns einem unerbittlicheren Gott und wurden selbst zu wilden Tieren – hätten sie einen Hirsch hereingebracht, hätte ich mich womöglich auch ihm hingegeben, wie die Mänaden. – Wir hatten Dionysos eingeladen, und er hatte die Einladung angenommen!

Als ich am nächsten Tag erwachte, schmerzte jede Stelle meines Körpers. Jemand mußte mich aufgehoben und gewaschen haben, denn mein Körper war sauber. Aber er war übersät von kleinen und großen Wunden und Flecken. Meine Mundwinkel waren eingerissen, und glücklicherweise wußte ich nicht mehr genau, weshalb. Mein Haar war sauber und noch naß, und sogar meine Fingernägel waren gesäubert worden.

Der Gestank von verbranntem Holz lag wie ein vergifteter Schleier über uns und machte die Luft schwer. Alles war bedeckt mit einer Schicht aus grauer, schmieriger Asche. Wir mußten wieder in unsere Zelte ziehen – der Palast war vollständig niedergebrannt.

Ptolemaios kam zu mir und war ebenfalls übersät mit lauter kleinen Brandwunden auf Gesicht und Armen. Er hatte – auf Wunsch von Alexander – versucht, das Feuer zu löschen. Er redete nicht viel, sondern ließ sich auf einem Klappstuhl neben meinem Bett nieder und nahm mein Elend in Augenschein, tauchte sein Gesicht in mein versengtes Haar und seufzte. Ich hatte einen fürchterlichen Geschmack im Mund, Wein und Samen mischten sich mit Galle. Ich bat ihn, mir ein Glas Wasser zu geben, damit ich meinen Mund ausspülen konnte, aber meine Stimme war dünn und kaum hörbar. Meine Würde war mir genommen worden.

Während er draußen war, rutschte ich aus dem Bett und schlich zum Nachttopf, Blut und Samen rannen mir an meinen Beinen hinunter. Auf allen vieren kroch ich zurück ins Bett, und als ich die Decke wieder über mich zog, war ich so erschöpft wie damals bei meiner ersten Ankunft in Pella. Doch diesmal hatte ich alles selbst verschuldet, und ich hatte meine gerechte Strafe bekommen.

Ptolemaios erfuhr nie, was geschehen war.

Nach ein paar Wochen merkte ich, daß ich schwanger war, und ich war gezwungen, die Leibesfrucht abzutreiben, damit Ptolemaios keinen Verdacht schöpfen konnte.

Philotas kaufte sich kurz darauf eine Hetäre in Persepolis. Sie war jung, ehrgeizig und geldgierig. Sie liebte ihn nicht, sie wollte nur ganz nach oben, und über Philotas befand sich nur noch Alexander. Interessiert hörte sie Philotas' Klagen zu: Alexander sei doch nur ein kleiner Junge, der seinen Ruhm den Freunden zu verdanken habe. So habe zum Beispiel sein Vater Parmenion damals Philipp den Sieg über Griechenland ermöglicht. Und wenn Alexander behaupte, daß er nicht Philipps Sohn sei, hätte er dann überhaupt ein Anrecht auf den Thron?

Eines Nachts verschenkte sie sich selbst an Krateros. Dieser bescheidene, grundehrliche Mann hatte keine eigene Frau, hatte aber schon monatelang für das Mädchen geschwärmt. Sie verliebten sich ineinander, und sie erzählte Krateros alles über Philotas, aus Angst, er könnte ihr Unglück bringen. Krateros erfüllte ihr den größten Wunsch und brachte sie zu Alexander, der sie verhörte und sie zu seiner Spionin machte. Sie erreichte zwar nie ihr ursprüngliches Ziel, aber immerhin war sie maßgeblich am Fall und späteren Tod von Philotas und seinem Vater beteiligt.

Es zeigte sich, daß Philotas es unterlassen hatte, Alexander von angeblichen Verschwörungen gegen ihn zu berichten. Der alte Parmenion hatte zu diesem Zeitpunkt Persepolis bereits verlassen, da ihm die Aufgabe zugeteilt worden war, den Rückzug des Heeres zu sichern. Er besaß zu diesem Zweck ein eigenes Heer, und so konnte man in ihm, mit etwas bösem Willen, ein Sicherheitsrisiko erkennen. Ihn stellte Alexander nicht vor ein Gericht, sondern ließ ihn ganz einfach ermorden. Das war seine Lehre aus den Ereignissen in Persepolis, verstehst du?

Philotas kam das Gerücht zu Ohren, daß er wegen absichtlicher Unterschlagung von Informationen angeklagt werden sollte. Ich sah ihn, wie er sich bei der nächsten Heeresversammlung seinen Weg durch die Soldaten und Generäle bahnte, die alle zurückwichen. Bei Alexander angekommen, legte er ihm seine Hand auf den Arm und wollte ihn umarmen, um ihn an ihre alte Freundschaft und seinen Einsatz im Krieg zu erinnern. Sein hübsches Gesicht war vor Angst verzerrt, in einer Nacht war er um Jahre gealtert.

Philotas wurde gefoltert, »um die Wahrheit aus ihm herauszubekommen«, seine Schmerzensschreie gellten durch das Lager. Hinter einem Vorhang standen Alexander und Ptolemaios und führten das Verhör. Alexander wies Krateros an, die Folter durchzuführen. Das brach Philotas' Widerstand.

Als ich meine Verwunderung über dieses Vorgehen äußerte, erwiderte Ptolemaios, ohne mich anzusehen, daß es in Makedonien keine niedergeschriebenen Gesetze für solche Fälle gebe. Der König entscheidet in allen wesentlichen Angelegenheiten, außer bei Verrat, das wäre Sache der Heeresversammlung. Ich werde nie vergessen, wie Philotas zitterte, als er vor das versammelte Heer gezerrt wurde. Er konnte kaum den Zettel halten, auf dem seine Verteidigungsrede stand, und er weinte und bettelte um Gnade.

Philotas war der sorgloseste von »Alexanders Freunden«. Er hatte sich die Jahre über seine Jungenhaftigkeit bewahrt, für ihn war der Krieg ein niemals endendes Abenteuer gewesen. Am Tag seiner Hinrichtung fühlten wir darum zum ersten Mal die Schwere des Alters auf uns lasten.

Alexander übergab Philotas' Kommando über die Hälfte der Kavallerie an den Schwarzen Kleitos. Kurz darauf fand das Trinkgelage in Marakanda statt, du weißt ja noch, wie das ausging!

Ich habe den unschuldigen Jungen aus Pella verdorben und ein Ungeheuer erschaffen, einen echten König.

Nur ich allein trage die Schuld, und sie ist größer, als Ptolemaios es ahnt. In Persepolis habe ich den neuen Alexander geformt: einen jungen Mann, der, ohne mit der Wimper zu zucken, seine Freunde hinrichten ließ und ganze Völker vernichtete. Den Mann, den die Perser noch heute verachten und fürchten. Ich habe Persepolis in Brand gesteckt, ich habe ihm das Prinzip der Zerstörung beigebracht. Nach Persepolis haben wir alle als Lohn das bekommen, was wir am meisten wünschten und wovor wir am meisten Angst hatten. Alexander mußte dafür büßen, aber auch unerbittliche Härte an den Tag legen. Die große Bestie, die die Perser noch heute hassen, war geboren. Sie war mein Werk!

Und Persepolis ging trotz unserer Taten nicht unter. Wir hatten zwar den Palast niedergebrannt, als wir aber Jahre später auf unserem Rückweg dort vorbeikamen, standen die zerborstenen Säulen noch an Ort und Stelle und grinsten uns an. Auch das Relief mit dem Zug der Gesandten war intakt. Und in den Ruinen von Persepolis opfern auch heute noch ionische Griechen den alten Despoten.

Ich fühlte mich verpflichtet, ihr zu widersprechen und – wenn möglich – ihr diese unbewältigte Schuld zu nehmen. Natürlich sei nicht sie allein verantwortlich für die Zerstörung von Persepolis, führte ich an. Der König habe diesen Entschluß gefaßt. Er habe das schon vor ihrer Rede entschieden. Er habe sie nur benutzt. Und damit habe er sie zerstört, wie er kurze Zeit später auch Kleitos kaltblütig ermordete. Außerdem würde selbstredend mehr dazu gehören, »eine Bestie« zu erschaffen, als ihr Verhalten.

»Du verstehst das nicht«, sagte sie. »Alle anderen Umstände sind doch längst vergessen. Ich bin die Thaïs, die Persepolis in Brand gesteckt hat. Ich bin der Beweis dafür, daß Frauen weder das Schicksal noch die Geschichte verändern können, außer durch willkürliche Zerstörung. Ich bin der Beweis dafür, daß Alexander recht hatte.«

Was hätte ich darauf erwidern können? Ich kann ihre Gefühle verstehen, aber ich glaube auch, daß ich sie von ihrer Schuld freisprechen kann. Sie hat Alexander nicht zu dem gemacht, der er war.

An Dionysos Pserenkare von Menandros, Schriftführer

Früh am Morgen wurde ich ins Brucheion gerufen, wo sich alles in großer Aufruhr befand: Der alte König war gestorben. Man hatte ihn steif und kalt in seinem Bett gefunden. Vergeben Sie mir meine vielleicht etwas unverfrorene Ausdrucksweise, aber durch die vielen Jahre in der Gesellschaft der Königinmutter bin ich so eng mit ihrem Leben und dem des Königs in Berührung gekommen, daß ich jetzt das Gefühl habe, eines meiner Familienmitglieder sei gestorben.

Als ich eintraf, war Philadelphos gerade mit der Organisation der Balsamierung seines Vaters sowie seiner eigenen Krönung beschäftigt, die in Alexandria stattfinden soll. Alles war schon seit langem vorbereitet, nun würde die neue Dynastie ihre Feuerprobe bestehen müssen. Der verstorbene König würde nach seiner Balsamierung in Alexanders Sema gebracht werden. Ich weiß nicht genau, woher diese Sitte stammt, daß man die Berühmtheiten nach ihrem Tod öffentlich ausstellt, denn die alten Ägypter haben ihre balsamierten Mumien unter der Erde bestattet, und selbst die Makedonen haben – soweit ich weiß – ihre Familienangehörigen in großen, sorgfältig gebauten Gräbern beigesetzt. Unser König aber soll bis in alle Ewigkeit zu sehen sein.

Philadelphos bat mich, die Königinmutter aufzusuchen und sie einzuladen, an dem Toten vorbeizudefilieren. Also lief ich schnell einmal quer durch die Stadt zum Haus der Königinmutter. Ich fand sie bettlägerig vor. Sie wollte trotzdem mit mir sprechen und befeuchtete unablässig ihre Lippen mit unverdünntem Wein.

Sie reichte mir eine Schriftrolle und bat mich, bei Gelegenheit das Theaterstück zu lesen, das mein Namensvetter, der Schriftsteller Menander, nach ihr benannt hatte. Ich sollte ihr dann meine Beurteilung seiner Schilderung der warmherzigen Hetäre vortragen. Und dann sprach sie von ihrem eigenen Tod.

Sie wollte ein Grab in Makedonien errichtet bekommen, über dem sich ein mit Bäumen bepflanzter Tumulus mit einem weithin sichtbaren Opferplatz erheben sollte. Außerdem sollte ein langer Gang, ein Dromos, bis zur Grabespforte führen, und in der Vorkammer sollten alle ihre Kostbarkeiten aufgestellt werden. Auf dem Grabmal wünschte sie sich Kriegsszenen, aber diese sollten nicht direkt auf die Wände des Grabes gemalt werden, sondern auf Lederstücke, die dann aufgehängt werden sollten. Nur so könne man eine sorgfältige Arbeit garantieren.

Sie hatte bereits eine Liste der Steinsorten angefertigt, die verarbeitet werden sollten, und überdies die Bedingung formuliert, daß nur korinthische Kapitelle verwendet werden dürfen. Einer der besten Bildhauer der Stadt hatte ihr eine Preisliste für weitere Ausschmückungen zusammengestellt, und sie hatte sich daraus auch schon Palmetten und kleine Figuren ausgesucht.

Ich ahnte nichts Böses, als ich mich mit einer Verbeugung und den Rollen unter den Armen verabschiedete.

Sonderbarerweise erhielt ich in dieser Stunde auch die Nachricht vom Tod der Königin Berenike. Ich hatte ja vom König erfahren, daß sie schon seit Jahren mit ihrer Krankheit kämpfte, aber ich gehe auch davon aus, daß man den Befehl erlassen hatte, daß sie auf keinen Fall ihren Ehemann um viele Tage überleben sollte.

Jetzt ist Philadelphos König Ptolemaios II. Da der König ganz Ägypten besitzt, ist auch meine Wenigkeit in seinen Besitz übergegangen. Darum muß ich meine Arbeit fortsetzen.

Heute morgen kam ich zum Haus der Königinmutter und mußte auf der Straße stehenbleiben. Die Türen waren von Wächtern aus dem Brucheion versperrt worden, die mich nicht hineinlassen wollten, auch nicht, als ich ihnen das königliche Siegel auf meinen Schriftrollen zeigte. Sie hatten weder Respekt vor meinem Amt noch vor meinem Rang, sondern wandten sich ab und redeten miteinander. Sie machten sich über meine hohe Stimme lustig und stießen mich zuletzt auch noch vom sicheren Gehweg auf die befahrene Straße.

Kurz zuvor hatte ein Gespann Waren von der Ladefläche verloren. Ich trat in einen der Granatäpfel, die beim Aufprall auf die gepflasterte Straße aufgeplatzt waren, fiel vornüber und landete in den zerdrückten Früchten.

Nachdem ich meine Kleidung notdürftig am nächsten Brunnen gereinigt hatte, kehrte ich zu ihrem Haus zurück. Vier Männer verließen es in diesem Augenblick und nahmen die Wächter mit. Der Hausverwalter kam hinter ihnen hergelaufen, drohte mit der Faust und weinte. Als er mich sah, fiel er mir um den Hals.

Sie war noch warm, ihre Glieder waren entspannt, und sie sah noch sehr lebendig aus. Sie hatten sie kurz vor ihrem letzten Atemzug auf ein Kline gebettet, die im schönsten der Räume im ersten Stock stand, und von dort hatte sie einen atemberaubenden Blick aufs Meer, das Brucheion und den Leuchtturm. Ich saß neben ihrer Kline, während ihre Sklaven sie wuschen, ihr eine Münze in den Mund legten, ihre Augen schlossen und ihr Kinn festbanden. Danach durfte ich für einen Moment mit ihr alleine sein. Zwischendurch sah es aus, als würde sie aufwachen und sich bewegen, aber das war nur eine Sinnestäuschung. Ich war der Meinung, daß sie Menanders Komödie bei sich haben sollte, und legte ihr die Rolle in die Hand. Ihr Gesicht war entspannt und glatt, sogar die tiefen Falten waren verschwunden. Ich meinte, das junge Mädchen in dem alten Gesicht erkennen zu können.

Ihr Hausverwalter kam herein und übergab mir einen Brief, der an mich adressiert war. Darin standen ein paar kühle Anweisungen für ihre Beerdigung. Offensichtlich vertraute sie dem neuen König nicht. Für den Fall, daß man ihrem Wunsch nicht entspreche, ihr ein angemessenes makedonisches Begräbnis zukommen zu lassen, sondern sie einbalsamieren und im Sema aufbahren wollte, sollte ich dafür sorgen, daß ihre Leiche verbrannt und die Urne nach Kypros zu ihrer Tochter gebracht werde. Am liebsten aber wollte sie nach Athen oder Dion gebracht werden.

Ich überlegte kurz, ob sie nun auch noch nach ihrem Tod über mich verfügen wollte, denn ich kannte ihren starken Willen und ihre Rücksichtslosigkeit. Aber ich wußte eben auch, daß sie Persepolis in Brand gesteckt hatte und auch noch im hohen Alter bereit gewesen war, für diese Tat und für Alexanders spätere Gewaltbereitschaft die Schuld auf sich zu nehmen.

Angeheftete Notiz von Dionysos Pserenkare, Stellvertretender Vorsteher der Verschlossenen Königlichen Archive und leitender Schriftführer des Königs in Memphis

Dieses Manuskript ist am heutigen Tage (siehe Inschrift des Siegels) in die Verschlossenen Königlichen Archive im Palast des Hohepriesters in Memphis überführt worden. Als Wachhabender des thebanischen Sicherheitsdienstes wurden mir sämtliche Schriftrollen aus dem Nachlaß des kürzlich verstorbenen königlichen Schriftführers Menandros übergeben, der im Auftrag des Königs jahrelang an der Niederschrift der Memoiren der Königinmutter gearbeitet hatte.

Es ist nun meine Aufgabe, die Dokumente zu versiegeln, nachdem ich überprüft habe, ob sie keine vertraulichen Informationen von staatsfeindlicher Natur beinhalten. Den Eindruck habe ich jedoch nicht bekommen können, warum ich auch auf die Ausfertigung einer vollständigen Kopie für die Archive in Alexandria verzichte.

Brief an die Eltern des Verstorbenen in Krokodilopolis von Dionysos Pserenkare

Wie die Herrschaften sicherlich schon erfahren haben, ist Ihr geliebter Sohn Menandros unmittelbar nach Beendigung seiner Arbeit an den Memoiren der Königinmutter vollkommen unerwartet zu Tode gekommen. Es verhielt sich leider so, daß Ihr Sohn schon seit geraumer Zeit an Niedergeschlagenheit litt, und darum wird vermutet, daß er sich im Mareotis-See das Leben genommen hat.

Eine sofort eingeleitete Suche hat nichts ergeben, der See ist voller Krokodile und anderer Aasfresser. Darum waren wir natürlich auch nicht in der Lage, eine Obduktion durchzuführen oder gar eine Balsamierung des Leichnams vorzunehmen. So bleibt mir nichts anderes, als Ihnen die wenigen Besitztümer des Verstorbenen zuzusenden.

Das Manuskript wurde dem Unterzeichneten übergeben, der hiermit die Angelegenheit übernommen hat und deshalb das Vergnügen hat, Ihnen das Guthaben des Menandros aus dem Besitz des Museions auszubezahlen – insgesamt zwei Talente. Woher diese ansehnliche Summe stammt, kann ich nur erraten, aber ich werde vorschlagen, in Kürze ein Dankesschreiben im Namen unserer Institution an König Ptolemaios II. Philadelphos anzufertigen.

Hiermit empfehle ich mich.

An meinen Vater Tut in der Oase von Krokodilopolis von seinem lieben Sohn

Hier bin ich, gesund und wohlerhalten in Athen. Aufgrund des Bürgerkrieges war es mir unmöglich, bis nach Dion zu gelangen, darum habe ich kurzerhand Thaïs' Pläne geändert und beschlossen, sie hier in der Stadt zu begraben. Und zwar bei den Dipylontoren, bei dem Grabhügel der Familie des Alkibiades in dem Bezirk, der Kerameikos genannt wird.

Der neue König hat mich hierhergeschickt, um sein wachsamer Späher zu sein. Außerdem wollte er die Königinmutter so weit wie möglich entfernt von seinen jetzt göttlichen Eltern in Alexandria begraben wissen. In der Familiengeschichte des Königs ist kein Platz für Hetären. Der offizielle Anlaß meiner Reise ist es, dem Museion Originalausgaben der Werke des Agathon, Euripides, Sophokles und Aischylos zu verschaffen. Sie alle kann ich in Athen erhalten, das merkwürdigerweise selbst nicht über eine öffentliche Bibliothek verfügt. Philadelphos leidet an der Sammlersucht, er will Aristoteles' Bibliothek in unsere integrieren, möchte alle bereits gedachten Gedanken in seiner Hauptstadt versammeln.

Die größte Schwierigkeit bestand darin, mit dem Leichnam der Königinmutter die Stadt zu verlassen. Ihr alter Hausverwalter aus Persien half mir dabei. Wir wickelten sie vorsichtig in feine Kleider, legten sie in eine Stoffkiste und banden sie auf zwei Esel. Ich habe das für sie getan, was sie damals für ihren Beschützer Phokion durchgesetzt hatte. Und ich habe um sie geweint. Solange die Hinterbliebenen sich der Toten erinnern, leben diese im Reich der Toten fort.

Was habe ich bis jetzt eigentlich mit meiner guten Ausbildung und mit meinem großen Wunsch, im Leben vorwärtszukommen, bewerkstelligt? Einen Schreibtisch unter hundert anderen im Museion habe ich! Das einzige Mal, daß ich mit einer höheren Wahrheit in Berührung gekommen bin, war während meiner Arbeit an den Memoiren der Königinmutter.

Während der gesamten Seereise nach Griechenland schlief ich mit meinem Kopf auf dem Beutel mit ihren Schmuckstücken und der einen Hand auf dem großen Paket, in dem ihre Asche aufbewahrt war. Ich war mit Herz und Seele bei meiner neuen Aufgabe.

Ich bin also doch von Nutzen. Ich allein kenne die Wahrheit über Alexander und die Verwandlung der Welt. Ich weiß auch, daß der König den Gott Serapis erfunden hat, daß er ihn aus vielen verschiedenen Göttern zusammengesetzt hat, damit seine Untertanen jemanden hatten, den sie verehren konnten.

Athen ist ärmer als zu ihrer Jugend, und die ehemalige Bedeutung und Größe der Stadt ist Vergangenheit. Und doch tanzen die Sonnenstrahlen noch auf den weißen Säulen des Parthenon und den leuchtenden Farben der Metopen. Wenn man die Akropolis besteigt, kann man in Athenas einsames Haus sehen, in dem sie steht, gelassen und einsichtig, unbesiegbar und ungeheuer groß. Ihr durchdringender Blick hält dich gefangen, wenn du es wagst, dich ihr zu nähern. Ich warf mich vor ihr auf die Knie und verneigte mich auf dem staubigen Boden vor ihr. Noch nicht einmal in Alexandria haben wir etwas, das sich mit Athenas Parthenon vergleichen ließe.

Das Gebäude strahlt eine unbeschreibliche Erhabenheit aus – sogar wenn die satten Farben, die Bronzegirlanden, die vergoldeten Schilde, Athenas Statue und die Marmorböden fehlen würden. Der Tempel spricht mit einem.

Nur der berühmte Fries des Phidias war eine Enttäuschung. In so großem Abstand zu den Bildplatten ist es unmöglich, der abgebildeten Prozession zu folgen. Der Fries müßte eigentlich abgenommen und in Augenhöhe in einem eigenen Gebäude aufgestellt werden. Bei dieser Gelegenheit könnte man dann auch die grellen Farben entfernen, die in dicken Schichten darauf geschmiert wurden, damit sich die Gäste des Parthenon überhaupt einen Überblick über den Fries verschaffen können.

Ich blieb bis zum Einbruch der Dämmerung auf der Akropolis und genoß den Blick über die Stadt: die Geschäftigkeit auf der Agora, den stillen Friedhof Kerameikos, die schmalen Einkaufsstraßen und die vielen kleinen Häuser. Alles hier ist klein, nur der Tempel der Jungfrau ist riesig. Ich verstehe Thaïs' Liebe zu Athen, aber ich verstehe auch, warum Athen untergehen mußte.

Als ich mich gerade anschickte, den Burgberg und den Parthenon zu verlassen, um mich auf den Weg zu den Propyläen zu machen, fiel mein Blick auf einen winzigen, unscheinbaren Tempel zur Linken, der mich magisch anzog. Es war der Tempel der Nike, das absichtlich so schlichte Heiligtum der Siegesgöttin. Als ich davorstand und das Bildnis der Nike sah, wie sie sich eine Sandale abstreift, fiel mir ein Satz von Thaïs wieder ein. Sie hatte Nikes Tempel auf der Akropolis einmal für einen Vergleich benutzt, den ich aber nicht in ihren Text eingefügt habe: *»Ich möchte mit meiner Geschichte einen so bescheidenen Platz an der Peripherie der Weltgeschichte einnehmen wie Nikes Tempel auf der Akropolis.«* Bei der Erinnerung an diese Worte überkamen mich meine Gefühle, und ich setzte mich auf den Boden und weinte um sie.

Weder Rhodopes Haus noch das Haus von Thaïs' Sohn konnte ich finden, und ich traute mich auch nicht, danach zu fragen. Aber das Haus von Phokion habe ich aufgespürt, das tatsächlich ganz klein und prunklos ist. Außer einer Kupferplatte mit seinem Namen und einer Widmung darauf konnte ich nichts Besonderes entdecken. Ich war auch der einzige, der auf der Straße stehenblieb, um die Inschrift zu lesen.

Jetzt habe ich meine Verpflichtung ihr gegenüber erfüllt. Eigentlich bin ich davon überzeugt, daß sie es vorzieht, hier in dieser bescheidenen, aber stolzen Stadt ihre letzte Ruhe zu finden, als in Makedonien begraben zu sein.

Die Schwester des Königs, Arsinoë, benötigt meine Hilfe, wurde mir mitgeteilt. Ihr Mann Lysimachos will König von Makedonien werden, aber um den Posten kämpfen mehrere Anwärter. Seleukos ist im Norden mit seinem Heer an Land gegangen, und die keltischen Räuberbanden treiben hier in der Gegend ihr Unwesen. Und man darf nicht vergessen, daß auch Ptolemaios Keraunos, der Donnerkeil, dort oben haust. Ich habe keine Lust dazu, aber weiß, daß es meine Pflicht ist.

Auf dem Markt in Alexandria habe ich keltische Sklaven gesehen. Sie wirkten auf den ersten Blick ganz unschuldig, waren allerdings ziemlich dreckig und wohl aus gutem Grund gefesselt. Sie werden wie Dämonen gefürchtet, wenn sie in Horden auftreten. Denn sie zerstören und brennen alles nieder, was ihnen in den Weg kommt. In Griechenland fühlen sich die Menschen in Sicherheit vor ihnen. Sie vertrauen darauf, daß die Kelten ihren Respekt vor den Göttern teilen. Da bin ich mir aber nicht so sicher.

Gestern haben wir eine beängstigende Nachricht erhalten. Der verbannte Prinz Keraunos hat wieder unerfreulich auf sich aufmerksam gemacht. Angeblich zieht er mit seiner Leibgarde und seinen Anhängern durch Makedonien und versucht die Barbaren von dort zu vertreiben und sich den Königstitel anzueignen.

Von Menandros, dem »Freund des Königs« und zukünftigen Minister, ehemals Schriftführer Ersten Ranges, an den Vorsteher Der Verschlossenen Königlichen Archive im Museion von Alexandria

Es ist mittlerweile über ein Jahr vergangen, seit ich nach Alexandria zurückgekehrt bin. Hiermit lege ich den gewünschten Bericht über die Ereignisse vor, die zur glücklichen Rückkehr der Arsinoë nach Alexandria führten. Sollte ich zwischendurch etwas einsilbig wirken, hat das seine guten Gründe.

Ich möchte darum bitten, daß anläßlich der Hochzeit und Inthronisation der Arsinoë sowohl meine Ehefrau als auch mein Stiefsohn in die Priesterschaft der Göttin Isis in Alexandria aufgenommen werden.

Doch zuvor möchte ich von dem Menschen erzählen, der mein Schicksal entscheidend beeinflußt hat. Ich begegnete nämlich gegen meinen Willen dem ältesten Sohn meines Königs, Ptolemaios Keraunos.

Und schuld daran war nur mein unglückseliger Drang zu prahlen. In jedem Wirtshaus von Athen, in dem ich saß, erzählte ich ausführlich von meiner Zeit in Alexandria und meinen Kenntnissen über Ägypten und die Könige des Landes. Darum wurde ich eines Tages von meinem behüteten Arbeitsplatz entführt und auf einem Pferderücken in Keraunos' Hauptquartier gebracht.

Während des äußerst unbequemen Transports hatte ich genügend Zeit, mich zu fragen, was meine Zukunft wohl für mich bereithielt. Denn ich war davon überzeugt, daß Keraunos in mir einen ägyptischen Spion sehen würde.

Ein paar Einzelheiten sollte ich vorweg schildern, damit meine Angst vor diesem Mann und meine Zögerlichkeit, in seinen Dienst zu treten, verständlich werden. Keraunos hatte sich bei dem senilen König von Thrakien, Lysimachos, eingeschmeichelt, nachdem dieser Makedonien erobert hatte. An Lysimachos' Hof spann er so lange Intrigen, bis er sein trauriges Ziel erreicht hatte – der König ließ seinen ältesten Sohn hinrichten. Da er daraufhin aber nicht daran dachte, Keraunos als seinen rechtmäßigen Erben einzusetzen, flüchtete sich dieser nach Syrien zu dem ebenfalls sehr alten König Seleukos, der soeben einen Kriegszug gegen Thrakien vorbereitete.

Seleukos gewann, Lysimachos fiel in der Schlacht, und beim nachfolgenden Siegesfest ermordete Keraunos seinen Freund Seleukos. Direkt im Anschluß daran zog er nach Makedonien, um die Witwe des Lysimachos zu verfolgen, seine eigene Halbschwester Arsinoë. Ja, ich weiß, dies klingt sehr verkürzt, aber so lauteten die Mitteilungen, die uns in Athen erreichten, und keiner wunderte sich sonderlich darüber. Hier waren schließlich makedonische Könige und Königinnen am Werk: Raubtiere, wie Thaïs sie immer genannt hat.

Aber Arsinoës Verhalten überraschte alle. Sie empfing ihren Halbbruder, als sei er der beste Freund ihres verstorbenen Ehemannes gewesen, und als er anläßlich einer offiziellen Feierlichkeit um ihre Hand anhielt, gab sie begeistert ihr Jawort. Sie stellte nur die eine Bedingung, daß er ihr hoch und heilig versprach, das makedonische Erbrecht ihrer Söhne zu respektieren, und daß sie ihre Stellung als Königin und Mitregentin und die Städte behalten durfte, die sie von ihrem Mann geerbt hatte.

Er gelobte es, und die Heeresversammlung wählte ihn zum König. Doch schon nach kurzer Zeit ließ er die zwei Söhne seiner Frau töten und hielt Arsinoë gefangen, denn er traute ihr nicht. Eigene Kinder hatte er nicht. Doch das Land, die Macht und das Heer brachen in seinen Händen auseinander. Der keltischen Invasion konnte er nichts entgegensetzen.

Keraunos war in den Augen der Athener der schlimmste

von allen und noch grausamer als Kassander: ein hinterhältiger Mörder, der entdeckt hatte, daß Mord die bequemste und einfachste Lösung für alle Probleme war. Und das, obwohl er doch von Demetrios von Phaleron ausgebildet und aufgezogen worden war, dem Gründer des Museions, der die erste Bibliothek in Alexandria eingerichtet hatte – und mein erster Vorgesetzter gewesen ist. Die beiden hatten einander sehr nahegestanden. Als Keraunos noch ein Kind war, hatte es Demetrios vermocht, seiner Wut Einhalt zu gebieten. – Ich weiß, was Thaïs gesagt hätte: Ptolemaios Soter I. hat ihrer Meinung nach den größten Fehler begangen, als er Eurydike heiratete und mit ihr Keraunos zeugte.

Ich war darum sehr verunsichert, daß dieser große Herrscher mich tatsächlich treffen und sprechen wollte. Denn ich hatte mich mit dem Gedanken angefreundet, daß er mich einsperren oder sogar töten würde.

Und dann stand ich vor ihm und grüßte ihn ehrerbietig wie einen richtigen König – ich hatte keine Wahl. Nur die imposante Größe hatte er von seinem Vater geerbt, ansonsten war er korpulent und krummbeinig. Später erfuhr ich, daß er letzteres einem unglücklichen Sturz von seinem Pferd während einer Schlacht zu verdanken hatte.

Sein Gesicht war nicht schön, und um über sein langweiliges Aussehen hinwegzutäuschen, hatte er sich einen Bart wachsen lassen. Die unvorteilhaften Züge seines Vaters waren ins Groteske und die vorteilhaften ins Lächerliche verzerrt.

Und er war wütend. Nicht auf mich, sondern auf die Offiziere, die lauthals im Vorzelt diskutierten. Aber an mir ließ er seine Wut aus und schrie mich an. Und während er es sich auf seinem gemütlichen athenischen Stuhl bequem machte, ließ er mich die ganze Zeit stehen und bot mir keinen Platz an. Was ich mir einbilden würde? Einfach so aus Alexandria hierherzukommen! Ob sein geliebter Bruder mich schicke, um ihm zu raten, nun auch Makedonien zu verlassen und noch weiter weg zu ziehen? Würde sich Philadelphos erst sicher fühlen, wenn er, Keraunos, in Indien säße?

Mir fiel auf, daß er stark schwitzte, obwohl die Hitze draußen bei weitem nicht so groß war. Man weiß erst das Klima in Alexandria zu schätzen, wenn man einige Wochen im Monat Hekatombaion in Athen verbracht hat!

Keraunos hatte von meiner Arbeit in Alexandria gehört und fragte etwas weniger ironisch, ob mich eventuell die Königinmutter geschickt hätte. Was ich natürlich umgehend – und wahrheitsgemäß – verneinte. Daraufhin erzählte ich ihm, daß sowohl sein Vater, der König, als auch die Königinmutter sowie die Witwe des Königs, Berenike, vor kurzem verstorben und bestattet worden seien. Das könne ich garantieren, da ich im Falle der Königinmutter Thaïs das Begräbnis und die Totenehrungen persönlich vorgenommen und den Leichnam des Königs auf dem Weg zur Eingeweideentnahme und Balsamierung gesehen hätte.

»Sie hat mir und meiner Mutter immer nach dem Leben getrachtet«, sagte er. »Sie selbst hat Berenike, meine verehrte Halbschwester, nach Alexandria gerufen. Und sie war es auch, die meiner Mutter ihre eigene Tochter auf den Hals gehetzt hat. Das nenne ich eine richtige makedonische Familie, kleiner Eunuch!«

Er verzog sein Gesicht zu einem Grinsen, lehnte sich in seinem Stuhl zurück und spielte mit einem kleinen Frauendolch, den er ohne Schwierigkeiten in seiner Hand verstecken konnte. In diesem Augenblick erkannte ich, wem aus seiner Familie er ähnelte und warum der König ihn verstoßen mußte.

»Zuerst dachte ich ja, daß wir dich beseitigen müssen«, gestand er, »aber nach unserem Gespräch habe ich meine Meinung geändert. Was weißt du über den alten Lysimachos in Thrakien und seine Frau, meine Schwester Arsinoë?

Er war doch vierzig Jahre älter als sie, und man hätte glauben können, daß sie sich über ein bißchen Nähe zu ihrer Familie freuen würde. Sie ist jetzt meine Frau, das weißt du, nicht wahr? Aber glaubst du, daß sie dankbar ist? Ich habe mich ihr zuliebe geändert, aber ihr ist das völlig gleichgültig. Meine Schwester hat noch immer eine sonderbare Schwäche für diese kleine Mumie!« sagte er. Mir lief es kalt den Rücken herunter. Es war, als würde er meine Gedanken lesen können, und das wollte ich auf keinen Fall. Lysimachos war zwar tot, aber ich konnte mir sehr gut vorstellen, daß Arsinoë ihn ihrem neuen Ehemann vorzog.

Er schlug zweimal mit der flachen Hand auf den kleinen steinernen Tisch, worauf ein Sklave sofort Wein hereinbrachte. Mir wurde keiner angeboten. Ich stand noch immer vor ihm, staubig und erschöpft von der unfreiwilligen Reise. Aber ich zeigte mich aufmerksam und ergeben, er sollte mir in dieser Hinsicht nichts vorwerfen können.

»Sie hat also noch nicht versucht, sich mit dir in Kontakt zu setzen?« fragte er, etwas benebelt von dem Wein. Ich lachte, breitete meine Arme aus und erwiderte, was denn Arsinoë mit einem wie mir anfangen könnte? Mein Dienst für den ptolemaiischen Hof sei mit der Bestattung der Königinmutter Thaïs erfüllt.

»Hast du schon einmal die Statue der Aphrodite in ihrem Tempel in Pella gesehen?« fragte er dann. »Das ist in Wirklichkeit Thaïs! Und es wundert mich nicht, daß mein Vater sie mitgenommen hat. Aber davon weißt du bestimmt nichts.« Darauf grinste er breit. Er ekelte mich an.

In diesem Moment mußte ich an die Erinnerungen der Königinmutter denken und die Schilderung ihres ersten Eindruckes von dem grobschlächtigen Verhalten des Königs Philipp. Sein größter Wunsch war es gewesen, die kultivierte Dame aus Athen zu beleidigen und zu erschrecken. Taktlosigkeit und Grobschlächtigkeit hatten eine Generation übersprungen. Vielleicht paßte Keraunos sogar ganz gut als König zu diesem Volk der Makedonen, die große und schöne Städte bauen wollten, aber eigentlich noch selbst in der Wildnis lebten und nur mit einem Mantel bekleidet zur Jagd ritten.

»Kannst du mir nun helfen?« fragte er. »Und sei es nur deinem alten Freund Demetrios zuliebe. Ich verspreche dir, daß ich Demetrios aus seiner Verbannung in der Wüste zurückhole, sobald ich auf dem Thron in Alexandria sitze. Nein, als erstes werde ich wohl meinen kleinen Bruder beiseite schaffen, aber dann – das verspreche ich dir – gleich als zweites, da werde ich deinen alten Freund befreien.«

Ich starrte ihn an und versuchte in seinem Gesicht zu lesen, was er von mir wollen könnte, um so vielleicht eine weitere Minute, eine Stunde oder einen Tag wertvoller Lebenszeit zu gewinnen. In dieser Situation jedoch wollte er sicher nur, daß ich ergeben nickte und die Aufgabe annahm. Also nickte ich, woraufhin er sich von mir abwandte und so tat, als habe er mich vergessen.

Er ist krank, dachte ich, er weiß gar nicht, wie krank er ist! Dann begann er plötzlich sich auszuziehen. Mir gefror das Blut in den Adern. Und während er erst den Brustpanzer und danach seine restlichen Kleider ablegte, erzählte er in unzusammenhängenden Sätzen von seinem Leben in Alexandria. Von den Jahren vor seiner Verbannung, in denen er bereits wußte, daß sein Vater ihn zugunsten von Philadelphos verstoßen würde. Er erzählte, wie er hemmungslos gefressen und gesoffen hatte und mit den falschen Frauen und Männern ins Bett gegangen war. Wenn ihn schon keiner wollte, konnte er sich genausogut selbst vernichten. Aber er sei mittlerweile klüger geworden. Ob Arsinoë ihn wohl jemals richtig angesehen hätte? Er habe irgendwann den Entschluß gefaßt, sich zu ändern, habe abgenommen, trinke nur noch Wasser und Essig und sei weder mit Frauen, Männern noch Jungen ins Bett gegangen. Außerdem verbringe er jeden Tag mehrere Stunden im Gymnasion. Sie würde schon sehen, was sie an ihm habe.

Er stellte sich dicht vor mich, und ich konnte seinen Schweiß riechen, der übel stank, obwohl er die feinsten Öle benutzt hatte, um sich nach den Übungen zu reinigen. Sein Körper war muskulös, kräftig und sehr gepflegt. Seine Haut glühte im Schein der Fackeln. Aber bei ihm war sogar äußere Schönheit nur ein Hinweis auf drohende Gefahr und neuen Hinterhalt.

»Und zu so etwas sagt sie nein«, zischte er und spuckte mir beim Sprechen ins Gesicht. »Weißt du, was sie gesagt hat, als ich zu ihr kam: ›*Du sagst, du hättest dich verändert! War das, bevor du den guten Seleukos ermordet hast, der sich eines Flüchtlings erbarmte und ihn als seinen Gast empfing, oder danach?*‹«

Darauf konnte ich nichts sagen, ich war in seiner Macht, er hätte mich zu allem zwingen können. Gerade benutzte er mich, um seinen Kummer und seine Enttäuschung bei mir abzuladen. Also verhielt ich mich still.

Meine Unterwürfigkeit irritierte ihn aber auch, und er begann schweigend sich wieder anzuziehen. Ich bückte mich, hob seinen Gürtel auf und reichte ihn Keraunos. Es war ein schlichter keltischer Gürtel aus geflochtener Wolle. Unsere Blicke begegneten sich, und er riß den Gürtel an sich.

»So, und jetzt ist Schluß damit!« sagte er, und seine riesige Hand gab mir eine schallende Ohrfeige. Ich begriff sofort: Er meinte seine Schwester Arsinoë. Er führte etwas Böses im Schilde, und der einzige, der sie noch beschützen konnte, war offenbar ich.

»Du hältst dich von ihr fern, verstanden!« sagte er außer Atem und wischte sich den Schweiß von der Stirn. Ein Mann, der so schwitzt, muß ein schlechtes Gewissen haben.

Danach wurde ich abgeführt und eingesperrt. Keinen kümmerte es, daß ich und meine Kleider dreckig und meine

Nägel über Gebühr gewachsen waren. Beim Schreiben würde ich so ernsthafte Schwierigkeiten bekommen. Immerhin konnte ich in Erfahrung bringen, daß wir uns in einer kleinen Stadt an der Grenze zu Epirus aufhielten und Keraunos den Hof des lokalen Statthalters besetzt hatte.

Ich sah mich in meiner neuen Unterkunft um, in der sich nicht mehr befand als eine Pritsche und ein Nachttopf. Keraunos hatte ganz offensichtlich Angst vor mir. Das machte ihn zwar keineswegs weniger gefährlich, aber er wurde für mich dadurch verletzlicher.

Mitten in der Nacht hörte ich Waffenklirren und schnelle Schritte. Und dann das unmißverständliche Geräusch eines fallenden Körpers. Danach wurde es ganz still. Ich konnte mich gerade noch aufrichten, als die schwere Tür sich öffnete und eine dunkle Gestalt hereinschlich. Es war eine Frau, und sie hielt einen Leuchter in der Hand, den sie vor sich auf den Boden stellte. An ihrem Duft konnte ich erkennen, daß sie eine vornehme Dame war. Außerdem hatte ich so einen kostbaren bronzenen Leuchter mit Tausenden von kleinen Lichtlöchern und kleinen Satyrgesichtern bisher nur bei der Königinmutter gesehen.

Das Parfum meiner Retterin roch betörend. Sie hatte den Leuchter nur auf den Boden gestellt, weil sie beide Hände benötigte. Mit der einen hielt sie mir den Mund zu, mit der anderen bedeutete sie mir, daß ich leise sein solle. Da erst konnte ich sie ansehen – sie mußte Ptolemaios' Tochter sein, sie hatte seine Augen. Mit allen anderen Gesichtszügen, die bei Keraunos mißlungen waren, hatte sie mehr Glück gehabt.

Sie war nicht nur blond, üppig und anmutig, sie hatte auch die Geschmeidigkeit eines Tieres. Und mit den geöffneten Haaren, die ihr über die Schultern fielen, sah sie wie eine Mänade aus. Ihren Körper hatte sie in schwarze Kleider gehüllt und ihr Haar unter einem schwarzen Schleier versteckt, aber die leuchtenden Augen hatte sie nicht verdecken können.

Wir saßen Hand in Hand auf der Pritsche und lauschten, ob sich mögliche Verfolger näherten. Als sie schließlich entschied, daß die Gefahr gebannt war, richtete sie ihre unnatürlich großen und glänzenden Augen auf mich und sagte mit der lieblichsten Stimme, die ich jemals gehört habe: »Du bist der einzige, der mir helfen kann. Ich habe einen furchtbaren Fehler begangen, und nur ich kann ihn auch wieder bereinigen. Du kanntest doch meinen Vater und Thaïs. Wirst du mir helfen?«

Ich sah in ihre Augen, die tief wie schwarze Waldseen waren, und wußte, daß sie mir wie der Wache vor der Tür die Kehle durchschneiden würde, wenn ich ihre Bitte ablehnte.

Das also war Arsinoë, Ptolemaios' Lieblingstochter! Sie mußte Keraunos hier in seinem Hauptquartier aus irgendeinem Grund aufgesucht haben. Aber warum, warum nur? Mein Herz schlug mir bis zum Hals. Vielleicht hielt Keraunos auch sie hier gefangen!

»Hilf mir, bitte! Du bist der einzige, den ich noch habe!« sagte sie flehend und sah mir in die Augen. »Ich verspreche dir, meinen Teil der Geschichte zu erzählen, damit du deine Arbeit abschließen kannst. Nimm dies, das ist die erste Begleichung meiner Schuld.«

Das Schmuckstück, das sie mir in die Hand drückte, interessierte mich nicht im geringsten. Ich wollte lieber gleich erfahren, was sie von mir erwartete. Letzten Endes war ich doch unbedeutend für sie.

»Dich würden sie niemals verdächtigen, in dir sehen sie nur den armen Eunuchen«, sagte sie, als könnte sie meine Gedanken lesen. Sie nahm meine Hände, drückte sie an ihre Brust und schilderte mir ihren Plan. Er war einfach und einleuchtend. Sie wollte sicherstellen, daß die Kelten in der nächsten Schlacht Keraunos besiegten und ihn töteten.

Kein Wort kam über meine Lippen. Sie hatte mit ihm geschlafen und wollte doch nur seinen Tod. Sie hatte ihn durchschaut. Und um sich und ihren letzten, noch lebenden Sohn zu retten, mußte sie ihren Mann verraten. Nach seinem Tod würde Makedonien endlich Frieden finden, das dürfe ich nicht vergessen.

Zum Schluß küßte sie mich zart und mütterlich. Ich wurde beinahe ohnmächtig, zum einen wegen dieser unerwarteten Intimität, zum anderen wegen ihres starken Parfums, das mich fast betäubte. Sie erwartete keine Antwort von mir, sie hatte mir einen Befehl erteilt und verlangte Gehorsam.

Ich fragte, was sie als nächstes vorhatte. Sie antwortete mit einem Schulterzucken. Sie müsse zunächst zu ihrem Mann zurück und gute Miene zum bösen Spiel machen, damit er keinen Verdacht schöpfe. Das sei ihre einzige Möglichkeit zu überleben.

Sie führte mich an dem toten Wachposten vorbei und stieß ihn die Treppe hinunter. Dann traten wir hinaus in die feuchte kalte Nacht. Zwei Pferde warteten auf uns, ein mürrisches kleines Sklavenmädchen hielt sie an den Zügeln. Mit Arsinoës Brief in der Tasche, der Keraunos' Kriegsplan beschrieb und die Zusage mehrerer Generäle beinhaltete, daß sie sich im entscheidenden Augenblick zurückziehen würden, sollte ich den Oberbefehlshaber der Kelten aufsuchen und ihm erläutern, wie er es anstellen solle, um Keraunos zu bezwingen.

Wenn ich meine Aufgabe erfüllt hätte, sollte ich so schnell wie möglich nach Samothrake reisen, um dort meine Belohnung abzuholen. Samothrake gehörte ihr, die Menschen dort seien ihr noch aus alten Tagen wohlgesinnt. Ihr ältester Sohn war irgendwo in Lykien sicher untergebracht.

Sie hatte gerade begonnen, die Spielregeln des Machtkampfes zu lernen.

»Aber wie wollen Sie entkommen?« fragte ich.

»Soll ich dir erzählen, wie ich nach Lysimachos' Tod und

der Niederlage des Heeres aus Ephesos entkam?« erwiderte sie und lächelte. »Alles kann gelingen, wenn man fest daran glaubt. Und Verzweiflung ist ein guter Lehrmeister!«

Nur ihre Lieblingssklavin Europa war damals an ihrer Seite gewesen. Seit Arsinoës zwölftem Lebensjahr hatte Europa ihr Leben begleitet. Sie kannte alle ihre Geheimnisse und ähnelte ihr sogar. Arsinoë bat Europa also, mit ihr die Kleidung zu tauschen. Aber Europa weigerte sich.

Deserteure bevölkerten die Stadt, die noch Arsinoë gehörte. Aber schon in wenigen Stunden würde Seleukos' führerloses Heer Ephesos erreicht haben und es plündern und zerstören. Sie würden auch nach Arsinoë suchen. Höchstwahrscheinlich war sogar Keraunos der heimliche Befehlshaber dieses Heeres, und ihm wollte sie auf keinen Fall begegnen. Sie mußte Gewalt anwenden, sie mußte Europa bewußtlos schlagen, um ihr die Kleider zu entreißen und die Sklavin an ihrer Statt auf den Thronstuhl zu setzen. Ihre Aufgabe war es, gleichzeitig ihre Söhne und Makedonien zu retten. Denn letztendlich konnte nur sie es verhindern, daß Keraunos Makedonien eroberte.

Die fürchterlichen Todesschreie aus dem Palast ließen sie nicht umkehren, keinen einzigen Blick warf sie zurück. Nun standen nur noch sie und ihre Kinder zwischen Keraunos und seinem Ziel. Ihr Plan ging auf, es dauerte Tage, bis man entdeckte, daß die geköpfte Frau auf dem Thron nicht die Königin Arsinoë war.

»Mein Sohn, mein ältester Sohn lebt noch. Der einzige Mensch, den ich jetzt noch fürchte, ist mein eigener Mann. Er ist nicht bereit, dem Schicksal seinen Lauf zu lassen, er will es beherrschen. Dabei ist er so klein und unbedeutend. Zeig den Kelten, wie sie ihn steuern und stürzen können. Dann werde ich dich reichlich belohnen.«

Ich wollte einwenden, daß meine Freiheit mir Lohn genug wäre, aber sie legte ihren Zeigefinger auf meine Lippen und lächelte verlegen, als hätte sie es bereits bereut, mir mehr erzählt zu haben, als ich für die Erfüllung ihres Auftrages benötigte. Wenn man ihr zu nahe kam, endete man wie Europa, das hatte ich schon begriffen.

Das Sklavenmädchen kenne das Ziel und würde mir schon den richtigen Weg weisen. Ich sah das kleine Messer, das Arsinoë in der Hand verborgen hielt. Ich wollte nicht, daß ich wie ein Feigling wirkte, darum trieb ich das Pferd an und galoppierte in die Dunkelheit. Die Wachen ließen uns ohne Schwierigkeiten passieren.

In diesem Augenblick betrat ich die Geschichte. Ich war auserwählt, zu handeln und nicht nur die Ereignisse vergangener Zeiten aufzuschreiben. Aber ich gestehe, daß ich diesen Schritt zögerlich tat und das Schlimmste erwartete.

Thaïs und ich haben die Geschichte durch die Hintertür und eher unfreiwillig betreten. Sie hat mich mit sich gezogen.

Und jetzt verstehe ich auch ihre Bitterkeit darüber, daß man nicht nur die Last der Handlungen und Taten, sondern auch das lebenslange Schweigen darüber ertragen muß.

Menandros über seine Rückkehr nach Alexandria

Ich hätte niemals gedacht, daß ich so viele Jahre in Gefangenschaft verbringen würde. Der Anführer der Kelten empfing mich, ließ mich meine Botschaft von der Königin vortragen, nickte dreimal und schnipste mit den Fingern. Daraufhin wurde ich rausgeschleppt und in einen Weidenkäfig gesperrt, damit ich während des Feldzuges einfacher transportiert werden konnte.

Leider kann ich von den Jahren meiner Gefangenschaft nicht besonders viel erzählen. Ich versuchte mir die Texte in Erinnerung zu rufen, die ich als junger Schreiber kopiert hatte. Und ich führte in Gedanken Gespräche mit Thaïs und diskutierte mit ihr. Zu Beginn versuchte ich noch, die

Tage zu zählen, indem ich mit den Nägeln Striche in die Weidenäste ritzte, aber sie wechselten den Käfig immer dann aus, wenn die Äste von meinem Urin durchweicht waren, und so verlor ich mein Gefühl für Zeit.

Sie fütterten mich mit Rettich, den sie selbst mit dem größten Vergnügen aßen. Aber sie sprachen fast kein Wort mit mir. Zum Glück hatte mich die Ausbildung im Museion gelehrt, Einsamkeit zu ertragen. So hatte ich wenigstens mich als Gesellschaft! Wie dankbar war ich für meine Erinnerungen und für das ausgezeichnete Gedächtnis von Thaïs. So war kein Tag wie der andere, und ich war selbst Herr über meine Zeit.

Aber eine wichtige Nachricht ließen die Kelten mir dennoch zukommen. Nach einer der siegreichen Schlachten legten sie den Kopf eines Opfers vor meinen Käfig. Der Kopf war das erste, was ich sah, als ich bei Tagesanbruch aufwachte. Die Haut war blau angelaufen, und Mund und Augen waren weit aufgerissen. Die Fliegen hatten sich bereits darüber hergemacht, und allerlei andere Insekten fraßen sich ihren Weg hinauf ins Gehirn. Aber ich erkannte trotzdem sofort, wer es war. Einer meiner Wächter kam zu mir und erzählte mir, was passiert war.

Die Kelten hatten nicht erwartet, diese Schlacht zu gewinnen, schon gar nicht, als sie hörten, daß Keraunos eine Herde von Kriegselefanten von Lysimachos übernommen hatte. Königin Arsinoë hatte seinen Stolz angestachelt. Darum mußte ihr Ehemann, der neue König von Makedonien, natürlich auf dem Rücken eines bemalten Elefanten in die alles entscheidende Schlacht reiten. Großspurig opferte er den Göttern, richtete eine Reihe makedonischer Statthalter hin und verkündete, daß seine geliebte Ehefrau Arsinoë ein Kind erwarte. Dann zog er siegessicher in den Kampf.

Die Kelten wußten schon lange vor dem Kampf von dem Elefanten. Also ließen sie das Heer links liegen und steuerten direkt auf den König zu, kreisten ihn ein und griffen den Elefanten von unten an. Keraunos soll schon beim Aufprall auf dem Boden tot gewesen sein. Seine schwere Rüstung nämlich, die er von Seleukos gestohlen hatte, erwies sich als tödlich – sie brach ihm das Genick.

Der Anführer der Kelten ließ den großen Kopf des Königs abtrennen und aufspießen, ein keltischer Brauch! Bei dem Anblick ihres gefallenen Anführers ergriffen Keraunos' Truppen die Flucht.

Aber damit hatte sich das Glück der Kelten erschöpft, schon in der nächsten Schlacht erlitten sie eine vernichtende Niederlage, und ihr Anführer beging Selbstmord. Griechenland war gerettet, die Kelten zogen sich zurück. – Keine Stadt wird mehr brennen, keine Heiligtümer mehr geschändet werden. Diese wundersame Rettung ist für viele Griechen noch immer unfaßbar, da sie nur beständiges Unglück gewohnt waren.

Mein winziger Anteil an diesem Teil der Geschichte war, daß ich Keraunos' Kopf sofort wiedererkannte. Schon allein der Anblick berauschte mich so sehr, daß ich – so wurde später erzählt – gesungen und gejohlt habe und vor Freude wie ein Affe in meinem Käfig auf und ab gesprungen bin.

Neue Wachen übernahmen den Posten vor meinem Käfig, ich bekam besseres Essen und sogar ein wenig gewässerten Wein. Aber ich war bereits der allerglücklichste Mensch, denn ich hatte mit ansehen dürfen, daß dem Recht endlich Genüge getan worden war.

Mein Weidenkäfig wurde an Bord eines Schiffes gebracht, und ich wurde befreit. Mein Rücken war krumm, und meine Beine waren geschwollen und vernarbt, aber ich konnte mich auf eigenen Füßen halten. Ich wurde gewaschen, mit den feinsten Ölen eingerieben und durfte wieder in einem richtigen Bett schlafen. Merkwürdigerweise aber erzeugte die Befreiung meines Körpers gar nicht die erwartete Freude, ich hatte mich fast an den Verlust meiner Freiheit gewöhnt. Die erste Nacht an Bord verbrachte ich damit, zu weinen, zu trinken und das Stampfen des Schiffes auf dem Wasser zu spüren. Welch sonderbares Erlebnis, welch zwiespältige Freude!

Ich hatte Alexandria unerkannt mit Thaïs' Urne im Gepäck und einem unsicheren Auftrag verlassen. Und ich kehrte zurück an Deck eines vornehmen makedonischen Schiffes. Keiner verriet mir den Grund meiner Beförderung, und trotzdem nahm ich gerne auf dem Thron Platz, der mittschiffs aufgestellt worden war, während wir zwischen den gespannten Seilen und Ketten durchfuhren, die den Hafen begrenzten. Allem Anschein nach war ich in meiner Abwesenheit geweiht worden, denn die Leute an Land verbeugten sich alle vor mir. Aber wer sollte sich schon an einen unbedeutenden Schreiber erinnern, der die besten Jahre seines Lebens mit den Aufzeichnungen der Memoiren einer Hetäre verbracht hatte?

Das Schiff wurde bis in den königlichen Hafen geschleppt, wo ich von zwei hohen Beamten des Museions empfangen wurde. Sie hießen mich im Namen des Königs willkommen und geleiteten mich zum Brucheion, als wäre ich ein bedeutender Botschafter. Meine Betreuer, die beide als makedonische Würdenträger gekleidet waren, bahnten mir einen Weg durch die Scharen von Bittstellern.

Sechs Wachen öffneten eine gewaltige bronzene Tür, und dahinter traf ich im warmen Licht einer offenen Loggia, die zum Hafen hin zeigte, den König Philadelphos wieder. Er las eine Briefrolle und stand mit dem Rücken zu mir, aber ich erkannte ihn an seinen breiten Schultern wieder. Philadelphos hatte nicht gerade abgenommen, seit ich ihn das letzte Mal im Haus seines Vaters gesehen hatte. Aber das Königsein schien ihm zu bekommen und ihn nicht schwer zu belasten.

Die Tür wurde hinter mir geschlossen, und ein Schreiber, der neben dem großen Schreibtisch in der Hocke saß, nannte meinen Namen, aber nicht mein Anliegen. Ich blieb in der Mitte des Raumes stehen, in meinen vornehmen Kleidern und mit Arsinoës Brief in den Händen. Denn ich war trotz alledem nur ein Bote.

»Du bist also von meiner Schwester geschickt worden«, sagte Philadelphos geistesabwesend. Da verstand ich. In seiner Welt war die Angst, mit der Arsinoë und ich hatten leben müssen, abwesend, nicht mehr vorhanden. Sein Vater und er hatten sich die Welt nach ihren Vorstellungen und Neigungen gestaltet: Frieden, Eintracht, Wohlstand und blühende Städte. Wie ich sie darum beneidete! Und wie sehr ich mir wünschte, unter seine Obhut zu kommen, jene Geborgenheit zu spüren, die seitdem in Alexandria herrschte.

Ich wollte nicht weinen, konnte es aber nicht verhindern, daß meine Augen sich mit Tränen füllten. Ich war zurückgekehrt in die beste aller Welten, ich war endlich wieder zu Hause.

Der König drehte sich mit einem Lächeln zu mir um und wies auf einen bequemen Stuhl, den einzigen im ganzen Raum. Ich ging auf ihn zu, machte einen Kniefall und reichte ihm den Brief.

»Du kommst mir bekannt vor«, sagte er und legte den Brief auf den Tisch. Ich nahm auf dem Stuhl Platz, allerdings auf der äußersten Kante und mit den Händen auf den Knien, so wie wir Ägypter das tun, allerdings nicht die Könige. Mein Vater Tut hat immer so gesessen. Nein, er konnte mich unmöglich wiedererkennen. Wir hatten so wenig miteinander zu tun gehabt.

Aber er kam zu mir, hob mein Kinn an und nahm mich genau in Augenschein. Dann breitete sich ein herzliches Lächeln auf seinem Gesicht aus.

»Menandros!« rief er. »Wir haben mit Netzen im Hafen nach dir gefischt, den Mareotis-See durchsucht und damit gerechnet, daß du dich ertränkt hast und von den heiligen

Krokodilen aufgefressen wurdest! Du hast bestimmt eine unvergeßlich schöne Reise hinter dir!«

Er hätte sich nicht gründlicher irren können. Aber wer bin ich denn, daß ich den König von Ägypten berichtige. Es wurde Wein hereingebracht, und der König ließ einen zweiten Stuhl herbeischaffen.

Oh, welch ein Erwachen! Ich hatte den Brief von seiner Schwester Arsinoë, der Witwe seines Halbbruders, überreicht bekommen. Drei Sätze daraus konnte ich erhaschen, eilig niedergeschrieben:

Dieser junge Mann ist meine Zunge. Laß ihn für mich sprechen. Er trägt meine Geschichte in sich. Laß ihn für dich das sein, was Thaïs für unseren Vater in den letzten Jahren seines Lebens gewesen ist.

Ich gehorchte und erzählte.

Am Abend zeigte mir der König seine Menagerie mit den Nachkommen von Perdikkas' Kriegselefanten. Dort zeigte sich einmal mehr der Unterschied zwischen Makedonien, das von unendlichen Kriegen verwüstet ist, und diesem glücklichen Land, das in Frieden lebt, seit Ptolemaios I. Soter Perdikkas den Garaus gemacht hat. Hier sind die Elefanten kein Kriegswerkzeug, sondern große, verehrte und bewunderte Tiere, die bei Paraden durch die Straßen ziehen, bemalt und von kleinen Mahut-Jungen geritten, die fast verschwinden hinter den großen, wehenden Ohren.

Als wir durch die leeren, öden Gänge im Brucheion zurückgingen, fiel mir ein, daß ich ein Detail übersehen hatte, als ich mich für die Audienz beim König vorbereitet hatte. Meine feinen, neuen Sandalen waren staubig gewesen, und ich hatte sie nicht gereinigt, bevor ich die Marmorböden des Brucheion betreten hatte. Ich betete, daß der König dieses Versäumnis nicht bemerkt haben möge.

Ich mußte bei dem Gedanken lächeln. Jetzt erst war ich wirklich wieder angekommen, war wieder der alte Menandros, der sich so viele Gedanken über Kleinigkeiten machte: der Eunuch, Schreiber, Ägypter und Alexandriner. Ich war wieder ich selbst, der in der besten und friedlichsten aller Welten lebte.

»Na dann«, riß mich der König aus meinen Gedanken und lächelte mich an. »Dann werden wir uns einmal darauf vorbereiten, meine arme Schwester, die trauernde Witwe meines Bruders, in Empfang zu nehmen. Hast du Arsinoë noch einmal wiedergesehen, seit sie dich zu den Kelten geschickt hat, um ihren Ehemann, den guten Keraunos, zu verraten?«

Da schwang soviel Schadenfreude in seiner Stimme, daß ich zuerst dachte, er würde das genaue Gegenteil meinen. Aber dann lachte er beim Anblick meines entsetzten Gesichtes, richtete sich zu seiner vollen Größe auf und legte seine Hände auf meine Schultern. Es gab keinen Grund, Angst vor ihm zu haben. Er war einfach nur neugierig auf seine Schwester, die er nicht mehr gesehen hatte, seit sie den Palast verlassen hatte, um Lysimachos' Frau zu werden.

»Du bist sicher müde, wir können auch bis morgen damit warten«, sagte der König, grinste mich an und ließ mich in meine Unterkunft bringen.

Eines Nachts kam sie zu mir, als es mir gerade gelungen war, meinen geschundenen Körper in den Schlaf zu zwingen. Sie war wieder in Schwarz gekleidet, nur dieses Mal trug sie Seide aus Byssos. Ich verneigte mich vor ihr und küßte ihre Hand. Sie zeigte mir ihr Diadem, nun war sie Königin von Ägypten, die Ehefrau ihres Bruders, seine einzige und über alles geliebte Königin. Er schläft jede Nacht bei ihr. Und er begnügt sich nicht nur damit, ihr Lager zu teilen, er liebt sie so, wie ihr Vater Thaïs geliebt hatte.

»Freust du dich nicht?« flüsterte sie und strich mir über

die Wange, so wie sie es immer bei ihren Söhnen getan hatte. Verlegen beteuerte ich ihr mein grenzenloses Glück und beglückwünschte sie zu ihrem. Was ich mir als Dank für meine treuen Dienste wünschen würde, fragte sie mich. Für ihre Dankbarkeit und ihre Bereitschaft schien es keine Grenzen zu geben.

Da schaute ich in ihre klaren, riesigen Augen und mußte mich sehr zusammenreißen und meine ganze Kraft zusammennehmen, um ihrem Blick standzuhalten. Ich erinnerte sie daran, daß auch ihre Macht Grenzen habe. Sie lachte glockenklar und breitete die Arme aus. Diese Grenzen würde sie gerne sehen.

Besser jetzt als nie, dachte ich mir, und gefangen von ihrem Blick, offenbarte ich ihr meinen sehnlichsten Wunsch: »Ich möchte ein Mann sein.«

Sie reagierte höflich. Nur für einen ganz kurzen Augenblick erblaßte sie, dann hatte sie sich wieder gefangen.

»Ein Mann benötigt eine Ehefrau«, sagte sie und nahm meine Hand. Sie habe auch schon eine für mich ausgesucht: ihre Sklavin Iris. Diese sei ungewollt schwanger geworden. Mit ihr würde ich eine Ehefrau und auch ein Stiefkind bekommen, dann hätte ich gleich eine kleine Familie zu versorgen. Und mit den Auszeichnungen durch den König und einer Stellung am Hofe, die den Diensten entspräche, die ich ihrer Familie habe zukommen lassen, würde ich bald reich sein. – Ihre Dankbarkeit war tatsächlich grenzenlos, und ich verneigte mich voller Ehrfurcht.

Ich weiß, daß die Griechen es als eine abartige Ehe betrachten. Sie lassen es zu, daß sich Halbgeschwister ehelichen, aber eine Ehe zwischen richtigen Geschwistern ist für sie Blutschande. Ich sehe das anders, für mich ist das eine Verbindung der Besten. Ich habe durch sie erkannt, daß eine Frau Macht und Respekt auch mit anderen Mitteln als denen der Prostitution erlangen kann. Arsinoë besitzt jene

Stärke, die Philadelphos fehlt. Sie ist durchs Feuer gegangen, die zarte Hülle der Jugend ist abgestreift, sie ist nicht mehr jung. Erst kürzlich habe ich die Falten an ihren großen Augen gesehen, die vollen Wangen und das Doppelkinn.

Aber für mich wird sie immer die Frau sein, die mit eigenen Händen und einem stumpfen Dolch die Leibwachen ihres Halbbruders tötete, um in meine Gefängniszelle zu gelangen. Sie vertraute mir ihr Leben an. Sie ist diejenige, die ihre Kleider mit Europa tauschte und sich auf ihrer Flucht durch die Straßen von Ephesos kein einziges Mal umsah. Sie war es, die in den Armen ihres Stiefsohnes und ihres Bruders gezittert hatte und mir die Aufgabe anvertraute, ihrem Mann und Bruder den Tod zu bringen.

»Zeus und Hera sind auch Geschwister«, sagte sie, als würde sie meine Gedanken lesen können. »Für Götter gibt es keine Gesetze. Es wird nie wieder Nebenfrauen geben. Dieser Wahnsinn ist vorbei.«

Ihre Kindheit hatte sie zwischen Eurydike und Berenike verbracht, zwischen Mutter und Tochter, zwischen Rivalinnen. Im Haus von Lysimachos beseitigte sie gleich zu Beginn ihre Konkurrenten, und trotzdem ging das Geschlecht des Lysimachos wegen Polygamie zugrunde.

Auf dem Weg aus meinem Zimmer drehte sie sich um und kam noch einmal zu mir zurück. Sie habe vergessen, mir zu sagen, warum sie mir von Anfang an vertraut habe.

»Du hast die Memoiren der Königinmutter für Vater niedergeschrieben«, sagte sie. »Als ich heiraten sollte, schickte mich Vater zu Thaïs, damit ich etwas über unsere Familiengeschichte erfuhr und um gute griechische Manieren zu lernen. Außerdem habe ich die Statue der Aphrodite in Pella gesehen, die nach dem Vorbild der jungen Thaïs aus Athen angefertigt wurde, der Geliebten des Phokion.«

So war es also Thaïs, die mein Leben vollkommen veränderte. Heute bin ich kein anonymer Schreiber mehr im

Museion, sondern einer der »Freunde des Königs« und Minister seiner Regierung.

Ich habe eine Frau, die Priesterin des Isis-Kultes ist, und einen kleinen Sohn, dem ich den Namen »Ptolemaios« gegeben habe. In seinen Augen ist sein Vater ein Mann wie jeder andere, und in den Augen der Königin bin ich ihr ergebenster Diener.

Wir wohnen jetzt nicht mehr in unserer bescheidenen Behausung, sondern sind in ein prächtiges Haus in der Nähe des Brucheion gezogen. Iris ist im Augenblick mit dem Kauf von Sklaven beschäftigt. Sie hat Sprechen gelernt, aber ihr Schamgefühl erlaubt es ihr nicht, mit anderen als ihrem Ehemann, ihrem Sohn und dem Hausverwalter zu reden. Die anderen sehen darin den Beweis ihrer Vornehmheit, und das kommt ihr sehr gelegen.

Über ihre Vergangenheit hat sie mir nur erzählt, daß sie als Säugling ausgesetzt und von einer Hetäre gefunden wurde. Diese wollte sie ausbilden, konnte aber mit ihrer Stummheit nichts anfangen. Darum wurde sie an einen der Stadtstaaten verkauft, der wiederum Lysimachos fünfundzwanzig hübsche Sklavinnen zum Geschenk machte. Mit einigen von ihnen verlustierte sich Lysimachos, die anderen ließ er frei. Iris aber schenkte er seiner Frau Arsinoë. Sie war die einzige Besitzerin, die sie nie geschlagen hat. Und wenn es nach mir geht, wird nie wieder ein Mensch die Hand gegen sie erheben.

Der Mensch, der eigentlich zur Geschichtslosigkeit verdammt gewesen war, hat nun seine eigene Geschichte bekommen. Als einer der königlichen Minister wird mein Name in Marmor gehämmert und gemeißelt werden.

GESCHRIEBEN VON MENANDROS, »FREUND DES KÖNIGS«, MINISTER DER KÖNIGLICHEN REGIERUNG, BÜRGER VON ALEXANDRIA, EHEMANN UND VATER

ca. 360 v. Chr.	Geburt des Ptolemaios
356	Geburt des Alexander, um den 20. Juli
355	Philipp II. wird König von Makedonien
340	Athen erklärt Makedonien den Krieg
338	Schlacht von Chaironeia; Griechenland unterliegt Makedonien
	Thaïs trifft Ptolemaios
337	Thaïs und Ptolemaios ziehen nach Dion
	Vermählung Philipps mit Kleopatra
336	Philipp wird in Aigai ermordet, Alexander wird König
	Dareios III. wird persischer Großkönig
334	Alexander dringt in Asien ein und erringt seinen ersten Sieg am Granikos
333	Alexander zieht Richtung Kilikien und gewinnt die Schlacht bei Issos
332	Sidon und Gaza werden erobert
	Lagos und Leontiskos (Thaïs' Kinder mit Ptolemaios) werden geboren
	Alexander wird in Memphis als Pharao inthronisiert
331	Eroberung Ägyptens und Gründung von Alexandria
	Schlacht von Gaugamela, Sieg über Dareios
	Eroberung von Babylon, Susa und Persepolis
330	Persepolis wird geplündert und der Palast niedergebrannt

	Ernennung des Ptolemaios zum General
328	Alexander ermordet Kleitos in Marakanda und heiratet Roxane
327	Beginn des Indienfeldzuges, das Heer dringt bis zum Indus vor
325	Durchquerung der Gedrosischen Wüste
324	Massenhochzeit in Susa
	Alexander in Ekbatana, Tod des Hephaistion
323	Geburt der Eirene
	Tod Alexanders in Babylon am 10. Juni
	Geburt seines Sohnes, Alexanders IV.
322	Das makedonische Reich zerfällt, wird unter Alexanders Generälen aufgeteilt
	Ptolemaios in Ägypten
321	Perdikkas greift Ägypten an und wird von seinen Leibwächtern ermordet
320	Ptolemaios heiratet Eurydike
318	Bürgerkrieg in Makedonien
	Ptolemaios ernennt Berenike zu seiner Ehefrau
	Eurydike bringt Ptolemaios Keraunos, den Donnerkeil, zur Welt
316	Kassander wird Alleinherrscher in Makedonien und läßt Olympias hinrichten, Roxane und ihr Sohn werden von ihm gefangengenommen
315	Geburt der Arsinoë II., Tochter von Ptolemaios I. und Berenike
310	Kassander läßt Roxane und ihren Sohn ermorden
309	Geburt von Ptolemaios Philadelphos II.
306	Große ägyptische Niederlage in der Seeschlacht von Salamis
305	Ptolemaios ernennt sich selbst zum König Ptolemaios I. Soter, der Erretter

300	Vermählung von Arsinoë mit Lysimachos, König von Thrakien
289	Menandros beginnt mit den Aufzeichnungen von Thaïs' Memoiren
287	Ptolemaios I. Soter verstößt seine Frau Eurydike und seinen Sohn Ptolemaios Keraunos
283	Tod des Ptolemaios I. Soter und seiner zweiten Frau Berenike Tod der Thaïs
281	Vermählung von Arsinoë mit Ptolemaios Keraunos, König von Makedonien
280	Ptolemaios Keraunos fällt im Krieg gegen die Kelten
276	Vermählung von Ptolemaios II. Philadelphos mit seiner Schwester Arsinoë II. Ernennung von Menandros zum Minister

Starke Geschichten.
Historische Romane bei AtV

DONNA W. CROSS
Die Päpstin
Der Bestseller: Millionen haben sie verschlungen, die mitreißende Geschichte der Päpstin Johanna von Ingelheim. »Donna W. Cross erzählt Johannas Geschichte als spannendes und historisch glaubwürdiges Beispiel einer unglaublichen Emanzipationsgeschichte.« BRIGITTE
Roman. Aus dem Amerikanischen von Wolfgang Neuhaus. 566 Seiten. AtV 1400. Audiobuch: Hörspiel mit Angelica Domröse, Hilmar Thate u. a. DAV 069

FREDERIK BERGER
Die Geliebte des Papstes
Rom, Ende des 15. Jahrhunderts: Der Adlige Alessandro befreit die junge Silvia aus der Hand von Wegelagerern. Beide spüren, daß sie ein besonderes Schicksal verbindet. Erst drei Jahre später treffen sie sich wieder. Sie lieben sich noch immer, Silvia ist aber einem anderen versprochen. Doch Alessandro gibt nicht auf. »Das ist beste Spannungslektüre voller Abenteuer, Leidenschaft und Sinnlichkeit und – das alles beruht dennoch auf Tatsachen!« WILHELMSHAVENER ZEITUNG
Roman. 568 Seiten. AtV 1690

PHILIPPA GREGORY
Die Farben der Liebe
Die Geschichte einer verbotenen Liebe während der Zeit des Sklavenhandels in England: Francis, ungeliebte Ehefrau eines Bristoler Kaufmanns, soll für ihren Gatten Sklaven von der Westküste Afrikas zu Hausmädchen und Butlern ausbilden. Unter Francis' ersten Schülern ist ein Schwarzer vornehmer Herkunft, viel gebildeter und sensibler als ihr raubeiniger Ehemann. In seinen Armen findet sie endlich Zärtlichkeit und Leidenschaft.
»Viel Intensität und innere Spannung« NEUE RUNDSCHAU
Roman. Aus dem Englischen von Justine Hubert. 540 Seiten. AtV 1699

HANJO LEHMANN
Die Truhen des Arcimboldo
Nach den Tagebüchern des Heinrich Wilhelm Lehmann
In den Kellergewölben des Vatikans wird im Jahre 1848 der junge Schlosser Calandrelli verschüttet. Er stößt dort auf Pergamente, die den Machtanspruch der Kirche untergraben. Zwanzig Jahre später vertraut er einem Ingenieur die Aufzeichnungen von damals an. Es entwickeln sich Intrigen und Machtkämpfe.
»... eine Mixtur aus Historischem und Fiktivem, wobei einem durchaus Bilder aus Ecos ›Der Name der Rose‹ in den Sinn kommen können.« THÜRINGISCHE LANDESZEITUNG
Roman. 699 Seiten. AtV 1542